새로운 번역을 위한 패러다임

이 도서의 국립중앙도서관 출판시도서목록(CIP)은 e-CIP
홈페이지(http://www.nl.go.kr/cip.php)에서 이용하실 수 있습니다.
(CIP제어번호 : CIP2004001643)

The paradaigm for a new translation

새로운 번역을 위한
패러다임

■ 김효중

푸른사상

 책머리에

필자가 번역학에 깊은 관심을 가지고 논문을 쓰기 시작한 것은 1980년대 초반이다. 이때만 해도 번역에 관한 관심도나 이에 관한 이론서 혹은 연구논문은 그리 많지 않은 편이었다. 물론 외국문학을 전공한 사람들이 중심이 되어 번역이론에 관한 부분적인 연구결과가 더러 눈에 띄는 정도였다. 더구나 번역은 비교문학의 한 영역으로서 번역의 중요성은 인식하면서도 번역을 부수적인 것으로 간주해 온 과거의 인식이 남아있어서 번역은 어디까지나 여기餘技로 다루어졌을 뿐, 이를 생업으로 삼는다거나 학문적으로 연구해보려는 움직임은 미미할 뿐이었다.

이와 같은 상황에서 번역비평은 더욱 부재한 현실이었으므로 외국 시가 한국에 언제, 어떻게, 왜, 누구에 의해서 번역되었으며 오역은 없는가, 그리고 그 오역은 왜 생긴 것인가 등 이른바 번역비평에 관한 필자의 의문을 풀어줄 만한 적절한 번역비평서는 전혀 없었다. 그러던 차에 한국학술진흥재단의 지원을 받아 번역에 관한 논문을 쓸 기회가 생겨서 독일어를 모국어로 하는 독일, 오스트리아, 스위스 등을 돌며 번역이론서들을 구입할 수 있어서 번역이론에 관한 글을 쓰는 데 매우 많은 도움을 받았다.

번역학은 1983년 이후 새로이 독립된 학문으로서 그 역사가 짧을 뿐만 아니라 논자의 주관성이 다분히 반영되는 것이어서 일관된 이론을 주장하기는 쉽지 않으며 또한 그럴 필요를 느끼지는 않는다. 그러나 분명한 것은 모든 학문이 그렇듯이 시대와 역사의 변천에 따라 번역학 역시 그 발전 양상이 다양하며 최근의 흐름을 주시하지 않을 수 없다.

우리나라의 경우, 1990년대 이후 여러 대학에 번역학과 혹은 번역연구소 및 통·번역 대학원이 설립되었으며 전국 규모의 번역학회가 창립되어 번역에 대한 열기가 고조되고 있음을 확인할 수 있다. 뿐만 아니라 구미 각국에서 번역학을 전공한 신진학자들이 속속 귀국하여 대학에서 본격적인 학문적 활동을 하고 있어 1980년대와는 격세지감隔世之感을 느끼게 된다.

특히 필자는 2004년 1월 16일부터 1월 17일까지 독일 본대학 한국어 번역학과 주관으로 열린 번역학 국제학술대회에 발표자로 참가하는 동안 국내외 학자들이 이 대회에 대거 참여하여 번역에 관한 발표 및 토론을 벌이는 모습을 보고 해외 교민들이 번역에 대한 관심이 얼마나 큰가하는 것도 확인할 수 있었다.

한편, 독일에서는 〈2005년은 한국의 해〉라는 슬로건을 내걸고 양국 정부가 빈번한 문화적 교류를 통하여 양국의 우호관계를 다지기로 한다고 하는 내용의 주독한국대사관 총영사의 보고도 있었다. 1988년 올림픽 이후 우리나라가 세계에 널리 알려진 것은 사실이지만 진정으로 우리 문화의 정체성이 올바르게 이해되려면 번역이 첩경임을 부인할 수 없다.

번역은 한마디로 세계를 향한 문화의 창이다. 실생활의 모든 분야는 번역을 통해 다른 언어권에서 유입되고 있는 만큼 번역은 문화교류의 가장 자연스럽고 경제적인 방법이다. 이처럼 현대인의 생존에 필수적인 번역은 정확성을 그 생명으로 하는데, 문제는 너무나 많은 오역이 양산되고 있는 점이다. 문제의 심각성은 오역이 인간의 지적 활동에 지대한 영향을 끼치는 심각한 정신공해라는 데 있다.

번역은 단순히 언어기호의 전환이 아니고 문자라는 형식 속에 그 언어를 사용하는 민족의 세계관 즉 넓은 의미에서 문화의 역동적이고 고유한 내용이 농축되어 있는데, 이 모든 것을 다른 형식으로 바꾸어 표현하는 작업이다. 그래서 문화번역에서는 원어텍스트보다는 역어텍스트가 중시된다. 최근 독일에서 고전을 다시 번역해야 한다는 움직임이 일고 있는 것은 이와 같은 맥락에서 이해된다. 결국 번역은 말해진 것보다 의미된 것을 어떻게 표현하느냐 하는 데 있으며 그 궁극적 목적은 단순한 문화비교가 아니라 비교해서 확정된 문화적 차이를 극복하는 데 있다. 현대는 다문화, 다민족이 공존하는 세계화시대다. 까이에P. Caillé가 "현대는 번역의 시대다."라고 언급한 까닭은 여기에 있다.

최근 최적의 번역을 하기 위한 가장 중요한 요인이 문화능력이라는 사실이 밝혀지면서부터 번역과정에서 번역자의 문화능력이 중시되고 있는데, 번역의 본질적 문제는 의미된 것이 갖는 기능이 문화권에 따라 다르다는 데 있다. 그 이유는 인간은 세계와의 대결과정에서 자신들에게 고유한 특정의 문화를 형성하기 때문이다. 따라서 세계관은 역사적으로 형성된 인식조건이며 이러한 세계관에 의해서 규범화된 문화가 형성되는데, 역으로 인간은 이렇게 이룩된 문화에 의해서 제약을 받는다. 그러므로 어느 한 언어를 구사한다는 것은 그 언어 속에 내재되어 있는 현실개념 파악방법에 따라 실세계를 개념화하고 분류하며 또한 파악한다는 사실을 의미한다. 훼르메르H. Vermeer가 주장한 바와 같이 언어의 본질은 문화이며 번역은 문화의 변용이다.

현재 우리의 번역수준은 선진국에 비하면 아직 낮은 편이다. 우리는 훌륭한 문화를 전승했음에도 불구하고 우리의 문화는 세계에 널리 알려지지 않았다. 문화가 언어로 표현된 것이 텍스트이기 때문에 번역은 문화의 구체적인 사실이다. 따라서 우리는 올바른 번역을 통해서만 우리 문화의 정체성을 알릴 수 있고 동시에 다른 문화를 정확히 파악할 수 있다.

한국번역문학사에서 파악되듯이 지난 세기에 우리는 남의 나라 문화를 받아들이기에만 급급하였다. 우리도 하루 속히 우리의 번역수준을 고양시켜 세계인으로서 대등하고 떳떳하게 살아갈 수 있으려면 우리의 문화가 널리 알려져야 한다. 이러한 주장은 어제, 오늘의 이야기가 아니라 이미 여러 사람들이 깨닫고 주장해 온 것이기도 하다.

필자가 이 책을 쓴 것은 전적으로 위와 같은 소박한 의도에서이다. 필자의 전공이 한국문학이고 한국문학 번역을 통하여 이를 세계에 널리 알려야 한다는 변치 않는 일념에서 이론적인 성찰을 시도해 본 것이다.

제1부는 주로 번역이론에 관한 것을, 제2부는 번역이론을 근거로 한 번역비평에 관한 글들을 묶어보았다. 다만 한 가지 분명히 밝혀두고 싶은 것은 이 책의 내용상 전통적인 번역이론의 관점에서 쓴 글과 현대번역이론의 관점에서 쓴 글들이 혼합되어 있으며, 논지의 집약에 힘쓰다 보니 서술된 내용이 중복되거나 적절한 인용문을 찾기 힘들어 부득이 같은 인용문을 예시한 경우가 더러 있다는 점이다. 이 점에 대하여 독자들의 너그러운 이해를 바라며 아무쪼록 이 책의 의도가 번역에 관심이 있는 모든 분들에게 정확히 알려져서 필자의 작은 소망

이 이루어지기를 간절히 바란다.

끝으로 이 책을 흔쾌히 맡아 출판해주신 푸른사상사의 한봉숙 사장님께 무한한 감사의 뜻을 전한다. 아울러 이 책이 나올 수 있도록 처음부터 끝까지 편집을 맡아 수고해 주신 편집부 여러분들께 고마운 뜻을 전한다.

2004년 가을
팔공산 기슭에서
저자 씀

책머리에

제1부 번역의 이론

새로운 번역을 위한 패러다임 · 차례

 새로운 번역을 위한 패러다임 · **차례**

제2부 번역비평의 실제

제8장 한국문학의 독일문화 접촉과정에서 드러난 번역의 문제

제9장 한국 시문학파의 번역

제1부

번역의 이론

제1장
문학작품 번역과 세계관의 문제

1. 서론

번역은 세계를 향한 문화의 창이라 할 만큼 현대에 이르러 번역의 역할은 더욱 중시되고 있다. 새로운 학문, 사상, 문학, 기술 등 모든 분야는 번역을 통해 다른 언어권에서 유입되고 있는 만큼 번역은 문화 유입의 가장 자연스러운 방법인 동시에 또한 경제적 방법이며 우리 문화를 타 언어권에 알리는 지름길이기도 하다. 최근 우리나라에는 세계화와 정보화의 시대라는 현 시류에 편승하여 다량의 번역물이 홍수처럼 범람하고 있다. 개인뿐만 아니라 국가의 발전은 빠르고 정확한 정보량에 비례한다고 해도 과언이 아니다. 현대인의 생존에 필수적인 번역의 생명은 정확성이다. 그러나 간과할 수 없는 사실은 너무나 많은 오역된 번역물이 양산되고 있다는 점이다. 오역된 번역물은 인간의 지적 활동에 환경공해보다 한층 더 심각한 영향을 끼친다.

번역은 단순히 언어기호(문자)의 전환이 아니고 문자라는 형식(표현수단) 속에 그 언어를 사용하는 민족의 정신, 세계관(이데올로기) 즉 넓은 의미에서 문화의 역동적이고 고유한 내용이 농축되어 있는데, 이 모든 것을 다른 형식으로 바꾸어 표현하는 것이 번역 작업이다. 따라서 번역의 문제점은 말해진 것이 아니라 의미된 것을 어떤 형식으로 표현하느냐 하는 데 있다.

번역 특히 문학작품 번역은 언어상의 문제만이 아닌데, 그 이유는 문학 텍스트는 단순한 언어 현상이 아니고 사회-문화적으로 주어진 언어 환경에 상응하는 의사소통의 기능을 지닌 복합적, 다차원적 구조이기 때문이다. 결국 번역은 번역자의 주관적 선택의 문제이고 이 주관적 선택의 기준은 번역자의 세계관이다. 따라서 세계관은 번역 결정의 최상위 개념이며 번역자의 언어능력, 창조적 능력은 하위 개념일 뿐이다.

본 연구의 내용은 문학작품 번역에서 결정적 영향을 미치는 언어 외적 요인에 관한 고찰이다. 최근 학계의 동향을 보면, 괴링H. Göhring, 르훠브르A. Lefevere, 훼르메르H. Vermeer, 라이쓰K. Reiss 등에 의해서 언어 외적 요인에 관한 논의가 전개되고 있다. 이들의 논의는 언어와 문화는 상호 의존한다는 가설에서 출발한다. 그러나 이러한 상호 의존성은 바이스게르버L. Weisgerber가 주장한 협의의 개념은 아니다. 번역은 문화의 변용이기 때문에 만일 번역에서 문화적 요인을 고려하지 않는다면 이를 번역이라 할 수는 없을 것이다. 또 한편 언어와 문화는 정적인 현상이 아니고 역동적인 것으로 시간의 흐름에 따라 변화하는 것으로 받아들여지고 있다. 번역은 그 시대의 언어-문화적 테두리 안에서 이루어져야 하므로 변화해야 한다. 예컨대, 마태복음 4장 4절의

'떡'은 영어의 'bread'를 우리말로 번역한 것인데, 1900년대 초 성서번역에서 'bread'를 '빵'이라고 번역했다면 그 뜻을 이해하는 사람은 그리 많지 않았을 것이며 그 당시 우리에게 생소했던 빵을 떡으로 번역할 수밖에 없었을 것이다. 그러나 현재 떡 대신에 빵으로 번역했다 해도 이의를 제기할 사람은 없을 것이다. 이것은 동·서양의 문화가 그만큼 융화되었다는 사실을 입증해 준다. 물론 1997년 개정판에서도 떡을 빵으로 고치지는 않았다. 추측컨대, 그 이유는 빵과 떡이 의미상으로 큰 차이가 없을 뿐더러 희랍어에서는 빵이라는 어휘가 반드시 빵만을 의미하기보다는 사람이 먹는 다른 음식물도 포함한다는 희랍어 음식 문화를 이해했기 때문일 것이다. 또 다른 예로서 란쯔버거B. Landsberger 등 고대 문화학자들은 고대 바빌로니아Babylonia의 문화를 이해하기 위해서 현재 유럽에서 사용되는 개념과 가치의 기준만으로는 설명이 불가능하며 그 당시 문화 자체에서 통용되었던 개념과 용어를 사용해야만 그 설명이 가능하다고 주장한다.

언어는 문화의 산물인가 하면, 문화는 언어의 산물이기도 하다. 최근 나이다E. Nida, 회니히H. Hönig, 쿠스마울P. Kussmaul, 라이스, 훼르메르, 하우스J. House, 블룸-쿨카Blum-Kulka, 크라마쉬G. Kramasch, 베허G. Becher 등에 의하여 번역과 문화에 관한 연구가 활발히 진행되고 있다. 물론 문화 지향적 번역방법도 번역의 실체로서 문화의 비중을 어느 정도로 간주하느냐에 따라 달라진다. 그 극단적 이론으로서 번역의 불가능성을 주장하는 언어-문화의 상대성원칙을 들 수 있다. 그러나 컴퓨터 시대의 자연과학에서와 같이 언어의 보편성이 점차 강조되기 때문에 현재 이러한 극단적 이론을 강조하는 학자는 그리 많지 않다.

이와 같이 언어의 상대성과 보편성은 번역이론의 양극단을 이루는데, 후자는 포르-로얄Port-Royal 학파의 보편문법과 촘스키Chomsky 변형생성문법의 심층구조 개념에서 잘 나타난다. 언어 보편성의 관점에서 보면 모든 번역은 가능하다. 따라서 또 다시 번역이론은 양 극단적 이분법을 형성한다. 그러나 주지해야 할 사실은 '상황문맥Kotext' 번역의 난해성에서 나타나는 바와 같이 문화와 전통 즉 세계관의 이해가 없이는 문학작품 등 특정의 텍스트 번역이 불가능하다는 점이다.

본 연구의 목적은 문학 텍스트의 번역에 가장 중요한 영향을 미치는 언어 외적 요인인 세계관 즉 문화적 요인(문화소Kulturem)을 분석, 비판하고 체계화하는 데 있다. 본 연구를 수행하기 위해서는 현상을 관찰하여 연구하고 설명하는 것이 주목적인 사회과학적 연구 방법론을 원용한다. 본 연구과제는 본질상 문헌 중심의 학제간 연구 대상이며 특히 언어학, 문학, 미학, 해석학, 철학은 물론이고 통신과학과 밀접한 관계를 맺고 있다.

2. 언어의 본질

2-1 언어와 세계관

언어와 사고 다시 말해서 세계관의 문제는 특히 철학자, 심리학자, 언어학자, 인류학자, 문학자, 문화학자 그리고 인성학자 등에 의하여 논의되었으며, 그 해답은 논자의 관점에 따라 다르게 나타난다.[1] 인간은 세계와의 대결 과정(예를 들면 일차적, 이차적 사회화, 노동과정,

---

1) 언어와 사고(인식 과정과 현실 파악의 문제)는 번역과 밀접한 관계가 있다. 훔볼트에 의하면, 사고는 모국어에 내포된 세계관의 반영이다. 한편, 언어는 개개인의 문화 특정의 세계관의 표현으로 간주되고 개인의 견해는 언어 사용에서 절대적인 비중을 차지한다.

협동과 가정 등)에서 실세계를 보는 방법 즉 실세계에 대응하고 적응하는 과정에서 그들에게 고유한 특정의 문화를 형성한다. 인간이 세상을 보는 방법은 크게 두 가지로 요약될 수 있다. 그 하나는 모든 객관적 인식은 체계적 분석을 통하여 규명될 수 있다는 합리주의자들의 객관적 방법이고 다른 하나는 모든 사물의 판단 기준은 주관이며 특히 운문은 주관적 창조력의 표현으로서 개인의 견해는 절대적이라는 이상주의자들의 주관적 방법이다.[2]

한편, 쉴라이어마허Schleiermacher(1838/1999)는 역사적 변천 양상을 매우 중시하여 선험적으로 유효한 인식의 조건이란 실제로는 역사적 유산 즉 역사적 산물이며 주체 역시 절대적 진리에 접근할 수 없음을 밝혔다. 그리고 객관적 혹은 주관적 방법으로 진리에 이를 수 없기 때문에 필연적으로 이해의 문제가 대두된다. 그의 해석학Hermeneutik은 인문과학의 연구방법론으로서 역사와 밀접한 관계가 있으며 이러한 역사적 의식을 바탕으로 그는 개인의 사고와 무관한 사물에 관한 선험 그 자체는 존재하지 않는다는 사실을 인정해야 한다고 주장했다. 역사적으로 형성된 인식의 조건이 바로 세계관이다. 세계관에 의해서 규범화된 특정의 문화가 형성되는데, 역으로 인간은 이렇게 이룩된 문화에 의해서 제약을 받는다. 문화에 의해서 각인된 인간의 행위나 사고방식이 습관, 관례, 예의 범절, 터부, 전통, 민족성, 가치관, 현실 파악의 방법 등으로 표현되는데, 이 과정에서 언어와 사고의 밀접한 연관관계가 형성된다. 어느 한 문화권의 구성원은 그 구성원에 의해 창조된 문화라는 창을 통해서 실세계를 보며 파악하고 해석한다. 따라서 어느 한 언어를 구사한다는 것은 그 언어 속에 저장되어 있는 현실 개념 파악의 방법에 따라 실세계를 개념화하고 또한 파악한다는 사실을

---

2) 이 두 사고방법은 모두 비역사적 방법이다.

의미한다.

언어와 사고에 관한 논의는 훔볼트가 시작하여 워후의 언어상대성의
원칙sprachliches Relativitätsprinzip(또는 사피어 – 워후Sapir-Whorf의 가설)과
바이스게르버의 내용문법inhaltbezogene Grammatik에서 구체적으로 전개
되었다. 워후[3]는 그의 이론과 유사한 사피어의 이론에 의거하여 언어
상대성의 이론을 정립했는데, 그의 이론에 의하면 서로 상이한 언어구
조 즉 문법을 사용하는 인간들은 외부적으로 유사하게 보이는 사태관
계에 관해서 전형적으로 다른 인식과 가치 평가를 한다. 따라서 인간
들은 관찰자로서 서로 등가관계에 있지 않고 세계에 관해서 어떤 다
른 견해(세계관)를 가지게 된다. 그리고 워후의 이론에서 언어와 사고
는 동일시된다. 실제로 우리가 현상학적 세계에서 관찰할 수 있는 모
든 범주나 유형은 단순히 세계 그 자체에서 발견할 수는 없다. 세계(자
연)는 우리의 정신 속에 존재하는 언어체계에 의해서 조직화되어야 할
일련의 만화경 같은 인상을 제시한다. 인간은 소쉬르가 언급한 바와
같이 개념화 이전의 카오스와 같은 현상을 분류하고 그것을 개념 속
에서 체계화하고 개념에 의미를 부여한다.

내용문법의 언어관에 따르면, 인간들이 실세계에 관해서 상호간 의
사소통을 하는 자연어는 실세계를 단순히 표시하지 않고 해석하면서
언어적으로 규정된 정신적 중간세계geistige Zwischenwelt 내에서 중재한
다. 바이스게르버[4]가 제시한 이론의 핵심적 개념인 정신적 중간세계
는 본질적으로 언어이다.[5] 다시 말해서 언어공동체 구성원들에게 모

---

3) Whorf, L. *Language, Thought and Reality.* Selected Writings, Cambridge/Mass. 1956.
   (dt. Teilübersetzung : *Sprache, Denken, Wirklichkeit. Beiträge zur Metalinguistik und
   Sprachphilosophie,* Rowohlt Taschenbuch, Reinbek bei Hamburg 1963), dt. 1984, p.20.
4) Weisgerber, L. *Grundzüge der inhaltbezogenen Grammatik.* Schwann, Düsseldorf, 1950,
   1971(4. Auflage), p.54.
5) 여기서 언어는 모국어를 의미하며 문제시되는 것은 모국어가 지니는 내용에 관

국어에 의해서 규정된 세계관 즉 모국어의 세계관을 중재하는 것은
모국어의 중간세계이다. 예를 들면, 북두칠성과 같은 성좌나 동서남북
등 네 방위는 처음부터 존재한 것이 아니고 인간 정신의 분류 및 분석
적 정신 활동에 의해서 형성된 것이다.

상이한 언어간 어장의 비교를 통해서 이들 언어간에는 개념적으로
1 : 1의 관계가 성립되지 않음을 확인할 수 있다. 언어의 중간세계와
모국어의 세계관은 특히 트리어(1931)의 어장이론에 구체적으로 나타
나는데 그 가운데 중요한 사항을 요약하면 다음과 같다.6)

1) 우리말의 '마녀'를 의미하는 영어의 'witch'와 독일어의 'Hexe' 사
이에는 개념상으로 1 : 1의 대응관계가 성립되지 않는다. 영어에는
'witch' 외에 '늙고 미운 여자(마술의 힘이 없는)'의 의미를 지닌 'hog'
가 있다. 그 결과 'witch'에서는 '아름다운', '젊은', '마법사의 힘이 있
는' 등의 특성 즉 의미소가 독일어의 'Hexe'보다 더 강하게 부각된다.7)
독일어의 관점에서 보면, 'witch'는 이미 '운명의 여신(요정) Fee'과 가
까워진다. 한편, 영어의 'fairy 요정'의 특성으로(독일어의 'Fee 요정'와
비교해서) '작은', '요마같은' 요인이 강조된다. 그리고 'fairly'는 'Fee'보

---

6) 어장이론의 창시자로 트리어는 어장Wortfeld을 다소간 배타적 개념 복합체를 분류
 하는 어휘의 총체로 이해했다. 개개의 단어는 총체적 어장의 구조 내에서 비로소
 그 정확한 의미를 가지게 된다. 그 본보기로 그는 능력 평가에 관한 어장을 제시
 했다. '결점이 있는mangelhaft'이라는 평가는 전체적 평가 척도와의 관계에서 비로
 소 결정된다. 예를 들면, 4단계로 구분된 평가 체계(불충분한mangelhaft − 충분한
 genügend − 우수한gut − 매우 우수한sehr gut)에서의 '결점이 있는'이라는 평가는
 6단계로 구분된 평가체계(불충분한ungenügend − 결점이 있는mangelhaft − 충분한
 ausreichend − 만족한befriedigend − 우수한gut − 매우 우수한sehr gut)에서와 약간
 다른 의미를 지닌다. 이러한 언어관에 의하면 어느 한 언어의 모든 어휘는 이와
 같은 어장으로 분류된다.
7) E., Leisi, *Praxis der englischen Semantik.* Heidelberg, 1973, 94f.

다 복수로 많이 쓰인다. 따라서 'fairy'는 독일어 'Elfe 여자 요정'의 뜻
과 겹치게 된다. 영어의 'elf'는 또 다시 독일어 'Kobold 집의 요정'의
특성을 어느 정도 지닌다.

위에서 논의한 바와 같이 영어 단어의 뜻을 그에 상응하는 독일어
의 뜻과 비교하면 다음과 같다.

독일어	Hexe	Fee	Elfe	Kobold
영어	hog	witch	fairy	elf

2) 친족관계의 명칭인 독일어의 'Grossvater 조부'는 부계와 모계의
조부로 분류되지 않으므로 문맥이나 설명이 없이는 어느 쪽의 조부를
말하는지 알 수 없다. 그러나 스웨덴어에서 부계의 조부는 'farfar', 모
계의 조부는 'morfar'로 구분하여 표시한다.[8] 스웨덴어의 'farfar +
morfar' = 독일어의 'Grossvater'이다. 이와 같이 어떤 언어에서 여러 하
위 개념으로 분류되어 있는 개념은 다른 언어에서는 하나의 상위 개
념으로 나타난다.[9]

어장은 실세계를 파악하는 데 결정적인 역할을 한다. 트리어[10]에 의
하면, 어느 특정의 시기에 어느 한 언어의 세계관은 어장 구분에 잘
나타난다. 어장이론을 수용하여 이를 한층 더 발전시킨 바이스게르
버[11]는 어장법칙Gesetz des sprachlichen Weltbilds에 관한 연구에서 매우

---

8) 우리말에서도 할아버지와 외할아버지는 구분하여 표시한다.
9) 독일어의 'Gezeit'란 말은 '썰물 Ebbe'과 'Flut 밀물'의 상위 개념이다. 그러나 러시
   아어에는 'Gezeit'같은 상위 개념은 없으며 다만 prilir(Ebbe)와 atlir(Flut)와 같은 하
   위 개념의 표현이 존재할 뿐이다.
10) Trier, J. *Der deutsche Wortschatz im Sinnbezirk des Verstandes. Die Geschichte eines sprachlichen
    Feldes*, Carl Winter, Heidelberg, 1931, p.20.
11) 바이스게르버, 같은 책, 96ff.

중요한 역할을 했다. 그 이유는 여기에 실제로 언어적 사고세계의 고유한 법칙이 명확히 나타날 뿐더러 언어의 의식화가 결정되기 때문이다.[12]

실제로 언어비교에서 모든 개별적 언어의 어장은 서로 다르게 구성되어 있음이 확인되었는데, 이것은 서로 다른 언어의 개별적 단어의 의미 내용은 상호간 비교될 수 없으며 또한 동일하게 취급될 수 없음을 뜻한다. 그것은 물론 개별어 어장의 위치가Stellenwert가 모두 다르기 때문이다. 이와 같이 서로 다르게 구분되어 있는 의미 내용은 모든 모국어가 당해 언어공동체에 대해서 구속력이 있는 중간세계를 포함하고 있다는 증거이다.

위에서 논의한 바와 같이 바이스게르버의 정신적 중간세계는 설득력이 있는 이론이지만 그는 모국어와 사고의 구조가 동일하다는 사실을 확증하지는 못했다. 실세계를 파악하는 데 중요한 역할을 하는 언어의 힘과 사고 및 인식 능력 사이의 관계는 아직 명확하게 해명되지 않았다. 사고가 모국어에 의해서 어떻게 그리고 어느 정도 영향을 받는가 라는 문제는 현재까지 규명되지 않았지만 '모국어 = 사고'라는 등식으로 간단히 표시되는 그의 이론은 상당한 논리적 설득력을 지니고 있다.

2-2 언어와 문화

언어는 대체로 문화에 깊이 뿌리를 내리고 있으며 그 역도 마찬가지이다. 언어는 문화가 언어적 산물인 만큼 또한 문화적 산물이다. 최근 20년 동안 번역학에서 문화에 관한 연구는 관심을 끌기 시작했다.

---

12) 위의 책, p.101.

번역학자들은 문화 인류학자들과 많은 공통성을 지니고 있다는 사실을 이해하게 되었을 뿐 아니라 언어학을 바탕으로 하는 언어학적 번역학의 테두리를 벗어나 문화 상호간에 관한 연구를 해야 한다는 사실도 인식하게 되었다.[13] 상호간 문화의 차이를 모른다면 다른 문화권의 언어를 정확히 이해할 수 없다. 번역이 문화의 변용이라는 전제 아래에서 "텍스트는 문화의 산물이다Texte sind Produkt einer Kultur."라고 훼르메르가 언급한 바와 같이 언어와 문화는 매우 밀접한 관계에 있으며 문화가 언어로 표현된 것이 곧 텍스트라 할 수 있다.

훔볼트는 언어와 문화, 언어와 인간 행위 사이의 긴밀한 연관관계를 처음으로 주장하고 언어를 정적인 어휘목록ergon이 아니고 역동적인 것energia으로 정의했다. 그리고 언어는 언어를 통해서 세계를 인식하고 판단하는 화자의 개체성과 문화의 표현이라는 그의 언어관은 1세기 후에 워후의 사고가 언어를 선행하지 않으며 반대로 사고는 언어에 의해서 제약을 받는다는 언어상대성의 원리로 나타난다. 언어는 고립된 현상이 아니고 언어를 통해서 세계를 인지하는 화자 인격의 표현이기도 하다. 언어와 사고의 관계를 인정한다면 언어와 문화의 관계 역시 부인할 수 없다.

후버Lin-Huber[14]는 언어습득에 관한 연구에서 모든 사회는 어린이들이 사회적 상황에 참여하는 것과 같은 방법으로 구조화되었으므로 어린이 언어모델의 형식, 내용 및 기능에 영향을 미친다는 사실을 입증했다.

---

13) W. Wilss, *Knowledge and Skills in Translator Behavior*. John Benjamins Publishing Company. Amsterdam/Philadelphia, 1996, p.85.

14) Lin-Huber, M. *Kulturspezifischer Spracherwerb*. Sprachliche *Sozialization und Kommunikationsverhaltern im Kulturvergleich*. Hans Huber, Bern/Göttingen/ Toronto/ Seattle, 1998, p.67.

1) 특정의 언어형식은 그 사회에서 특권을 가지므로 이 언어형식은
   그 문화권에서 다른 형식보다 일찍이 습득된다. 다른 언어형식은
   그 사회에서 경시되거나 어린이들이 그 형식을 사용하기를 꺼리
   기 때문에 늦게 나타나거나 전혀 나타나지 않는다.
2) 특정한 문화권에서 어느 특정의 내용은 타인에게 발설해서는 안
   되거나 터부시 되는 반면에 특정의 다른 내용은 이와는 반대로
   중요한 의미를 지닌다.
3) 언어는 서로 다른 문화권에서 각기 다른 기능을 가지므로 언어
   습득의 목적 또한 다르다. 이와 같이 어린이는 자기가 소속된 문
   화권의 세계관(가치관)에 상응하는 방법으로 언어를 습득하게 되
   며 자기 모국어 특유의 커뮤니케이션 능력을 키운다. 다시 말해서
   어린이는 누가, 어떻게, 무엇을, 언제, 말했는지를 배우게 된다.15)
   누가wer : 언어규칙(대화 시작, 주제 상정, 대화 교체, 대화 마감)
       은 문화의 서열적 조직을 표준으로 한다.
   어떻게wie : 언어형식(직접적 또는 간접적 표현 방법, 언표의 확실
       성 정도, 예우 전략, 형식적 또는 개인적 표현 방법, 화자와
       청자의 태도) 즉 어떤 것이 어떻게 표현되어야 할 것인가와
       같은 언어형식은 문화적 가치관에 기초한다.
   무엇was : 의무적 대화 문구, 대화 및 터부의 주제는 문화 특유의
       요인이다.
   언제wann : 문화적 관례인 담화 조직과 어느 특정의 상황에서 발
       화하거나 침묵해야 할 정보 구조화에 기초한다.

위에서 언급한 바와 같이 어린이는 언어를 습득할 때 언어기호의
의미규칙뿐만 아니라 그 사용법을 배운다. 어린이가 어떻게 언어 속에
함축된 의도를 해독할 수 있는가와 같은 언표의 의도를 규칙화하는
관습은 물론이고 그 문화권에서 어떻게 언어를 통해 그의 의도를 발

---

15) 위의 책, p.207.

표할 수 있을 것인가도 배운다.16)

이와 같이 언어는 언어를 습득할 때 이미 문화의 영향을 받는다. 문화 상호간의 비교를 통해 언어습득은 문화적 전제조건에 기초한다는 사실이 확인되었다. 언어습득 과정에서 어린이는 그가 속하는 문화권의 구성원으로서 언어를 사용하기 위하여 그 문화권의 세계관에 적응한다. 문화 특유의 의사 소통 능력의 차이는 문화 상호간의 의사소통에서 비로소 명확히 나타나는데, 문화의 특성 즉 문화소가 언어에 함축되고 또한 표현된다. 번역이 언어기호의 전환이 아니고 문화 변용이라고 하는 이유는 바로 여기에 있다.

사회화 과정에서 언어를 통해 습득된 규범 즉 문화적으로 제한된 현실 파악과 언어사용의 연관관계는 인간생활의 저변 및 터부 영역에서 현저히 나타난다. 우리 문화권에서는 죽음과 장례, 결혼 등에 관한 사항은 규범화되었으며 특히 제식의 의식절차에서 가장 뚜렷이 드러난다. 이에 상응하여 그것에 관한 언어사용도 매우 형식적이고 엄격하게 규범화되었다. 인간은 그 문화권 특유의 방법으로 죽음에 관한 의식절차를 행한다. 이 과정에서 규범화된 언어형식은 매우 중요한 역할을 한다.

또 다른 예로서 우리가 일상생활에서 흔히 들을 수 있는 'weekend 주말'는 독일어로 'Wochenende'인데, 이 두 단어는 거의 동일한 뜻을 가지고 있으므로 서로 등가관계에 있다고 할 수 있다. 그런데, 영어의 'weekend'를 불어로 옮길 때 'fin de semaine 주말'이라고 옮길 수 없다. 왜냐하면 비록 언어 정화 작업에 최선을 다하는 프랑스인들이지만 불

---

16) 어린이가 언어를 습득했다는 것은 동시에 그 문화권에 유효한 규범을 터득했다는 뜻이다. 문화를 토대로 하여 규정되는 규범이 언어를 통해서 표현되는데 문화에 따라 표현방식이 다르다.

어의 'fin de semaine'이라는 말은 시간의 한 지점을 나타내는 의미가 포함되어 있을 뿐이며 'weekend'에 함축된 미국인의 생활 양식 특유의 감정적 요인이 결여되어 있기 때문에 영어의 'weekend'라는 말을 차용하지 않을 수 없다.[17] 이와 같이 같은 단어이지만 어장 즉 의미 내용이 다른 것은 어장이 곧 문화의 산물임을 나타낸다. 따라서 언어와 문화는 매우 밀접한 연관관계에 있다고 할 수 있다.

특히 의복이나 식사 습관은 언어와는 무관하고 문화에 의해서 규정된다. 그러나 문화와 무관한 음운론적, 문법적 체계와 같은 언어현상도 있다. 또한 일상언어나 속세적 표현의 사용은 문화적으로 규정되어 있을 뿐 아니라 언어적, 문화적 양상을 서로 분리할 수 없는 경우도 허다하다. 그 예로서 인사, 작별, 감사, 사과 등의 표현이나 명령과 같은 언어행위, 특정의 수사학적 표현 등을 들 수 있다.[18]

3. 번역과 문화

3-1 문화와 번역의 관계

문학작품 번역에서 문화적 요인은 필수적으로 고려되어야 한다. 번역사적으로 이미 번역작업은 자유스러운 번역방법(의역)과 충실한 번역방법(직역)의 두 범주 안에서 수행되어 왔는데, 문화적 요인이 고려되기 전까지 번역의 근본원칙은 등가개념이었다.[19]

---

17) 우리말에서 '주말'은 'weekend'와 동일한 개념을 포함하고 있다고 볼 수는 없지만 차용어인 'weekend'와 함께 사용하고 있으며 산업사회화와 더불어 그와 유사한 의미를 지녔다고 할 수 있다.

18) W. Koller, *Einführung in die Übersetzungswissenschaft.* 5. Auflage. Quelle & Meyer, Wiesbaden, 1997, p.164.

언어학적 관점(언어접촉)에서 보면 번역은 어느 특정한 언어 즉 원어의 표현수단으로 사용되는 텍스트를 다르게 구조화된 언어적-문체적 방법을 적용하는 다른 언어 즉 역어텍스트로 옮기는 작업이다. 언어접촉을 토대로 한 이상적 번역방법으로 자국화(적응적) 번역과 외국화 번역을 들 수 있다. 전자는 역어화 번역방법으로서 번역 당시 역어와 역어 문체의 규범에 맞게 원어와 원어 문화의 규범을 변형시키는 번역방법이다. 반면에 후자는 외국화 즉 원어화하는 방법인데, 여기서는 가능한 한 원어와 원어 문체의 규범이 역어텍스트에 반영되어야 한다. 그런데 극단적인 경우 원어텍스트와 현저하게 다른 고유한 번역어가 생성될 수 있다.

세계 제2차 대전 이후 1950년대는 촘스키의 심층구조 이론과 기계번역 이론의 영향을 받아 언제 어디서나 유효한 보편적이고 기계적 번역방법이 주로 논의되었다. 1960년대는 C-패러다임 시대 즉 체계언어학의 발전과 더불어 언어의 형식과 체계가 연구의 중심이 되었으며 번역의 문제점은 원어텍스트와 역어텍스트 간의 내용상의 등가 생성이었다. 1970년대에 이르러 P-패러다임 시대 즉 화용론이 언어학의 주류를 이루게 되면서 번역의 주요테마는 텍스트 수용자의 인식 능력이었다. 그 결과 번역상의 불변수 즉 등가개념이 무시되고 번역의 목적이 강조되었다.

번역에 문화적 요인이 참작되기 시작한 시기는 1980년대부터이고 문화의 변용으로서 번역은 1990년대 특히 바스네트와 르훠브르 Bassnett/ Lefevere(1998)에 의해서 구체적으로 논의되었고 이것이 가장

---

19) 등가개념은 번역에서 가장 많이 논의된 문제인데 여기에서 논의되는 등가개념은 주로 언어학적 이론에 바탕을 두었으며 문화적 요인을 포함하지 않았다. 만약 문화적 요인이 참작되었다면 그것 역시 등가로 간주되는 것은 당연하다.

집약적으로 드러난 연구성과는 최근에 간행된 그들의 저서 『문화의 구성Constructing Cultures』이다.

번역과 관련하여 문화의 중요성은 이미 그 이전부터 인식되어 왔다. 호레이스Horace, 키케로Cicero, 히에로니무스Hieronymus[20], 루터Luther, 쉴라이어마허 등은 의역, 자국화, 수용자를 위한 번역방법 등 넓은 의미에서 문화의 요인을 고려한 번역방법을 활용하였다.

그리고 문화간의 커뮤니케이션에 관한 연구는 미국과 영국에서 시작되었다. 1960년대에 미국 정부는 자국 내에서 다민족간의 갈등을 해소하고 세계의 지배권을 차지할 의욕에서 문화에 관한 연구를 장려하였다. 이미 세계 제2차 대전 중에 베네딕트Benedict가 중심이 되어 일본 민족에 관한 연구를 수행하였고 그의 저서 『국화꽃과 칼The Chrysanthemum and the Sword』(1946)은 이미 이 분야의 고전이 되었다.[21]

한편, 1960년대 전후 영국에서 문화에 관한 연구는 대학교수와 성인교육에 종사하는 학자들 중심으로 진행되었고 호가트R. Hoggart는 1964년 버밍햄대학에 〈현대 문화학 센터The Center for Contemporary Cultural Studies〉를 설립했다. 그의 저서 『읽고 쓰는 능력의 활용The Uses of Literacy』(1957), 윌리암스R. Williams의 『문화와 사회Culture and Society』(1963), 톰슨E. Thompson의 『영국 노동계급의 형성The Making of The English Working Class』(1963)에서는 영국 사회에서 계급 체계의 양상과 문화라는 용어 'culture'의 재평가에 관한 연구가 주로 논의되었다.[22]

---

20) 고금을 통해서 가장 위대한 번역가로 추앙을 받는 히에로니무스는 AD 420년 9월 30일 서거하였는데, 1992년 〈국제번역협회Fédération Internationale des Traducteurs. FIT〉는 이날을 '국제번역자의 날'로 정했다. 그는 처음으로 히브리어 원전의 구약성서를 라틴어Vulgata로 번역하는 한편 이전 문화와 기독교문화 사이의 교류에도 큰 역할을 했다.

21) H. Göhring, "Interkulturelle Kommunikation" in : Handbuch Translation, M. Snell-Hornby et.al.(Hrsg). Stauffenburg, Tübingen, 1999, p.112.

번역은 한마디로 문화간의 커뮤니케이션이다. 문화라는 말은 번역과 관련하여 매우 복잡 다양한 의미로 쓰이는데, 이는 크뢰버와 클룩혼Kroeber/Kluckhohn(1952)이 수집한 문화의 개념에 관한 정의가 사백여 쪽 이상에 달한다는 사실에서도 드러난다. 인류 문화, 정신 문화, 서양 문화, 동양 문화, 음식 문화, 대학 문화, 도시 문화, 개인 문화 등 문화라는 개념은 매우 상이한 추상적 차원의 뜻을 내포하고 있기 때문에 문맥에 따라서 다르게 해석되지 않으면 안 된다. 그리고 행위와 가치 평가의 집단적 차이로 인하여 원어 문화는 물론 역어 문화 안에서 문화 사이의 커뮤니케이션 과정을 위한 어떤 의미를 지닐 수 있는 실제 번역작업과 관련되는 모든 것을 뜻한다. 그리고 개인의 행동 방식 즉 개인 문화의 존재는 번역을 한층 더 어렵게 한다.

번역에 문화적 요인이 제외되고 언어학적 이론만이 적용되었을 경우에 많은 문제점이 야기되리라는 것은 주지의 사실이다. 번역에 있어서 문화적 요인이 얼마나 중요한지를 간략히 요약해 보면 대체로 다음과 같다.

첫째, 구조의미론23)은 두 언어간의 어휘론적 체계가 대부분의 경우 서로 일치하지 않으므로 의미상의 차이를 나타낸다는 사실을 밝힘으로써 번역학의 발전에 중요한 역할을 했다. 예컨대, "Sie hat sich eine Schildkröte gekauft 그녀는 거북이 한 마리를 샀다."라는 독일어 문장을 영국 영어로 번역하려면 'Schildkröte'가 '바다거북Wasserschildkröte'인지

---

22) S. Bassnett/A. Lefevere(Hrsg.), *Constructing Cultures*. Essays on Literary on Translation, MultilingualMatters, Clevedon/Philadelphia/Toronto/Sydney/Johannesburg, 1998, p.130.

23) 구조의미론의 신봉자로서 라이프찌히학파(Neubert/Kade(1973)와 Nida학파(Larson 1974)를 들 수 있는데, 그들의 번역방법의 특성은 어휘를 번역하는 것이 아니고 의미론적 특성의 다발Bündel der semantischen Merkmale을 번역하는 데 있다.

혹은 '육지거북(자라)Landschildkröte'인지 알아야 하고, 한국어로 번역하려면 자라인지 거북인지 구별해서 번역해야 한다. 독일인들이 그들의 세계관에 따라 일상생활에서 문화적으로 특성화하지 않은 동물 명칭을 영국인들은 특성화한다.

둘째, 원형의미론[24)에 따르면, 원형에는 핵심적 부분과 주변적 부분이 있다. 예를 들면, 참새, 까치들은 일반적으로 새라는 전형적 범주에 포함된다. 그러나 펭귄이나 타조는 새의 핵심적 원형이라기보다는 주변적 부분에 속한다. 그러나 아프리카 초원지대의 주민에게 일상적 경험 영역에 속하는 타조는 새의 원형 범주에 속한다. 다시 말해서 어떤 사물이 원형의 핵심 부분에 속하느냐는 문제는 문화에 의해서 결정된다. 영어의 'bedroom'과 독일어의 'Schlafzimmer'는 공통적으로 침실이라는 핵심적 의미를 지닌다. 즉 침실에서 가장 중요한 기능을 나타내는 가구는 침대 또는 그와 유사한 것이다. 그러나 다음과 같은 경우에는 영국과 독일의 문화적 전통이 서로 다르기 때문에 'bedroom'의 번역에 주의를 요한다. 영국에서 'bedroom'은 부동산 매매 광고에서 단독주택이나 아파트의 크기를 표시하는 데 사용된다. '3-bedroomed flat for sale'은 그러한 예에 속한다. 그런데 독일에서는 그렇지 않다. 특수한 문맥에서 주변적 의미 중 어느 것이 실현되느냐에 따라 영어의 'bedroom'은 독일어의 'Zimmer', 'Kinderzimmer', 'Jugendzimmer', 'Schlafzimmer'로 번역되어야 한다. 요약하면 단어의 의미가 문화적으로 영향을 받는다면 원형의미론은 번역을 위해서 항상 유효하다.

---

24) 원형의미론에 의하면 인간의 두뇌 속에서 언어적 이해와 생성의 과정은 일련의 번역적, 분석적, 형식론적으로 규정되는 의미론적 특성에 의하여 확정되지 않고 언어적 범주의 사고는 경험에 의해서 규정된다는 가설에 바탕을 두는데 이는 경험적으로 입증된 바 있다.

3-2 문화번역이론

번역과 문화에 관한 논의는 1990년대부터 활기를 띠기 시작했다.[25] 그 가운데 1990년에 발행된 바스네트/르훠브르(eds)의 『번역, 역사와 문화Transaltion, History and Culture』에서 번역과 문화의 관계가 공식적, 본질적으로 거론되었다. 여기에서 그들은 번역학의 대상을 원어와 역어의 두 문화권간의 문학적, 문학 외적 기호 조직 내에서 언어적 텍스트로 정의함으로써 번역의 '문화적 전환cultural turn'의 새로운 시대를 전개했다. 그들은 번역하기 위해서 얼마나 복잡한 텍스트상의 조작 과정이 일어나며 텍스트가 어떻게 선정되고 텍스트 선정 과정에서 번역자, 편집자, 발행자 및 후원자의 역할이 무엇인가, 번역된 텍스트가 역어 문화권에서 어떻게 수용되어야 하는지에 대해서 자세히 언급했다. 번역의 문화적 전환에서 번역학의 주제는 번역과 문화의 상호작용인데 이러한 연구 영역의 범위가 너무 광범위하기 때문에 어느 한 학자의 능력으로는 감당할 수 없으며 학제적 연구가 필요하다. 그런데, 아직 문화학자와 번역학자 사이의 교류가 원활하게 이루어지지 않음은 안타까운 일이다.

번역된 텍스트는 문화간의 교류를 기록한 경험적 자료이다. 문화학은 사회학 및 민족지학적 연구방법론을 근간으로 하므로 번역학과 문화학 사이의 학제적 연구가 한층 더 가능하게 되었다. 현재 문화학자들의 주요 연구주제는 권력 관계와 텍스트 생성에 관한 문제이며 번역학자 또한 이런 문제를 인식하고 있다.[26] 한편, 문화학자들은 성, 영

---

25) 1976년에 개최된 루뱅에서의 번역학자 대회에서 논의된 주제의 논문들을 수록한 『문학과 번역Literature and Translation』(Holmes et al. 1978)에서 번역과 관련하여 언어학적, 문학적, 문화적 요인이 처음으로 논의되었다.

26) 번역학자들은 희랍어와 라틴어의 고전에 관한 역사적 비교연구 또는 단테, 셰익

화, 대중 매체 등에 관한 연구에 관심을 가지고 있지만 유감스럽게도 번역학의 중요성을 인정하려고 하지 않는다. 번역 텍스트는 그들에게 문화 변용의 가상적 상황이 아니고 실제적 상황을 제공한다. 따라서 문화학에 '번역 전환translation turn'이 일어나야 함은 당연한 일이다.

이미 언급한 바와 같이 번역학자들은 제諸문화간의 상호작용이 어떻게 일어나는가에 관해서 지대한 관심을 가지고 있으며 쉴라이어마허의 번역이론에는 이미 문화개념이 내포되어 있다. 그는 1813년에 베를린의 왕립학술원에서 발표한 논문 「번역의 다양한 방법론에 관하여 Ueber die verschiedenen Methoden des Uebersetzens」27)에서 '타국화 방법 Methode der Verfremdung' 즉 번역은 가능한 한 원문에 충실해야 함을 강조했는데, 이 논문은 19세기 독일어권에서 번역에 관한 가장 중요한 논문으로 간주된다. 그러나, 그는 어떤 언어나 문화의 우월성을 부정하였으며28) 그의 이론의 출발점은 인간과 언어 간의 변증법적 관계여서 인간의 사고는 언어의 창작물이며 자율적으로 사고할 수 있는 모든 인간은 언어를 구사할 수 있는 능력(언어능력)을 소지한다는 전제조건이다.29) 따라서 표현과 사고는 본질적, 내적으로 동일한 현상이다. 외국어뿐만 아니라 그 나라의 문화와 역사 및 언어학적 지식을 겸비

스피어, 괴테 등과 같은 규범적 작가들의 비교연구를 통해서 어떻게 문화적 가치와 이상에 관한 개념이 형성되고 이러한 가치 개념이 어떤 사람들의 이익과 관심을 표방하는지를 충분히 이해하고 있다.

27) 쉴라이어마허가 이 논문에서 제시한 번역이론은 그의 플라톤 번역에 바탕을 두는데, 여기에서 번역에 관한 모든 문제점이 체계적으로 논의되었다.

28) 중세 유럽에서 라틴어는 현재 영어와 비슷한 상황에 있었다. 특히 제3세계의 언어를 영어로 번역한다면 아무래도 영어 중심의 번역이 된다. 다시 말하면 이국적이고 색다른 모든 것이 표준화되는 'Holiday Inn Syndrome'의 현상이 일어난다. 이러한 의미에서 문화 중심의 번역은 권력과 밀접한 관계를 맺는다.

29) H. Störig, (Hrsg). Das Problem des Übersetzens(Wege der Forschung 8). Wissenschaftliche Buchgesellschaft, Darmstadt, 1963, p.43.

한 자만이 외국 작품을 올바르게 이해할 수 있고 자신이 이해한 것을 번역을 통해서 독자에게 전달할 수 있다. 쉴라이마허는 타국화와 자국화의 두 번역방법을 제시했는데, 타국화 방법은 원문과 같은 텍스트를 생성하기 위하여 노력하는 방법이다.[30] 그는 타국화 방법을 선호했는데, 여기에서는 원어텍스트의 특성이 역어텍스트에 보존되어 있어서 역어의 독자들이 원어 텍스트가 어느 언어인지 즉시 인지할 수 있어야 한다.

독일에서 19세기 초에 문화와 정치적 자유가 보장되었을 때 번역이론의 전성기가 형성되었었다. 그런데, 19세기 전반기의 후반에 물질주의와 민족주의의 압박으로 인하여 번역이론은 정체상태에 빠져 있었다가 현재 번역이론은 세계화와 정보화의 도움으로 다시 활기를 띠기 시작했다.

고대로부터 번역의 주요쟁점은 직역과 의역, 원어 중심과 역어 중심의 문제였다. 1970년대까지 번역은 언어 중심이었으며 문화는 구체적인 경우에 언어적 문제를 해결하는 데 필요한 일종의 배경적 지식으로 취급되었다.[31] 그러나, 1980년대 초기부터 번역학자들도 이러한 번역의 개념과는 다른 문화의 중개자로서 그들의 역할을 강조하기 시작했다. 문화와 관련되는 번역이론의 관점에서 보면, 번역은 문화간의

---

30) 주지해야 할 사실은 쉴라이어마허가 기호의 교체는 언어나 사고의 교체와 연계되어 있다는 그의 언어관 때문에 타국화 방법을 포기해야 했다는 것이다. 한편, 그는 두 가지 번역방법 중에서 어느 하나를 택하는 것도 환상에 불과하다고 주장했다. 따라서 번역자는 다른 방법 즉 노력의 흔적이 표현되어 있고 외국의 감정이 스며들어 있는 텍스트를 생성하는 방법을 모색하지 않으면 안 된다(Störig 1963 : 45). 실제로 이러한 번역방법은 괴테의 행간 번역방법과 유사하며 훔볼트(1816) 또한 그의 『아가멤논Agamemnon』 번역의 서문에서 쉴라이어마허와 비슷한 주장을 했다.

31) 라이프찌히학파는 언어학적 번역이론의 전성기를 이루었으며 번역 과정에 엄격한 미시언어학적 방법을 적용했다.

커뮤니케이션의 특수한 경우로 정의된다. 따라서 번역의 목적은 문화 간의 장벽을 극복하는 데 있으며 언어는 문화 장벽의 특별한 경우로 기술된다. 문화 번역이론은 본질적으로 문화적 차이 즉 사고, 도덕, 전통, 견해, 가치관 등의 차이와 이러한 차이로부터 야기된 인식, 해석과 행위의 방법 등 세계관의 차이가 문화간 커뮤니케이션을 어렵게 한다는 가설에 기초한다. 여기에서 언어적 이해의 어려움은 문제시되지 않는다. 문화와 번역과의 연관관계가 정립되면서 넓은 의미에서 문화와 관련되는 요인, 문화의 특성 즉 '문화소'의 개념[32]이 번역학에 새롭게 도입되었다. 문화소란 어느 특정의 상황에서 특정의 이해 그리고 이에 상응하는 행위를 유발시키는 어느 언어권의 모든 문화적, 사회-경제적 소여성을 일컫는데, 언어적 요인뿐만 아니라 원어 문화권에 나타나지만 역어 문화권에는 알려져 있지 않거나 다르게 정의된 비언어적 현상, 제도 등도 여기에 속한다. 일례로 사회적, 경제적, 법적 체계의 상이한 구조에서 나타나는 제도로서 우리 나라에 없는 개념이지만 독일의 사회보험 체계에 속하는 '사회보험료Sozialabgabe'를 들 수 있다.

번역이 문화의 변용이라면 문화소는 번역의 핵심적 요인이다. 그리고 번역의 어려움은 바로 타문화권의 문화소 개념 파악이 용이하지 않다는 데 있다. 번역자는 원어와 역어뿐만 아니라 두 언어권의 문화에도 정통해야 최적의 번역을 할 수 있다. 만일 번역자가 두 문화권의 차이를 인식하지 못하면 번역은 오역이 되고 만다. 구체적인 예로서 덴마크어 상용편지의 한 구절을 독일어와 한국어로 번역하면 다음과 같다.[33]

---

32) 문화소의 개념은 언어학에서 음소 또는 의미소와 같은 개념이다.
33) D. Hansen, "Die Rolle der fremdsprachlichen Kompetenz" in : *Handbuch Translation*. M. Snell-Hornby et al.(Hrsg.). Stauffenburg, Tübingen, 1999, p.342.

덴마크어 I forlængelse of mødet vil glæde os at byde
Dem til middag i Tivoli kl. 19.00.

독일어 Im Anschluss an die Sitzung möchten wir Sie
um 19.00 Uhr ins Tivoli zum Mittagessen einladen.

한국어 회의가 끝나면 귀하를 7시에 티보리로 점심식사에 초대하
고자 합니다.

언어상으로 볼 때 독일어 번역이 올바른 번역으로 보이지만 문화적
관점에서 보면 '19.00 Uhr'와 'Mittagessen'의 번역이 실제로 오역임을
알 수 있다. 이것은 번역자의 문화적 능력의 부족에서 야기된 오역인
데, 덴마크어 'middag'가 단어 그대로 직역되었으며 두 언어간의 문화
적 차이가 무시된 채 번역되었기 때문이다. 덴마크인들은 점심 시간에
'frokost'(이것은 'Früstück 아침식사'가 아니고 일종의 'Lunch 점심'에 해
당된다.)를, 저녁 시간에 'middag'라고 하는 식사를 한다. 따라서 문화
번역능력이 있는 번역자는 여기에서 중요하지 않은 점심과 저녁 식사
의 시간적 차이를 무시하고 'zum Essen einladen 식사에 초대한다'고 번
역했을 것이다. 한국어 번역 역시 문화적 차이에서 오는 오역이며 점
심 식사를 식사 또는 저녁식사로 번역해야 한다. 이와 같이 번역자는
언어학적 번역과 문화적 번역의 분명한 차이를 간과해서는 안 된다.
특히 원어 문화권에서는 잘 알려진 전형적 사실이지만 역어 문화권에
서 전혀 생소하거나 잘 알려지지 않은 문화소는 번역 과정에서 가장
해결하기 어려운 문제이다. 이외에도 원어 문화권에서 특정의 연상작
용 또는 일련의 특수한 연상작용을 불러일으키는 언어표현의 번역이
역어 문화권에서 역어와 결합된 문화 특유의 함축성 때문에 바람직하
지 않은 연상작용을 일으킨다는 사실도 유의해야 한다.

스톨제Stolze[34]는 문화적 차이에서 나타나는 문화소의 부등성을 다음과 같이 세 종류로 분류했는데 이것은 번역자가 특히 유의해야 할 사항으로서 문화 번역능력이란 이러한 문화소를 인식하고 이해했음을 뜻한다.

1) 실제적 부등성reale Inkongruenz : 역어 문화권에 존재하지 않는 원어 문화권의 문화소[35]
2) 형식적 부등성formale Inkongruenz : 역어 문화권에 문화소로서 존재하지만 다른 언어적 형태를 지닌 원어 문화권의 문화소[36]
3) 의미적 부등성semantische Inkongruenz : 역어에서 원어의 뜻으로부터 일탈하거나 원하지 않는 연상작용을 일으키는 어휘의 문화 특유의 함축성[37]

위의 세 부등성 중 실제적 부등성은 역어 문화권에 존재하지 않는 개념이기 때문에 난해하다. 따라서 번역방법 역시 매우 다양하다. 한센[38]은 실제적 부등성의 번역방법을 기관 명칭의 예를 들어 다음과

---

34) R. Stolze, *Hermeneutisches Übersetzen. Linguistische Kategorien des Verstehens und Formulierens beim Übersetzen*. Narr, Tübingen, 1992, 207f.
35) 스톨제(ibid. p.210)는 실제적 부등성은 텍스트 전체를 원문 텍스트에 상응하는 유사한 텍스트로 번역함으로써 보상될 수 있다고 주장했다.
36) 번역이론에서 형식적 부등성은 일반적으로 역어 문화권에 알려져 있지만 다른 형태의 언어로 표현되는 고유명사의 예를 들어 설명된다.
37) 한 민족의 심성은 그 민족이 사용하는 언어의 특성에 나타난다. 번역자는 이 문화소의 번역에 특히 유의해야 한다. 언어상으로 아무 문제가 없는 것 같이 보이지만 이 문화소의 오역은 의사소통 장애의 원인이 된다. 특히 문학적, 철학적, 사상적 텍스트의 형식과 그 형식에 의해서 전달되는 내용을 번역하는 데는 어려움이 따른다. 한편, 이러한 텍스트의 언어표현은 시간이 경과함에 따라 즉 역사적으로 변화하는 특정의 문화와 관련되는 개념, 관습, 사고방식, 감정 등과 연관되어 있다.
38) D. Hansen, "Zum Übersetzen von Kulturspezifika in Fachtexten", in : *Übersetzerische Kompetenz*. Kelletat, A.(Hrsg.). Peter Lang, Frankfurt am Main/Berlin/Bern/New York/Paris/Wien/ in Bd. 22, 1996, 69ff.

같이 제시했다. 1) 원문 텍스트의 기관 명칭을 원어 표현(언어기호)의
예로 제시하는 방법, 2) 원문의 기관명을 제시함과 동시에 역어로 설
명하는 설명적 방법, 3) 원문의 기관명을 제시하지 않고 역어로 설명
하는 설명적 번역방법, 4) 역어 문화로 전환하는 방법 즉 역어 문화권
에 그와 유사한 기능을 가진 기관명을 제시하는 방법, 5) 원어의 기관
명을 제시하지 않고 발신자의 의도를 다른 언어적 수단으로 표현하는
방법이 그것이다.

최적의 훌륭한 번역을 하기 위해서는 문화소에 관한 체계적 연구가
이루어져야 하는데, 현재 실용 텍스트와 관련되는 문화소에 관한 연구
는 약간 이루어져 있다.39) 어느 한 민족의 고유한 특정의 문화소는 정
서적으로나 전통적으로 그 민족을 대표할 수 있는 심성을 함축적으로
표현하기 때문에 타문화권의 언어기호를 통해서 정확히 이해할 수 없
을 뿐더러 어떤 번역방법으로도 정확히 번역할 수 없으며 다만 그와
유사한 개념을 소개할 수밖에 없다. 어느 나라의 문화를 이해했다는
것은 그 고유의 문화소 개념을 파악했다는 뜻이다.

우리말의 "恨이 맺힌다"에서 한恨을 외국어로 어떻게 번역할 것인
가? 우리 민족 문화의 본질적 정서를 나타내는 어휘를 설명하기는 쉽
지 않고 외국인이 이러한 민족 고유의 문화소를 이해한다는 것은 어
려운 일이다. 그리고 춘향전에서 사또의 "곤장 사십 대를 쳐라!"라는
말을 영어로 "cane forty!"라고 번역한다면 언어의 맛과 멋이 빠진 무미
건조한 표현이 되고 만다. '곤장'이라는 말은 양반에게 착취만 당하는
상민의 한이 맺힌 정서가 깃든, 우리 민족만이 느끼고 이해하고 공감
할 수 있는 개념이며 역사적으로 우연히 형성된 것이다. 이것은 의도

---

39) 필자 자신은 문학이나 철학과 같은 고차원의 텍스트와 연관되는 문화소에 관한
　　연구논문이나 저서를 입수하지 못했다.

적으로나 체계적으로 설명될 수 있는 문제가 아니다. 따라서 어느 한 민족의 전통이나 관습, 가치관과 사고방식을 모르고 그 민족의 문학작품을 번역할 수 없다.

설상가상으로 '상황문맥'은 외국문화를 이해하는 데 큰 장애물이 된다. 한 예로서 우리나라의 문화를 모르는 외국인이 시골에서 대문 앞에 숯과 고추가 달린 새끼줄을 보고 아들을 낳았다는 사실을 알 도리가 없다. 또 우리말의 "콩 심은 데 콩 나고, 팥 심은 데 팥 난다."는 속담이 무엇을 뜻하는지는 우리 문화권에서 태어난 사람에게는 설명할 필요가 없으나 이 속담을 프랑스어로 번역한다면, "사과나무에는 사과가 열린다."로 번역해야 그 내용이 정확히 전달된다. 이것을 직역한다면 문법적으로는 옳을지 몰라도 내용상 공허한 말이 되고 만다.

이처럼 어느 한 민족에게는 설명이 필요 없는 사회-문화적으로 자명한 사실을 상황문맥이라 부른다.[40) 이러한 문화적 배경 지식이 없이 또한 정확한 번역은 불가능하다. 그리고 완결문맥은 너무나 자명하기 때문에 원어민에게는 관심조차 끌지 못하지만, 번역자에게는 매우 생소한 개념이어서 특수한 문화소보다 더 어려운 요인이 될 수 있다.

순수문학 작품 특히 운문의 번역은 매우 어려운 작업이다. 형식이 내용보다 중시되는 텍스트에서는 미학적 관점에서 볼 때 액센트, 템포, 리듬, 두운, 각운 등의 요인이 중요한 역할을 한다. 영시 혹은 독일시를 우리말로 내용만을 중시하여 사전적 의미로 번역했다면, 그 번역시가 얼마나 무미건조할 것인지는 상이한 문화권에서 살고 있는 우리에게는 상상을 불허한다. 물론 우리말에는 영어나 독일어에서 사용하는 시적 표현의 언어장치가 없을 뿐더러 미적 감각도 서로 다르다. 그러나 보상Kompensation의 방법을 통해서 어느 정도 번역상의 어려움을

---

40) 이것은 캐트휘드J. Catford가 만든 학술용어로서 문맥Kontext과 대조를 이룬다.

극복할 수 있다.[41]

위에서 언급된 요인 외에도 번역과정에서 여러 가지 많은 요인이 고려되어야 한다. 예를 들면, 의미의 뉘앙스, 터부, 언어유희, 은유, 의성어, 의태어 등은 거의 번역하기에 불가능한 요인들이다.

이미 앞에서 논의한 바와 같이 번역은 문화 변용의 행위이다. 번역의 연구대상은 말해진 것이 아니라 문화에 뿌리를 내린 의미된 것이다. 그러므로 번역의 본질적 문제는 어떻게 문화의 장벽을 극복할 수 있는가에 있다. 그렇게 하기 위해서 번역자는 1) 문화가 무엇인가를 이해해야 하고, 2) 원어와 역어의 문화가 어떻게 다르며, 3) 문화적 번역방법에서 문화가 역어텍스트에 어떻게 표현되었는가를 정확히 파악해야 한다.[42] 문화 번역능력을 소지했다는 것은 번역자가 문화 특유의 어휘, 의미요소, 텍스트의 형태 및 특정한 텍스트 유형의 특성을 인지하고 언어 상호작용의 관습에 상응하는 지식을 소지할 뿐만 아니라 텍스트의 해석과 두 문화권에서 눈에 띄지 않는 사태와 행위를 표현하기 위하여 사용될 수 있는 사회-문화에 관한 배경 지식을 갖추었음을 뜻한다.[43]

문화 중심적 번역에서 텍스트에 표현되어 있는 사태관계를 이해한다는 것은 텍스트 수용인과 번역자가 그 텍스트의 어휘를 문화적 사항과 관련하여 충분히 이해하고 해석할 수 있다는 사실을 전제로 한

---

41) 비네/달벨네Vinay/Darbelnet(1958)가 「불어와 영어의 비교 문체론*Stilistique comparée du français et de anglais*」에서 제시한 7가지의 기본적 방법과 홀리데이A. Holliday에 의해서 체계화된 전이Shifting 등을 토대로 한 보상의 개념을 도입하면 어느 정도 번역의 어려움을 극복할 수 있다.

42) E. Fleischmann, "Die Translation aus der Sicht der Kultur. Kulturelle Modelle der Translation", in : *Modelle der Translation*. Gil, A. et al.(Hrsg.). Peter Lang, Frankfurt am Main 1999, p.61.

43) 위의 책, p.63.

다. 언어적 표현 및 지식에서도 특정한 문화적 요인의 특색이 물론 반
영된다. 그러나 실제 어휘소Realienlexem를 명확히 파악하기 위해서는
1) 문화권에 사회화되어 있는 문화적 지식이 필수적이고, 2) 기본 명제
의 논항 변수가 전거에 의하여 확증된 사실이 문화소적으로 구별되어
야 하고, 3) 각각의 문화권에서 동일한 언어 단위는 서로 다른 상징적
의미를 지닐 수 있음을 고려해야 한다.[44] 한편, 의미는 상이한 내포적
의미소를 소유할 수 있으며 어휘소 역시 서로 다른 백과사전적, 실제
적 지식을 환기시킬 수 있다.

번역은 역어에서 규정되어야 할 텍스트 기능이 어느 한계까지 원어
의 사회－문화적 요인을 수용할 수 있기 때문에 가능하다. 번역자가
이러한 요인을 사회－문화적 결속으로부터 분리해서 그것을 수용자의
사회-문화적 기대에 상응하도록 역어의 언어기호로 표현할 수 있는 권
한을 가질 수 없다면, 그는 단 한 줄의 텍스트도 번역할 수 없을 것이
다. 원어와 역어의 언어 문화가 본질적으로 다르다 하더라도 원어텍스
트의 기능을 역어로 옮길 수 있다. 그러나 이러한 분리와 결속이 자의
적으로 행해지는 것은 결코 아니다.[45]

문화 중심적 번역에서 주지해야 할 사실은 정보 전달의 행위나 방
법이 문화에 따라 다르다는 점이다. 홀라이쉬만Fleischmann[46]이 지적한
바와 같이 대화시 상대방과 적어도 어느 정도의 거리를 유지해야 할
지는 문화권에 따라 다르다. 예를 들면, 남반구 지역의 국가나 러시아

---

44) G. Wotjack,"Interkulturelles Wissen und zweisprachig vermittelte Kommunikation", in :
   Revista de Filologic Alemana 1, 1993, 189f.
45) H. Hönig/P. Kussmaul, Strategie der Übersetzung. Ein Lehr-und Arbeitbuch, Tübingen,
   (=Tübinger Beiträge zur Linguistik 205), 1982, p.53.
46) E. Fleischmann, "Die Translation aus der Sicht der Kultur. Kulturelle Modelle der
   Translation", in : Modelle der Translation. Gil, A. et al.(Hrsg.). Peter Lang, Frankfurt am
   Main, 1999, 62f.

에서는 독일에서보다 상대방과의 거리가 가깝다.

한편, 대화시 침묵은 언제 어느 정도가 적당한지, 어느 대화 상대자가 다시 대화를 시작해야 할지, 어느 주제가 선호되며 경우에 따라 어느 주제가 터부시되는지, 대화 상대자간의 교체는 어떻게 이루어져야 하는지, 명백하게 거절하거나 의심을 표명할 수 있는지, 어떻게 제안을 할 수 있고 거절할 수 있는지, 불쾌한 질문을 어떻게 처리할 것인지, 상대방에 대한 비판은 어떻게 표현되어야 하는지, 어떤 방법으로 상대자에게 자신의 견해를 표명하고 상대방을 설득시킬 수 있는지, 대화 중 언제쯤 본안건을 상정해야 하는지, 얼마나 오랫동안 어떻게 대화의 주안점을 준비해야 하는지 등 문화권에 따라 대화의 행위나 전략이 다르다. 잘 알려진 바와 같이 우리나라에서는 예절과 존대법도 대화 과정에서 큰 문제가 된다.

문화 번역에서 가장 중요한 사실은 텍스트 역시 문화권에 따라 다르게 구성된다는 점이다. 따라서 번역의 본질적 문제는 동일한 정보를 표현하는 행위나 텍스트 구성이 문화권간에 상이한데 이러한 상이한 원어텍스트를 어떻게 역어 문화권에 상응하는 텍스트로 표현하느냐에 있다.

크라포트[47]는 광범위한 사례연구의 결과를 토대로 하여 번역의 문제는 문화 변용임을 입증했다. 그는 사례연구의 모든 경우에서 당해 언어간 번역과정의 역동적 발전 과정에서와 같이 문화는 역사적으로 주어진 특수성을 지니고 있으며 한편, 텍스트의 선택과 주제의 역점 역시 전적으로 문화적 현상과 같이 그 특성과 연관해서만 해석될 수 있다는 전제 조건 아래에서 규정된다는 사실을 확인했다. 언어적으로

---

47) H. Krapoth, "Einleitung zu Übersetzung als kultureller Prozess", in : *Göttinger Beiträge zur Internationalen Übersetzungsforschung* 16, 1998, p.4.

표현된 개념을 내포하는 특성의 문화적 행위에는 또한 그 문화의 기본적 패러다임이 함축되어 있다. 문화와 관련하여 이와 같은 중요한 요인이 존재한다면 비로소 그 핵심적 개념과 핵심적 씨나리오에 관한 논의가 가능해진다. '텍스트로서 문화Kultur als Text'라는 은유를 적용한다면 이러한 핵심적 개념이나 씨나리오는 체계적 구성을 통해서 명확해지는 텍스트의 요인이 될 것이다. 따라서 이러한 핵심적 개념이나 씨나리오를 근간으로 하는 분석적 개념에 관한 이론 정립은 문화 의미론의 발전을 위하여 즉 문화소의 분석을 위하여 매우 중요한 의의를 지닐 것이다.

4. 결론

필자는 문학 텍스트의 번역과정과 결정에 가장 중요한 영향을 미치는 언어 외적 요인인 세계관 즉 문화적 요인(문화소)을 분석, 비판하고 이를 체계화한다는 데 목표를 두고 본론을 전개하는 과정에서 다음과 같은 결론을 얻었다.

인간의 정신적 활동 중에서 번역만큼 복잡하고 다양한 요인이 고려되어야 하는 영역은 없을 것이다. 번역이론 정립에 있어서 가장 주목할 만한 사실은 최근 1990년대부터 번역과 문화에 관한 체계적 연구가 활기를 띠기 시작했다는 점이다. 번역학의 문화적 전환과 더불어 문화소의 개념이 번역학에 새로이 도입됨으로써 또한 번역학의 새로운 시대가 열렸다. 그 결과 번역학과 문화학 간에 학제적 연구가 한층 더 활발해졌고 문화 상호간의 연관관계가 규명되어야 하며 그 연구결과가 번역 과정에 적용되어야 한다. 번역은 언어학적 관점에서 텍스트

간 등가관계의 생성이 아니며 또한 겐츨러Gentzler가 올바르게 지적한
바와 같이 데리다J. Derrida, 바바H. Bhabha, 새드E. Said 등 해체주의자
들이 주장하는 것과 같이 그렇게 단순하고 쉽게 해결될 문제가 아니
다.

번역의 중심테마는 문화(역사적 사실)에 관한 이해이다. 따라서 번역
은 해석학과도 밀접한 관계가 있다. 번역은 1) 원어의 표현으로부터
그 문화권의 문화적 사태관계를 정확히 인식하고, 2) 이것을 완벽하게
이해한 후, 3) 그 이해한 내용을 역어 문화권의 언어로 표현하는 작업
이라고 할 수 있다. 문화 중심적 번역의 난점은 상황문맥 즉 사회-문
화적 문맥을 정확히 파악하기 어렵다는 데 있다. 왜냐하면, 문화는 그
민족만의 고유한 세계관에 의해서 창조되기 때문이다.

언어는 문화에 깊숙하게 뿌리를 내리고 있으며 또한 그 역도 같다.
어린이가 언어를 습득한다는 것은 그 문화권에 유효한 규범을 터득했
음을 뜻하며 그 문화를 전제로 하는 규범이 언어를 통해서 표현된다.
그러므로 언어 사용법이나 그 언어에 함축된 내용은 논리적이거나 심
리적이 아니고 역사적이고 불규칙적이며 우연적이다. 바꾸어 말하면,
번역은 원어 문화권의 세계관에 의해서 생성된 텍스트를 역어 문화권
의 세계관에 상응하는 텍스트로 생성하는 작업이다. 따라서 번역의 가
능성은 문화적 차이에 비례한다고 볼 수 있다.

넓은 의미에서 번역은 목적(기능)을 지닌 인간행위이고 또한 문화 상
호간의 커뮤니케이션인데 올바른 번역을 하기 위해서는 번역자 자신
이 번역하려는 언어권의 문화에 관한 지식과 그 문화권에 관한 문화 인
류학적 지식은 물론 문화 비교에 관한 전문적 지식까지도 갖추어야 한
다. 이와 같이 번역은 언어학적 차원이 아니라 문화 인류학적 차원에서
이루어져야 한다. 사전적 지식에 의존한 번역의 위험성을 간과해서는

안 된다. 그럼에도 불구하고 최근까지 외국 문화에 관한 지식은 배경 지식으로서 지역학의 테두리 안에서 외국어의 보충 지식으로 취급되고 있다.

번역 중에서도 언어의 내용보다 형식을 중시하는 문학작품의 번역은 매우 어려운 작업이다. 문학작품에서는 언어학적 의미에서 이미 복잡하게 구조화된 문학성을 구성하는 언어자료 및 언어장치가 재조직되기 때문에 한층 더 고차원의 복합적 기호체계가 형성된다. 문학작품 텍스트 내에서는 그 민족 고유의 멋과 맛이 융화된 정취가 깃들어 있다. 이러한 텍스트를 어떻게 번역할 것인가가 문화 중심적 번역의 과제이기도 하다.

문화 중심적 번역 이론에서 번역은 문화 상호간 커뮤니케이션의 특별한 경우로 정의되며 번역의 최종 목적은 특정의 목표를 위해서 문화의 장벽을 극복하는 데 있다. 여기에서 언어장벽은 문화 장벽의 특수한 경우로 기술된다. 문화 상호간 커뮤니케이션의 연구에 의하면 번역자가 외국 문화에 관한 정확하고 광범위한 지식을 갖추지 못했다면 당해 외국 문화를 자기 자신의 문화 그 자체의 인지 방법과 가치관을 토대로 해석한다. 즉 문화 상호간 접촉에서 외국 문화는 자기 문화와 비교되는데 비교의 기준은 필연적으로 자기 자신의 문화이며 이 과정에서 많은 오해가 발생한다. 바꾸어 말하면 이런 방법으로 번역을 한다면 그 번역은 오역이라는 뜻이다.

인간은 실세계에 대응하고 적응하는 과정에서 그들의 고유한 문화를 창조한다. 인간들이 실세계에 관해서 상호간 의사소통을 하는 자연어는 실세계를 객관적으로 단순히 표현하지 않고 언어적으로 규정된 정신적 중간세계의 테두리 안에서 해석하고 중재한다. 역사적으로 형성된 인식의 조건이 바로 세계관인데, 이 세계관에 의해서 규범화된 특정 문화가 형성되고 인간들은 역으로 그들 자신들이 이룩한 문화에 의해서 제약을 받는다. 문화에 의해서 각인된 인간의 행위나 사고방식이 관습, 예의범절, 전통, 현실 파악, 가치관 등으로 표현되는데, 이 과정에서 언어와 사고 사이에는 고유한 관계가 설정된다.

어느 한 문화권의 구성원들은 그들에 의해서 창조된 문화의 창을 통해서 실세계를 보고 또한 해석한다. 따라서 어느 한 언어를 구사한다는 것은 그 언어 속에 내재되어 있는 현실 개념의 파악 방법에 따라 실세계를 개념화하고 파악함을 뜻한다.

언어는 고립된 현상이 아니고 문화에 의해서 규정된 표현형식이다. 그러므로 언어와 사고, 문화간에는 밀접한 연관관계가 형성되는데. 이것은 번역과도 긴밀한 관계가 있다. 그리고 언어와 사고간에는 상대적 관계가 형성되며 언어의 상대성이 강조되면 번역은 원칙적으로 불가능하다. 반면 언어의 보편성이 강조되면 번역은 절대적으로 가능하다.

이와 같이 번역은 원칙적으로 불가능한데 이러한 불가능성을 극복할 수 있는 방법이 있다면 번역의 가능성도 그 방법의 실제적 유효성의 정도에 비례해서 증가할 것이다. 많은 학자들은 인간의 정신적, 육체적 유사성이나 경험의 유사성, 그리고 인간의 적응 능력, 언어의 유연성, 메타언어의 기능, 인식 과정에서 사고의 역할, 문맥을 통한 텍스트의 이해, 무엇보다도 언어의 보편성과 문화 사이의 유사성 등에 의해서 번역의 불가능성을 극복할 수 있다고 믿는다. 따라서 번역의 상대적 가능성이 성립되며 번역은 실제적으로 가능하다.

현재 국가 간의 교류가 빈번한 다문화 시대에 미국이나 유럽의 선진문화의 영향을 전혀 받지 않고 완전히 고립되어 그 자체 모국어의 세계관이나 고유문화에 의거해서만 현실 파악을 하는 민족이 있을지 의문시된다. 그리고 현재 영어는 세계 공통어의 역할을 하고 있다.

한편, 경제와 교통의 발달로 인하여 많은 사람들이 여러 언어와 문화에 접할 기회가 빈번함은 물론이고 언어학, 번역학, 지역학, 문화학, 문화인류학 등의 인문과학의 발전과 더불어 타인과 타문화에 관한 관심과 이해가 증대했으며 학제적 연구를 통해서 번역에 관한 많은 지식이 축적되었다. 이러한 모든 요인들의 총화가 번역의 가능성을 한층 더 높였음은 논의할 여지가 없다. 외국어를 모르면 타인은 물론 자기자신도 모른다는 괴테의 말과 같이 비교의 기준으로서 타인과 타문화를 이해한다는 것은 국제화와 정보화의 현대사회에서 중대한 의의를 지닌다. 주지해야 할 사실은 타인과 타문화에 관한 이해는 대부분 번역을 통해서 이루어진다는 점이다.

번역은 실제로 가능하며 번역학의 우선적 과제는 번역의 질을 향상시키는 데 있다. 이에 상응하는 최적의 이론은 문화번역이론이다. 문화번역이론의 핵심적 요인은 문화소인데, 번역의 어려움은 타문화권의 문화소 개념 파악이 어렵다는 데 있다. 올바른 번역을 하기 위해서는 번역자는 원어와 역어의 지식뿐만 아니라 두 언어권의 문화에도 정통해야 한다. 번역자가 두 문화권의 차이를 인식하지 못한다면 번역은 오역이 되고 만다. 따라서 번역은 문화의 변용이며 그 생명은 정확성에 있다.

제2장

문화 전이로서 번역

1. 서론

인류는 번역을 통해서 다른 언어권의 문화, 사상, 철학, 정치, 과학, 스포츠, 경험 등을 공유하면서 현재와 같이 발전해 왔다. 이처럼 번역은 인간의 언어장벽을 극복하고 상호간 의사소통을 할 수 있는 최선의 방법으로서 예로부터 동서양의 인류문화 발전에 지대한 영향을 끼쳐왔다. 예컨대, 동양문화의 한 축을 이루는 불교의 전파는 현장법사가 불교경전을 중국어로 번역한 데서 비롯되었고, 기독교문화는 성서번역을 통해서 전세계로 전파되었다. 일본은 메이지시대 활발한 번역활동을 통해서 서구문명을 수용했으나 중국은 중화의 자존심을 버리지 못했기 때문에 번역을 통해서 서양문화를 수용하는 데 실패했다. 이와 같이 번역은 문화비평인 동시에 문화수용이고 또한 전통의 구속

으로부터 벗어나는 유일한 길이다.

번역은 넓은 의미에서 인식된 것을 다시 인식하게 만드는 해석학적 작업이다. 그러나 문제는 인식된 것이 규범이나 보편성이 아니라 개별성에 의해서 인식된다는 것이다. 어느 현상에 대한 관찰의 결과는 관찰자의 고유한 개체성과 긴밀히 연관되어 있는데, 번역은 작가와 번역자의 주관적 개체성이 이중으로 관련되는 매우 복잡한 작업이다. 그리고 번역은 체계적 작업이므로 어느 잘못된 한 요인은 체계 전체에 영향을 미친다. 한편, 번역은 변화된 인식체계 안에서 재구성되거나 혹은 새롭게 구성되므로 최근 번역자의 구실이 새로운 관점에서 논의되고 있다. 이것은 번역자의 자질이 번역의 질을 결정하는 중요한 요인이 되기 때문이다.

필자는 이 글에서 번역의 중요성과 문화번역이론의 난해성을 상세히 논의하되 특히 문화와 번역의 관계와 번역자의 번역능력을 규명하는 데 역점을 두었다.

2. 언어와 문화의 관계

번역에 관한 문제는 개별어의 의미와 그 대비적 비교에서 시작된다. 어장이론과 구조의미론의 연구결과에 따르면, 모든 대응관계에 있는 개별어의 의미는 대체로 상호간 정확히 일치하지 않고 부분적으로 일치할 뿐만 아니라 매우 복잡한 관계에 있다는 사실이 입증되었다. 번역의 문제는 개별어 사이의 의미 차이, 즉 개별어 사이의 현실성의 상이한 구성에서 비롯된다. 번역은 적어도 원어텍스트가 의미하는 모든 것을 역어의 표현수단을 통해서 재현해야 하지만 이것은 이상일 뿐이며 실제로는 거의 불가능하다.

켈리G. Kelly가 번역자는 서구문화 발전에 지대한 영향을 미쳤다고 주장한 바와 같이, 번역은 문화교류의 가장 자연스러운 방법이며 그 궁극적 목적은 단순한 문화비교가 아니라 비교해서 확정된 문화적 차이를 극복하는 데 있다. 현대는 다문화, 다민족이 공존하는 세계화 시대이니 만큼 그 어느 때보다도 인류 상호간 의사소통의 필요성이 강조될 뿐만 아니라 여러 문화에 관한 체계적 연구가 필요한 시대이며 오늘날 인문과학의 연구주제가 문화라는 사실도 이러한 시대적 사조를 잘 반영한다.

최근 독일에서는 서양고전의 번역본에서 많은 오역이 확인됨에 따라 고전을 다시 번역해야 한다는 주장이 확산되고 있다. 그런데, 이러한 오역은 문화권 사이의 관념적 차이를 고려하지 않고 언어학적 관점에서 고전이 번역되었기 때문에 일어난 결과다. "번역은 문화의 전이이다."는 훼르메르[1]의 주장과 같이 언어와 문화는 밀접한 관계에 있으며 문화가 언어로 표현된 것이 텍스트이기 때문에 번역은 문화의 구체적 사실이며 최적의 번역을 통해서만 문화의 정체성이 파악될 수 있다. 그러나 주지해야 할 사실은 번역자가 기존의 언어학적 번역방법으로는 텍스트에서 최대한 30퍼센트 가량의 정보밖에 얻을 수 없으며 텍스트에 나타나지 않았으나 함축되어 있는 70퍼센트 정도의 정보를 잃는다는 점이다.

번역은 목적론적, 전체론적 조건 아래에서 유효한 역동적 행위이므로 침체되었던 번역학이 1970년대 텍스트이론의 등장과 더불어 활로를 찾게 되었음은 당연한 일이다. 텍스트이론의 관점에서 보면, 번역

---

1) H. Vermeer, "Übersetzen als kultureller Transfer", in: Snell-Hornby, M.(Hrsg), *Übersetzungswissenschaft*. Eine Neuorientierung, Francke Verlag, Tübingen, 1986, p.34.

은 문자라는 표현수단 속에 그 언어를 사용하는 민족의 정신과 이데올로기, 사회-문화의 전통이 농축되어 있는데, 이 모든 것을 다른 문화권의 언어 즉 다른 형식의 텍스트로 재현하는 예술적, 창조적 작업이다.

번역작업의 어려움은 텍스트 외적 요인 즉 사회-문화적 요인의 객관적 분석이 거의 불가능하기 때문에 생긴다. 번역의 난해성은 문화권에 따라 의미한 것이 갖는 기능이 다르고 동일한 현상이나 개념에 대한 표현방법이 다를 뿐만 아니라 동일한 개념이라도 1 : 1의 정확한 대응관계에 있지 않다는 데 있으며, 언어와 개념의 관계보다는 실재와 개념의 관계에서 일어난다. 역사의 흐름에 따라 변천하는 언어 외적 요인 자체는 문화와 언어상황에 따라 다르게 나타나고 객관적으로 검증이나 확증할 수도 없는 비구조적인 것이다. 이것이 언어적으로 어떻게 표현되느냐는 텍스트 생성자의 개인적 문제이기 때문에 텍스트의 이해나 해석은 언제나 주관적이며 개별적 텍스트는 언어의 구조적 관점에서 동일해야 할 필요는 없다.

텍스트이해는 번역과정에서 일차적으로 고려해야 할 가장 중요한 문제이나 객관적 방법에 따르지 않고 번역자의 주관적 판단에 따라 이루어지며 번역의 질적 문제는 텍스트이해 능력에 비례한다고 볼 수 있다. 그러므로 텍스트를 더 정확히 이해하기 위해서 해석학과의 학제적 연구가 필요하다. 물론 언어학자들은 해석학적 방법을 체계화할 수 없을 뿐 아니라 방법론적으로 제어할 수 없기 때문에 이를 선호하지 않는다.

해석학적 관점에서 텍스트는 단순히 객관적으로 주어진 것은 아니며 그 의미내용은 개인적 수용과정을 통해서만 밝혀진다. 텍스트 언어학자들은 텍스트 밖의 관찰자가 아니며 그가 소속한 언어공동체에서

습득한 언어 즉 모국어 지식을 토대로 모든 텍스트를 고찰한다. 이와
같이 해석학과 텍스트이론의 연관관계는 번역학에서 매우 중요한 의
의를 지닌다. 번역자들은 그들의 모든 지식을 활용해서 텍스트에서 표
현된 것을 찾아내고 거기서 다시 의미된 것을 추론한다.

위에서 논의한 문화중심 번역이론의 당위성은 텍스트가 사회-문화
의 언어화된 일부분이라고 주장한 회니히와 쿠스마울[2])의 다음과 같은
극단적인 두 예문에서 잘 드러난다.

◆ (원문)
In Parliament he fought for equality, but he sent his son to Winchester.
When his father dies his mother couldn't effort to send him to Eton anymore.

◆ (번역문 1)
······ seinen eigenen Sohn schickte er auf die Schule in Winchester(그는 자
기 아들을 윈체스터에 있는 학교에 보냈다).

◆ (번역문 2)
······ konnte es sich seine Mutter nicht mehr leisten, ihn nach Eton zu
schicken, jene teure englische Privatschule, aus deren Absolventen auch heute
noch ein Groß^teil des politischen und wirtschaftlichen Führungsnachwuches
hervorgeht(그의 어머니는 그를 학비 부담이 큰 영국의 사립학교 이튼에
는 보낼 수가 없었다. 현재에도 영국 정계와 재계의 대부분의 후속세대
지도자들은 이 학교 출신들이다).

첫 번째 번역 텍스트는 원문과 차별화되지 않았다. 그 이유는 단순
히 'Winchester'라는 명칭이 문화권이 다른 독일의 독자들에게 그것이
영국인들에게 주는 것과 동일한 의의를 전해주지 못하기 때문이다. 두

---

2) H. Hönig, /P. Kussmaul, *Strategie der Übersetzung*, Wissenschaftliche Buchgesellschaft,
Darmstadt, 1984, pp.53~58.

번째 번역 텍스트는 너무나 차별화되었다. 비록 번역 텍스트가 영국의 사립중학교public school에 관한 정보를 제공하는 점에서는 정확하지만 너무나 자세하고 잉여적이다. 그리고 회니히와 쿠스마울은 문화번역의 질적 평가기준으로서 필수적인 '차별화 정도'라는 개념을 도입하고 이에 상응하는 다음의 두 번역 텍스트를 제시했다.

Im Parlament kämpfte er für die Chancengleichheit, aber seinen eigenen Sohn schickte er auf die eine der englischen Eliteschulen. Als sein Vater starb, konnte seine Mutter es sich nicht mehr leisten, ihn auf eine der teuren Privatschulen zu schicken(의회에서 그는 기회균등을 위해서 투쟁했지만 자기 아들을 영국 일류 사립학교에 보냈다. 그의 아버지가 사망한 후 그의 어머니는 학비 부담이 큰 사립학교에는 보낼 수가 없었다).

텍스트는 주어진 상황에 귀속되는데, 상황 자체는 사회−문화의 요인에 따라서 결정된다. 따라서 번역은 역어문화권에 소속된 텍스트 기능에 의존하므로 번역자는 번역과정에서 원어텍스트 본래의 기능을 역어텍스트에 그대로 보존하든지(기능불변성) 또는 역어문화권에 적합하도록 원래의 기능을 바꾸어야 한다(기능 변경성).

3. 번역자의 번역능력

번역은 국력이라는 말과 같이 현대사회에서 번역이 중요한 구실을 하므로 번역자가 갖추어야 할 능력을 다각도로 살펴볼 필요가 있으나 이 글에서는 언어능력과 문화능력 및 번역자가 지녀야 할 모국어 의식을 중심으로 살펴보고자 한다.

3-1 언어능력

모국어와 외국어의 능력은 간단히 분리될 수 있는 대상은 아니다. 번역자의 언어능력이란 언어와 관련하여 그가 소유한 재능과 지식의 복합적이고 다양한 능력을 의미하며 번역의 필수조건 가운데 하나이다.

전통적인 원어 중심의 번역방법은 1970년대 초기 조작학파의 등장과 더불어 역어 중심으로 바뀌었다. 모국어능력은 번역의 기반이 되며 번역자가 아무리 외국어를 잘한다고 해도 그의 외국어능력이 모국어능력을 능가할 수는 없다. 번역과정에서 모국어가 가장 중요한 요인인데도 불구하고 아직 대부분의 번역자들은 외국어의 구실을 과대평가하고 모국어능력은 단순히 부여된 것으로 간주한다. 번역이 언어기호의 단순한 전환이 아니고 원어텍스트를 이해하고, 이해한 것을 다시 역어의 언어기호로 옮기는 작업이라면, 번역과정에서 역어의 중요성이 한층 더 강조되어야 함은 당연한 일이다.

한편, 모국어능력은 모국어 텍스트 생성에 필요할 뿐만 아니라 모국어를 외국어로 번역할 경우에도 적용된다. 번역자는 이해한 것 또는 사고한 것을 명료하게 언어로 표현하기 위해서 모국어에 관한 정확하고도 풍부한 지식을 갖추어야 한다. 간과해서 안 될 사실은 모국어를 습득할 때 처음부터 문화와 언어사용의 연관성에 관심을 가져야 한다는 것이다. 번역자가 번역작업을 위해서 반드시 필요한 문화 특유의 실세계 인식과 해석에 관한 언어표현 방법을 모국어에서 정확히 배우고 체험하지 않는다면 그는 문화의 개념을 명확히 파악하지 못한 셈이다.

모국어에 관한 체계적이고 집중적인 연구는 텍스트이해에 큰 도움이 될 뿐만 아니라 난해한 텍스트를 해석하는 데 필요한 민감한 감수성을 촉진시키기도 한다. 텍스트이해는 문화적, 개인적 지식 즉 개인의 모국어 의식을 전제로 하며, 번역은 어느 상황 아래에서의 텍스트이해해를 전제로 한다. 그리고 번역과정에서 텍스트이해해는 의미뿐만 아니라 의의Sinn 즉 어느 상황 아래에서의 텍스트 의의와 결부되어 있다.

번역과 관련하여 외국어능력 역시 모국어능력과 같이 번역능력의 일부분으로서 번역자에게는 필수적 요인이다. 외국어능력은 텍스트의 수용과 생성과정에서 매우 중요한 구실을 하며 이에 관한 능력이 부족하면 오역을 양산할 가능성이 크다. 원어텍스트를 정확히 이해할 수 없다면 번역은 불가능하다. 예를 들어 'Er lügt wie gedruckt'라는 독어 텍스트를 우리말로 '그는 인쇄된 것처럼 거짓말을 한다'고 번역했다면 결과적으로 엄청난 거짓말을 한 셈이 된다. 'wie gedruckt'라는 표현은 '거짓말을 가장 잘 한다'는 뜻으로 사용되며 우리말로 '그는 거짓말을 밥먹듯이 한다'로 번역해야 최적의 번역이 된다.

그런데 아무리 능력이 있는 번역자라도 외국어능력의 한계를 느끼기 마련이다. 여러 종류의 외국어 텍스트를 관용어와 문체에 맞게 번역하여 역어의 독자들이 언어 및 문화적으로 이질감을 전혀 느낄 수 없는 완벽한 텍스트를 생성한다는 것은 매우 어려운 작업이다.

3-2 문화능력

텍스트를 이해하기 위해서는 문화에 관한 지식이 필수적이다. 외국어를 모국어로, 모국어를 외국어로 번역하는 번역자는 두 언어권의 문화에 관한 정확하고 체계적인 지식을 필요로 한다. 그가 두 문화 사이의 차이를 인식하지 못한다면 매우 심각한 오역의 결과를 낳게 된다. 번역자가 자국문화의 전통이나 인식 모형을 명확히 파악하기도 어려운 일인데, 언표에 내포되어 있는 외국문화의 특성을 이해하고 이것을 지국문화에 동화시켜 표현한다는 것은 쉽지 않은 일이다.

문화의 정체성을 나타내는 문화소를 인식할 수 있다는 것은 자기 나라 고유의 문화적 특성을 추상화, 개념화할 수 있는 능력의 첫째 조건이다. 외국어로 번역하는 데 물론 제한적이기는 하지만, 이러한 능력은 자국문화의 의식적 추상화를 통해 가능해진다. 모국어로 번역하는 데는 외국문화 텍스트에 함축되어 있는 묵시적 사항 가운데 어떤 것이 자신의 문화에 명시되어야 하는가를 인식할 수 있는 능력이 중요하다. 전문적, 직업적 번역행위는 자국문화의 인지 관습을 개념화할 수 있는 능력을 바탕으로 한다. 물론 그는 모국어로 번역할 때도 외국문화 내용을 모국어의 세계관에 적합하게 새로이 개념화할 수 있는 능력을 지녀야 한다.

번역은 다른 문화권에서 그 문화권의 독자를 위해서 생성된 텍스트의 정확한 해석을 필요로 하는데, 그 이유는 이를 통해서 원어텍스트의 세계관을 초월하여 역어문화권에 상응하는 새로운 표현의 텍스트가 생성되기 때문이다. 이와 같이 인식과 언어 및 자국문화 사이의 연관성에 관한 지식 즉 모국어의 세계관이 어떻게 표현되는가에 관한 지식은 최적의 번역을 하기 위한 필수조건이다.

번역작업에서 이렇게 중요한 외국문화에 관한 지식은 최근까지도 배경지식으로서 지역학이라는 테두리 안에서 외국어 지식의 보완사항으로 다루어졌다. 그러나 문화번역 방법에서 번역은 문화 상호간 의사소통의 특별한 경우로 정의되며 번역의 최종목표는 특정의 목적을 위해서 문화장벽을 극복하는 데 있다.

이러한 번역의 개념으로 볼 때는 번역자의 두 문화권에 대한 능력 즉 문화능력이 번역의 핵심적 요인이다. 두 개의 서로 다른 문화권 구성원 사이의 기능에 맞는 의사소통을 가능하게 하기 위해서 번역자는 자국문화는 물론 원어문화권에 관한 체계적 지식을 겸비해야 할 뿐만 아니라 외국문화의 세계관을 자기문화의 세계관으로 옮길 수 있는 능력을 갖추어야 한다. 따라서 전문적 번역자가 되려면 두 문화권에서 성장한 원어민이 지닌 것과 같은 직감적 문화능력은 물론 적어도 잠재적 문화능력을 갖추어야 한다.

이와 같이 번역자의 문화능력은 수질의 정도를 결정하는 정수기의 여과 기능에 비유된다. 자신의 주위환경을 충분히 알고, 인간행위를 문화적으로 타당하게 판단하고 기대에 맞게 행동할 수 있는 것은 번역자가 반드시 지녀야 할 능력이다. 아울러 번역자는 텍스트에 표현된 사태관계를 이해하고 관습, 관례, 예의범절, 습관, 전형적 행위형태를 정확히 인식하고 평가할 수 있기 위하여 사회-문화적으로 각인된 백과사전적 지식 즉 두 언어의 문화권에 관한 지역학과 문화에 대한 지식을 겸비하지 않으면 안 된다.

번역자는 외국어의 표현형식 즉 원어텍스트에서 가치관과 생활양식 및 민족성 등을 추론할 수 있을 뿐만 아니라 이것들을 역어문화권과 비교할 수 있는 능력을 지녀야 한다. 이러한 능력은 당해 외국문화에 관한 지식뿐만 아니라 역어와 원어의 두 문화 사이[間]의 비교능력을 포함한다. 이러한 '간문화능력'은 번역자가 두 문화의 구성원들이 각각의 다른 문화와 관련해서 그들 자신들이 어떻게 보이고, 다른 문화에 관해서 어떤 지식을 소유하고 있으며 다른 문화에 어떻게 비춰지는지를 분석, 평가할 수 있는 능력을 의미한다.

이와 같이 간문화능력은 문화 상호간의 관련상황에서 자기 자신과 타인의 자화상은 물론이고 당해 문화권의 자화상, 문화 상호간 접촉상황에서 관련자 상호간의 지식과 연관된다. 이러한 간문화능력은 번역자에게 문화 상호간 접촉상황에서 관련자 상호간의 행위를 예측하거나 어느 경우에는 보상 및 교정할 수 있는 능력을 부여한다. 그래서 번역자의 문화능력은 곧 간문화능력이다.

이외에도 원어의 언표, 행동양식, 관습, 사고방식, 생활환경 등이 각기 다르게 수용된다면, 이것이 번역목적을 어떻게 침해하는지 염두에 두어야 하는 것도 번역자가 해야 할 중요한 일이다. 그리고 번역자가 외국문화에 관해서 광범위하고 체계적인 지식을 구비하지 못했다면, 그는 당해 외국문화를 자국문화 자체의 인지방법과 가치관을 토대로 하여 해석할 뿐 아니라 자기 자신의 능동적 행위 또한 자기의 문화권에서 통용되는 규범, 관례, 가치관, 경험, 기대에 부합할 뿐이다. 요약하면, 문화 상호간 접촉에서 외국문화는 자국문화와 비교되는데, 비교의 바탕과 기준은 자국문화이다. 따라서 이러한 비교과정에서 많은 오해가 발생하는데 이것이 오역의 원인이다.

4. 결론

인간의 정신적 활동 가운데서 번역만큼 복잡하고 다양한 요인이 고려되어야 하는 영역은 없을 것이다. 번역학에서 가장 주목할 만한 사실은 최근 1990년대부터 번역과 문화에 관한 체계적 연구가 활기를 띠기 시작했다는 점이다. 번역학의 문화적 전환과 더불어 문화소의 개념이 번역학에 새로이 도입됨으로써 또한 번역학의 새로운 시대가 열

렸다. 그 결과 번역학과 문화학 사이에 학제적 연구가 한층 더 활발해
졌다. 그리고 문화 상호간의 연관관계가 규명되어야 하며 그 연구결과
가 번역과정에 적용되어야 한다. 번역은 언어학적 관점에서 텍스트 사
이 등가관계의 생성이 아니며 또한 겐츨러E. Gentzler가 데리다J.
Derrida, 바바H. Bhabha, 사이드E. Said 등 해체주의자들의 주장처럼 번
역이 그렇게 단순하고 쉽게 해결될 문제가 아니라고 한 것은 옳은 지
적이다.

번역 가운데서도 언어의 내용보다 형식을 중시하는 문학작품의 번
역은 매우 어려운 작업이다. 번역의 꽃인 문학작품에서는 언어학적 의
미에서 이미 복잡하게 구조화한 문학성을 구성하는 언어자료 및 언어
장치가 재조직되기 때문에 한층 더 고차원의 복합적 기호체계가 형성
된다. 문학작품 텍스트에는 그 민족 고유의 멋과 융화된 정취가 깃들
어 있다. 이러한 텍스트를 어떻게 번역할 것인가가 문화번역의 과제이
기도 하다.

인간은 실세계에 대응하고 적응하는 과정에서 그들의 고유한 문화
를 창조한다. 인간이 실세계에 관해서 상호간 의사소통을 하는 자연어
는 실세계를 객관적으로 단순히 표현하지 않고 언어적으로 규정된 정
신적 중간세계를 통해서 해석하고 중재한다. 문화에 의해서 각인된 인
간의 행위나 사고방식이 관습, 예의범절, 전통, 현실파악, 가치관 등으
로 표현되는데, 이 과정에서 언어와 사고 사이에는 고유한 관계가 설
정된다.

언어는 고립된 현상이 아니고 문화에 의해서 규정된 표현형식이다.
그러므로 언어와 사고, 문화 사이에는 밀접한 연관관계가 형성되는데,
이것은 번역과도 긴밀한 관계가 있다. 그리고 언어와 사고 사이에는
상대적 관계가 형성되며 언어의 상대성이 강조되면 번역은 원칙적으

로 불가능하다. 반면 언어의 보편성이 강조되면 번역은 절대적으로 가능하다. 이와 같이 번역은 원칙적으로 불가능한데 이러한 불가능성을 극복할 수 있는 방법이 있다면 번역의 가능성도 그 방법의 실제적 유효성의 정도에 비례해서 증가할 것이다.

많은 학자들은 인간의 정신적, 육체적 유사성이나 경험의 유사성, 적응능력, 언어의 유연성, 메타언어의 기능, 인식과정에서 사고의 구실, 문맥을 통한 텍스트이해해, 무엇보다도 언어의 보편성과 문화 사이의 유사성 등에 힘입어 번역의 불가능성을 극복할 수 있다고 믿는다. 다시 말해서 번역의 상대적 가능성이 성립되며 문화번역이론은 바로 번역의 상대적 가능성에 기초한다.

독일인들은 인간 지성의 기념비적 존재인 슐레겔A. Schlegel의 번역을 통해서 셰익스피어 작품을 자국의 작품처럼 완벽하게 이해한다고 한다. 그래서 그들은 영국인인 셰익스피어를 '우리들의 셰익스피어'라고 부른다. 우리도 진정한 문화인이 되려면, 훌륭한 번역가를 가능한 한 많이 배출하고 이들로 하여금 동서고금을 통해 세계적인 고전으로 알려진 명작을 번역하여 '우리들의 셰익스피어', '우리들의 괴테', '우리들의 톨스토이'라고 부를 수 있는 분위기를 조성할 수 있어야 한다.

제3장
번역과 문화

1. 서론

번역은 인간의 언어장벽을 극복하고 상호간 커뮤니케이션을 할 수 있는 최선의 방법이며 또한 인간은 번역을 통해서 다른 언어권의 문화, 사상, 철학, 정치, 과학, 스포츠, 경험 등을 공유하고 현재와 같이 발전할 수 있었다. 켈리G. Kelly가 번역자는 서구문화의 발전에 지대한 영향을 미쳤다고 주장한 바와 같이 번역은 문화교류의 가장 자연스러운 방법이며 그 궁극적 목적은 단순한 문화비교가 아니라 비교해서 확정된 문화적 차이를 극복하는 데 있다.

넓은 의미에서 번역은 인식된 것을 다시 인식하게 만드는 해석학적 작업이다. 그러나 문제는 인식된 것이 규범이나 보편성이 아니라 개별성에 의해서 인식된다는 것이다. 어느 현상에 대한 관찰의 결과는 관찰자의 고유한 개체성과 긴밀히 연관되어 있다. 그런데, 번역은 작가와 번역자의 주관적 개체성이 이중으로 관련되는 복잡한 작업이다. 따라서 번역의 꽃이라 할 수 있는 문학작품 번역은 한층 더 난해한 문제가 된다.

이와 같이 번역은 변화된 인식체계 내에서의 재구성 혹은 새로운 구성이므로 최근 번역자의 역할이 새로운 관점에서 논의되고 있는데 이는 번역자의 번역능력이 번역의 질을 결정하는 중요한 요인이 되기 때문이다.

번역은 언어기호의 단순한 전환이 아니고 언어기호라는 형식(표현수단)속에 그 언어를 사용하는 민족의 정신, 세계관, 넓은 의미에서 문화의 역동적이고 고유한 내용이 농축되어 있는데 이것을 다른 사회-문화적 배경을 지닌 민족이 사용하는 언어의 표현형식으로 바꾸어 재생하는 창조적이고 예술적 행위이다. 따라서 텍스트는 단순한 언어현상이 아니고 사회-문화적으로 주어진 환경에 상응하는 커뮤니케이션의 기능을 지닌 복합적, 다차원적 구조이기 때문에 결국 번역은 번역자의 주관적 선택의 문제이고 이 주관적 선택의 기준은 번역자의 세계관 즉 사회-문화적 배경이다.

따라서 경험적 기술Technik을 바탕으로 언어 상호간 상응관계를 생성하는 직역에 가까운 전이Übertragung는 예술행위로서 언어와 문화 상호간의 재구성이고 전이행위 외에도 경우에 따라 적절한 예술적 구성, 인용, 적응, 모사, 패러디, 분석적 설명, 주석 및 해석 등의 방법을 포함하는 번역Übersetzung과는 명확히 구별되어야 한다. 그렇지 못할 경우 번역은 이론적으로 불가능하지만 실제로는 가능하다는 자가당착에 빠지게 된다. 바로 이러한 이유로 번역은 단순한 표현차원에서의 대체 이상의 존재의의를 지니게 된다.

번역은 목적론적, 전체론적 조건 아래에서 유효한 역동적 문화적 행위이므로 그 최적성은 커뮤니케이션 관련자, 커뮤니케이션 상황, 텍스트종류, 역사적 시기와 번역목적에 따라 결정되어야 한다. 개별어 의미의 상이한 현실구성과 그 결과로 나타나는 차이점은 문화번역이론의 가장 중요한 문제이다. 그러므로 개별어 체계 내에서의 의미차원(랑그)이 아니고 텍스트의 의의(빠롤)3)가 번역의 연구대상이 된다. 따라서 번역자의 임무는 역어의 표현수단을 통해서 등가의 체계의미보다는 등가의 지시와 의의Sinn를 재생하는 데 있다. 텍스트는 언표의 기본단위인 동시에 번역의 기본단위이다. 번역의 핵심적 문제는 결국 텍스트를 정확히 이해하고 그 의미내용을 역어의 문체론에 적합하게 재구성하는 것이다.

번역과 문화의 연관성, 즉 문화간 커뮤니케이션에 관한 연구는 1960년대 영국과 미국에서 시작되었고, 루벵에서 1976년에 개최된 번역학자 대회에서 제시된 주제의 논문들을 수록한 『문학과 번역Literature and Translation』(Holmes et al. 1978)에서 번역과 관련하여 언어학적, 문학적, 문화적 요인이 처음으로 논의되었다. 그러나 번역과 문화에 관한 본질적 논의는 1990년대부터 활기를 띠기 시작했다. 『번역, 역사와 문화 Translation, History and Culture』(Bossnett, S./Lefevere, A. (Hrsg.) 1990)에서는 번역과 문화의 관계가 공식적으로 거론되었다. 여기에서 그들이 번역학의 연구대상을 원어와 역어의 두 문화권 사이의 문학적, 문학 외적 기호조직

3) 코스류Coseriu는 구조주의 관점에서 언어내용sprachlicher Inhalt을 의미Bedeutung, 지시Bezeichnung, 의의Sinn로 구분했는데 구체적으로 예시하면 아래와 같다. 1) 의미: 의미는 모든 개별어에서 상이한 대립원칙에 따라 구조화되었기 때문에 서로 정확히 일치하지 않는다. 2) 지시: 지시는 언어 외적 사태 및 사태관계에 의해서 규정된다. 그러나 언어 외적으로 의도된 것 자체는 언어적 의미를 통해서만 이해되지만 그것과 동일하지는 않다. 3) 의의: 의의는 의미나 지시와 일치하지 않는다는 조건 아래에서 텍스트 또는 텍스트단위의 내용을 의미한다.

안에서 언어적 텍스트로 정의함으로써 번역의 '문화적 전환cultural turn'
의 새로운 시대가 전개되었다.

번역된 텍스트는 문화간 교류를 기록한 경험적 자료이다. 따라서 번
역, 문화 그리고 텍스트 사이에는 밀접한 연관관계가 성립된다. 텍스
트는 내적 요인(언어)뿐만 아니라 외적인 사회-문화적 요인으로 구성
되어 있기 때문에 텍스트만이 번역될 수 있다고 말할 수 있다. 이러한
관점에서 볼 때 번역의 연구대상은 텍스트이다. 번역의 핵심적 문제는
결국 원어텍스트를 정확히 이해하고 그 의의를 역어 문체론에 적합한
역어텍스트를 재구성하는 작업이다.

그러나 번역작업의 어려움은 텍스트 외적 요인(사회-문화적 요인)
의 객관적 분석은 거의 불가능할 뿐만 아니라 문화권에 따라 의미한
것이 갖는 기능이 다르고 동일한 현상이나 개념에 대한 표현방법이
다를 뿐만 아니라 동일한 개념이라도 1:1의 정확한 대응관계에 있지
않다는 데 있으며, 언어와 개념의 관계보다는 실재와 문화적으로 규범
화된 개념의 관계에서 야기된다. 역사의 흐름에 따라 변천하는 언어
외적 요인 자체는 문화와 언어상황에 따라 다르게 나타나고 객관적으
로 검증이나 확증할 수도 없는 비구조적인 것이다. 이것이 언어적으로
어떻게 표현되느냐는 텍스트 생성자의 개인적 문제이기 때문에 텍스
트의 이해나 해석은 언제나 주관적이며 개별적 텍스트는 언어구조적
관점에서 동일해야 할 필요는 없다.

번역의 문화적 전환에서 번역학의 연구대상은 번역과 문화의 상호
작용이다. 문화번역이론의 관점에서 보면 번역은 문화간 커뮤니케이션
의 특수한 경우로 정의되며 그 목적은 문화 사이의 장벽을 극복하는
데 있다. 그러나 이러한 연구영역의 범위는 너무 광범위하기 때문에
학제적 연구가 필수적이다.

본서의 집필목적은 문화번역이론을 정립하는 데 있다. 필자는 본 연구논문에서 1) 언어와 문화의 상호연관성을 논의하고, 2) 언어(텍스트)의 본질에 상응하는 번역방법 즉 목적이론의 타당성을 제시하고, 3) 문화의 중재자로서 번역자의 역할을 규명하는 데 역점을 두었다.

문화전역이론 정립의 핵심적 문제는 문화의 체계화에 있다. 현재 이러한 연구는 시작에 불과하지만 앞으로 번역학자들의 꾸준한 노력에 의하여 머지 않은 장래에는 문화를 체계화하여 문화번역에 크게 기여할 것으로 보인다.

2. 문화개념과 번역

언어와 문화, 언어의 행위 사이에 밀접한 관계가 있다는 사실을 처음으로 주장한 학자는 홈볼트(1767~1835)였다. 그후 세계 제2차 대전 중에 베네딕트R. Benedict가 중심이 되어 일본 민족에 관한 연구를 수행했으며 연구성과인 『국화의 칼*The Chrysanthemum and The Sword*』(1946)은 이미 이 분야의 고전이 되었다.

문화간의 커뮤니케이션에 관한 연구는 미국과 영국에서 시작되었으며 1960년대에 미국 정부는 자국 내에서의 다민족과 다문화 간의 갈등을 해소하고 세계를 지배할 의욕에서 문화 간의 커뮤니케이션에 관한 연구를 장려했다.[4] 이 무렵 영국에서도 문화에 관한 연구는 대학교수와 성인교육에 종사하는 학자들을 중심으로 진행되어 윌리암즈R. Williams의 『문화와 사회*Culture and Society*』(1963), 톰손E. Thompson의 『영국 노동계급의 형성*The Making of the English Working Class*』(1963)은 그 대

---

4) Göhring, 1999, p.112.

표적인 예에 속하며 주로 영국 사회 계급체계의 양상과 문화라는 용어 'Culture'의 재평가에 관한 연구가 활발히 논의되었다.[5] 그러나 번역과 관련하여 언어학적, 문학적, 문화적 요인이 처음으로 논의된 것은 루뱅에서 1976년에 개최된 번역학자 대회였는데 여기에서 발표된 논문들을 수록한 것이 『문학과 번역Literature and Translation』[6]이다.

언어학의 관점에서 보면, 번역은 원어의 표현수단으로 사용되는 텍스트를 이와는 다르게 구조화된 언어의 표현방법을 사용하는 역어텍스트로 옮기는 작업이다. 텍스트언어학이 정립되기 이전 즉 언어학의 C−패러다임 시대에는 이러한 전통적 번역방법이 사용되었다.[7]

반면, 문화적 관점에서 번역은 문화간 커뮤니케이션 행위이다. 환언하면 번역은 언어기호의 단순한 전환이 아니다. 번역은 언어라는 표현형식 즉 텍스트[8] 속에 그 언어를 사용하는 민족의 세계관이 반영되어 있는데 이것을 다른 사회, 문화적 배경을 지닌 민족이 사용하는 언어의 표현형식으로 바꾸는 창조적이고 예술적 행위이다. 따라서 텍스트는 단순한 언어현상이 아니고 사회, 문화적으로 주어진 상황에 상응하는 통신 기능을 지닌 복합적, 다차원적 구조이다.

언어는 이미 정해진 의도나 목적과 언어 자체 의의 즉 기능수행 능력을 제공하는 기본단위 즉 텍스트에 의존하며 번역의 기본 단위는

---

5) Bassnett/Lefevere, 1998, p.130.
6) Holmes et al., 1978.
7) 언어학적 번역이론의 주요 개념은 등가이며 이 이론은 라이프찌히Leipzig 번역학파에서 절정을 이루었다.
8) 구조주의언어학에서 발전된 텍스트언어학은 그 자체에 내용문법, 문체론, 의존문법, 기능문법과 기호학의 연구방법을 통합함으로써 화용론적 요인을 수용하여 번역학과 긴밀한 관계를 맺게 되었을 뿐만 아니라 학제적 연구의 모델이 되었다. Hartmann(1971:10ff)에 의하면, 텍스트는 본래의 언어기호이며 언어는 텍스트 형태로 나타나고 또한 기능한다. 체계언어학에서 사용된 언어단위 즉 문장 그 자체는 존재하지 않고 어떤 의의Sinn도 지니지 않는다.

언어와 텍스트이다. 따라서 번역은 한마디로 텍스트등가를 찾는 작업
이다.

번역작업에서 사회, 문화적 요인을 고려하지 않고 언어학적 방법만
이 적용되었다면 많은 문제점이 야기되리라는 것은 주지의 사실이다.
최근 세계 최고의 번역수준을 자랑하는 독일의 번역학자들도 고전번
역본에서 많은 오역이 발견됨에 따라 고전을 다시 번역해야 한다고
주장하고 있다.9) 문헌학자들의 고대문화 연구에서도 이와 비슷한 결
과를 볼 수 있다. 란츠베르거B. Landesberger 등 고대문헌학자들은 고대
바빌로니아의 문화를 이해하기 위해서는 현재 유럽에서 사용되는 개
념과 가치관의 기준으로서는 불가능하며 그 자체 개념성원칙 즉 그
당시 바빌로니아 문화에서 통용되었던 개념과 용어를 사용해야만 그
문화에 관한 정확한 설명이 가능하다고 주장한다. 이러한 오역은 물론
문화권 상호간 관념적 차이를 고려하지 않고 언어학적 관점에서 고전
이 번역되었기 때문이다.

1980년대 초기부터 다행스럽게도 번역학자들은 기존의 언어학적 번
역의 개념과는 전혀 다른 문화적 번역방법을 주장하면서 문화의 중개
자로서 그들은 역할을 강조하기 시작했다.10)

그러나 번역과 문화에 관한 본질적 논의는 1990년대부터 활기를
띠기 시작했다. 바스네트와 르훠브르(1990)의 공저인 『번역, 역사와
문화Translation, History and Culture』11)에서 번역과 문화에 관한 상관관

---

9) 괴테와 같은 천재도 Vita des Benvenuto Cellini의 번역에서 1,000여 개의 오역을 했
   다.
10) 고대로부터 1970년대까지 번역은 언어 중심이었으며 문화는 구체적인 경우에
    언어적 문제를 해결하는 데 필요한 배경지식으로 취급되었다. 라이프찌히학파는
    언어학적 번역이론의 전성기를 이루었으며 번역과정에 엄격한 미시언어학적 방법
    을 적용했다.
11) 여기에서 바스네트와 르훠브르는 번역학의 최근 발전 동향 뿐만 아니라 다음 세

계가 구체적으로 거론되었다. 그들은 번역대상을 원어와 역어의 두 문화권의 문학적, 문학 외적 기초체계 내에서 언어적 텍스트로 재정의함으로써 번역의 '문화적 전환cultural turn'의 새로운 시대를 전개했다. 그들은 또한 번역을 하기 위해서 얼마나 많은 텍스트상의 조작과정이 일어나며 번역텍스트가 어떻게 선정되고 텍스트의 선정과정에서 번역자, 편집자, 후원자 등의 역할이 무엇이며 번역된 텍스트가 역어문화권에 어떻게 수용되어야 하는지에 관해서 자세히 언급했다.

세계와의 대결과정에서 세계를 보는 방법을 터득하고 또한 사태관계에 대한 가치판단의 기준을 배운다. 이러한 실세계를 해석하는 사고방식을 발전시키고 고정화하는 데 언어는 결정적 역할을 한다. 인간은 언어를 통해서 실세계뿐만 아니라 실세계의 해석에 관해서 커뮤니케이션을 한다. 다시 말해서 실세계를 보고 해석하는 방법은 물론 이러한 실세계의 파악에 관한 표현형식, 즉 말하는 방법 역시 문화적 조건에 의해서 규정된다. 따라서 언어에는 문화에 따라 고유한 실세계의 해석방법이 내포되어 있을 뿐만 아니라 실세계의 해석방법은 언어를 통해서 중재된다.

인간이 커뮤니케이션의 수단으로 사용하는 자연어는 실세계를 단순히 모사하지 않고 언어적으로 규정된 정신적 중간세계를 통해 해석하면서 중재한다.[12] 구체적으로 언급하면, 사회, 문화적으로 다르게 구성된 인식조건에 의해서 규범화된 특정의 문화가 형성되는데, 역으로 인간은 이렇게 이룩된 문화에 의해서 사고와 인식의 제약을 받는다. 인간은 객관적인 모든 자연현상을 그의 고유한 세계관을 기준으로 하여

_____

대 번역학 발전의 올바른 방향을 제시했다.

12) W. Koller, *Einführung in die Übersetzungswissenschaft*. 5. Auflage. Quelle & Meyer(=UTB 819), Heidelberg, Wiesbaden, 1979, p.162.

분류하고 체계화한다. 따라서 어느 한 문화권의 구성원은 그 구성원에
의해 창조된 문화라는 독특한 창을 통해서 실세계를 파악하고 해석하
기 때문에 어느 한 언어를 구사한다는 것은 그 언어 속에 함축되어 있
는 현실 개념파악의 방법에 따라 실세계를 개념화하고 파악한다는 사
실을 의미한다. 그러므로 언어상대성 원칙에서 보면 번역은 불가능하
다.

다음과 같은 콜러Koller의 주장은 번역과 언어의 본질에 관하여 설
득력 있게 서술한 것으로 판단된다.

> "어느 한 언어를 습득했다는 것은 그 언어에 내재되어 있는 현실파
> 악의 방법을 취득했다는 말과 같다. 환언하면, 어느 한 언어와 문화권
> 에서 성장했다는 것은 그 문화권에 전승된 현실 파악방법과 언어를 계
> 승했다는 뜻이다. 따라서 해방이란 동시에 언어비평이어야 하는 문화
> 비평이다. 모든 번역은 어느 한 문화권에 유효한 원칙을 문제시하고 극
> 복 또는 변화시킬 수 있기 때문에 결과적으로 어느 한 문화권으로부터
> 고정관념을 버리고 해방되는 데 기여한다."13)

이러한 관점에서 보면, 역어텍스트를 생성하는 번역은 언어학적 영역
을 떠나 문화에 의존하기 때문에 언어와 사고 및 현실파악 사이의 관계
는 번역작업에 결정적 영향을 미친다. 환언하면, 번역목적은 언어텍스트
에 표현된 것을 근간으로 하여 언어에 함축되어 있는 것을 찾아내는 데
있으므로 번역의 질적 문제는 번역자의 번역능력과 함수관계에 있다고
볼 수 있다.

위에서 논의한 바와 같이 결국 번역의 연구주제는 번역과 문화의 상호작
용인데, 그 연구영역이 매우 광범위하다. 크뢰버/클럭혼Kroever/ Kluckhohn

---

13) 위의 책, p.163.

(1954)이 수집한 문화의 개념에 관한 정의가 사백 쪽 이상에 달한다는 사실에서도 문화의 개념이 얼마나 복잡 다양하고 애매 모호한가를 보여준다. 인류문화, 동양문화, 한국문화, 지방문화, 대학문화, 출판문화, 음식문화, 직업문화, 가족문화, 개인문화 등 문화의 개념은 매우 다양하고 서로 다른 추상적 차원의 내용을 지니고 있기 때문에 경우에 따라 다르게 해석되지 않으면 안 된다.

번역이 언어기호의 전환이 아니고 문화전이라면 번역은 문화간 커뮤니케이션의 특수한 경우로 정의된다. 따라서 번역의 목적은 문화간의 장벽을 극복하는 데 있으며 언어는 또한 문화장벽의 특별한 경우로 기술된다. 문화번역이론은 본질적으로 문화적 차이와 이러한 차이로부터 야기된 인식과 해석 및 행위방법 등 세계관의 차이가 문화간의 커뮤니케이션을 어렵게 한다는 가설에 기초한다. 여기에서 언어상의 난해성은 문제시되지 않으며 문화의 특성 즉 "문화소"14)의 개념이 번역에 새롭게 도입되었다.15)

문화가 텍스트에 어떻게 표현되느냐는 문제에 관해서는 야콥슨 Jakobson(1959), 카데Kade(1964), 나이다와 테이버Nida & Taber(1969), 레비 Levý(1969) 등이 이미 논의했으나 1980년대 이후 비로소 이러한 문제가

---

14) 한센D. Hansen(1996)이 처음으로 사용한 문화소는 언어학의 음소와 비슷한 개념이다. 한편, 훼르메르Vermeer/Witte(1990:137)는 "문화소의 개념을 어떤 사람과 관련이 있는 문화적 특성으로 간주되는 사회적 현상"이라고 정의했다. 다시 말하면 문화소란 어느 특정의 상황에서 특정의 이해 그리고 이에 상응하는 행위를 유발시키는 어느 언어권의 모든 문화적, 사회 경제적 소여성을 일컫는데, 언어적 요인뿐만 아니라 원어문화권에 나타나지만 역어문화권에는 알려져 있지 않거나 다르게 정의된 비언어적 현상, 제도 등도 여기에 속한다. 예를 들면, 사회적, 경제적, 법적 체계 상 서로 다른 구조에서 나타나는 제도로서 우리나라에 없는 독일의 사회보험 체계에 속하는 '사회보험료Sozialabgabe'를 들 수 있다.

15) 졸고, 「문학작품 번역과 세계관」, 『비교문학』 28집, 한국비교문학회, 2002, p.205 참고.

번역학의 중점과제가 되었다. 최근 이 분야에 관하여 콜러(1979/1997), 쿠
츠Kutz(1981), 라이쓰와 훼르메르Reiss/Vermeer(1984/1986), 스넬-혼비Snell-
Hornby(1988), 알브레히트Albrecht et al.(1987), 게르지미쉬Gerzymisch-
Arogast(1994), 라우셔Lauscher(19998), 홀라이쉬만Fleischmann(1999), 슈미트
Schmid(2000), 홀로로스Floros(2001), 무더스바하Mudersbach(2001) 등이 활발
히 연구를 진행하고 있다. 이들의 주요 연구대상은 번역과 관련되는
문화개념과 텍스트에 나타난 문화소의 인식을 전제로 하는 번역방법
의 정립이다.

그러나 번역과 관련되는 문화개념의 규정이 대체로 정확하지 않고
너무 추상적이기 때문에 문화번역 이론정립에는 어려움이 많다. 한편,
이러한 모순에서 벗어나기 위해 미시적 차원에 기초한 이론이 등장했
지만 이러한 이론은 텍스트 전체와의 연관관계를 고려하지 않았기 때
문에 역시 문화번역에는 적합하지 않다.16)

문화는 번역자가 번역을 하기 위해서 원어와 역어권의 사회에 관해
서 인지하고 제어하며 느낄 수 있어야 하는 모든 것을 의미한다17)는
괴링Göhring의 문화개념은 아래와 같다. 그는 인류학자 구데너Goo
denough(1964)의 개념을 토대로 문화간 커뮤니케이션과의 연관성을 고
려하여 문화개념을 정의했는데 그의 정의는 현재 번역에서 중요한 의
의를 지닌다.

　　"문화는 원어민들이 경우에 따라 그들이 서로 다른 역할을 기대에

---

16) G. Floros, "Zur Reprasentation von Kulturin Texten", in: Thome, Gisela et al.(Hrsg.),
    Kultur und Übersetzung, Gunter Narr Verlag, Tübingen, 2001, p.75.
17) Göhring, Heinz, "Interkulurelle Kommunikation: Die Überwindung der Trennung von
    Fremdsprachen und Landeskundeunterricht durch einen integrierten Fremdverhaltensunterricht"
    in: Kühlwein, Wolfgang(Hrsg.), *Kongressberichte der 8.Jahrestagung der GAL*. Hochschul Verlag,
    Stuttgart, 1978. p.10 및 1999, pp.112~115를 참조할 것.

맞게 또는 어긋나게 하고 있는지를 판단할 수 있기 위해서, 그리고 그
자신이 매번 기대에 어긋나는 행위에서 야기된 결과를 책임지기를 원
하거나 또는 그렇지 않으려고 각오가 되어 있지 않는 한 기대에 맞게
행동할 수 있기 위해서 인간이 마땅히 알고 제어하고 지각하지 않으면
안 되는 모든 것이다…"

한편, 위와 같은 괴링의 문화개념은 정신적 혹은 예술적 창조물(학문적
서적, 문학작품, 예술작품 등)과 기술에 의한 생성물(제품, 건축, 시설 등)만을 의
미하지 않고 어느 통신과 문화공동체의 구성원들이 그들 사회 활동의 모
든 분야에서 행동의 지침이 죄는 지배적 규범이나 제도 또는 모든 규칙
을 포함하는 넓은 의미에서의 개념이다.[18) 그의 문화개념은 라이쓰/훼르
메르[19), 훼르메르[20), 홀쯔만테리Holz-Manttäri[21), 스넬－혼비[22) 등 여러 번
역학자들뿐만 아니라 최근 노르트Nord(1993), 암만Ammann(1995), 라우셔
(1998), 슈미트(2000) 등의 저서에서도 기본개념으로 등장하고 있다.

그러나 문화번역의 관점에서 보면 홀로로스[23)가 주장한 바와 같이
괴링의 추상적 문화개념은 많은 문제점을 내포하고 있다. 번역자는 텍
스트의 어느 부분을 문화적 요인으로 간주하여 번역해야 할지 알 수

---

18) 본질적으로 콜러(W. Koller, *Einfuhrung in die Ubersetzungswissenschaft*. 5. Auflage.
   Quelle & Meyer(=UTB 819), Heidelberg, Wiesbaden, 1979, 1997, p.162) 역시 문화적
   커뮤니케이션 개념을 주장했고 문화를 일차적으로 현실파악의 해석 정의했다.
19) Reiss, Katharina & Vermeer, Hans, *Grundlegung einer allgemeinen Translationstheorie*.
   Niemeyer(=Linguistische Arbeiten. 147), Tübingen, 1984, p.26.
20) H. Vermeer, *Übersetzen als Kultureller Transfer*. Mary Snell-Hornby(Hg.) Übersetzung-
   swissenschaft-eine Neuorientierung. Zur Interpretation von Theorie und Praxis. Francke.
   1986, 178f.
21) J. Holz-Mänttäri, *Translatorische Handeln, Theorie und Methode*. Helsinki Suomalainen
   Tiedeakatemia, 1984, p.34.
22) Snell-Hornby, Snell-Hornby et al.(Hrsg.) : *Handbuch Translation*, Stauffenburg Verlag,
   Tübingen, 1988, p.40.
23) G. Floros, Zur Reprasentation von Kulturin Texten, in: Thome, Gisela et al.(Hrsg.),
   Kultur und Übersetzung, Gunter Narr Verlag, Tübingen, 2001. 76f.

없다.

이밖에도 괴링은 비언어적 통신보다 행동요인을 더 강조했는데 번역하기 위해서 이러한 기대에 상응하는 행위의 강조만으로는 행위의 지시로서 텍스트에 나타난 문화를 해명하는 데 충분하지 못하다.

텍스트는 문화의 산물이다. 즉 문화는 텍스트에 표현되어 있고 텍스트는 문화의 구체적이고 사실이다. 그러나 문제는 텍스트에 표현된 문화요소를 인지해야 하는데, 위에서 논의한 추상적 문화개념으로는 이러한 작업이 불가능하다. 그러나 하인리히가 문화개념을 처음으로 체계화하여 다음과 같이 정의함으로써 체계적 문화번역의 길을 열었다.24)

"문화는 행위를 통하여 유전된 행위와 (의의…) 내용과 典型이라고 지칭될 수 있다. 그것은 특유의 사회적 유산이고 사회적으로 전승한 것이다. … 중략 … 사회적 행위의 연관관계 자체는 문화적이 아니고 이러한 행위의 연관관계 안에서 비유전적 방법으로 학습을 통해서 유전될 것이지 그 특성은 절대 아니다."

하인릭스25)는 문화를 하위체계로 다시 분류될 수 있는 특정의 구조화 체계로 정의하고 이를 다시 선험적으로 분류된 경제체계, 정치체계, 통신과 언어를 포함하는 문화체계, 세계관적, 종교적 정체성의 체계로 확정한다. 이 네 가지 하위체계는 다시 그 하위체계로 분류될 수 있기 때문에 특히 텍스트에 표현된 문화적 요인은 예외없이 체계화될 수 있다.26)

---

24) 위의 책, p.77.

25) J. Heinrichs, *Entwurf systemaische Kulturtheorie*. Donau Universität, (=Workshop, Kultur, Wissenschaften. 2), Krems, 1998. 15ff.

26) 예를 들어 레스토랑 방문이나 의사 방문 등 특정의 생활영역에 속하는 일상적

한편, 슈미트[27]는 하인릭스의 체계적 문화 개념을 번역과 연관시켰는데. 체계로서의 문화와 텍스트 사이의 연구를 허용하지 않는 문화개념에 대한 논의는 번역학의 발전에 크게 기여하지 못했다.

텍스트에 나타난 문화가 개별적 사례연구로 행해졌을 경우에는 텍스트 전체로서 연관관계를 소홀히 하는 결과를 초래했다. 개별적 사례연구는 일반적으로 어느 한 문화 특유의 전형적 요소가 텍스트에 표현된 문화적 맥락을 기술할 수 없다는 결점을 지닌다. 이외에도 이러한 연구는 텍스트에 표현된 미시적 구조에만 의존한 개별적 요소에 기초하기 때문에 전체로서의 텍스트에 관한 연구를 소홀히 하는 문제점이 있다. 그 반면에 텍스트에 표현된 총체로서의 문화에 관한 연구는 또한 텍스트에 나타난 문화와 개별적 표현을 입증할 수 없는 결점을 지닌다.

베네/디블레(1958)의 『비교문체론Stylistique comparée』이 전자의 경우에 속하는데 그들은 여기에서 차음으로 개별적 사례연구를 시도했다. 라이쓰, 콜러, 노이마크 등의 학자들은 이런 연구를 수행했는데 다음에 이들의 연구방법을 소개하겠다.

라이쓰[28]는 문화 특유의 전형적 특성을 지방 특유의 관습의 의미로서 실제Realia로 지칭하고 원어텍스트 유형(내용강조, 형식강조, 호소강조)에 의존하는 번역방법을 제시했다. 콜러[29]는 문화 특유의 요인을

현상은 모두 체계화될 수 있다.

27) A. Schmid, "'Systematische Kulturtheorie'-relevant für die Translation?", in: Kadric, Mira & Kaindl, Klaus & Pochhacker, Franz(Hrsg.): *Translationswissenschaft. Festschrift für Mary Snell-Hornby zum 60. Geburtstag*, Stauffenburg, Tübingen, 2000, p.62.

28) K. Reiss, & H. Vermeer, *Grundlegung einer allgemeinen Translationstheorie*. Niemeyer (=Linguistische Arbeiten. 147), Tübingen, 1984, 79f.

29) W. Koller, *Einführung in die Übersetzungswissenschaft*. 5. Auflage. Quelle & Meyer(=UTB 819), Heidelberg · Wiesbaden, 1979, pp.232~236.

어느 특정 지방의 특수한 정치적, 제도적, 사회-문화적, 지리적 사태 관계에 관한 표현과 명칭이라고 정의했다.

그는 번역방법으로서 문화 특유의 전형적 특성인 실제소에 의해서 야기된 어휘적 간격을 메우는 다섯 가지 방법을 아래와 같이 제시했다.

1) 원어 표현의 차용 : 홍보활동public relations, Publik Relations
2) 차용번역: 융단폭격bomb carpet dt. Bomben Teppich
3) 원어 표현에 대응하면서 이미 역어에서 쓰인 유사한 표현 : 홍보활동public relations dt. Öffentlichkeitsarbeit
4) 원어 표현을 역어로 고쳐 쓰거나 주석을 달든지 또는 정의한다: 히트상품runner dt. sich rasch verkaufendes Produkt
5) 번안 : 버버리 코트Burberry dt. Lodenmantel

라드미랄[30]은 전통적 번역이론을 언어철학적 방법에서 분석, 비판하고 번역이론은 커뮤니케이션이나 행위의 이론보다는 인식론과 더 밀접한 관계에 있다는 견해를 피력하고 원어텍스트 중심 번역이론을 지양하고 역어텍스트 중심의 번역이론을 제시했다. 그의 견해로는 텍스트의 본질은 언어에 의해서 창조된 세계이며 언어를 통해서 주관적으로 표상화된 현실 외에는 다른 어떤 현실도 존재할 수 없다. 이러한 관점에서 보면, 번역이란 원어텍스트의 표현된 정신세계를 역어텍스트의 언어기호로 재현하는 작업이다.[31] 언어 외적 현실은 텍스트의 배후에 은닉되어 있으며 의미된 것이 표현된 것 즉 텍스트 구조와 동일시

---

30) J. Ladmiral, *Traduire: théorèmes pour la traduction*. petite bibliothèque payot, Paris, 1993, 191f.
31) 번역이 말해진 것을 원어의 기호에서 분리시켜 역어에 상응하는 형태로 재언어화하지 않으면 안 된다는 그의 주장은 정당성을 지닌다.

되지 않으며 표현된 것은 사태관계를 암시할 뿐이다. 따라서 해석학적 번역이론의 관점에서 보면, 실증주의적 성향을 띤 모든 번역이론은 무의미해진다.

스톨제는 번역자 자신의 텍스트이해가 번역의 준비작업이라는 관점에서 텍스트분석을 부정하고 텍스트해석을 중시했다. 여기에서 주목해야 할 사실은 그녀가 실용텍스트, 학술텍스트 또는 문학텍스트 등 특정한 텍스트형태에 고정시키지 않고 모든 텍스트번역에 통용되는 유용한 언어학적 범주를 설정했다는 점이다. 그녀는 이러한 언어학적 범주체계로서 1) 주제Thematik, 2) 의미론Semantik, 3) 어휘론Lexik, 4) 화용론Pragmatik, 5) 문체론Stilistik을 제시했다. 이것은 어느 특정한 텍스트의 번역과정에 모두 적용되는 것은 아니며 텍스트에 따라 그 적용정도 역시 다르며 번역과정에서 기계적으로 사용할 수 있는 공식이기보다는 번역자가 주의해야 할 텍스트의 문제점을 인식하고 평가하는 데도움이 된다.

팹케Paepcke는 "총체로서의 텍스트Text als ein Ganzes"를 번역단위로 간주하여 단어나 문장이 번역되는 것이 아니라 총체로서 텍스트의 "초월적인 총체적 의의단위übersummative Sinneinheit"가 번역되어야 한다고 주장하였다. 즉 텍스트는 의의단위를 형성하는데 그 내적 연관관계는 대단히 복잡하며 큰 형식 내에서 소단위는 포괄적 텍스트의 테두리 내에서 사태관계가 결정되지만 보다 더 작은 형식 역시 자율성을 지닌다. 소단위는 언제나 "초월적인 총체적 전체성übersummative Ganzheit"과 연관관계에 있는 "전체로서의 일부분Teilganz"이므로 소단위와 대단위 사이의 관계는 단순한 흡수나 첨가가 아니다. 텍스트 정보는 언어기호 자체의 총화에서 얻어지는 것이 아니며 텍스트 속에 내포된 언어요소의 의미뿐만 아니라 그 이상의 것, 즉 텍스트의의이다. 즉 텍스트는 총체가 그 부분의 총화를 능가하는 "형태단위 Gestalteinheit"로서 다수의 다른 요소와 기호기능을 포함하고 있어 "다차원성Multiperspektivität"을 지닌다.

따라서 텍스트의 일부만을 분석하는 것은 무의미하므로 텍스트의의는 상황과 문맥 등 여러 요인을 고려해서 결정해야 한다. 또 한편 정보나 기능만이 번역의 전부가 아니기 때문에 번역자는 텍스트요소를 다차원적 관점에서 고찰하고 분석해야 하고 텍스트에 나타나는 전형적이고 반복적인 구조보다는 그 개체성을 중시해야 한다.

이러한 번역방법은 문화번역에서 필수적인 문화의 추상적 차원과 텍스트에 나타난 문화의 텍스트 차원을 구분하지 않았기 때문에 문화와 텍스트의 관계가 명확하지 않을 뿐더러 텍스트에 표현된 문화를 체계적으로 입증할 수도 없다.

위에서 언급한 바와 같이 문화번역이론에서 가장 중요한 문제는 우선 체계로서의 문화와 텍스트에 표현된 문화의 구체적 표현 사이의 상호성을 구별하는 문화개념을 정의하는 작업이다. 그렇게 함으로써 배경지식으로서의 문화체계와 텍스트의 현실화 및 구체화를 가능하게 하며 이렇게 구체화된 문화를 명확히 표현할 수 있다.

3. 문화번역이론으로서 목적이론

1970년대 후반부터 체계 중심의 언어학에서 화용론적 언어학으로의 전환이 이루어진 후 번역학 역시 언어 외적 요인(텍스트기능)을 중시하는 방향으로 발전했다.[32] 이에 상응하여 문화번역에 적합한 이론으

---

32) 이는 텍스트기능이 강조되고 이에 상응하여 번역에서 목적이론이 중시되어야 할

로서 목적이론Skopostheorie[33])이 정립되었는데, 이 이론은 라이쓰/훼르메르의 『일반번역이론의 정립Grundlegung einer allgemeinen Translationstheorie』 (1984)에서 체계적으로 전개되었고 전문학술지인 텍스트콘테스트 TextconText에서 상세히 논의되었다.

목적이론은 전통적인 언어학적 번역이론과는 전혀 다른 단초에서 제기되었고 이에 따른 새로운 학술용어도 제정되었다.[34] 물론 이 이론은 언어와 문화가 상호 의존관계에 있다는 가설에 토대를 두지만 그 의존성의 정도는 바이스게르며(1971)가 주장한 바와 같이 그렇게 밀접하지는 않다. 역어텍스트 기능과 번역의 일방향성은 물론이고 수신인의 역할을 강조한다는 점에서 이 이론은 기술번역이론deskriptive Translationstheorie과의 연관성을 지닌다. 이 번역모델은 본질적으로 기술적일 뿐더러 여러 학문분야가 상호 보완관계에 있는 학제적 연구의 전형이기 때문에 또한 번역과정에서 다양한 방법론이 적용된다.

목적이론은 원래 훼르메르(1978)가 일반적 번역이론으로 처음 제시했다. 그에 의하면, 언어는 문화의 본질적 부분이기 때문에 번역은 단순히 언어기호의 전이가 아니고 "문화전이"이며 또 한편 언어행위는 어떤 목적을 지향하는 행위이기 때문에 번역은 "특종의 행위Sondersorte von Handeln"[35]이다. 이 이론에서는 모든 번역의 우위성은 번역목적 즉 기능에 있으므로[36] 번역행위의 목적이 특히 강조된다.[37] 그러므로

계기가 되었다.

33) 필자는 문화간 커뮤니케이션으로서 목적이론과 기능번역이론Funktionale Translations-theorie을 동일한 이론으로 간주한다. 본고에서는 "목적Zweck, Ziel, Skopos, 기능Funktion"은 동의어로 사용한다.

34) 새로운 학술용어로서 번역과정Translationsprozess, 번역물Translat, 통·번역학 Translatologie, 번역자Translator, 번역기능Translationsskopos, 번역물의 기능 Translatsskopos 등을 들 수 있다.

35) H. Vermeer, J. & H. Witte, "Mogen Sie Zistrosen? Scenes & Frames & Chanels im translatorischen Handeln", TextconText, Beiheft 3. Groos, Heidelberg, 1990. p.36.

역어텍스트의 형태는 원어텍스트 그 자체가 아니고 번역목적에 의해서 규정된다. 여기에서 번역목적은 바로 번역자가 의도한 목적이다. 따라서 번역에서 번역자의 역할이 대단히 중시된다. 그리고 이러한 목적이 "기능한다는 것Funktionieren"은 그때마다 번역자의 관점에서 이해되어야 한다. 그러나 주지해야 할 사실은 1) 의도와 기능의 일치 그리고 번역의 최적성에 관한 성찰은 언제나 전향적prospektiv으로 역어권의 문화 및 번역목적과 연관관계가 있어야 하고, 2) 원어텍스트에 관한 후향적retrospektiv 문제(저자 또는 원어문화권에서 원어텍스트의 기능 등)는 번역과 무관하다는 점이다.

이 이론의 특성으로서 행위이론과의 연관성을 들 수 있는데, 이러한 커뮤니케이션 행위 역시 문화와 밀접한 연관성을 맺고 있다. 행위는 목적을 성취함으로써 기존의 상태를 의도한 대로 변화시키는 것을 목적으로 한다. 텍스트 또한 특정의 목적을 가지며 타인을 위해서 생성된다. 텍스트는 커뮤니케이션 행위인데, 이러한 행위를 통해서 인간은 타인과 상호작용 즉 커뮤니케이션을 한다. 따라서 번역 또한 상호작용 행위의 특별한 경우인데, 이러한 행위는 넓은 의미에서 어떤 주어진 상황에 대한 반응으로 기술될 수 있다. 어떤 행위가 관습적으로 유효한 문화 특정의 행위규범을 규정하는 조건을 충족할 수 있다면, 즉 "주어진 상황에 의의Sinn가 있다면 그 행위는 성공했다"고 할 수 있다.[38]

이러한 관점에서 보면 번역은 문화간 구체적 커뮤니케이션의 복합

---

36) K.Reiss/H.Vermeer, *Grundlegung einer allgemeinen Translationstheorie*, Niemeyer(=Linguistische Arbeiten. 147), Tübingen, 1984, p.96.
37) 목적이론에서는 역어텍스트의 기능적 충족성이 가장 중요한 요인이기 때문에 원어텍스트의 언어적 요인은 중시되지 않는다.
38) K.Reiss/H.Vermeer, 위의 책, p.99.

적 행위로 정의되며 그 목적은 원어텍스트기능을 그대로 보존하거나
(기능불변성) 그 기능을 변경하는(기능변경) 역어텍스트39)를 생성하는
데 있다. 번역의 질적 평가는 원어텍스트에 대한 충실성이 아니고 역
어텍스트의 기능충족성에 의거한다.40) 역어텍스트(기능)의 질적 평가
기준으로서 회니히/쿠스마울41)은 필요한 "차별화의 정도" 그리고 노르
트42)는 번역계약자, 역어수신인, 저자에 대한 책임감으로서 "충실성"
의 개념을 도입했다. 이러한 개념은 이미 나이다(1947)에 의해서 제기
되었고 회니히/쿠스마울, 조작학파의 기술번역이론에서 주제화되었으
며 라이프찌히학파의 화용론자들에 의해서 번역작업에 적용되었다.

  좀더 구체적으로 언급하면, 목적이론의 관점에서 번역은 행위이론의
특별한 종류로 정의되며 행위로서 원어텍스트는 이미 존재한다. 그리고
행위의 "무엇 때문에Wozu", "…인지 아닌지Ob", "무엇을Was", "어떻게
Wie"가 이미 규정되어 있으므로 번역목적이 번역방법보다 더 중요하기
때문에 이 이론에서 "번역목적은 그 기능에 있다. Die Translation ist eine
Funktion ihres Zwecks"43)라는 말과 같이 최상의 규칙은 목적규칙
Skoposregel이다. 이 규칙에 의하면 목적을 달성하기 위해서는 어떤 방
법도 무관하기 때문에 실제로 모든 종류의 개작 역시 완벽한 번역으

---

39) Hönig/Kussmaul, *Strategie der Übersetzung,* Ein Lehr-und Arbeitbuch, Tübingen(=Tübinger
    Beiträge zur Linguistik 205), 1984, p.40.
40) 이 경우 번역물의 목적은 원어텍스트의 기능으로부터 일탈할 수도 있고(기능변
    경), 그렇지 않을 수도 있으며(기능불변성) 또 한편 역어텍스트가 원어텍스트와 유
    사성을 나타낼 수도 있다(텍스트간 응집성intertextuelle Kohärenz). 목적이론에서 등
    가개념은 여러 다양한 형태로 실현될 수 있는 역동적 텍스트 등가개념으로 확장
    되었다.
41) 위의 책, p.58.
42) Ch. Nord, *Einführung in das funktionale Übersetzen, Am Beispiel von Titeln und überschriften,*
    Francke(UTB 1734), Tübingen, 1993, p.18.
43) K.Reiss/H.Vermeer, *Grundlegung einer allgemeinen Translationstheorie,* Niemeyer(=Linguistische
    Arbeiten. 147), Tübingen, 1984, p.101.

로 간주된다. 이러한 번역의 전통적 개념의 확충은 번역학자보다는 번역자들에게서 더 적극적으로 수용되었다.44) 이 규칙의 하위규칙으로서 "목적은 수신자에 의존하는 변수로 기술될 수 있다"는 사회적 규칙 soziologische Regel을 들 수 있으며,45) 이외에 응집규칙Kohärenzregel을 들 수 있다.46) 이 규칙에 의하면 번역자에 의해서 생성된 전언(번역물)은 역어수신자의 상황과 상호연관되게 해석되어야 한다.

목적이론에서 역어텍스트는 그 수신자가 텍스트를 이해하고 번역목적을 수용할 수 있도록 역어문화권의 상황에 적합하게 구성되어야 하므로 역어텍스트는 여러 면에서 원어텍스트에서 일탈한다. 그러므로 역어텍스트는 원어텍스트와 문화적으로나 언어적으로 상이한 전혀 다른 텍스트이다.

이미 언급한 바와 같이 번역은 문화전이로 규정된다. 따라서 번역자는 객관적 현실이나 진리가Wahrheitswert가 아니고 유효한 규범(문화), 텍스트(또는 텍스트 생성자)의 실제적 상황과 역어텍스트로 번역하는 과정에서 야기된 가치변경과 관련하여 역사적 사건의 가치는 어떻게 텍스트에 표현되었는가에 관해서 관심을 가져야 한다.47) 물론 문화번역에서 어느 사건의 가치는 그 번역방법이나 생성된 텍스트 사이의 유사성 정도 또는 이 둘 모두를 통해서 변경될 수 있다.

그리고 실제 번역과정에서 역어문화의 관습과 규범이 적용되어야 한다. 번역자는 그가 의도한 목적을 달성하기 위해서 부실하게 작성된 원어텍스트를 새로 다시 써도 무방하다. 이와 같이 목적이론에서 원어

---

44) U. Kautz, *Handbuch Didaktik des Übersetzens und Dolmetschens*. Goethe Institut. 2002, p.40.
45) K.Reiss/H.Vermeer, *Grundlegung einer allgemeinen Translationstheorie*. Niemeyer(=Linguistische Arbeiten. 147), Tübingen, 1984, p.101.
46) 위의 책, 112f.
47) 위의 책, p.26.

텍스트는 더 이상 번역의 시발점이나 토대가 될 수 없다. 다시 말해서
원어텍스트는 "폐위되었다entthront."[48]라는 말과 같이 원어와 역어텍
스트의 위상이 바뀌었다.[49]

이미 논의한 바와 같이 목적이론에서는 언어보다 문화와 역사적 사
실이 중시되고 번역자의 개인적 능력 역시 높이 평가된다. 문화적, 상
황적 그리고 시간적으로 무관한 언표는 존재할 수 없다. 그러므로 훼
르메르는 전통적 이론과 단절되고 또한 비역사적이고 절대적 개념형
성을 배제하는 "상대적 상대주의"의 관점에서 그의 번역이론을 전개
했다.[50] 그 이유는 텍스트는 언제나 동일한 텍스트가 아니고 시간과
상황에 따라 다르게 해석될 뿐더러 원어텍스트의 수신자와 역어텍스
트의 생성자로서 번역자 자신의 사회적, 역사적 연관성은 그의 번역작
업에 지대한 영향을 미치기 때문이다. 이러한 관점에서 목적이론도 변
화하지 않는 어떤 의미나 개념이 존재할 수 없다는 해체주의와 연관
성이 있으나 데리다[51]가 번역은 "어느 한 언어를 다른 언어로, 어느
한 텍스트를 다른 텍스트로 전환하는 규칙적 전이이다"라고 주장한
바와 같이 번역은 그렇게 단순한 작업이 아니다.

이미 위에서 논의한 바와 같이 이 번역모델에서는 번역자의 의도된

---

48) H. Vermeer, *Voraussetzungen für eine Translationstheorie-Einige Kapital Kultur-und Sprachtheorie.*
Selbstverlag, Heidelberg, 1986, p.42.

49) 나이다(E. Nida, *Toward a Science of Translating.* With Special Reference to Principles and
Procedures Involved in Bible Translating. Leiden, 1964, p.159)도 번역이 문화적이라면
단어에 충실한 번역이 불가능하고 역어문화권에서 전언message의 등가적 재현은
필연적으로 다르게 표현되어야 한다고 주장했다. 라이쓰/훼르메르는 한걸음 더 나
아가 문화적 차이 때문에 상황불변성은 존재할 수 없음을 확언했다. 따라서 번역
역시 불변적인 것이 아니다.

50) D. Dizdar, "Skopostheorie", in: *Handbuch Translation.* Hrsg. von Mary Snell-Hornby et al.
1999, p.106.

51) J. Derrida, *Positionen, Gespräche mit Henre Ronse, Julia Kristeva. Jean-Louis Houdebine, Guy
Skarpetta.* Hrsg. v. Peter Engelmann. Edition Passagen 8. Graz/Wien, Böhlau, 1986, p.58.

목적 즉 텍스트기능이 강조되기 때문에 번역자의 텍스트이해 능력이
가장 중요한 역할을 한다고 볼 수 있다. 왜냐하면 텍스트를 정확히 이
해하지 않고는 텍스트기능이 파악될 수 없기 때문이다. 텍스트기능은
물론 초문화적인 보편적 현상이다. 그러나 동일한 텍스트기능이라도
문화권의 언어관습에 따라 다르게 표현될 뿐만 아니라 그 문화권의
상황문맥에 의해서도 언표가 지니는 기능도 달라진다. 문화번역에서
텍스트에 표현되어 있는 사태관계를 이해한다는 것은 텍스트 수용인
과 번역자가 그 텍스트의 어휘를 문화적 사항과 관련하여 충분히 이
해하고 해석할 수 있다는 사실을 전제로 한다.

텍스트언어학의 관점에서 보면, 텍스트는 본래의 언어기호로서 언
어의 현상학적 존재방식이며, 언어는 텍스트형태로 나타나고 또한 기
능한다. 이와 같이 언어는 이미 정해진 의도나 목적과 언어 자체 의의
(기능수행 능력)를 제공하는 기본단위에 의존한다.[52] 문장은 문법성에
의존하지만 텍스트는 현실적 시공간 내에서 커뮤니케이션을 목적으로
하는 인간행위로서 실현되며 그 의의는 발화상황, 사회-문화적 배경,
발화자의 의도 등에 의해서 결정된다. 즉 텍스트는 주어진 상황에 귀
속되는데, 상황 자체는 사회-문화적 요인에 의해서 결정된다. 그러므
로 텍스트는 단순한 언표의 구성체가 아니고 커뮤니케이션의 참여자
가 구체적으로 활용하는 인지적 구성체이다. 또 한편 텍스트는 커뮤니
케이션의 기능을 수행하는 언어기호의 한정된 연쇄체이므로 언어학적
방법으로 기술되고 설명되며 또한 분류될 수 있는 내적, 외적 표지를

---

52) P.Hartmann, "Texte als linguistisches Objekt", In: *Beiträge zur Textlinguistik,* Lyons,
J.(Hrsg.). Hamburg, 1971, 12ff. 빠롤 중심의 언어학에서 텍스트는 언표의 기본단위
이며 커뮤니케이션의 목적으로 생성되므로 또한 번역의 기본단위인 복합체계이며
그 체계의 상관관계에 의해서 정의되는 빠롤 차원의 구체적 언어단위다. 그러므
로 텍스트는 인간 커뮤니케이션의 궁극적 단위이다.

지니고 있다.

일반적으로 나타나는 이러한 표지의 도움으로 텍스트 특성을 대비 언어학적으로 기술하고 실제 텍스트 번역에서 야기되는 문제점을 정확히 파악하여 해명힐 수 있는 객관적 모델화는 텍스트이해해에 크게 공헌할 것이다.

언어가 다만 커뮤니케이션의 매체라면 말해진 것(텍스트의 표층구조), 의미된 것(텍스트 의의) 사이의 구별을 명확히 파악하는 것이 번역자의 임무다. 이것은 최적의 번역 즉 텍스트 기능에 상응하는 번역을 하기 위해서 가장 중요한 요인이며 사실상 매우 어려운 일이기도 하다. 왜냐하면 대체로 언어 외적 현실은 텍스트의 배후에 은닉되어 있고 의미된 것은 텍스트 구조(말해진 것)와 동일시되지 않기 때문이다. 말해진 것은 사태관계를 암시할 뿐이다. 번역과정에서 말해진 것을 원어기호에서 분리시켜 역어에 상응하는 형태로 재언어화하지 않으면 안 된다는 라드미랄53)의 주장은 정당성을 지닌다. 다만 텍스트의 개체성 때문에 번역자는 아무리 유사한 텍스트라도 비슷하게 번역하는 과정에서 과오를 범해서는 안 된다는 점을 유념할 필요가 있다.54) 그에 의하면 텍스트의 본질은 언어로 창조된 세계이고 언어를 통해서 주관적 표상에 형성된 현실 외에는 어떤 다른 현실도 존재할 수 없으며 번역은 원어텍스트로 표현된 정신세계를 역어의 언어기호로 재현하는 작업이다. 이와 같이 역어텍스트 생성에 있어서 번역자의 텍스트이해 능력 즉 해석학적 능력은 대단히 중요한 역할을 한다. 이러한 사실에서 또 한편으로 문화번역과 해석학의 연관성을 찾아 볼 수 있다.

---

53) J. Ladmiral, *Traduire: théorèmes pour la traduction.* petite bibliothèque payot, Paris, 1979, 1993, 91f.
54) 기존의 원어텍스트 중심에서 벗어나 역어텍스트에 충실하고 전통과 문화적 특성을 고려한다는 점에서 해석하적 번역모델은 기능번역과 일치한다.

　그러나 해석학적 번역이론은 너무나 일반적일 뿐 더러 주관적이어서 여기에서는 객관적 판단기준 즉 과학적으로 확고한 입증방법이 없기 때문에 학자들은 이러한 해석방법을 보다 더 정확하고 효과적으로 만들기 위해서 언어학적 범주를 원용했다.[55]

　위에서 논의한 비와 같이 필자는 목적번역이론에서 텍스트가 사회-문화의 언어화된 일부분이라는 사실을 아래의 사례를 통해서 입증하고자 한다.

3-1 어휘

　마태복음 4장 4절의 '떡'은 그리스어의 'ἄρτος'와 영어의 'bread'를 우리말로 번역한 것인데, 오늘날처럼 '빵'으로 하지 않은 것은 빵이 당대의 한국인에게는 생소한 것이어서 그와 비슷한 어휘인 떡으로 번역한 것 같다. 현대에 이르러 서구화된 우리 생활에서 빵이 친숙한 식품으로 보편화되면서 빵으로 번역된 사례[56]가 있으나 초창기에 번역된 그대로 떡으로 표기하고 있는 것이 보편화되었다. 이것은 원어인 그리스어의 빵이 단순히 빵만을 의미하기보다는 사람이 먹는 음식물을 포함하므로 꼭 빵으로 번역할 필요가 없기 때문인 것으로 풀이할 수도 있다.

---

55) R. Stolze, *Hermeneutisches Übersetzen. Linguistische Kategorien des Verstehens und Formulierens beim Übersetzen.* Narr, Tübingen, 1997, pp.240~246. 이러한 스톨체의 견해는 번역에 관한 학제간 연구의 필요성을 주장한 스넬-혼비(1988)의 통합적 접근방법integrated approach과 맥락을 같이한다. 스톨체는 번역자 자신의 텍스트이해해가 번역의 준비작업이라는 관점에서 텍스트 분석을 부정하고 텍스트 해석을 중시했다.
56) 현대인에게는 '빵'이 아주 친숙한 것이므로 현대번역본 성경(신약성서 보급판, 분도출판사, 1991, p.20)에는 '빵'으로 번역되어 있다.

3-2 텍스트[57)

회니히와 쿠스마울은 다음과 같은 텍스트 번역의 두 극단적 경우를 제시했다:

In Parliament he fought for equality, but he sent his son to Winchester. When his father dies his mother couldn't effort to send him to Eton anymore.

…seinen eigenen Sohn schickte er auf die Schule in Winchester.(그는 자기 아들을 윈체스터에 있는 학교에 보냈다)

…konnte es sich seine Mutter nicht mehr leisten, ihn nach Eton zu schicken, jene teure englische Privatschule, aus deren Absolventen auch heute noch ein Großteil des politischen und wirtschaftlichen Führungsnachwuches hervorgeht.(그의 어머니는 그를 학비 부담이 큰 영국의 사립학교 이튼에는 보낼 수가 없었다. 현재에도 영국 정계와 재계의 대부분의 후속 세대 지도자들은 이 학교 출신들이다)

첫번째, 번역 텍스트는 원문과 차별화되지 않았다. 그것은 "Winchester"라는 명칭이 문화권이 다른 독일의 독자들에게 그것이 영국인들에게 주는 것과 동일한 의의를 전해주지 못하기 때문이다. 두 번째 텍스트의 번역은 너무나 차별화되었다. 비록 번역텍스트가 영국의 사립 중학교public school에 관한 정보를 제공하는 데는 정확하지만 너무나 자세하고 잉여적이다. 그리고 회니히와 쿠스마울은 기능번역의 질적 평가기준으로서 필수적인 "차별화 정도Grad der Differenzierung"라는 개념을 도입하고 이에 상응하는 다음의 두 번역텍스트를 제시했다.[58)

---

57) 회니히/쿠스마울(Hönig/Kussmaul, *Strategie der Übersetzung. Ein Lehr-und Arbeitbuch, Tübingen*(=Tübinger Beiträge zur Linguistik 205. 1984, pp.53~58)의 예문을 스넬-혼비 (M. Snell-Hornby, *Translation Studies. An Intergrated Approach*. Amsterdam/Philadelphia, 1988, 45)에서 재인용.

In Parliament kämpfte er für die Chancengleichheit, aber seinen eigenen Sohn schickte er auf die eine der englischen Eliteschulen. Als sein Vater starb, konnte seine Mutter es sich nicht mehr leisten, ihn auf eine der teuren Privatschulen zu schicken. (의회에서 그는 기회균등을 위해서 투쟁했지만 자기 아들을 영국 일류 사립학교에 보냈다. 그의 아버지가 사망한 후 그의 어머니는 학비 부담이 큰 사립학교에는 보낼 수가 없었다)

텍스트는 주어진 상황에 귀속되는데, 상황 자체는 사회-문화적 요인에 의해서 결정된다. 따라서 번역은 역어문화권에 소속된 텍스트기능에 의존하므로 번역과정에서 원어텍스트 본래의 기능을 역어텍스트에 그대로 보존하든지(기능불변성) 또는 역어문화권에 적합하도록 원래의 기능을 바꾸어야 한다(기능변경성).[59)

4. 결론

키케로 이래 이천 년 동안 번역작업은 전통적(비과학적)으로 직역과 의역이라는 양극화된 이분법적(단어 vs. 내용) 방법론에 의해서 이루어졌다. 그러나 자연과학적 방법론이 팽배했던 1950년대부터 번역학은 라이프찌히학파 중심의 언어학적 번역이론 즉 객관적 등가 중심으로 발전되었다. 이 시기에는 문학작품은 언어사용의 규범에서 벗어난 언어를 사용하기 때문에 번역의 연구대상에서 제외되었고 주로 실용텍스트 중심의 번역이론이 성행하였다. 그러나 언어사용의 규범에서 일탈

---

58) 위의 책, 58ff.
59) 회니히/쿠스마울 이론의 주요개념인 '기능불변성과 기능변경성'의 개념은 이미 훼르메르가 제시한 바 있다.

한 언어가 일반적으로 그 언어를 사용하는 민족의 전통과 세계관이 담긴 문화적 요인 즉 민족 고유의 문화소를 표현한다는 사실을 고려할 때 언어학적 접근방법이 올바른 번역방법이 아님은 자명한 일이다.

1970년대 이후 언어학의 화용론적 전환기에는 텍스트언어학이 번역학의 연구대상으로 부상되었고, 1980년대 후반부터 번역학에 문화의 개념이 도입되기 시작했다. 그 이후 번역학은 원형이론에 바탕을 둔 전체론적-형식적 원칙에 의거해서 역동적으로 발전했다. 1970년대까지 원어텍스트 중심의 언어학적 번역이론은 역어텍스트 기능(목적) 중심의 목적번역이론으로 발전하게 되었다.

번역의 본질적 문제는 의미된 것이 갖는 기능이 문화권에 따라 다르다는 데 있다. 그 이유는 인간은 세계와의 대결과정에서 실세계를 보는 방법 즉 실세계에 대응하고 적응하는 과정에서 그들에게 고유한 특정의 문화를 형성하기 때문이다. 역사적으로 형성된 인식조건이 세계관이며 이러한 세계관에 의해서 규범화된 문화가 형성되는데, 역으로 인간은 이렇게 이룩된 문화에 의해서 제약을 받는다. 문화에 의해서 각인된 인간의 행위나 사고방식이 습관, 관례, 예의범절, 터부, 전통, 민족성, 가치관, 현실파악의 방법 등으로 표현되는데, 이 과정에서 언어와 사고의 밀접한 연관관계가 성립된다. 따라서 어느 한 언어를 구사한다는 것은 그 언어 속에 내재되어 있는 현실개념 파악의 방법에 따라 실세계를 개념화하고 또한 파악한다는 사실을 의미한다. 훼르메르가 주장한 바와 같이 언어의 본질은 문화이다.

란쯔베르거 등 고대 문헌학자들은 고대 바빌로니아의 문화를 이해하기 위해서 현재 유럽에서 사용되는 개념과 가치의 기준만으로 설명이 불가능하며, 그 당시 문화 자체에서 통용되었던 개념과 용어를 사용해야만 그 설명이 가능하다고 주장한다. 이와 같이 언어는 문화의 산물이고 문화는 언어의 산물이기도 하다.

최근 20여 년 동안 번역학자들은 문화에 대한 관심을 가지고 언어학적 번역학의 테두리를 벗어나 문화 상호간에 관한 연구를 해야 한다는 사실을 인식하게 되었다. 문화라는 개념이 번역학에 도입되면서 즉 언어의 본질이 밝혀지면서부터 전통적 번역방법과는 전혀 다른 목적번역이론이 등장하였다.

번역은 문화전이이기 때문에 만일 번역과정에서 문화적 요인을 고려하지 않는다면 이를 번역이라 할 수 없다. 그러나 번역의 문제점은 이미 언급한 바와 같이 자연어가 실세계를 객관적으로 묘사하지 않고 언어적으로 규정된 중간세계를 통해서 해석되면서 중재된다. 즉 커뮤니케이션은 사회-문화적 요인에 의해서 다르게 구성된 인식조건(사고방식)을 토대로 다르게 규범화된 언어관습에 의거한다.

따라서 문화권간의 커뮤니케이션을 가능하게 하기 위해서는 문화의 특성을 파악하고 그 다음에 그 문화권 내에서 통용되는 언어관습을 이해해야 한다. 이렇게 하기 위해서는 우선 문화 체계화의 작업이 이루어져야 한다.

현재 문화번역이론은 괴링의 문화개념에 의거해서 전개되고 있으나 그의 추상적 문화개념은 많은 문제점을 내포하고 있다. 문화번역에서는 번역자가 텍스트에 표현되거나 함축된 문화요인을 인지하고 이것을 역어텍스트 생성에 반영해야 하는데, 추상적 문화개념을 가지고서는 이러한 번역작업이 불가능하다.

여기에서 가장 중요한 문제는 일차적으로 체계로서의 문화와 텍스트에 표현된 문화의 구체적 사실 사이의 상호 연관관계를 구별할 수 있는 구체적 문화개념을 정립하는 데 있다. 최근 하인릭스가 문화를 하위체계로 재분류할 수 있는 특정의 구조화된 체계로 정의함으로써 텍스트에 표현된 문화적 요인을 체계화할 수 있는 방법을 제시하였는데, 이것은 문화번역이론의 핵심적 문제일 뿐만 아니라 앞으로 이 이론의 발전에 지대한 영향을 미칠 것이다.

최근 하인릭스가 문화개념을 처음으로 체계화하고 문화를 하위체계로 다시 분류할 수 있는 특정의 구조화된 체계로 정의함으로써 텍스트에 표현된 문화적 요인을 체계화할 수 있는 방법을 제시했는데, 이것은 문화번역이론의 발전에 지대한 발전을 끼쳤다.

어장이론에서 밝혀졌듯이 모든 언어는 서로 다른 개념체계와 가치체계를 가지고 있기 때문에 번역은 언어간의 단순 비교의 문제가 아니고 문화의 문제라는 사실이 입증되었고 그 결과 목적번역이론이 타당성을 가지게 되었다.

그러나 필자의 견해로는 목적번역이론의 토대가 되는 문화 역시 여러 우연적, 이질적 요인이 결합되어 형성되었기 때문에 기능의 개념 역시 정확히 정의하기는 어렵다고 본다. 따라서 번역은 학제간 연구와 문화 상호간의 상대적 연관관계의 바탕 위에서만 해결될 문제이다.

제4장
번역의 가능성에 대한 이론

1. 서론

　"현대는 번역의 시대다"라는 까이에P. Caillé의 말과 같이 다문화, 다민족이 공존하는 금세기는 그 어느 때보다도 인류상호간 커뮤니케이션이 필요하고 또한 이에 상응해서 번역의 중요성이 강조된다. 번역은 문화교류의 가장 자유스러운 방법일뿐더러 정보교환의 지름길이다. 그리고 번역의 궁극적 목적은 단순한 문화비교가 아니라 비교해서 확정된 문화적 차이를 극복하는 데 있다.

　국가는 물론 개인의 발전은 빠르고 정확한 정보량에 비례한다고 보아도 과언이 아니다. 현대인의 생존에 필수적인 번역의 생명은 정확성이다. 그러나 최근 우리 주변에 너무나 많은 오역된 번역물이 범람하고 있다. 오역된 번역물은 인간의 지적 활동에 환경공해보다 더 심각한 영향을 미친다. 양적으로는 물론 질적으로도 세계 최고의 번역수준을 자랑하는 독일의 번역자들도 오늘날 번역본에서 단 한 페이지만이라도 오역된 것이 없는 것을 찾아볼 수 없다고 개탄하는데 우리의 사정은 어떠한가?

언어와 사고에 관한 논의는 훔볼트에서 시작되어 바이스게르버의 내용문법, 트리어의 어장이론, 위후의 언어상대성원칙에서 구체적으로 전개되었다. 역사적으로 형성된 인식의 조건이 세계관이며 이것에 의해서 규범화된 특정의 문화가 형성되는데, 역으로 인간은 이렇게 이룩된 문화에 의해서 사고와 인식 즉 현실파악의 제약을 받는다. 다시 말해서 어느 한 언어를 습득했다는 것은 그 언어에 내재된 현실파악 방법을 취득했다는 말과 같다. 이와 같이 언어상대성원칙의 관점에서 보면 번역은 절대로 불가능하다.

언어보편소에 관한 연구는 모든 언어에는 보편적 표지목록에서 추출된 의미론적 기본목록이 존재한다는 가설에 기초한다. 이러한 언어보편성의 관점에서는 번역은 절대로 가능하다. 여기에서 번역은 표층구조를 심층구조로 전환하는 작업이다. 언어보편성이론은 데카르트의 언어철학에서 비롯되어 뽀르─로얄학파를 거쳐 최근 촘스키의 문법이론에서 논의되고 있다.

위에서 논의한 바와 같이 번역가능성의 두 극단적 견해, 즉 번역의 절대적 가능성과 불가능성에 관한 논의가 현재 번역학의 가장 중요한 연구주제이다. 본 논문의 집필목적 역시 언어의 본질을 규명하고 이에 상응하는 번역이론을 정립하려는 데 있다. 이 과정에서 필자는 언어상대성과 번역의 상대적 가능성에 관한 논의에 역점을 두었다.

2. 언어의 특성

언어의 어떤 특성의 관점에서 보느냐에 따라 번역의 개념은 물론 그 방법도 달라진다. 환언하면, 번역은 언어의 본질에 따라 다르게 정의된다. 따라서 번역의 본질을 규명하기 위하여 번역자는 우선 언어의 특성을 파악하여야 하는데, 번역과 관련되는 언어의 특성으로서 보편성과 상대성을 들 수 있다.

2-1 언어보편성

언어보편성 이론은 데카르트의 합리주의 철학과 아놀드와 란스롯의 뽀르-로얄문법학파와 훔볼트의 언어이론에서 유래되었고 최근 촘스키의 변형생성문법학파에서 다시 논의되었다. 촘스키의 심층구조와 표층구조의 개념은 훔볼트의 내적 언어형식 및 외적 언어형식 이론의 발전이다. 이러한 극단적 견해에 따르면, 번역은 재기호화 즉 표층구조를 심층구조로 전환하는 작업이며 또한 절대적으로 가능하다. 그런데 언어보편성은 비언어적이며 궁극적으로는 보편적인 것이다.

언어보편소에 관한 연구는 모든 언어에는 보편적 표지목록에서 추출된 의미론적 기본목록이 존재한다는 가설에서 출발한다. 이에 상응하여 번역은 적어도 이러한 의미론적 보편소와 관련되는 범위 안에서는 본질적으로 가능하다. 콜러[1]는 절대적 번역가능성을 기정사실로 간주하는 코슈미더Koschmieder(1953/1955)의 다음과 같은 번역모델을 제시했는데, 코슈미드의 이러한 가정은 통사론적, 의미론적으로 혹은

---

1) W. Koller, *Einführung in die Übersetzungswissenschaft*. 5. Auflage. Quelle & Meyer, Wiesbaden, 1997, p.97.

비교점으로서 의도된 것이 사용될 수 있다는 데 기초한다.

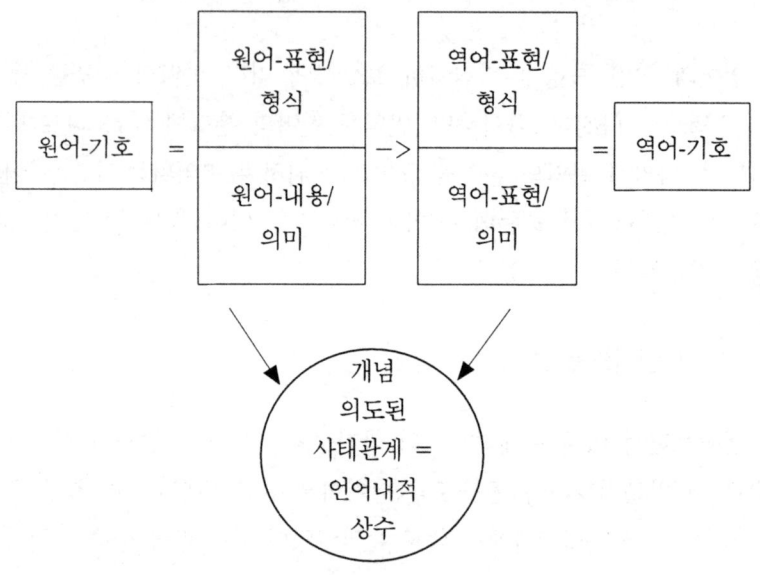

2-2 언어상대성

필자 역시 언어보편성의 존재를 부정하지는 않는다. 그러나 문제점
은 랑그적 보편성이 아니라 빠롤적 보편성만이 번역과 유관하다는 사
실이다. 물론 모든 언어간에 랑그적 보편성도 존재하지만 이러한 보편
성은 언어사용자 누구나 다 알 수 있는 것이다. 그러나 어느 민족의
특성을 나타내는 전통적 문학작품이나 사상에 관한 텍스트 등 그 민
족의 특성을 이해하기 위해서는 그 민족에 고유한 특성을 지닌 문화
소[1]를 이해하지 않고서는 올바르게 그 민족을 이해할 수가 없다. 번역
의 난해성은 그 민족에만 고유한 특성을 지닌 문화소의 이해가 쉽지

---

1) 문화소의 개념은 언어학에서 음소나 의미소와 같은 개념이다.

않다는 데 있다.

언어기호는 표현(기호형식, 기호의 물질적인 면)과 내용(의미, 기호의 정신적인 면)으로 구성되어 있지만 표현과 내용의 관계는 언어마다 다르다. 예를 들면, 국어의 꽃을 표현하는 말은 프랑스어로는 fleur이지만 독일어로는 Blume(화초)와 Blüte(과수)이다. 그러므로 꽃은 언어상황 즉 문맥에 따라서 독일어로 Blume나 Blüte로 번역되어야 한다.[2] 번역자는 개별적 언어기호 중심의 번역방법을 지양하고 텍스트 연관관계 즉 문맥에 따라 단어를 번역하여야 한다. 콜러[3]는 텍스트 중심의 번역방법을 다음과 같이 도식화했다:

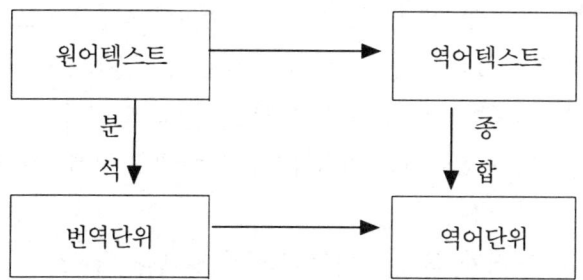

번역은 언어기호의 단순한 전환이 아니고 언어기호라는 표현수단속에 그 언어를 사용하는 민족의 정신, 세계관, 전통, 역사 등 넓은 의미에서 문화의 역동적이고 고유한 내용이 농축되어 있는데, 이것을 다른 사회-문화적 배경을 지닌 민족이 사용하는 언어의 표현형식으로

2) 이와 같이 동일한 객관적 대상이 다르게 구조화되고 해석되는 것은 그 언어를 사용하는 민족의 세계관이 다르기 때문이다.
3) 콜러, 위의 책, p.98.

바꾸어 재생하는 창조적이고 예술적 행위이다. 구체적으로 언급하면, 사회-문화적으로 다르게 구성된 인식조건에 의해서 특정의 문화가 형성되는데, 역으로 인간은 이렇게 이룩된 문화에 의해서 사고와 인식의 제약을 받는다. 인간은 객관적인 모든 자연현상을 그의 세계관을 기초로 하여 분류하고 체계화한다. 어느 한 문화권의 구성원은 그 구성원에 의해서 창조된 문화라는 독특한 창을 통해서 실세계를 파악하고 해석하기 때문에 어느 한 언어를 구사한다는 것은 그 언어 속에 함축되어 있는 현실개념 파악의 방법에 따라 실세계를 개념화하고 파악한다는 사실을 의미한다.

이와 같이 언어상대성은 인간이 동일한 환경 속에서 오랫동안 공동생활을 하는 과정에서 역사적으로 형성되었기 때문에 우연적이며 비체계적이다. 이러한 상대성은 논리적 방법이나 객관적으로는 파악되지 않으며 오로지 경험을 통해서만 인지된다. 언어상대성의 관점에서 보면, 번역은 절대로 불가능하다. 필자는 번역작업에서 중요한 역할을 수행하는 번역과 관련되는 언어상대성에 관해서 구체적으로 논의하고자 한다.

훔볼트는 언어와 문화 사이의 밀접한 관계를 처음으로 주장하였는데, 그에게 언어는 언어행위의 생성물(발화)로서 정적인 목록이 아니고 역동적인 정신적 활동4)이며 동시에 문화이고 또한 그가 말하는 언어를 통해서 세계를 인식하는 화자 개인 자체의 표현이다. 이러한 그의 언어관은 1세기 후에 워후의 언어상대성원칙, 바이스게르버의 내용문법 그리고 트리어의 어장이론으로 나타난다.

---

4) Energeia 즉 Energie는 아리스토텔레스 철학의 본질적 개념으로서 현실Wirklichkeit, 실제 능동적으로 작용하는 힘을 의미한다.

2-2-1 훔볼트의 언어관

훔볼트[5]는 언어를 1) 작용하는 힘, 2) 특정의 세계관, 3) 내적 언어형식의 개념으로 이해했다. 환언하면 모든 언어는 고유한 세계관을 지니고 있기 때문에 표현수단(음성)뿐만 아니라 표현내용(의미)에서도 서로다르며 언어연구의 궁극적 목적 또한 언어에 내포된 세계관을 해명하는 데 있다. 그러나 훔볼트에게 이러한 자신의 견해는 언어에 내재된역동적 힘으로 실세계를 정신적 세계로 전환하기 위한 전단계에 불과하다. 그의 언어사상은 『자바섬의 카위어에 관하여 *Über die Kawi-Sprache auf der Insel Jawa*』(1836~1840)의 서문인 「언어구축의 다양성과 그 인간성의정신적 발달에 미치는 영향 Über die Verschiedenheit des menschlichen Sprachbaues und ihren Einfluß auf die geistige Entwicklung des Menschengeschlecht」에 잘 나타나 있다.

전체로서 또는 발화로서 언어는 정신적 창조 또는 정신적 활동이라는 훔볼트의 에너지론적 언어관은 그의 이론을 파악하는 데 본질적개념이다. 그는 언어의 존재양식을 발생적인 것으로 규정했고 언어는생성된 것이 아니라 생성하는 것, 실행되는 것, 또는 정신적 과정으로간주했다.[6] 훔볼트에 의하면, 언어는 이미 인식된 진리를 표현하기 위한 수단이 아니라 이전에 인식된 바가 없는 진리를 발견하기 위한 수단이다.[7] 또 언어는 지시대상 그 자체를 표현하는 것이 아니라 정신이

---

5) 훔볼트의 언어관은 바이스게르버는 물론이고 소쉬르, 촘스키 등에도 많은 영향을 끼쳤다. 하이데거에 의하면, 고대 희랍 이래 언어연구는 훔볼트에 이르러 정점을 이루었으며, 또한 훔볼트는 언어철학의 선구자가 되었다. 이와 같이 훔볼트에 의해서 언어학과 언어철학의 융합이 이루어졌다고 볼 수 있다.

6) W. Humboldt, *Schriften zur Sprachphilosophie*, Bd.3. Flitner, A/Giel, K.(Hrsg.). Stuttgart, 1986, p.184. 언어의 본질을 정신적, 창조적 활동으로 이해한다는 것은 언어가 단순히 인간상호간 커뮤니케이션의 도구만이 아님을 의미한다.

7) 위의 책, p.191.

언어적 생산활동에서 자발적으로 대상에 관해서 형성한 개념을 표현하는 것이다. 즉 언어는 세계파악의 열쇄[8]이다. 다시 말해서 훔볼트에게 언어는 사고형성 기관으로서, 정신과 자연 사이의 영원한 매개체로서 모든 정신적 활동의 모체이다. 즉 언어는 완성된 작품이 아니라 활동하는 힘이며 화자로서 인간만이 인간이다.

훔볼트가 주장한 언어적 세계관과 내적 언어형식의 개념은 번역과 밀접한 관계를 지닌다. 이미 언급한 바와 같이 훔볼트에 따르면, 모든 언어는 독자적 세계관(정신적-언어적 중간세계)을 가지고 있기 때문에 각 모국어마다 다르게 나타난다. 예를 들면, 물리적 실체로서 프리즘에 의한 빛의 구분은 동일하지만 무지개 색을 한국어에서는 7개로, 영어와 독일어에서는 6개로 구분한다. 그러나 로데지아어의 방언 쇼나어Shona와 리베리아어Liberia의 방언 바사어Bassa에서 무지개 색은 3개와 2개로 구분된다.

자연에 존재하는 색의 연속적 등급은 언어마다 다른 범주 즉 다른 내용으로 구조화되었다.[9] 이러한 구분은 시력감각의 결함 때문이 아니고 그 이상 색채구별을 필요로 하지 않는 생활환경이 이러한 언어적 중간세계를 형성시켰기 때문이다. 그러므로 화자는 이러한 차이를 정상적인 것으로 인식하고 보다 더 정확한 구별을 요구하는 특별한 이유가 없다면 인간은 언어에 의해서 구조화된 범주에 의해서 실세계를 인식하게 된다. 훔볼트[10]는 또 한편으로 언어적 세계관의 동적 측면을 강조하기 위해서 외적 언어형식에 상응하는 내적 언어형식[11]을

---

8) L. Weisgerber, *Grundzüge der inhaltbezogenen Grammatik*, Düsseldorf, 1962, p.14.
9) W. Friederich, *Technik des Übersetzens. Englisch und Deutsch*, München, 1985, p.14.
10) 훔볼트, 같은 책, p.463.
11) 이 개념은 헤르더J. Herder, 하만J. Hamann에 의해서 유래되었으며 훔볼트에 의해서 구체적으로 사용되었는데, 훔볼트는 내적 언어형식을 내적 형식innere Form, 내적 사고형식innere Gedankenform, 내적 언어의의innerer Sprachsinn, 내적-지적 부분

설정했는데 이 두 형식이 언어형식의 두 원칙이 된다. 그리고 그는 내
적 언어형식을 모든 언어에 내재되어 있는 세계관과 동일시했다.12) 그
러나 그가 내적 언어형식의 개념을 명확히 규정하지 않았기 때문에
이 개념은 논란의 대상이 되고 있으며 여기에서 다음과 같은 상이한
세 언어이론이 정립되었다.13)

  1) 워후의 언어상대성원칙(사피어–워후의 가설): 이 이론에 따르면
     개인의 세계관은 그가 사용하는 언어체계에 의해서 규정된다.
  2) 바이스게르버의 내용문법: 내용문법은 독일어의 세계상에 관한
     연구인데, 여기에서는 모국어의 세계상에 의해서 각인된 어휘의
     개념적 구조화에 관한 연구가 중시된다.
  3) 촘스키의 심층구조: 통사론적으로 유형화된 심층구조의 개념은
     훔볼트에서와 같이 모든 상이한 언어의 기본적 구조와는 관계가
     없으며 개별적 문장의 내적 언어형식과만 관련된다.14)

  포르지히Porzig는 내적 언어형식의 개념을 언어 내재적 원칙으로서
외적 언어형식과 상호작용 관계를 가진 언어공동체 내의 총체로 간주
했고 입센Ipsen도 내적 언어형식은 범주적으로 형식화된 체계를 현실
로 파악하는 언어 의미구조의 형성법칙으로 정의했다.15) 바이스게르
버와 포르지히는 내적 언어형식의 개념을 언어학 연구주제로 보았다.

---

innere intellektueller Theil 등의 유사한 용어로 혼용하고 있다.

12) 훔볼트에게 내적 언어형식은 세계관과 동일개념으로 후자가 정적인데 반해 전자
   는 동적 개념으로 결정적 관점의 교환으로서 구별된다.(L. Weisgerber *Grundzüge der
   inhaltbezogenen Grammatik*. Düsseldorf, 1962, p.16)
13) H. Bussmann, *Lexikon der Sprachwissenschaft*, Stuttgart, 1990, p.344.
14) 촘스키(Chomsky, *Aspects of the Theory of Syntax*, Cambridge, 1965, 198f.)는 심층구조,
   표층구조가 훔볼트의 내적 언어형식, 외적 언어형식에 상응한다고 주장했으나 동
   질적 개념이라는 볼 수 없다.(E. Coseriu, *Geschichte der Sprachphilosophie von der Antike bis
   zur Gegenwart*, Tübingen, 1975, p.185)
15) Th. Lewandowski, *Linguistisches Wörterbuch* 1.2.3. Heidelberg, 1979, p.290.

위에서 논의한 바와 같이 훔볼트는 언어를 종합적 과정으로, 외적 및 내적 언어형식의 결합으로 보았다. 세계관이 완성된 작품의 관점에서 현상적인 것으로 언어적, 정신적 내용을 포괄한다면 내적 언어형식은 세계를 정신적 소유물로 변화시키는 과정을 의미한다. 바이스게르버16)는 내적 언어형식을 형성원리 즉 세계를 정신적 소유물로 전환하는 정신활동의 총체로 간주하고 위에서 언급한 정적 및 동적인 두 개념을 언어세계상이란 상위개념에 포함시켰다.

2-2-2 바이스게르버Weisgerber의 내용문법

바이스게르버는 언어-사고-현실 사이의 관계에 관한 고찰에서 내용문법의 언어철학적 연구의 기틀을 마련했는데, 이는 워후의 언어상대성원칙과 밀접한 관계가 있다. 바이스게르버에 의하면, 인간이 커뮤니케이션의 수단으로 사용하는 자연어는 실세계를 단순히 모사하지 않고 언어적으로 규정된 정신적 중간세계를 통해 해석하면서 중재한다.17)

내용문법의 개념과 구상은 촘스키이론처럼 발전하였으며 그 이론의 단초는 『모국어와 정신교육Muttersprache und Geistesbildung』(1929), 『총체적 문화의 창달에서 언어의 위상Die Stellung der Sprache im Aufbau der Gesamtkultur』(1933)에 잘 나타나 있다. 그러나 그의 네 권으로 된 주저서 『독일어의 힘에 관하여Von den Kräften der deutschen Sprache』는 1949~50년에 집필되었다.18)

바이스게르버는 언어연구를 1) 형태중심적 고찰, 2) 내용중심적 고

---

16) 같은 책, p.17.
17) 언어학사에서 내용문법의 대표자들을 신낭만주의자라고 부르는데, 이것은 내용문법이 훔볼트의 낭만주의적 언어관에서 유래되었음을 뜻한다.
18) 내용문법의 출현과 더불어 젊은이 문법학파의 실증주의적 언어관이 극복되었다.

찰, 3) 성과중심적 고찰, 4) 작용중심적 고찰의 네 단계로 구분했다. 내용중심적 단계가 언어내용학파의 특징적 이론인데, 언어내용이란 바로 중간단계에서 형성된 세계상이다. 무의식적인 외적 세계가 언어작용에 의해서 정신세계의 소유물 즉 의식적 존재로 개조된다. 여기에서 가장 중요한 개념이 정신적(언어적) 중간세계이다. 이러한 중간세계를 통해서 세계상의 구조가 의식화되어 해석되는데, 이 과정에서 어장이론이 중요한 역할을 한다. 어장이론은 구조의미론 정립에 지대한 역할을 했으며 1970년 이후 코스류가 의미자질 분석방법을 도입함으로써 한층 더 세분화되었고[19] 또한 완벽한 이론이 되었다.

홈볼트의 언어의 세계관과 내적 언어형식의 결합에서 바이스게르벼의 언어세계상의 개념이 형성되었는데, 이것은 내용문법의 주요개념이다. 그는 현실과 인간 사이에 진정한 세계 즉 정신적 중간세계의 존재를 가정했고 이것을 이미 주어진 외적 세계와 인간의 내적 세계의 결합으로 보았다. 이러한 정신적 중간세계는 언어에 내포된 힘이 실세계를 정신적 소유물로 개조시킨다는 홈볼트의 주장에 기초하는데, 이 변화의 장소가 바로 외적 세계의 사물이나 사태관계가 인간의 의식세계에 직접적이 아니고 중간세계의 대상으로서 간접적으로 들어갈 수 있는 정신적 중간세계이다. 그러므로 외적 세계의 사물이나 사태관계는 그것이 인간에 의해서 정신적 대상으로 다시 각인되었을 때 비로소 인간의 사유세계에서 어떤 역할을 할 수 있다.[20]

정신적 중간세계는 본질적으로 언어적, 정확히 말해서 모국어적 중

---

19) 이러한 방법론은 대조언어학과 인류언어학의 연구방법으로 원용되고 있다.
20) G. Helbig, *Geschichte der neueren Sprachwissenschaft*. München. 1973, p.124. 예를 들면, 식물에서 잡초라는 개념은 인간에 의해서 도입되었으며, 원래 잡초가 존재하는 것은 아니다. 우리나라에서 나물이라는 개념은 나물을 먹지 않는 독일인에게는 생소한 것이며 나물 역시 그들에게는 잡초이다.

간세계인데, 이것은 언어내용의 자립화를 통해서 형성된다. 언어내용의 중간세계로의 자립화는 또한 내적 언어형식과 언어공동체의 개념과 밀접한 관계가 있다. 내적 언어형식 개념의 도입과 더불어 언어에 관한 고찰영역은 언어형식과 언어내용은 물론 언어공동체까지 확장되었다. 왜냐하면 역사적 현실의 차원에서 작용하는 힘으로서 언어는 어느 한 언어공동체의 모국어이기 때문이다. 바이스게르버에 의하면 언어공동체의 본질적 결합에서 언어는 피동적이 아니고 능동적 현상이며 또한 현실의 존재형식이고 언어공동체 구성원의 모든 정신적으로 규정된 행위를 공동으로 형성하는 힘의 성과이기도 하다. 언어공동체 구성원 개개인은 초개인적 현실로서의 언어에 의존한다. 이러한 관점의 전환을 통해서 비로소 모국어는 정신적 형성의 힘, 문화창조의 힘 그리고 역사의 원동력으로서 실존한다. 이러한 방법으로만이 모국어는 그 언어공동체 구성원에게 실세계를 정신적 소유물로 개조시키는 능력을 부여한다. 그러므로 모국어와 언어공동체 사이에 근본적으로 상호작용이 성립된다.[21] 바이스게르버[22]는 모든 인간은 언제나 모국어를 통해서 정신적 활동을 하고 또한 이러한 활동의 결과로서 언어공동체가 형성된다는 모국어법칙을 정립했다. 이와 같이 모국어의 힘이 인간 정신생활의 구심점이 된다.

위에서 언급한 바와 같이 바이스게르버는 언어를 정신적 중간세계로, 모국어의 세계상으로 보았다. 그는 개별어적 세계상이 존재한다는 근거로서 어장의 존재, 친족명칭, 색채의 상이한 체계 등을 열거했다. 문화와 관련되는 현실성 파악과 언어사용의 연관관계는 특히 종교의식, 출생, 죽음, 사랑, 타부, 배고픔, 두려움, 고통, 쾌락, 즐거움, 행복,

---

21) 위의 책, 125f.
22) 바이스게르버, 같은 책, 6ff.

언어충동 등 인간생활과 밀접하게 관련되는 영역에서 명확히 나타난 다.[23)

2-2-3 트리어Trier의 어장이론

내용문법의 중심개념은 어장語場인데, 어장개념은 이미 입센[24)에 의해 서 제시되었고 어장 대신에 의미장意味場이라는 용어를 사용했지만 어장 개념은 트리어 이래로 언어이론으로서 확고한 위치를 차지하게 되었다. 트리어[25)는 어장을 언어 전체와 개별적 어휘 사이의 분류단위라고 정의 했다. 어장 안에서만이 의미가 존재하기 때문에 개별적 어휘는 어장전체 와의 연관관계에서 즉 전체 어장 안에서만 그 정확하고 차별화된 의미를 가지게 된다.

이와 같이 어장은 다소간 배타적 개념복합체를 분류하는 어휘의 총체 로 이해되므로 개개의 단어는 총체적 어장구조 안에서 비로소 그 정확한 의미를 지니게 된다. 트리어는 그의 주요저서 『이해의 의의영역에서 독 일어 어휘Der deutsche Wortschatz im Sinnbezirke des Verstandes』(1931)의 서문에 성 적평가의 등급어장을 예로 들어서 어장이론을 다음과 같이 설명했다:

> '결함이 있는'이라는 평가등급은 전체적 평가척도와의 관계에서 비로 소 그 의미가 확정된다. 4단계로 구분된 평가체계('결함이 있는mangelhaft' − '충분한genügend' − '우수한gut' − '매우 우수한sehr gut')에서의 '결함이 있 는'이라는 평가는 6단계로 나누어진 평가체계('불충분한ungenügend' − '결 함이   있는mangelhaft' − '충분한ausreichend' − '만족한befriedigend' − '우수한 gut' − '매우 우수한sehr gut')에서와는 약간 다른 의미를 지닌다.

---

23) R. Stolze, *Übersetzungstheorie. Eine Einführung*, Tübingen, 1994, p.26.
24) G. Ipsen "Der alte Orient und die Indogermanen", In : *Stand und Aufgaben der Sprachwissenschaft. Festschrift für Streitberg*. Heidelberg, 1924, p.225
25) J. Trier, "Sprachliche Felder", In: *Zeitschrift für deutsche Bildung*, p.418.

실제로 개별어간의 비교에서 모든 개별어의 어장은 서로 다르게 구성되어 있음이 확인되었는데, 이것은 서로 다른 언어의 개별적 단어의 의미내용은 상호간 비교될 수 없으며 또한 동일하게 취급될 수 없음을 의미한다. 그 이유는 개별어 어장의 위치가가 모두 다르게 나타나기 때문인데, 이와 같이 서로 다르게 구조화된 의미내용은 모든 모국어가 당해 언어공동체에 의해서 구속력이 있는 정신적 중간세계를 지니고 있다는 증거이다.

언어기호는 문장 내에서뿐만 아니라 언어의 체계적인 계열적 관계 즉 언어의 어장구조 내에서도 의미를 지니며 어느 한 어휘의 어장 내에서 위치가는 변별적 의미소에 의해 규정된다. 어장은 실세계를 파악하는 데 결정적 역할을 하며 트리어[26]에 의하면, 어느 특정한 시기에 어느 한 언어의 세계관은 어장구조에 잘 나타난다. 어장이론을 수용하여 이를 한층 더 발전시킨 바이스게르버[27]는 언어세계상의 법칙語場法則에 관한 연구에서 매우 중요한 역할을 하는데, 그 이유는 여기에서 실제로 언어적 사고세계의 고유한 법칙이 명확히 나타날 뿐더러 언어의 의식화가 결정되기 때문이다.[28]

트리어의 어장이론은 바이스게르버에 의해서 유형론상 또는 방법론상 수정, 보안되었으나 학술용어는 확정되지는 않았다. 슈바르츠 H. Schwarz는 의의토막Sinnausschnitt, 어휘경쟁Wortkonkurrenzen, 대립 Oppositionen, 개념확정Begriffsklammer 등과 같은 새로운 용어를 사용하였는데, 이는 어장연구의 새로운 방향을 의미한다.[29] 어장연구는

---

26) J. Trier, *Der deutsche Wortschatz im Sinnbezirk des Verstandes. Die Geschichte eines sprachlichen Feldes*. Heidelberg, 1931, p.20.
27) L. Weisgerber, *Die geschichtliche Kraft der deutschen Sprache*, Düsseldorf, 1971, 96ff.
28) 위의 책, p.101.

구조주의적 연구방법 도입과 더불어 코스류와 게클러H. Geckeler 등에 의해서 새로운 계기를 마련하게 되었다. 여기에서 어장연구는 개별어의 어휘구조에 관한 체계적 연구의 일환이다.

트리어에 이어서 포르지히, 입센, 바이스게르버, 졸스30) 등의 다양한 종류의 어장이론이 전개되었다. 포르찌히(1954, Kap.2)는 의미장을 1) 'blond금발'−'Harr머리', 'bellen짖는다'−'Hund개' 등과 같은 포괄적 유형, 2) 색채 또는 윤리적 가치와 같은 분리적 유형으로 양분했다.31) 졸스Jolles는 'recht오른쪽'와 'links왼쪽', 'Vater아버지'와 'Sohn아들', 'Tag낮'과 'Nacht밤' 등과 같은 반대어 또는 상관개념을 의미장으로 보았다.32) 그러나 바이스게르버에게 어장은 구조화된 상호 연관관계에 있는 언어기호의 총체에 의해서 구성된 언어적 중간세계이다.33) 이러한 어장개념의 공통점은 공시적 영역에서 언어분류를 체계화한 소쉬르의 이론에서 유래되었고 바이스게르버의 내용문법에 포함된다는 점이다.

트리어나 바이스게르버 등이 주장하는 바와 같이 모든 어휘가 체계적으로 구조화되지는 않았다. 실제 언어자료의 관찰에서도 어장이론과 일치하지 않는 많은 경우가 나타난다. 베츠34)는 긍정적 사유능력의 속성에 관한 어장을 실제로 검증한 결과 어휘체계 그 자체는 선험적으

---

29) R. Stolze, *Übersetzungstheorien. Eine Einführung*, Tübingen, 1985, p.77.

30) A. Jolles, "Antike Bedeutungsfelder", In : *PBB*, 1934, 97ff.

31) 포르지히는 포괄적 유형을 본질적 의미관계로 간주했으며 이 유형의 의미장은 트리어의 어장과 같이 계열적이 아니고 통사체적이다. 그러나 분활적 의미장은 트리어의 것과 일치한다.

32) 졸스의 의미장도 부분적으로 트리어의 것에 상응하지만 졸스는 의미장을 반대어나 상관개념으로 축소시켰다. 그러나 이러한 어휘들에서 어장의 불균형성이 잘 나타난다.

33) G. Helbig, *Geschichte der neueren Sprachwissenschaft*, München, 1973, p.153.

34) W. Betz, "Zur Überprüfung des Feldbegriffs", In : *Zeitschrift für vergleichende Sprachforschung auf dem Gebiete der indogermanischen Sprachen*, 1954, p.195.

로 분류되어 있지 않고 의도적으로 또는 상관관계나 언어상황에 따라 다르게 분류된다는 사실을 인지하게 되었다. 이와 같이 어장은 실제로 비체계적이기 때문에 베츠는 어휘의 본질적이지도 않고 존재하지도 않는 형식을 지칭하는 어장이라는 용어를 사용하지 말아야 한다고 주장했다.[35] 내용문법에 있어서도 어장개념은 명확하거나 일률적으로 정의되지 않았으며 트리어와 바이스게르버의 정의 역시 상이하다. 그러나 어장개념은 구조의미론과 함께 의미연구에 관한 이론으로서 이 분야의 발전에 큰 공헌을 했다. 비록 어장개념은 내용문법에서 전개되었지만 언어의 체계성에 근거한 구조주의적 이론이다. 이론적 개념, 이데올로기적 확충과 여기에서 초래되는 언어정책적 결론 등에 관한 비판에도 불구하고 어장개념과 더불어 전통적 언어학 또는 구조주의 언어학과는 달리 언어사용에서 언어내용의 섬세한 뉘앙스에 관한 연구가 이루어졌으며 그 결과 문법은 물론 문체론에 대한 연구가 활성화되었다.

2-2-4 워후Whorf의 언어상대성원칙

워후는 아메리카 인디안어에 관한 경험적 연구결과를 토대로 언어상대성원칙[36]을 독일의 내용문법학파와는 무관하게 정립했다. 그에 의하면, 시간-공간-질량이 관련체계와 그 자체속도와의 관계에서 정의되는 것과 같이 인간은 역시 자연어의 의미론적, 구조적 가능성과

---

35) 위의 책, 197f.
36) 워후(L. Whorf, *Language, Thought and Reality. Selected Writings*, Cambridge/ Mass.(1963. dt. Teilübersetzung : *Sprache, Denken, Wirklichkeit. Beiträge zur Metalinguistik und Sprachphilosophie*, Rowohlt Taschenbuch, Reinbek bei Hamburg. 1956, pp.57~64)의 이론은 호피Hopi 인디안어의 동사체계는 화자의 공간 및 시간개념에 직접적으로 영향을 미친다는 그의 주장에 근거를 두고 있다.

관련해서 인식하게 된다.

워후[37]는 아메리카 인디언어의 연구를 통해서 그 어휘와 문법구조가 유럽제어와 현저하게 다르다는 사실을 인지하는 한편, 문법적으로 상이한 언어의 사용자는 외적으로 유사한 관찰대상에 관해서 매우 다른 관찰결과를 얻을 뿐만 아니라 상이한 가치판단을 하게 된다는 사실을 확증했다. 다시 말해서 모든 언어는 일반적 원칙의 적용을 받지 않고 그 언어에 고유한 내적 형식을 지녔기 때문에 언어사용자들은 그 언어에 상응하는 세계관을 소유하고 있다는 결론에 이르렀다. 언어는 인간의 세계상을 형성하고 윤색하기 때문에 인간은 언어를 통해서 자연을 인식한다. 이러한 관점에서 보면, 실세계에 관한 이해와 판단은 언어구조의 인식으로 축소되는데, 이는 비트겐슈타인의 모든 철학은 언어비판이다는 주장과 일치한다.

워후[38]는 자신의 이론을 전개하는 과정에서 화재보험회사의 직원으로서 경험을 일반화하려고 노력했다. 예를 들면, 완전히 비어 있지 않은 휘발유통을 빈 통이라고 표시한다면 이것은 가득 찬 통보다 화재를 일으킬 위험이 더 크다. 왜냐하면, 인간은 빈 통에는 휘발유가 조금이라도 남아있지 않다고 믿기 때문이다. 이와 같이 인간은 '빈'이라는 잘못된 언어표현 때문에 과오를 범한다.

언어는 언어공동체 구성원에게 그 언어에 고유한 세계상을 중재한다. 다시 말해서 사고와 언어가 동일시되고 모국어의 언어구조에 의해서 현실파악 방법이 결정된다. 언어상대성원칙에서는 사회에서 언어의 역할이 과대평가 됨으로써 언어는 커뮤니케이션의 도구가 아니라 인간의 사고와 행위를 결정짓는 힘으로 작용한다. 이러한 언어상대성원

---

37) R. Whorf, *Language, Thought, and Reality. Selected Writings*. Cambridge, 1956, p.20.
38) A. Neubert, *Semantischer Positivismus in den USA*. Halle, 1962, p.132.

칙을 뒷받침하는 또 다른 예로서 고대 바빌로니아의 문화를 연구하는 고전학자들이 20세기에 현존하는 유럽의 개념이나 가치관을 배제하고 그 시대 자체의 개념과 용어를 가지고 접근해야만 그 시대의 문화를 올바르게 이해할 수 있다는 그 자체 고유 개념성의 원칙을 제시했다[39] 는 사실을 들 수 있다.

사고 자체는 언어에 의해서 이루어지며 언어는 그 안에서 형식과 범주가 문화적으로 규정되는 거대한 구조체계이다. 즉 언어는 문화를 담는 거대한 그릇이라고 볼 수 있다. 워후는 자신의 이론을 입증하기 위해서 호피Hopi 인디안[40]의 언어와 사고의 체계를 유럽제어의 것과 비교, 분석한 결과 호피 인디안들은 공간과 시간의 개념을 어휘의 복수형성과 그 자체 고유한 숫자로서 표현하며 물리적 시간개념을 사용하지 않는다는 사실을 확증했다.

SAE(=Standard Average European)와 호피 인디안어의 세계상과 언어구조가 상이하다는 것은 동사체계에서도 나타난다. 예를 들면, SAE에서는 물이 자연적으로 솟아오르는 현상의 사태관계를 실제화하여 "it is a dripping spring"이라고 표현한다. 그러나 아파치Apache어에서 이러한 현상은 영어에서와 같이 실체화시키지 않고 동사 가ga[41]에 의해서 표현된다. 여기에 접두사 nō-를 첨부하면 "흰 것이 밑으로 움직인다 Whiteness moves downward"로 그 의미가 추가되며 여기에 또 다시 '물' 또는 '샘'을 뜻하는 접두사 tō-가 첨부되면 영어의 'dropping spring'과 같은 의미가 된다. 이와 같이 아파치어에서는 사태관계 자체를 종합적

---

39) M. Snell-Hornby, *Translation Studies. An Intergrated Approach.* Amsterdam/Philadelphia, 1988, p.41.
40) Hopi 인디안은 현재 아메리카 아리조나주 동북부 사막의 인디안 보호구역에 살고 있는 약 6,000명 정도의 푸에블로 부족이다.
41) 희다, 깨끗한, 무색의 의미를 포함한다.

으로 파악해서 "as water or spring, whiteness moves downward"이라는 표
현이 된다.[42]

위에서 언급한 바와 같이 워후는 언어체계의 상이성을 근간으로 1)
언어는 사고유형과 논리적 구조를 결정하고, 2) 인간의 의식활동은 객
관적이 아니고 인식주체가 어떤 언어 즉 어떤 모국어를 사용하느냐에
따라 다르다는 언어상대성원칙을 정립했다. 그는 현대 과학적 세계관
이 서구 유럽제어의 기본문법을 고도로 특수화함으로써 정립되었고
뉴턴의 공간, 시간, 질료의 개념까지도 직관이 아니고 문화와 언어의
산물이라고 주장했다.[43] 한편, 그는 정확히 사고하고 언어로 인한 오
류를 근절하기 위해서는 다수의 상이한 언어에 관한 연구가 필요하다
고 강조했다.[44]

인간의 사고와 의식구조가 전적으로 언어에 의존한다고 강조함으로
써 워후는 '강한 가설'을 주장했지만 경우에 따라서 자기 가설의 강도
를 약화시키기 위해서 '대체적으로'란 표현을 사용함으로써 자가당착
에 빠지기도 했다. 이와 같은 워후의 견해에 대해서 루터는 모국어는
자연현상과 같은 것이 아니라 역사적 사실일 뿐이며 언어의 영향을
지나치게 강조하는 언어결정론의 산물이라고 비판했다.

헬비히[45]가 워후의 이론을 메타언어학의 미국적 변형이라고 지칭했
듯이 언어상대성원칙은 발생적으로 바이스게르버의 내용문법과 동질

---

42) L. Whorf, *Language, Thought and Reality*. Selected Writings, Cambridge/Mass.(1963. dt.
Teilübersetzung : Sprache, Denken, Wirklichkeit. Beiträge zur Metalinguistik und
Sprachphilosophie, Rowohlt Taschenbuch, Reinbek bei Hamburg. 1956, p.241. 포합어에
서는 영어에서와 같이 개개의 개념이 분절화되어 있지 않고 종합적 형성물로 나
타난다.
43) 위의 책, p.221.
44) 위의 책, p.222.
45) G. Helbig, *Entwicklung der Sprachwissenschaft seit* 1970, Healing, Leipzig, 1973, pp.148~
52.

적이지만 내용면에서는 다음과 같은 차이점을 지니고 있다.

1) 내용문법학파가 훔볼트의 에네르기아Energeia 이론을 토대로 연역적 방법으로 세계상이론을 전개한데 반해서, 워후는 아메리카 인디안어에 관한 현지답사의 경험에서 얻은 언어자료를 귀납적 방법으로 연구했다.

2) 워후의 연구는 알론킨Alonkin, 아파치어 등 특히 호피 인디안어의 시간―공간 개념파악에서 나타나는 바와 같이 문화인류학적 경향을 띠고 있지만 바이스게르버는 자신의 모국어인 현대독일어에 관한 언어학적 연구에 치중했다. 따라서 전자는 후자에 비해 심리학, 사회언어학, 인류학, 철학 등과의 학제적 연구테마로 볼 수 있다.

3) 바이스게르버의 세계상의 개념은 언어적 범주에 제한된 반면, 워후에 이르면 모호해지며 언어적 범주를 벗어난다. 즉 언어 내용학파에서는 중간세계 개념의 도입으로 체계적 이론이 정립되고 세계상을 규명하는 방법으로 어장이론이 전개되었다. 그러나 워후는 세계상 개념을 규명하기 위한 체계적 이론을 정립하지는 못했다.46)

지퍼47) 역시 워후의 언어상대성원칙에 관한 본질적 오류를 지적했지만 현재까지 경험적 토대 위에서 여러 언어를 포괄하는 광범위한 연구결과를 제시하지는 못했다. 주지해야 할 사실은 워후가 자신의 이론을 수정했다는 점이다. 즉 유럽제어간의 언어와 사고의 구조적 차이는 호피 인디안어와의 비교와는 달리 극히 미소하기 때문에 그는 유럽제어를 SAE라는 개념 아래에 통합했다. 워후 자신이 언어상대성 개

---

46) 워후는 언어상대성원칙을 정립하기 위해서 어휘가 아니고 대체로 통사적 고찰에 의거했다.

47) H. Gipper, *Gibt es ein sprachliches Relativitätsprinzip? Untersuchung zur Sapir-Whorf-Hypothese*. Frankfurt a. M, 1972, 173ff.

넘의 범위를 제한했다는 사실은 번역의 불가능성 공리의 상대화를 뜻한다. 따라서 번역의 불가능성은 유럽과 미국의 단일문화권의 언어와 일탈하는 언어간에만 유효하다고 수정되어야 한다.[48]

3. 번역과 언어의 특성

모국어의 세계상이나 언어상대성원칙에 의하면, 번역은 본질적으로 불가능하다는 결론에 이른다. 모든 번역은 원어텍스트의 의의Sinn를 역어텍스트의 의의로 옮기는 작업인데, 여기에서 문제시되는 것은 모든 언어(모국어)가 서로 다른 정신적 중간세계의 표현이라는 점이다. 훔볼트는 그의 언어철학적 관점에서 모든 번역은 불가능하다고 주장하는 반면에 바이스게르버나 워후는 언어정신의 도움으로 번역이 상대적으로 어느 정도까지는 가능하다는 견해를 표명했다.

3-1 언어보편성과 번역의 절대적 가능성

인간이 위대한 문화를 건설하고 기술적으로 발전할 수 있는 가장 큰 요인 중의 하나는 상호간 커뮤니케이션을 할 수 있는 능력이다. 서로 다른 언어를 사용하는 인간들이 상호간 교신할 수 있는 최선의 방법이 번역이다. 번역학의 중심테마는 최적의 번역을 할 수 있는 이론의 정립이다. 인간은 서로 상이한 의미를 지닌 언어기호를 사용하지만 이러한 언어기호를 통해서 자신의 경험이나 사고를 표현할 수 있다.

---

48) W. Koller, *Einführung in die Übersetzungswissenschaft*. 5. Auflage. Quelle & Meyer, Wiesbaden, 1997, p.172.

인간은 동일한 언어를 사용하든지 또는 다른 언어를 사용해도 상호간
커뮤니케이션을 하고 이해할 수 있는 능력을 지녔는데, 나이다[49]는 그
이유로서 다음의 네 사항을 제시했다:

1) 모든 인간의 정신적 발달과정의 유사성.
2) 신체적 반응의 유사성.
3) 문화적 경험의 범위: 인간을 문화적 종(동물)으로서 서로 결합시
  키는 유사성은 분리시키는 상위성보다 훨씬 더 강하다.
4) 타인의 행위모델에 적응할 수 있는 인간의 능력.

모든 인간은 유사한 상황에서 비슷하게 느끼고 경험한 것과 이해한
것을 언어로 표현할 수 있는 능력을 소유하고 있기 때문에 본질적으
로 상이한 언어를 사용하는 인간들이 상호간커뮤니케이션을 하고 또
한 번역을 할 수 있다. 이러한 번역의 원칙적 가능성에 관한 논의는
계몽주의 철학과 동시대의 합리주의 철학에 근간을 둔 언어이론에서
비롯되었으며 현대언어학에서 변형생성문법의 언어철학적 토대 위에
서 활발히 전개되고 있다.[50]

데카르트, 라이브니츠와 워후의 언어철학적 전통에 뿌리를 둔 번역
의 절대적 가능성은 인간의 언어로 인간이 작성한 모든 텍스트는 역
시 다른 인간의 살아있는 언어로 번역될 수 있으며 이 과정에서 원본
의 언어가 완벽하게 재현될 수 있다는 확증, 즉 논리적-수학적 원칙
에 토대를 둔다.[51] 즉 번역의 가능성은 언어들간의 표층구조는 다르지
만 심층구조는 동일하다는 보편문법의 언어보편소의 가정에 기반을

---

49) A. Nida, *Toward a Science of Translating. With Special Reference to Principles and Procedures Involved in Bible Translating.* Brill, Leiden, 1964, p.53.
50) 번역의 가능성에 관해서 자세한 것은 Koller(1997, 179~188)를 참조할 것.
51) G. Fuchs, *Studien zur Übersetzungstheorie und-praxis des Gottsched-Kreises.* Freiburg/Schweiz, 1936, p.4.

둔다.

이러한 언어관은 현대언어학에서 일반문법이론에 잘 나타나 있다. 문법적 구조의 일반적 특성은 모든 언어에서 동일하고 언어학적 및 정신적 발달과정 역시 동일시 될 수 있다. 의미가 내재되어 있는 심층구조는 서로 다른 언어를 사용하는 인간의 사고구조가 동일하다는 사실을 반영한다. 일반문법의 개념은 이미 아놀드/란스롯의 보편문법에서 비롯되었다.[52] 최근 촘스키[53] 역시 합리주의 언어철학에 기반을 둔 변형생성문법에서 심층구조이론을 제시했는데, 이것은 번역의 절대적 가능성을 뒷받침한다. 그에 의하면 의미관계를 포함하고 있는 심층구조는 모든 언어에서 동일한데, 그 이유는 심층구조가 전적으로 인간사고 형식의 반영이기 때문이다. 심층구조를 표층구조로 변형시키는 변형규칙은 언어간에 서로 다를 수 있다. 변형의 결과로 생성된 표층구조는 가장 간단한 경우를 제외하고는 물론 직접적으로 단어들간의 의미관계를 표시하지는 않는다. 의미관계는 사고를 반영하는 심층구조에서 표현된다. 이와 같이 심층구조는 문장의 의미론적 내용을 중재하는 추상적 언표의 구성성분을 나타낸다.[54]

심층구조이론에서 번역은 개별어 표층구조의 차원에서 기호전환으로 해석되는데, 그 이유는 모든 개별어는 심층구조에서 동시에 보편언어이므로 임의의 어떤 개별어에 대해서 '암호해독의 열쇠'가 될 수 있기 때문이다. 따라서 번역은 결국 문자전환과 옮겨쓰기의 과정과 구별되지 않는 음운론적, 어휘론적, 형태론적 그리고 통사론적 단위의 기

52) 심층구조와 변형규칙의 개념과 번역가능성원칙은 이미 보편문법에서 논의되었다.
53) N. Chomsky, *Cartesian Linguistics. A Chapter in the History of Rationalist Thought*. NewYork/London. 1966, p.49.
54) 주지해야 할 사실은 촘스키 자신이 나중에 표층구조에도 의미론적 요인이 내포되어 있음을 인식하고 심층구조와 표층구조의 구분을 포기했다는 점이다.

계적 전환이 된다. 베허J. Becher는 1661년에 이미 어떤 두 언어간의 기계번역을 가능하게 하는, 다시 말해서 자연어들간의 옮겨 쓰기와 번역을 전적으로 동일시하는 프로그램을 만들려고 시도했다.[55]

이미 위에서 언급한 바와 같이 현대언어학에서 번역가능성을 뒷받침하는 언어학적 보편성은 모든 언어에 내재되어 있는 특성인데, 촘스키는 이것을 형식적인 것과 실제적 언어학적인 것으로 양분했다. 실제적 언어학적 보편성은 다시 음운론적, 의미론적 보편성으로 분류된다. 한편, 그는 문법적 기능을 수행하는 자연어의 일반적 특성(특정의 추상적 조건)을 형식적인 언어학적 보편성이라고 칭했다. 그러나 언어보편성을 번역이론에 적용하려면 다음과 같은 제한성에 유의해야 한다.

1) 형식적 보편성의 존재는 1:1의 정확한 대응관계는 물론이고 상이한 언어간의 번역을 위해서 어떤 합리적 절차가 있다는 사실을 의미하지 않는다.
2) 보편성은 모든 언어가 같은 모형으로 재단되었음을 함축적으로 표현할 뿐이다.
3) 그러나 모든 언어는 어떤 차이에도 불구하고 상호간 번역될 수 있다고 이해해야 한다.

카츠Katz/호돌Fodor(1963)과 비어비쉬(1967)는 한 걸음 더 나아가 자연어의 음운자질이 보편적 표지목록을 토대로 기술될 수 있는 것과 같이, 어느 한 언어의 의미자질의 기본적 표지목록은 의미자질의 보편적 표지목록을 바탕으로 역시 기술될 수 있다고 주장했다. 전통적 의미론에서는 의미자질은 대상이나 세계의 특성과 동일시되거나 비슷하

---

55) W. Koller, *Einführung in die Übersetzungswissenschaft*, Quelle & Meyer, Heidelberg, 1997, p.180.

게 취급되었다. 즉 언어는 현실성의 정확한 모사로 다소간 간주되었다. 반면에 비어비쉬56)의 이론에서 의미자질은 인간 유기체의 통각적 기관에 깊게 뿌리를 내리고 유전된 특성 즉 우주를 이해하고 그것에 적응하며 그것과 투쟁하는 방법을 결정하는 특성이다. 이러한 가설에서 번역 가능성에 관하여 다음과 같은 결론을 내릴 수 있다.

즉 의미 기본자질의 상이한 표현과 결합 및 선택 때문에 개별어의 구체적 번역과정에서는 번역상의 어려움이 야기될 수 있다. 그러나 번역가능성은 원칙적으로 절대적인데, 그 이유는 모든 언어가 초개별어적 의미자질의 표지목록을 공유하고 있기 때문이다.

합리주의 언어철학의 전통에서 유래된 언어보편성 이론에 바탕을 둔 원칙적 번역가능성에 관한 이론 이외에도 인간은 그의 경험이나 사고를 정확히 표현할 수 있다는 언어표현 가능성의 언어이론적 공리57)에 의거해서 다수의 언어학자들은 번역가능성에 관한 이론을 전개했다.58) 레네버그59)는 인식적 영역에서 언어표현 가능성과 번역가능성의 공리를 인간언어의 본질적 특성으로 간주했다.60) 시얼61) 역시 언어표현 가능성을 근간으로 번역가능성을 주장했다. 의미된 것을 정확히 언어로 표현하는 것은 언제나 가능하다. 물론 어느 한 언어에는 다른 언어로 표현된 의미내용을 정확히 재현할 수 있는 표현방법이 결여될 수도 있다.

---

56) M. Bierwisch, "Eine semantische Universalien in deutschen Adjektiven", In : Steger, H.(Hrsg.), *Vorschläge für eine strukturale Grammatik des Deutschen*, Darmstadt, 1970, p.272.

57) 언어이론적 공리 역시 언어보편성에 속한다.

58) 번역가능성 원칙의 신봉자들 대부분은 번역가능성을 언어의 외연적 기능에 제한해서 적용했다.

59) E. H. Lennberg, *Biologische Grundlagen der Sprache*, Frankfurt, 1967, dt. 1972, p.407.

60) 그는 그 이유로서 언어보편성의 개념을 들었다.

61) J. R. Searle, *Sprechakte. Ein sprachphilosophischer Essay*. Frankfurt, Tearle, 1969, dt.1971, p.109.

그러나 현재 '…아니다nicht'는 언제나 '아직도…아니다noch nicht'는 아닌데, 그 이유는 모든 언어는 확장능력을 지니고 있기 때문이다.[62] 또 한편, 시얼(ibid. 35f.)은 번역과 관련하여 언어표현 가능성원칙을 다음과 같이 제한해서 적용했다: 그는 두 가지 그릇된 견해를 바로 잡기 위해서 1) 표현가능성 원칙은 예를 들면, 모든 청자에게 의도된 동일한 문학적 또는 시적 효과를 불러일으키는 표현을 발견한다는 것을 함축적으로 의미하지 않으며, 2) 의도된 모든 것을 표현할 수 있다는 원칙은 표현될 수 있는 모든 것은 모든 사람에 의해서 이해될 수 있다는 사실을 또한 함축하지 않음을 분명히 했다.

콜러[63]는 위에서 논의된 바를 바탕으로 번역가능성 원칙을 다음과 같이 정의했다.

의미를 지닐 수 있는 모든 것은 모든 언어로 표현되는 것이 가능하다면 어느 한 언어로 표현된 것은 다른 언어로 번역될 수 있다는 번역가능성 원칙도 성립되어야 마땅하다.

이러한 맥락에서 엘름스레브[64]도 자연어의 개념을 다른 모든 언어를 번역할 수 있는 언어라고 정의함으로써 번역가능성을 토대로 하여 정의했다. 또 한편 바인리히[65]는 모든 텍스트는 번역이 가능하다는 번역가능성 공리를 형식화했다. 이와 유사하게 바르슈다로[66] 역시 번역

---

62) 모든 언어는 본질적으로 의미된 것을 표현할 수 있으며 표현할 수 없는 것은 차용이나 설명으로 또 메타언어의 도움으로 표현될 수 있다. 그러나 번역에서 문제시되는 것은 의미된 것을 정확히 이해하는 데 있으며 표현하는 것은 그 다음의 문제이다.

63) W. Koller, *Einführung in die Übersetzungswissenschaft*, Quelle & Meyer, Heidelberg, 1979(증보판 1997). p.183.

64) L. Hjelmsleve, *Die Sprache. Eine Einführung*, Darmstadt, 1968, p.125.

65) H. Weinrich, "Erlernbarkeit, Übersetzbarkeit, Formularisierbarkeit", In : Pilch, H./Richter, H.(Hrsg.) *Theorie und Empirie in der Sprachforschung*. Basel/München, 1970.

66) L. Barchudarow, *Sprache und Übersetzung. Probleme der allgemeinen und speziellen*

은 개별적 단어나 문장계층이 아니고 텍스트차원의 등가관계에서 이루어짐을 강조했다. 이와 같이 번역의 합리주의적 개념은 외연적 영역에서 인식과정에서의 언어의 역할을 과소 평가했다. 번역과정에 언어와 문화의 상호간 연관관계가 반영되지는 않았으나 텍스트개념이 적용된 것은 번역사상 괄목할 만한 사실이다.

3-2 언어상대성과 번역의 상대적 가능성

모든 개별어가 그 언어의 화자에게만 한정되고 고유한 현실파악의 세계관을 소유하고 있다면, 번역은 본질적으로 불가능하다. 왜냐하면, 번역이란 언어기호의 전환이 아니고 원어문화[67]의 역동적인 역사적, 사회적, 경제적, 문화적 조건과 제약 아래에서 생성된 텍스트[68]는 역어문화권의 전혀 다른 조건과 제약에 상응하는 텍스트에서는 언어학적 의미에서 이미 복잡하게 구조화된 텍스트특성을 구성하는 언어장치가 재조직되기 때문에 한층 더 고차원의 복합적 기호체계가 형성된다. 이러한 텍스트번역은 극히 어려운 작업이다.

번역이 문화변용이고 원어텍스트와 역어텍스트 사이의 커뮤니케이션적 연관관계(문화적 연관관계)가 성립된다면, 언어는 서로 다르지만 번역관계가 성립된다. 만일 두 텍스트간의 커뮤니케이션적 연관관계가 완전한 등가관계에 있다면, 이 두 텍스트간에는 절대적 번역의 가능성이 성립된다. 또 다른 극단적 경우로서 원어텍스트와 역어텍스트 사이에 커뮤니케이션적 연관관계가 부분적으로 겹친다면 이러한 겹친 부

Übersetzungstheorie, Moskau/Leipzig, 1979, p.17.
67) 여기에서 넓은 의미의 문화는 번역과정에서 커뮤니케이션적 연관관계로 표시되었다.
68) 여기에서 텍스트개념은 문화적, 언어학적 요인을 포함한다.

분만의 번역이 가능하다. 위에서 논의된 텍스트와 번역의 관계를 고려한다면 번역가능성은 원어와 역어의 두 텍스트간 커뮤니케이션적 연관관계 차이의 정도에 비례한다고 볼 수 있다.[69] 문화적 관계가 소원하면 소원할수록 번역의 불가능성은 증대한다. 콜러[70]는 번역가능성과 커뮤니케이션적 연관관계를 다음과 같이 도식화했다:

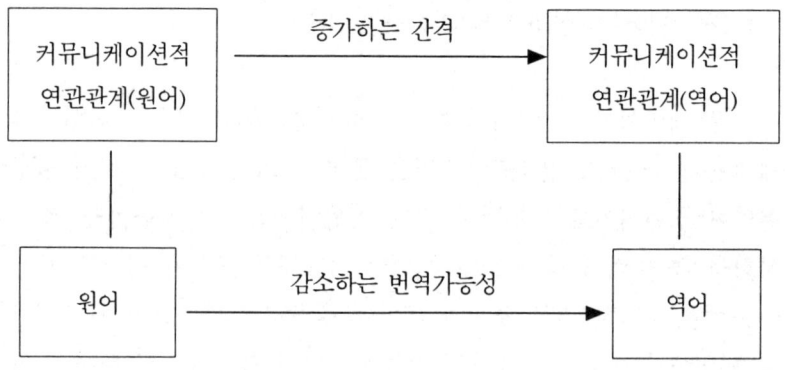

위에서 논의된 번역의 가능성과 불가능성에 관한 고찰방법은 언어-사고-현실파악-현실 사이의 관계에 대한 역동적 특성, 언어의 창조성과 이질성, 메타커뮤니케이션적 가능성과 텍스트인식과 텍스트이해 과정에서 사고능력을 과소평가 했기 때문에 이러한 고찰방법은 수정되어야 한다. 이 외에도 텍스트 주제와 관련되는 문화의 특성에 따라 번역과 텍스트 간의 의존관계가 달라진다. 따라서 번역과 텍스트의 구속력이 고려되어야 하는데, 이러한 텍스트 주제 유형으로서 다음과

---

69 노르트Nord(1988, 55)가 올바르게 지적한 바와 같이 원어와 역어텍스트의 커뮤니케이션적 연관관계간의 눈에 띄지 않는 미세한 문화적 차이에서 야기되는 '이해의 함정'을 간과해서는 안된다.
70) Koller, 같은 책, p.166.

같은 사항을 들 수 있다.[71]

> 1) 국제적 주제와 관련되는 텍스트: 여기에 속하는 대상과 사태관계
>   는 공간적으로 원어와 역어수신인이 함께 참여하는 다소간 포괄
>   적(초지방적) 커뮤니케이션 공동체에 기초한다.
> 2) 지방 특유의 대상 즉 지리적, 제도적, 사회적 등 원어수신인의 사
>   태관계를 취급하는 텍스트.
> 3) 역어문화적 문맥에 관한 주제를 취급하는 텍스트(예를 들면, 독일
>   의 의회체계를 설명하는 프랑스어의 텍스트).
> 4) 원어 또는 역어의 문화적 문맥에도 속하지 않는 어느 한 다른 나
>   라에 관계되는 주제를 취급하는 텍스트.

번역의 상대적 가능성은 번역이론에서 매우 중요한 의의를 지닌다.
아무리 다른 언어와 문화권에서 성장했다 하더라도 인간은 본질적으
로 상호간 커뮤니케이션을 할 수 있는데, 이것은 본능에 속한다고 볼
수 있다. 또 한편 이해와 번역은 밀접한 관계가 있다. 인간은 이해한
것을 언어로 표현할 수 있는 능력을 지녔다. 얼마만큼 이해했느냐와
얼마만큼 번역할 수 있느냐는 비례한다고 볼 수 있다. 다음에서 번역
의 상대적 가능성에 관해서 자세히 논의하고자 한다.[72]

> 1) 부인할 수 없는 번역의 실제적 가능성, 구조가 매우 다른 언어간
>   의 번역을 통한 상호간 커뮤니케이션 등은 인간의 언어가 본질적
>   으로 모국어와 워후의 개별적 언어구조의 정적인 개념보다 한층
>   더 유연하고 역동적이며 또한 다양한 표현방법을 지니고 있다는
>   사실을 입증한다. 또 한편 언어-현실파악-현실의 관계는 역동
>   적이며 문화(커뮤니케이션적 연관관계) 역시 항상 유동적 상태에

---

71) K. Henschelmann, *Technik des Übersetzens Französisch-Deutsch*. (Henschelmann, Heidelberg.
   1980, 29ff.
72) Koller, 같은 책, pp.172~78 참조.

있는데, 이러한 변화는 또 한편으로 언어사용법의 변화를 동반한
다.[73]

2) 인간은 언어를 가지고 언어 외적 사항뿐만 아니라 언어 그 자체
에 관해서 언급할 수 있다. 즉 언어는 커뮤니케이션적 기능과 메
타커뮤니케이션적 기능을 가지고 있다. 언어, 언어와 현실파악의
관계 그리고 언어와 현실의 관계는 당해 언어뿐만 아니라 다른
언어로 주제화될 수 있는데, 이 과정에서 개별어의 제한성은 그
언어 내에서는 물론 다른 언어의 사용을 통해서 제거될 수 있다.
언어의 메타커뮤니케이션(자기성찰적) 기능의 가능성은 번역과정
에서 자주 사용된다. 예를 들면, 개념은 각주, 주해, 머리말, 결어,
텍스트 자체에 설명적 보충 등 해설적 번역과정을 통해서 설명되
고 번역할 수 없는 단어는 상세히 논의되거나 '번역할 수 없는'
함축적 가치로 대체될 수 있다.

3) 워후와 바이스게르버의 이론에서는 인식과정에서 언어의 역할은
과대평가되고 사고의 역할은 과소평가되었다. 르네버그[74]에 의하
면 인식기능은 언어보다 본질적으로 이전의 과정이며 언어의 인
식에 대한 의존성은 그 반대의 경우보다 훨씬 더 강력하다. 언어
와 사고의 인과관계적이고 직접적 의존관계를 가정한다는 것은
언어와 사고 사이의 매우 복잡한 제한적 관계와 언어와 무관한
인간 인식능력의 보편적 특성을 고려하지 않은 결과이다. 어떤 자
연어도 형식논리학의 언어와 같이 체계화되지 않았지만 인간은
논리적 범주 내에서 사고하고 이러한 논리적 사고를 자연어의 비
논리적 수단으로 재현할 수 있다.

4) 합리주의자들의 변역이론에서와 같이 문화적 차이와 이와 관련되
는 문제는 과소평가되기도 하고 언어상대론자들의 번역이론에서
와 같이 또한 과대평가되기도 한다. 주지해야 할 사실은 바르트
Waard/나이다[75]가 주장한 바와 같이 여러 민족들간의 문화적 유

---

73) 이러한 변화는 커뮤니케이션의 필요에 의해서 야기된 변화이다
74) E. H. Lennberg, *Biologische Grundlagen der Sprache*. Frankfurt, 1967, dt. 1972, p.456.
75) J.Waard/E.Nida, *From One Language to Another. Functional Equivalence, in : Bible Translating*,
Nashville/Camden, 1986, 43f.

사성은 우리들이 가정한 것보다는 훨씬 더 크다는 점이다. 현재
국제교류가 활성화된 다문화시대에서 미국이나 유럽 선진문화의
영향을 전혀 받지 않고 완전히 고립되어 그 자체 모국어의 세계
관에 의해서만 현실파악을 하는 민족이 있을지 의문시된다.

5) 원칙적 번역의 불가능성을 입증하기 위해서 대체로 번역이 불가
능한 개별적 어휘들이 예로 제시된다. 물론 이러한 단어들이 사용
되는 문화에 관한 정확한 지식을 소유한 사람들만이 그 단어를
충분히 이해하고 번역할 수 있다. 이러한 단어들의 의미내용과 사
용규칙은 그 언어 화자의 실생활에서만이 추론될 수 있다(예를 들
면, 독일어 Gemüt, gemütlich. 프랑스어 Charme, esprit, 영어
gentleman 등). 실제로 이러한 단어들과 다른 언어의 이에 상응하
는 단어들과는 다만 부분적 등가관계가 성립될 뿐이다. 그러나 주
지해야 할 사실은 이렇게 번역하기에 가장 어려운 문화 특유의
고유한 단어들이 고립되어서가 아니고 대체로 텍스트와 연관되어
나타난다는 점이다.76)

독자와 청자는 단계적으로 전개되는 텍스트내용 전체와 자기 자신
의 지식에 기초하는 전제조건에 피드백함으로써 개별적 단어, 문장과
텍스트 일부분의 의미를 구성하고 이해한다. 따라서 처음에 부정확하
게 또는 막연히 이해된 텍스트도 텍스트를 읽어감에 따라 점차 이해
되고 번역의 잠재력도 더 커진다. 또 한편으로 독자는 텍스트에 대해
서 정적이고 수동적 대상으로가 아니라 그의 텍스트에 관한 이해의
전제조건을 계속적으로 확장하는 능동적이고 이해하려는 의지를 지닌
주체로 작용한다. 텍스트이해가 절대적일 수 없고 언제나 상대적이고
가변적인 것과 같이 텍스트의 번역가능성도 항상 상대적이다. 이러한
번역의 상대적 가능성은 텍스트이해의 요인과 조건에 비례한다. 결론

---

76) 이러한 단어들은 양적으로가 아니라 질적으로 그 문화를 대표하며 그 문화를
이해하는데 가장 중요한 개념을 내포하고 있다는 사실을 잊어서는 안 된다.

적으로 텍스트의 번역가능성은 텍스트이해에 비례하기 때문에 번역은
해석학과 밀접한 관계가 있음을 알 수 있다.

4. 결론

실제 번역에서 야기되는 많은 문제점을 체계적으로 해석하고 질적
으로 보다 더 훌륭한 번역을 하기 위해서 번역학이 1983년에 하나의
독립된 학문으로 정립되었다. 번역은 단순한 언어기호의 전환이 아니
고 언어기호라는 표현수단 속에 그 언어를 사용하는 민족의 정신, 세
계관, 전통 등 넓은 의미에서 사회-문화의 역동적이고 고유한 내용이
농축되어 있는데, 이것을 다른 사회-문화적 배경을 지닌 민족이 사용
하는 언어의 표현형식으로 바꾸어 재생하는 창조적이고 예술적인 행
위이다.

번역텍스트는 단순한 언어 내적 현상이 아니고 사회-문화적으로
주어진 언어환경에 상응하는 커뮤니케이션의 기능을 지닌 복합적, 다
차원적 구조이다. 결국 번역은 번역자의 주관적 선택의 문제이고 이
주관적 선택기준은 번역자의 세계관이다. 따라서 세계관은 번역결정의
최상위개념이며 번역자의 언어능력, 창조능력은 하위개념일 뿐이다.
다시 말해서 번역의 질적 문제는 언어 외적 문제에 좌우된다고 보아
도 과언이 아닌데 번역의 난해성이 바로 여기에 있다.

번역과 언어 외적 문제 즉 문화적 요인의 관계에 대한 것은 나이다,
회니히, 쿠스마울, 라이쓰, 훼르메르 등 번역학자들이 활발히 논의하고
있다. 물론 문화지향적 번역방법도 번역의 본질로서 문화의 비중을 어
느 정도로 간주하느냐에 따라 달라진다. 그 극단적 이론으로서 번역의

불가능성을 주장하는 언어-문화의 상대성 원칙을 들 수 있다. 그러나 컴퓨터시대에 자연과학에서와 같이 언어보편성이 점차로 강조되고 있기 때문에 현재 이러한 극단적 이론을 강조하는 학자는 그리 많지 않다.

이와 같이 언어의 상대성과 보편성은 번역이론의 양극단을 이루는데, 언어보편성의 관점에서 모든 번역은 가능하다. 그러므로 번역이론은 또 다시 양극단적 이분법을 형성한다. 넓은 의미에서 번역은 목적(기능)을 지닌 인간행위이고 또한 문화 상호간 커뮤니케이션인데, 올바른 번역을 하기 위해서는 번역자 그 자신이 문화인류학적 지식은 물론 문화비교에 관한 전문지식을 갖추어야 한다. 사전적 지식에만 의존한 번역의 위험성을 간과해서는 안 된다.

번역이론을 정립함에 있어서 주목할 만한 사실은 최근 1990년대부터 번역과 문화에 관한 연구가 활발히 진행되고 있다는 점이다. 이와 같이 번역학의 문화지향적 전환과 더불어 문화소의 개념이 번역학에 새로이 도입됨으로써 또한 번역학의 새로운 시대가 도래했다. 그 결과 번역학, 문화학 그리고 해석학 사이의 학제적 연구가 한층 더 활발해졌다. 한걸음 더 나아가 문화 상호간의 연관관계가 규명되어야 하고 그 연구결과가 번역과정에 적용되어야 한다.

위에서 언급한 바와 같이 번역은 언어학적 관점에서 텍스트간 등가관계 생성의 문제가 아니며 또한 데리다, 바바H. Bhabha 등 해체주의자들이 주장하는 것과 같이 그렇게 단순하고 쉽게 해결될 문제도 아니다. 번역은 실제로 가능하며 번역학의 선결과제는 번역의 질을 향상시켜 보다 더 정확한 번역을 하는 데 있다. 필자는 번역의 질적 향상은 번역자의 번역능력(문화능력)에 달려 있다고 본다.

제5장
문학텍스트의 번역론

1. 서론

현대는 정보와 번역의 시대라고 한다. 아무리 중요하고 귀중한 정보라 할지라도 그것을 이해할 수 없다면 아무런 가치가 없다. 이러한 상황에서 번역의 중요성은 마땅히 강조되어야 하며 번역은 세계를 향한 문화의 창이라 할 수 있다, 새로운 학문, 문화, 사상, 기술, 문학 등은 대부분 타언어권에서 번역을 통해서 유입되는데, 번역은 문화유입의 가장 자연스러운 방법일 뿐만 아니라 경제적 방법이기도 하다. 최근 우리나라에는 세계화와 정보화의 시대라는 현시류에 편승하여 다량의 번역물이 홍수처럼 범람하고 있다. 현대인의 생존에 있어서 이렇게 중요한 번역의 생명은 신속함과 정확함에 있다.

그러나 간과할 수 없는 사실은 너무나 많은 오역과 번역물이 양산되고 있다는 사실이다. 오역된 번역물은 인간의 지적활동에 환경공해

보다도 한층 더 심각한 영향을 끼친다.

현대 인류는 물질문명의 안이함에 젖어 물질만능주의를 추구하고 있는 경향이 짙다. 따라서 전통적 가치관은 전도되고 인간 중심의 인본주의는 무너졌다. 이러한 상황에서 인간성을 승화시키기 위해서 문학작품은 중요한 역할을 한다. 문학작품 번역의 필요성은 바로 여기에 있다.

번역은 원문텍스트를 이해, 분석하고 번역등가를 찾아서 원문텍스트에 상응하는 역문텍스트를 생성하는 창조적 활동이다. 그러나 최적의 번역을 하기 위해서 번역가는 언어학적, 해석학적, 창조적 능력 외에도 정확한 판단력은 물론 역사, 문화, 심리, 사회 등에 관한 풍부한 지식 즉 올바른 세계관을 지녀야 한다.

본 논문의 목적은 1) 문학작품 번역의 난해성에 관해서 논의하고, 2) 문학작품을 번역하는 데 중요한 영향을 미치는 언어외적 요인을 규명하는 데 있다. 본 논문에서 필자는 문학작품 번역방법으로서 전통적 문학작품 번역방법을 상세히 설명하는 데 역점을 두었다.[1]

2. 문학번역의 문제점

현대 문학작품 번역의 큰 흐름은 원문 중심에서 역문 중심으로 가고 있으며 여기에서 주지해야 할 사실은 국어교육의 중요성이 강조된다는 점이다. 예컨대, 훌륭한 번역을 하기 위해서는 외국어 능력도 중요하지만 그보다 더 중요한 것은 자국어 능력이라는 사실이 입증되었다.[2] 또 번역과정에서는 학문적 특성상 학제간의 연구로서 여러 요인

---

1) 최근의 문학작품 번역이론에 대해서는 다음 기회에 상론하고자 한다.
2) 그 이유는 번역이 언어기호의 전환이 아니라 문화적 전이현상이기 때문이다.

이 복합적으로 작용하며 언어능력보다는 문화 이해능력이 더 중시된
다.

언어의 본질적 특성은 유추/변칙, 다형태/다의미, 잉여/결핍, 내포/해
석 등인데, 이러한 특성은 일반적으로 자의적이고 우연적이며 비논리
적 다양한 요인에 의해서 결정된다. 훔볼트가 언어는 본질적으로 인식
된 진리를 발견할 수 있는 수단이 아닐 뿐더러 인지되지 않은 진리를
발견할 수 있는 수단은 더욱 아니라고 주장했듯이 번역의 어려움은
그 연구대상인 언어 그 자체의 특성에 기인한다.

모든 번역 가운데 정보나 의사전달의 목적보다 언어의 외적 표현을
중시하고 형식을 강조하는 문학작품 텍스트의 번역에서는 언어철학적,
미학적, 해석학적, 문체론적 문제가 우선적으로 고려되어야 하기 때문
에 문학작품 번역은 극히 어려운 작업이다. 문학작품 번역에서는 언어
학적 의미에서 이미 복잡하게 구조화된 문학성을 구성하는 언어적 자
료 또는 언어적 장치가 재조직되기 때문에 한층 더 고차원의 복잡한
기호학적 체계가 형성된다. 따라서 작가 자신의 고유한 표현의도로 보
이는 사항도 텍스트의 여러 가능한 해석방법 중의 하나에 불과한다
(Albrecht 1988, 170f) 속에 그 언어를 사용하는 민족의 정신과 문화, 즉
복잡한 언어과정을 거쳐 형성되고 다양한 이질적 요소가 내포되어 있
는 세계관을 다른 형식으로 바꾸어 표현하는 작업이다. 따라서 번역자
들은 위에서 아래로 즉 거시적 차원에서 미시적 차원(문화→텍스트→
텍스트의 구조→문장→귀절→단어)으로 작품을 분석하는 방법을 배워
야 한다.

같은 텍스트라도 번역자마다 각기 다른 반응을 보이는데, 그 까닭은
1) 모든 번역자는 자신이 선호하는 특유의 언어수행 모델을 가지고 있
고, 2) 번역자의 번역능력이 유사하다 할지라도 내용면에서 문맥상의

분포는 번역자마다 서로 다르며, 3) 단순한 의사소통 상황을 제외한다면 자연어는 동일한 표현이지만 일반적으로 다른 내용을 포함하고 있기 때문이며, 궁극적으로는 번역자의 세계관이 서로 다르기 때문이다.

최근 출판물의 홍수 속에서 다량의 번역작품이 출간되고 있지만 그 질적 수준은 현저하게 저하되고 있다. 그 이유는 아마다 비문학적 번역은 현대언어학 연구의 적용범위이지만 문학적 번역작업은 규범의 문제가 아니라 창조적 선택의 문제이기 때문일 것이다.[3]

언어는 문화의 표현이며 그것을 담는 그릇이다. 여기에서 문화란 물론 지적 활동의 총체로서 사회적 조건 아래에서 형성된 인간활동의 모든 양상을 뜻하는 넓은 의미로 사용된다.

일반적으로 문학작품은 작가가 소속된 공동체의 문학전통과 단절되어 생성될 수는 없다. 이러한 문학전통은 그 자체 특유의 공통성을 지니며 또한 문화 전체에 뿌리를 내리고 있다. 이러한 관점에서 볼 때 문학작품 텍스트는 세계관, 문학, 전통, 사회, 문화, 언어 등 이미 주어진 조건과 제약 아래 생성된다. 작품의 문학성을 나타내는 시어는 언어의 모든 양상을 포함하고 모국어의 역사적 구조에 뿌리를 두고 있다. 문학작품은 개체성의 실현이며 또한 새로운 현실을 창조하거나 발견한다.

넓은 의미에서 번역은 '말해진 것'이 아니라 '인식된 것'을 다시 인식하게 만드는 작업이다. 그러나 문제는 '인식된 것'이 규범이나 보편성이 아니라 개별성에 의해서 인식된다는 것이다. 어느 현상이든 관찰자의 고유한 개체성과 긴밀하게 연관되어 이으므로 번역에서는 작가와 번역자의 주관적 개체성이 이중으로 관련되기 때문에 문학번역은

---

3) 이러한 문제 이외에도 문학작품 번역의 난해성은 바로 그 대상 자체에서 연유한다.

한층 더 난해한 문제가 된다.[4]

문학작품의 미학적 분석 목적은 가치관의 본질적 기준을 확정하는 데 있다. 번역의 미학적 본질은 다른 모든 예술에서와 같이 가치 범주에 의해서 결정된다. 이러한 가치는 작품의 당해 예술장르의 규범과의 관계에 따라 규정되는데 규범은 또한 역사적으로 이해된다.[5]

표현예술의 발전과정에서는 재생의 규범(올바른 이해 즉 진실성에 대한 욕구)과 예술성의 규범(미에 대한 욕구)이 가장 중시된다. 그러므로 번역 작업에서 이러한 본질적인 미학적 반명제는 번역의 충실성(직역)과 자유성(의역)으로 구현된다. 충실한 번역방법의 주목적은 원문의 정확한 재생인 반면, 자유스러운 번역은 우선적으로 원문의 아름다움 즉 미학적, 사유적 가치를 독자에게 전달하는 데 그 목적이 있다.

그런데 여기에서 문제되는 것은 번역작품 독자의 배경과 미학적 경험이 원어작품 독자의 그것과 다르다는 사실이다. 따라서 이러한 문제는 수용미학적 관점에서 해결되어야 하는데, 원문과 번역문 독자의 상이한 미학적 기준에 상응할 수 있는 기준(비교점)을 찾는 것이 번역자의 중요한 임무이다. 물론 번역의 난해성은 이러한 기준을 찾는 작업이 극히 어렵다는 데 있다.

홈볼트가 1796년에 슐레겔에게 보낸 편지에서 번역의 불가능성을 주장했는데, 약 200년 후에 반드루츠카M. Wandruszka 역시 아래와 같은 이유에서 문학작품 번역의 불가능성을 언급했다.[6]

1) 문학작품이 쓰여진 형식은 문학작품의 본질적 특성 중의 하나이

---

4) 일상어의 수준을 벗어난 자연어 텍스트(과학적 텍스트를 제외하고)의 해석은 그 텍스트의 여러 가능한 해석 방법 중의 하나에 불과하다.
5) 발전과정에서 규범의 내용과 가치 서열은 변화한다.
6) Koller, 같은 책, p.9.

다.

2) 번역은 원어텍스트의 모든 본질적 특성을 보존해야 한다.

3) 번역텍스트는 필연적으로 원어텍스트와는 다른 언어형식으로 쓰여졌다.

4) 위의 1)부터 3)까지에서 문학작품은 번역될 수 없다는 명백한 결론이 나온다.

어느 한 언어를 말하거나 혹은 그 언어에 능통하다는 것은 그 언어에 보존되어 있는 현실 파악의 개념에 노출되었음을 일컫는다. 그리고 어느 문화권에서 성장했다는 것은 이 문화에 전승되어 있는 언어 즉 현실파악의 개념을 넘겨받았다는 뜻이다. 해방이란 언어비판일 수밖에 없는 문화비평이며 모든 번역은 어느 언어권에서 통용되는 것은 문제시하고 타파하거나 확대함으로써 전통에서 벗어나는 데 기여한다.[7]

번역은 문화의 변용이며 '말해진 것'이 아니라 '의미된 것'을 어떤 형식으로 표현할 것인가가 번역의 핵심문제이다. 따라서 번역자는 언어 내적 사항(원어의 문법, 문체론, 텍스트화용론 등)과 언어 외적 사항(세계관, 문화)에 대해서도 충분한 지식을 겸비해야 한다.

또한 번역은 제2의 창작이라 할 수 있는데, 일반창작과는 달리 번역에서 창작이란 이미 주어진 범위 내에서의 제약된 창작이다. 번역은 규범적이 아니고 창조적 선택의 주관적 문제이기 때문에 번역자 자신의 번역능력에 따라서 그 결과가 의미나 표현상으로 다르게 나타난다.

위에서 언급한 바와 같이 번역은 언어기호의 단순한 전환이 아니라 원어 문화권의 역사적 조건과 제약에 의하여 생성된 텍스트를 엮어 문화권의 다른 조건과 제약에 상응하는 텍스트로 전환하는 어려운 작업이다. 환언하면, 원어텍스트를 그 시대에 주류를 이루는 역어 문화

---

7) 위의 책, p.137.

권의 '세계관(이데올로기)'에 적합하도록 수정해서 번역해야 한다. 번역은 상이한 문화간의 전이cross—cultural transfer이다. 따라서 번역자는 문학작품을 번역하기 위하여 원어와 역어 뿐만 아니라 원어권과 역어권의 문학과 문화에 관해서도 지식을 갖추어야 한다.[8]

3. 문학작품 번역방법

기록으로 전해지는 유럽 최초의 번역가 안드로니쿠스L. Andronicus는 그리스의 해방된 노예로서 BC 240년경 오딧세이를 라틴어로 번역하였는데, 이 무렵은 그리스어를 라틴어로 번역하는 것이 보편화된 때였다. 고대의 번역활동은 주로 로마인들에 의해서 주도되었는데, 이들은 번역을 일종의 비교문체론에 관한 훈련으로 간주했으며 번역작업은 독자들이 이미 원문의 내용을 알고 있다는 전제 아래 행해졌다.

번역이론에 관한 연구는 통시적 고찰이 선행되어야 한다. 왜냐하면 다른 시대의 번역의 이론, 기능, 방법 등을 구체적으로 분석, 비교함으로써 현대에 부응하는 적절한 번역이론과 방법을 모색할 수 있기 때문이다. 사실상 번역은 인간의 역사와 함께 시작되었고 인간이 상이한 언어를 사용하고 정보의 교환을 필요로 하는 한 존속할 것이다.

최근 학계의 동향을 보면, 르훠브르A. Lefevere, 훼르메르H. Vermeer, 라이스 등에 의해서 언어 외적 요인에 대한 논의가 전개되고 있다. 이들의 논의는 언어와 문화는 상호의존한다는 가설에서 비롯한다. 홈볼트가 처음으로 언어와 문화, 언어와 인간행위 사이의 긴밀한 연관관계를 주장했으며 그는 언어를 정적인 어휘목록(ergon-작품)이 아니고 역동

---

8) 번역이론은 깊이있고 폭넓은 모든 번역의 지배적 특성은 목적이라는 목적이론과도 연관되며 기능번역이론에 속한다는 사실을 인정해야 한다.

적인 것(energia-작용)으로 정의했다. 그에 의하면, 언어는 언어를 통해서 세계를 이해하고 해석하는 화자의 개체성과 문화의 표현이다. 그의 이러한 견해는 1세기 후 사고가 언어를 선행하지 않으며, 반대로 사고는 언어에 의해서 제약을 받는다는 사피어-워후의 언어상대성원리9)로 나타난다.10)

번역문과 원문의 차이는 바르드R. Barthes가 언급한 것과 같이 작가는 대상을 보고 인식한 것을 집필하는 데 반하여 번역자는 작가가 사용한 언어를 상대하는 것이지 작가가 취급한 대상과는 무관하다. 다시 말해서 번역자는 작가의 언어만을 취급하므로 실제 세상과는 무관하다. 따라서 번역의 언어는 2차언어 즉 메타언어이다.11)

3-1 전통적 문학작품 번역방법

3-1-1 원시적 번역방법

최초의 번역방법인 행간번역방법12)은 문학작품이나 성서번역에 적용되었다. 이러한 번역방법은 어느 시대나 가능하지만 원문과 비교해서 질적으로 낮은 수준의 번역이기 때문에 원시적 방법이라고 불린다. 이 방법은 원어의 단어나 단어의 일부분을 역어로 대치시킴으로써 번역자의 원어와 역어에 관한 불충분한 지식을 은폐하게 했다. 행간번역

---

9) 언어상대성이론에 의하면 인간과 외적 세계관의 정신적 중간세계Zwischenwelt는 언어적 성격을 띠며, 또한 언어공동체 구성원의 세계관을 형성한다.

10) R. Stolze, *Übersetzungstheorien. Eine Einführung*, Tübingen, 1994, 26f.

11) J. Holmes, "Forms of Verse Translation and the Translation of Verse Form", in : J. Holmes F. Haan, A. Popovič(eds.) 1970. *The Nature of Translation*, Mouton, The Hague/Paris, 1970, p.91.

12) 행간번역은 원문의 단어에 상응하는 역문의 단어를 써넣는 번역방법이지만 직역은 이보다 진보한 방법으로서 역어의 문법에 맞게 단어를 배열한 번역방법이다.

은 단순한 언어관이나 원문을 절대적으로 존중하는 풍토에서 유래되
었다. 예컨대 성서번역에서는 신성모독이라는 이유로 단어의 위치를
바꾸는 것조차도 금기시되었다. 이렇게 번역된 텍스트는 이해하기가
힘들었고 또한 원어에 충실하기 위해서 역어의 어법을 무시했기 때문
에 두 언어가 혼합되어 불명료한 텍스트가 생성되었다.[13]

그러나 행간번역 방법[14]은 번역의 한 이론으로 정립되었고 또한 번
역사상 중요한 의의를 지닌다. 행간번역이 축어역과 다른 점은 축어역
에서는 어느 정도 역어의 통사규칙이 준수되기 때문에 대략 문장의
이해가 가능하다는 것이다. 15세기 중엽에 독일의 인문주의자인 뷜레
Nicolas von Wyle는 번역시에 원어의 모든 단어는 그에 해당하는 역어
의 다른 언어로 번역해야 한다고 주장함으로써 행간번역의 극단적 이
론을 전개했다. 이러한 번역방법은 가장 자유스런 번역방법이 성행했
던 17세기말과 18세기에도 적용되었고 현재에도 초보자를 위해서 사
용된다.[15]

3-1-2 충실한 번역(직역)과 자유스러운 번역(의역)

기원전 1세기에 키케로는 그 당시까지 가장 권위가 있었던 행간번역
방법의 독단적 견해에서 벗어나 단어의미에 '충실한 번역(직역)'과 '자유스
러운 번역(의역)'의 이분법적 번역방법을 도입했다.[16] 현대적인 의미로 보

---

13) 그 이유는 모든 번역이론에 관한 논쟁이 바로 여기에서부터 전개되기 때문이다
   (Kloepfer, *Die Theorie der Literarischen Übersetzung*, Wilhelm Fink, München-Allach, 1967,
   19f).
14) 성서의 프랑스어, 독일어 최초의 번역본, 셰익스피어, 아리스토텔레스 등의 첫
   번역은 행간번역에 속한다.
15) Kloepfer, *Die Theorie der Literarischen Übersetzung*, Wilhelm Fink, München-Allach,
   1967. 20f.
16) 그의 번역이론은 널리 알려지지 않은 그의 번역서 *De optimo genere oratorum*의 서론
   에 기록되어 있는데, 이 번역서는 분실되고 서론만 남아 있어 그의 번역이론과

아 그의 이론은 의역에 해당되며 영향상의 등가Wirkungsäquivalent, 즉 독자
에 미친 영향을 위주로 번역했다고 할 수 있다.[17]

그러나 그는 자유스런 번역이론을 일관성 있게 주장한 것은 아니며
철학적 텍스트의 번역에는 축어적 번역방법을 사용했다. 그리고 키케
로는 자유스러운 번역방법의 규범화를 시도하지는 않았으며, 실제로는
충실한 번역방법을 선호했다. 키케로는 원래 번역보다는 수사학에 관
심이 있었다.[18] 그의 본래 의도는 희랍의 웅변술(수사학)에 관한 연구와
보급이었는데 그는 충실한 직역방법으로는 이러한 목적을 이룰 수 없
다는 사실을 잘 알고 있었다.

이와 같은 그의 번역에 관한 부수적이고 산발적인 견해, 즉 이분법
적 방법, 충실한 직역과 자유스러운 번역이 전통적 번역방법의 근간根
幹으로서 오랫 동안 번역사에 지대한 영향을 끼쳤다. 촘스키가 변형생
성문법이론의 선구자는 데카르트라고 주장했듯이 번역이론가들도 그
들의 명분을 위해서 그들의 선구자로서 키케로를 신봉했다고 볼 수
있다.

키케로는 "번역자는 해설자로서 원문의 표현에 충실하든지 또는 연
설자와 같이 그의 청중을 고려하든지 해야 한다Not ut interpret. ···sed
ut orator."는 견해를 피력했으며 또한 수사적-문체론적 기능의 관점에
서 "나는 사고와 형식 혹은 소위 예술적 형상을 우리의 습관에 꼭 맞
는 언어로 번역한다"고 자신의 번역방법을 소개했다.[19]

그 당시 자신의 언어 구사능력에 어느 정도 자신이 있고 문체론에

실제를 비교할 수는 없다.

17) J. Albrecht, *Europäischer Sturukturalismus*, Wissenschaftliche Buchgesellschaft, Darmsatdt, 1998, 53f.
18) 위의 책, 55f.
19) R. Stolze, *Übersetzungstheorien. Eine Einführung*, Tübingen, 1994, 14f.

능한 작가들은 원시적 번역방법의 유형에 대하여 거부감을 느꼈는데, 키케로는 그 첫 번째 사람이다. 그는 노예근성의 모사방법을 지양하고 자유스런 번역의 기틀을 마련했다. 키케로가 공식화한 자유스런 번역의 근본원칙은 퀸틸리안Quintilian, 플리니우스Plinius가 계승하여 원시적 번역방법과 정반대의 이론으로 발전시켰고 히에로니무스Hieronymus에 이르러서 그 절정을 이루었다. 이러한 번역방법은 루터를 거쳐 쉴라이어마허F. Schleichermacher에까지 계승되었다. 그 결과 원문의 중요성은 등한시되고 번역가 자신의 고유한 자주적 예술성이 강조되었고 역어의 어법을 풍부하게 하기 위하여 번역자들은 원어의 어법을 차용하였다.[20]

고전시대 후기에 절정을 이루었던 자유스런 번역방법은 프랑스 고전주의시대에 한층 더 발전을 보게 되었다. 그 당시 번역은 개인적 실습에서 국민적 기대 사항이 되었고 그 유일한 목적은 국민의 취향에 절대적으로 부응하는 것이었으나 또한 하류작가들이 위험스러울 정도로 어법을 개혁하거나 국민적 특성을 변질시킬 수 있다는 위험성도 내포하고 있었다. 번역의 규범은 독자층에 의해서 설정되기 때문에 번역자들은 프랑스 독자층이 무엇을 혐오하고 있고 또한 무엇이 작가에 대한 호기심을 불러일으키는지를 잘 알고 있었다.[21]

고대 번역이론의 대표자인 키케로와 히에로니무스는 가장 오래된 번역의 이분법인 '자유스러운 번역/충실한 번역'을 도입했다. 주지해야 할 사항은 이 시기에 이미 번역과정에서 변하지 않고 보존되어야 할 요인, 즉 '불변체Invariante'의 개념이 형성되었다는 점이다. 키케로에게

---

20) R. Kloepfer, *Die Theorie der Literarischen Übersetzung*, Wilhelm Fink, München-Allach, 1967, 23f.
21) 위의 책, p.26.

있어서 불변체의 개념은 분명하지 않다. 그는 희랍어 연설문의 의미, 문체와 영향을 번역텍스트에서 동시에 보존하려는 야심적 목적을 세 웠으나 히에로니무스는 의미에 관해서만 불변체의 개념을 언급했다. '축어적wörtlich/자유스러운frei'의 대립쌍은 독일의 번역자들이 주장한 "가능한 한 충실하게 필요한 만큼 자유스럽게so treu möglich, so frei wie nötig"라는 말과 일맥상통한다. 번역과정에서 생략할 수 있는 것도 단 순히 생략해서는 안 되며, 생략할 수 있고 방해되는 것과 어떤 방법으 로도 역어의 알맞은 표현형식을 찾을 수 없는 것만을 생략해야 한다 는 마하이너J. Macheiner의 말과 같이 번역은 단어 하나에도 세심한 주 의를 기울여야 하는 힘든 작업이다.

키케로의 번역이론은 약 400년 후 히에로니무스에 의해서 다시 수용되 었는데, 그는 파마키우스Pammachius에게 보낸 편지에서 희랍어의 성서 텍 스트를 독일어로 의역했음을 분명히 밝혔다.[22]

히에로니무스는 단어의 위치 그 자체가 이미 불가사의한 성서를 축 어역für Wort이 아니고 의역Sinn für SInn했다. 그의 견해로는 번역자의 임무는 외국어(원어)의 특성, 우아함, 힘, 특별한 음향, 아름다운 소리는 물론 이에 상응하는 인간적인 저자의 문체론적 특성을 보존하는 데 있다. 한 가지 주지해야 할 사실은 그가 서니아Sunnia와 후라텔라 Fratella에게 보낸 편지에서 축자역의 불가능성을 피력함과 동시에 문 학적 재능만 지닌 사람이 전문적 교육이 없이 번역을 할 수 있다고 믿 는 자유스러운 번역에 관해서 비판을 가했다는 점이다.

한편, 히에로니무스는 번역의 목적은 번역자 자신이 특수한 훈련을 쌓아서 습득한 자신의 모국어가 지닌 고유한 수단을 통해서 외국어를

---

22) H. Störig, *Das Problem des Übersetzens*, Wissenschaftliche Buchgesellschaft, Darmstadt, 1963, p.1.

수용하는 데 있다고 주장했다. 그에 의하면 번역의 '충실함Treue'이란 외국어 텍스트에 담겨져 있는 모든 것을 보존하려는 지속적인 노력이다. 만일 이러한 작업이 불가능하다면 적어도 의의전체Sinnganze는 보존되어야 한다. 이러한 최하위단계는 어구나 문장이 보존되어야 할 그 다음 단계의 전제이고 이것은 다시 어순, 아름다운 어조Euphonie, 어원 등을 보존해야 할 다른 모든 단계의 전제조건이다. 이렇게 해야만 전면적-축어적인 것Vordergründig-Wortliches으로부터 접근할 수 없는 깊고 신비스러운 의의내용Sinngehalt의 모든 의미가 보존된다. 만일 의미가 원어단어의 반복할 수 없는 텍스트 즉 특성이라면 번역은 해결할 수 없는 문제이다.[23]

'충실한'과 '축어적'이란 용어를 정확히 정의할 수는 없다. 실제 번역과정에서 사용되는 것과는 반대로 '충실한'이란 말을 '축어적'의 동의어로 간주해서는 안 된다. 번역의 원칙에서 '충실한'은 각운과 연관되며 '축어적'은 의도된 사태관계와 한층 더 밀접하게 관계된다. '축어적 번역'이란 일반적으로 다음과 같이 서로 다른 두 현상으로 이해된다.

① 통사체적 현상
여기서 '통사체적'이란 '단어는 단어로', 즉 가능한 한 원문의 단어순서를 다음 예문에서와 같이 유지한다는 뜻이다.

> Gustav von Aschenbach war etwas unter Mittelgrösse, brünet, rasiert.
> Gustav von Aschenbach was somewhat below middle height, dark and smooth shaven.[24]

---

23) R. Kloepfer, *Die Theorie der Literarischen Übersetzung*, Wilhelm Fink, München-Allach, 1967, p.34.

구스타프 폰 아쉔바흐는 보통보다 약간 키가 작은 편인데 얼굴은 검고 깔끔하게 면도했다.

위의 번역은 통사체적 관점에서 매우 만족스러운 번역이다. 그러나 모든 통사체적 문제가 위의 경우와 같이 단순하지는 않다. 예를 들면 bow and arrow활과 살 →Pfeil und Bogen살과 활, weights and measures무게와 양→Masse und Gewichte양과 무게, ein schwarzweisses Kleid검고 흰 옷→un abito bianco e nero희고 검은 옷, un table liague de deux métres길이 이미터의 책상→ein zwei Meter langer Tisch이미터 길이의 책상 등의 원문과 역문에서 단어 순서는 반대가 된다.

② 계열체적 현상

라신느J. Racine의 비극 페드르Phédre에 나타난 flamme불꽃 noire, noirs presentements현재, noires amours사랑, mensonge거짓말 noir, action행동 noire 등에서 'noir검은'의 사용법을 들 수 있다.

계열체적 등가개념은 원어의 단어들이 대상과 사태관계를 표현하는 서로 상이한 어휘목록일 것이라는 단순한 가정에서 비롯되었다. 그리고 이러한 어휘목록은 모든 개별어와는 무관하게 객관적이고 통일적이지만 불행하게도 개별어마다 다르게 명명되었다고 간주되었다. 그러나 모든 번역자들은 언어학자들보다 이전에 그렇지 않다는 사실을 직감적으로 인식했다. 명확히 규범화된 학술용어를 제외하고 개별어 사이에 서로 정확히 일치되는 의미요소는 거의 없다.[25] 그러나 이러한 사태관계는 일반적으로 알려진 것보다 번역작업에 큰 영향을 끼치지

---

24) 토마스만의 소설 베니스에서의 죽음Tod in Venedig의 영역인데 번역자 로베포터 H. Lowe-Porter는 통사체적 관점에서 볼 때 매우 만족스러운 번역을 했다.
25) 어장이론이 이러한 사실을 입증한다.

는 못했다. 그러나 다음과 같이 원문에서 아주 상이한 연관관계에 있
는데도 동일한 단어가 반복적으로 나타나는데, 이러한 반복은 우연이
가 아니고 의도적인 경우이다.

이태리의 서정시인 웅가레티G. Ungaretti는 페드르의 이태리어 번역
에서 아무 어려움 없이 'noir'를 'nero'로 옮겼다. 즉 이태리어는 이러한
번역을 허용한다. 그러나 쉴러F. Schiller, 슈뢰더R. Schröder 빌리그W.
Willige는 'noir'를 'schwarz검은, dunkel어두운, finster음침함' 등의 동의어
를 사용해서 번역할 수밖에 없었다.26)

번역과정에서 '충실한'이란 넓은 의미로 '축어적'으로 즉 원어텍스
트에 제약을 받는다는 뜻으로 이해된다. 그러나 또 한편 '충실한'이
'축어적'과 모순될 수도 있다. 히에로니무스 역시 지나친 축어역은 불
충실하게 된다고 했다. 또 한편 "필요한 한 자유스럽게"라는 구절만을
고립시켜 본다면 여기에서 '자유스러운' 가능한 모든 것을 뜻한다. '충
실한'이 단지 각운 때문에 '축어적'과 동일시된다면 '충실한'은 정확한
의미에서 '축어적'이라는 개념과 대립된다. 각운은 순수한 언어적 이
유 때문에 통사체적, 계열체적 축어역의 원칙에서 벗어남을 의미한다.

한편, 다음과 같이 원어와 역어가 전혀 다른 어휘를 사용할 수도 있다.

① She gathered her daughter in her arms.
   Sie schloss ihre Tochter in die Arme.
   그 여자는 그녀의 딸을 품에 안았다.
② J'adore les vielles fotos.
   Ich schwärme für alte Fotos.
   나는 오래된 사진을 열광적으로 좋아한다.

---

26) 미국의 서정시인 로웰R. Lowell은 페드르의 번역에서 부주의인지 또는 언어상의
    문제인지는 모르지만 〈noir〉의 번역에 전혀 개의치 않았다.

①에서 영어의 "gather모으다"는 독일어로 versammeln zusammentragen, ②에서 프랑스어의 "adorer"는 원래 독일어로 "anbeten숭배하다"이다. 그러나 번역자는 이 경우 역어의 어법에 따라 "gather"는 "jemanden in die Arme schliessen"으로, "adore"는 "schwärme für"로 번역해야 한다.[27]

3-1-3 '친숙하게 하기Einbürgerung'와 '낯설게 하기 Verfremdung'

번역은 두 주인을 섬기는 하인과 같다는 말이 있다. 번역자는 역어 의 독자와 원어의 저자를 섬겨야 하는데, 이 경우에 중용을 지키기는 매우 어려운 일이며 어느 한 쪽을 소홀히 하지 않을 수 없다. 이와 같 은 딜레마를 어느 시대 어느 문화권에도 존재하지만 이 문제에 관한 것은 특히 독일 낭만주의시대에 자세히 논의되었다. 빌란트Ch. Wieland 의 서거(1813)에 즈음하여 괴테J. Goethe는 그의 추도사에서 번역가로 서의 빌란트에 관하여 다음과 같이 언급했는데 참고할 바가 많다.[28]

번역에는 두 원칙이 있다. 그 하나는 작가가 우리들의 작가로 여겨 지도록 그를 우리들에게 다가오게 하는 방법이고 다른 하나는 이에 반해서 우리가 외국인에게로 다가가서 그의 상태, 어법, 특성을 발견 하도록 하는 방법이다. 몇 개월 후에 쉴라이어마허는 베를린의 왕립학 술원에서 "Ueber die verschiedenen Methoden des Übersetzens번역의 여러 방법에 관해서"라는 제목의 강연에서 다음과 같이 언급했다.[29]

나의 견해로는 번역에는 두 가지 방법이 있다. 번역가가 작가를 가

---

27) J. Albrecht, *Europäischer Sturukturalismus*, Wissenschaftliche Buchgesellschaft, Darmsadt, 1998, pp.61~67.
28) 위의 책, p.73.
29) 위의 책, p.74.

능한 한 괴롭히지 않고 독자를 그에게로 움직이게 하거나 번역가가 독
자를 가능한 한 괴롭히지 않고 작가를 그에게로 움직이게 하는 것이
그것이다.

괴테에게는 '친숙하게 하기'의 방법이 자연스러운 번역방법이었고
반면에 쉴라이어마허를 위해서는 '낯설게 하기'의 방법이 유일한 방법
이었다. 쉴라이어마허는 이러한 번역 방법을 주장했을 뿐만 아니라 플
라톤 번역에 이 방법을 적용했는데, 직역 혹은 의역이라는 극단적인
방법을 피하여 외국화 혹은 독일화해야 한다고 하면서 융통성 있는
번역방법을 제시했다. 그가 내세운 번역원칙의 핵심만을 간추리면 다
음과 같다.30)

1) 번역은 본질적으로 이해의 과정이다. 정보전달과정은 상이한 두
   언어 사이에서뿐만 아니라 동일한 언어의 방언이나 시대적으로
   차이가 있는 텍스트 사이에도 필요하다.
2) 번역자는 텍스트의 종류에 따라 상이한 번역방법을 사용해야 한
   다.
3) 제한된 연구대상과 객관적 사태관계를 명확히 나타내기 때문에
   상이한 언어 간에도 정확한 대응관계를 이루는 학술용어와 역사
   의 흐름에 따라 그 의미가 변화하는 개념이나 감각 또는 견해 등
   을 나타내는 어휘는 구별되어야 한다. 여기에서 주지해야 할 사실
   은 모든 개별어의 개념체계가 서로 다르다는 사실이다.
4) 원문의 〈언어정신〉이 역시 독자들에게 전달되도록 번역해야한다.
   번역의 효과는 외국어에 능숙하지만 낯설게 느껴지기를 선호하는
   교양인의 취향에 맞추어야 하므로 독일어 바꾸어쓰기, 모사 등의
   번역방법은 문제시되지 않는다. 다시 말하면, 원문 중심의 번역,
   즉 낯설게 하기의 방법이다. 이런 번역방법을 통해서만 원문의 형
   식과 내용이 역문텍스트에 충실히 반영된다.

---

30) R. Stolze, *Übersetzungstheorien*, Gunter Narr Verlag, Tübingen, 1994, 17f.

또 다른 전통적인 번역방법으로 드라이든J. Dryden(1680)은『오비드 서한집의 서문경*Preface to Ovid Epistles*』에서 번역의 세 가지 기본형태를 제시했다.

① 축어역metaphrase
② 의역paraphrase
③ 모사역imitation

드라이든은 아래와 같은 전제 아래 ②의 번역방법을 균형있는 방법으로 간주했다. 즉 시를 번역하려면 번역자는 시인이어야 하고 양국어에 능통해야 하며 원저자의 정신이나 성격을 이해해야 한다고 생각했다. 드라이든은 번역자를 초상화가에 비유하였는데, 이 비유는 17세기뿐만 아니라 18세기에 이르기까지 자주 거론되었다. 화가는 초상화를 본인과 닮게 할 의무가 있다는 드라이든의 번역방법을 계승한 포우프A. Pope는 시의 광채를 살리면서 문체나 작가 의도의 세세한 부분을 기록하면서 원문을 정독할 것을 중시했다.31)

3-2 현대 번역방법

3-2-1 구조주의적 번역방법

1960년대에 슬라이브권을 중심으로 하여 러시아 형식주의에 근간을 둔 문학작품 번역이론이 대두되었다. 기존의 이론이나 독일학파의 과학적 이론은 규범적인 성격이 농후했고, '충실한/자유스러운' 등의 전

---

31) 졸저,『번역학』, 민음사, 1998. pp.51~52.

통적인 이분법에 의존하는 경향이 컸는데, 이러한 번역방법은 구조주의자들에 의하여 처음으로 지양되었다. 특히 레비Levý, 포포비치 Popovič, 미코Miko 등을 중심으로 한 체코학파의 번역학자들은 구조주의적 번역이론의 선구자적인 역할을 했다. 형식주의자들[32]이 주장하는 '문학성'의 개념은 현재 성행하고 있는 문학번역 이론에 매우 큰 영향을 미쳤다. 이들의 번역이론은 물론 심층구조 분석을 토대로 하여 전개되었다.[33]

한편, 이들은 나이다의 초기이론과 같이 의미에 초점을 맞추어서 원문의 내용을 규정하고 독자들의 수용을 위해서 텍스트를 조정하는 등의 문제는 등한시했고, 러시아 형식주의를 수용하여 이론을 전개했다. 한 예로 이들은 모든 다른 세계와 단절된 자율적인 문학작품으로서의 문학개념을 거부했다.

체코학파의 번역이론을 고찰하려면 그 대표자격인 레비의 이론을 고찰하는 것이 필수적이다. 형식주의자들이 '시성poeticity'을 작품에서 객관적으로 분리될 수 있는 형식적 요소로 간주했다는 사실은 그들의 번역이론을 이해하는 데 결정적인 관건이다. 레비는 번역모델에서 작품의 '문학성'을 보전하기 위해 작품의 문학적 특성을 부여하는 원작가의 고유한 문체의 형식적 특성, 즉 특별한 의사소통적 양상을 중시했다. 물론 이 경우 기호학이 중요한 역할을 한다.

포포비치[34]는 논문 「번역에서 '표현의 전이'의 개념The Concept 'Shift

---

32) 러시아 형식주의자들은 심층구조에 관한 논쟁을 삼가고 텍스트의 특성을 규명하는데 역점을 두었다. 그들에 의하면 문학텍스트의 특성은 새롭고 창조적이며 형식적이며 형식적인 데에 있다.

33) E. Gentzler, *Contemporary Translation Theories*, Routledge, London and New York. 1993, 78f.

34) A. Popović, "The Concept 'Shift of Expression' in Translation Analysis", in J. Holmes, F. Hann, A. Popović(eds.), *The Nature of Translation*, Mouton, The Hague/Paris,

of Expression; in Translation」에서 번역과정을 이론화하기 위하여 새로운 개념인 '표현의 전이shift of expression'를 도입했으며 모든 개인적 번역 방법은 번역의 여러 계층에서 나타나는 전이의 유무에 의해서 결정된다고 주장하였다. 그에 의하면 전이란 원문과 관련하여 새롭게 나타나는 모든 표현이나 또는 마땅히 기대되는 곳에 새로운 표현이 나타나지 않는 모든 경우로 해석되어도 무방하다. 전이라는 용어는 이전에는 번역분석이라는 말로 인식되었으며, 또한 언제나 고의적 왜곡, 번역자의 무능력, 두 언어간의 언어적 불일치에 기인한다고 보았다. 그는 이것을 상이한 문화적 가지와 문학적 규범의 개념으로 분석함으로써 그 개념의 이론적 차원을 확대 해석했다. 따라서 그는 오역의 책임을 번역자의 무지나 불성실보다는 전이에 돌렸다.

레비 중심의 체코번역학파는 러시아 형식주의의 영향 아래 문학성을 규정하는 표현자질의 표현 즉 객관적으로 문체론적 자질의 전이에 중점을 둔 번역이론을 중요시했다. 그러나 표현자질을 객관적으로 분류한다는 것은 매우 어려운 작업이다. 미코[35]가 제시한 객관적인 문체론적 자질의 포괄적 목록 역시 모든 표현자질을 포함한다고 보기에는 불충분하고 주관적 소지가 농후하다. 작품의 예술적 특성이 구조적 특성에 의해서 명확하게 규정된다는 가설은 이러한 번역이론이 전개된 시기의 특징을 지닌 현대주의나 미래주의적인 텍스트 분석에는 적합할지라도 다른 역사적 시기에 쓰여진 텍스트 분석에는 부적합하다. 또 대상의 일반적 이해를 전제로 하는 상징적 또는 은유적 텍스트, 설화문학, 시와 산문, 민담 및 선정적인 연극의 텍스트에도 이러한 가설이

1970, p.78.
35) F. Miko, "La Theorie de l'expression et la traduction," in : J. S. Holmes, F. Haan, A. Popović(eds), *The Nature of Translation*, Mouton, The Hague/Paris, 1970, pp.67~70.

적합한지는 의문이다.

러시아 형식주의자들은 텍스트에서 중요한 가치를 지니고 있는 자질로서 형식, 자체 지시성, 기술적 병렬을 강조하고 이러한 형식적 특성을 전이할 수 있는 역어텍스트의 수용능력을 토대로 하여 번역을 평가했다. 그러나 상이한 미학적 접근 방법은 물론 상이한 역사적 시기나 문화 등은 텍스트의 다른 양상에 의거해서 평가되었다. 요컨대, 러시아 형식주의에서 파생된 번역이론은 '낯설게 하기(타언어화하기)' 장치ostranenia(defamiliarization devices))36)를 내포한다.37)

체코학파의 번역이론에 이미 기술적 방법론의 씨앗이 배태되어 있는 것은 주지 사실이다.38) 체계적으로 전이를 분석할 수 있는 방법론은 상징적, 사실적, 운율적, 문자적, 음성적 번역이론에 적용될 수 있는데, 그 이유는 이러한 이론들이 문학적 차원은 물론이고 역사적, 이데올로기적 차원을 내포하고 있기 때문이다. 전이의 개념을 충분히 설정하기 위해서는 방법론 자체가 예술적 전통의 변화 및 교체에 제한되어서는 안 되며 또한 진화하는 사회적 규범과 주관적인 심리적 동기도 고려해야 한다. 이러한 이유로 벨기에 특히 푸레밍인과 네덜란드인들은 동유럽 체코번역학파의 이론에 많은 관심을 가졌다.

3-2-2 조작학파의 조작적 번역방법

동유럽의 체코번역학파에 이어 서유럽에 네덜란드 중심의 번역학파가 형성되었는데, 이 학파의 대표적 구성원으로는 홀메스J. Holmes,

---

36) 이러한 장치는 가장 영향력이 있는 예술적 기법과 특정의 시기와 장소(여기에서는 유럽 사회)의 해석이론의 특성을 반영한다.
37) E. Gentzler, *Contemporary Translation Theories*, Routledge, London and New York, 1993, p.79.
38) 체코 번역학자의 번역이론은 주로 근대와 현대 텍스트의 번역에 적합하지만 이러한 텍스트에만 제한되지는 않는다.

브로엑R. Broeck, 르훠브르, 헤르만스Th. Hermans, 투리G. Toury 등이 있다.

최근 헤르만스는 그의 대표적 연구논문을 모아『문학의 조작·문학번역연구*The Manipulation of Literature. Studies in Literary Translation*』(1985)라는 책을 출판했다. 그들은 '조작학파Manipulation School'라고 불리는데, 이 명칭은 그의 저서의 명칭에서 유래되었다. 그는 이 책의 서문에서 역어문학의 관점에서 모든 번역은 어떤 특정의 목적을 위해서 어느 정도 원어텍스트의 조작을 포함한다고 언급했는데, 바로 이러한 주장은 그들 이론의 출발점인 동시에 언어학적 이론 중심의 번역학파와는 정반대의 이론이다.39) 즉 조작학파 학자들은 번역과정에서 의도된 등가설정보다 공인된 조작을 가장 중시하였으므로 언어학 지향의 독일 번역학자들로부터 체계적 분석과 과학적 설명이 결여되었다는 비난을 받았다.

그러나 헤르만스는 그들의 번역이론에 언어학적 이론을 적용할 것을 거부했다. 그에 따르면, 언어학적 번역이론은 무표의 또는 비문학적 텍스트의 번역과는 달리 문학 작품 번역에 별로 도움이 되지 못한다.40) 최근 텍스트언어학을 정립하려고 많은 노력을 하고 있지만 언어학적 방법은 문학작품의 복합성을 취급하기에는 부적합하기 때문에 문학작품 번역을 위한 적절한 방법은 아니다.

조작학파 학자들의 주요관심사는 역어의 민족문학 내에서 번역작품의 영향에 관한 연구이다.41) 그들은 번역테스트를 역사적 대상으로서

---

39) 위의 책, pp.7~15.
40) 독일 괴팅엔대학Universität zu Göttingen의 문학작품 번역에 관한 학제간의 연구에 참여한 번역학자들은 1984년에 언어학적 번역이론이 문학작품 번역에 큰 도움을 주지 못한다는 결론을 내렸다.
41) 민족문학의 전통이 빈약하거나 결핍된 국가에서 번역문학이 차지하는 비중은 대단히 높다.

하나의 자율적 텍스트유형으로 취급했다. 물론 그 이유는 번역을 통해
서 유입된 외국적 요인이 역어권의 민족문학을 개혁하는 역할을 하기
때문이다. 그들의 역어 중심의 번역이론은 대체로 기술적deskriptiv 성
향이 농후하다. 그들은 문학을 주어진 문학권 내에서 상이한 장르, 학
파, 사조 등이 독자의 호감을 얻기 위해서 상호간 항시 투쟁하는 다중
체계polysystem로 보았다.42) 따라서 문학은 규범론자들의 장업하고 정
적인 대상이 아니라 항상 변화하고 있는 극도로 동적인 형성물이다.
또 한편 그들은 번역의 수용사에 관한 고찰도 매우 중요시했는데, 이
것을 통해서 폭넓은 역사적 묘사와 다양한 개별적 연구가 가능하게
되었다.

조작학파의 번역이론의 특성은 티냐노프J. Tynjanov의 서열적 문학
체계 개념에 기초한 문학적 다중체계의 도입에 있다. 이러한 체계는
어느 한 사회에서 관련체계(문학적 또는 초문학적 체계)의 총체적 조
직망과 연관된다. 조작학파의 번역학자들은 이를 통해서 그 문화권 내
에서 모든 종류의 저술은 물론 번역 텍스트의 기능을 설명하려고 시
도 했으며, 또 한편 그들은 다양한 문화체계 내에서 번역의 역할, 예컨
대, 번역 텍스트와 문학적 다중체계의 관계에 관해서 관심을 표명하고
1) 번역될 텍스트가 수용문화권에서 어떻게 선정되었고, 2) 번역된 텍
스트가 역어의 언어체계 내에서 어떤 과정을 거쳐 특정의 규범과 기
능을 지니게 되었는지를 해명하려고 시도했다. 이러한 문학적 다중체
계의 장점은 체계 그 자체의 영역을 확충할 뿐만 아니라 역사적 관점
에서 문학을 사회 및 경제적 현상과 연계해서 통합적으로 연구할 수
있다는 점이다.

---

42) Even -Zohar, "Papers in Historical Poetics", in : B. Hrushovski and I. Even-Zohar(ed)
   Papers on Poetics and Semiotics 8, University Publishing Projects, Tel Aviv, 1978, 7f.

이러한 관점에서 보면, 문학번역은 생존과 지배를 위한 불변의 투쟁에 참여하는 한 요인으로 간주된다. 특히 이스라엘 번역학자들은 어느 문학체계 내에서는 번역이 때로는 기본적, 창조적, 혁신적 역할을 한다는 사실을 강조했다.

조작학파의 번역이론은 전통적 이론과는 달리 본질적으로 역어 중심이기 때문에 그 학파 자체의 원칙, 방법론 및 새로운 이론적 모델이 도입되었다. 그 학파의 구성원들은 역어텍스트를 강조했는데, 이 사실은 그들이 전통적 번역이론과 언어학적 경향의 번역학의 규범적이고 평가적 방법을 극명하게 거부하고 본질적으로 기술적 방법을 수용하는 요인이 되었다. 따라서 그들은 이전에 중시되었던 번역과정보다는 번역의 결과 즉 역사적 사실로서 번역된 텍스트를 중시했고 구체적이고 경험적 방법인 실제 현장실습field Work, 케이스 스터디case study 등을 대단히 선호했다. 예컨대, 조작학파의 연구는 주로 번역작품의 분석과 기술, 동일한 작품의 상이한 번역간의 비교, 번역의 수용문제, 번역에 관한 폭넓은 역사적 고찰 등에 집중되었다.[43]

조작학파의 학자들은 처음에는 번역 그 자체에 역점을 두고 번역과정을 좀 더 명확히 기술하는 것으로 만족했으나 그 작업이 처음에 예상했던 것보다 훨씬 복잡하고 어렵다는 사실을 인식했다. 사실상 번역작업은 아무리 많은 언어학적, 문학적, 사회적, 문화적 이론을 섭렵한 위대한 대학자라도 한 사람의 능력으로는 해결할 수 없는 복잡한 과업이다. 그는 문학사에서 번역문학의 새로운 항목이나 모델을 창조하는 일차적 중요성과 존재하는 항목이나 모델을 강화하는 부차적 중요

---

43) 다시 말해서 이 학파의 연구방법은 취급된 연구자료가 원문이 아니고 번역된 작품이라는 사실을 제외한다면 비교문학의 전통적 연구방법과 많은 공통점을 지닌다.

성을 인정했다.

그들에 의하면, 번역이론 역시 사회적 및 역사적 상황과 병행해서 발전한다. 네덜란드, 푸레밍 등의 학자들은 독일과 체코의 문학자 및 언어학자들과 지적 접촉을 지속한 데 반해서, 이스라엘의 학자들은 독일, 러시아는 물론 후에 영국과 미국의 학자들과 활발한 교류를 했다. 두 지역에서 번역이론 역시 유사하게 발전했다. 이러한 국가들은 인구 수가 적은 소국가로서 그들의 민족문학은 주변국가의 거대한 문학에 의해서 많은 영향을 받았다. 일례로 네덜란드는 독일, 프랑스, 영국, 미국, 이스라엘은 독일, 러시아, 영국, 미국의 영향을 받았다. 네덜란드 나 푸레밍 지방에서보다 문학의 전통이 없는 이스라엘은 완전히 외국 문학에 의존해야 했는데 상업적 또는 정치적 목적을 위하여 더욱 그 렇게 해야만 했다.44)

4. 결론

번역은 일반적으로 인식된 것보다 훨씬 복잡하고 난해한 문제를 내 포하고 있다. 특히 문학작품 번역은 매우 어렵고 거의 불가능하다고 할 수 있다. 1984년 독일 괴팅겐대학의 문학작품 연구를 위해서 근본 적이고 이론적 기여를 할 수 없다는 결론을 내린 사실에서도 문학작 품 번역의 특수성을 짐작할 수 있다.

이와 같이 문학번역에 어려운 것은 문학번역이 단순히 언어기호의 전환이 아니고 문화의 전이라는 사실에 기인한다. 또 한편 문학의 언

---

44) E. Gentzler, *Contemporary Translation Theories*, Routledge, London and New York, 1993, p.106.

어는 언어의 모든 양상을 포함하고 모국어의 역사적 발전과정에 뿌리
를 두고 있으며 언어의 규범적 사용법(랑그)과는 거리가 멀고 개인적이
고 구체적 사용(빠롤)의 실현이기 때문에 개체성이 그 특성이다.

　필자는 본고의 제2장에서 문학작품 번역의 난해성을 구체적으로 제
시했고 제3장에서 현재가지의 문학번역의 방법을 그 발전과정에 따라
열거했다. 따라서 문학작품을 번역하기 위해서 번역자는 이러한 사실
을 명확히 파악하고 이에 대처해야 한다. 번역 결정은 역시 개인적 선
택이며 번역자의 세계관, 지적 수준 및 취향에 따라서 그 결과가 상이
하게 나타남은 당연한 일이다.

제6장

텍스트 기능과 해석학적 번역이론

1. 머리말

번역에 관한 문제는 개별어의 의미와 그 대비적 비교에서 시작되는데, 어장이론과 구조의미론의 연구결과에 의하면, 모든 개별어의 의미는 대체로 상호간 정확히 일치하지 않고 부분적으로 일치할 뿐만 아니라 매우 복잡한 관계에 있다는 사실이 확증되었다.[1] 번역은 적어도 원어텍스트가 의미한 모든 것을 역어의 표현수단을 통해서 재현해야하지만 이것은 이상일 뿐이며 실제로는 불가능하다.

번역은 언어기호의 단순한 전환이 아니고 언어기호라는 형식(표현수단) 속에 그 언어를 사용하는 민족의 정신, 세계관, 넓은 의미에서 문

---

[1] 번역의 문제는 개별어 사이의 의미 차이 즉 개별어 사이의 현실성의 상이한 구성에서 비롯된다.

화의 역동적이고 고유한 내용이 농축되어 있는데, 이것을 다른 사회-
문화적 배경을 지닌 민족이 사용하는 언어의 표현형식으로 바꾸어 재
생하는 창조적이고 예술적 행위이다. 따라서 텍스트는 단순한 언어현
상이 아니고 사회-문화적으로 주어진 환경에 상응하는 커뮤니케이션
의 기능을 지닌 복합적, 다차원적 구조이기 때문에 결국 번역은 번역
자의 주관적 선택의 문제이고 이 주관적 선택의 기준은 번역자의 세
계관 즉 사회-문화적 배경이다.

> 번역은 목적이나 전체적 조건 아래에서 유효한 역동적 행위이므로
> 그 최적성은 커뮤니케이션 관련자, 커뮤니케이션 상황, 텍스트 종류, 역
> 사적 시기와 번역목적에 따라 결정되어야 한다. 개별어 의미의 상이한
> 현실 구성과 그 결과로 나타나는 차이점은 번역이론의 가장 중요한 문
> 제이며, 이러한 차이점에도 불구하고 번역의 구심점은 항상 어휘였다.
> 그러나 1970년대 언어학의 화용론적 전환기 이후 번역이론에서 단어는
> 번역될 수 없다는 사실이 인지됨으로써 개별어의 체계 내에서 의미차
> 원(랑그)이 아니고 텍스트의의(빠롤)가 번역의 연구대상이 되었다. 그러
> 므로 번역자의 임무는 역어의 표현수단을 통해서 등가의 체계의미보다
> 는 등가의 지시와 의의Sinn를 재생하는 데 있다. 번역의 핵심적 문제는
> 결국 텍스트를 정확히 이해하고 그 의미내용을 역어의 문체론에 적합
> 하게 재구성하는 것이다.

결론적으로 텍스트만이 번역될 수 있는데, 그 이유는 텍스트의의는
텍스트 내적인 언어적 수단뿐만 아니라 텍스트 외적 요인의 도움으로
생성되기 때문이다. 따라서 번역의 모든 문제는 이러한 원칙의 토대
위에서 야기되고 또한 해결되어야 한다.

그런데 우리의 번역학계의 동향을 보면, 아직 이론적 빈곤을 면치
못하고 있는 형편이므로 본고는 텍스트이론 정립 이후 관심을 가지게
된 해석학적 번역이론의 규명에 그 목표를 두고 있다.

필자는 본고의 집필과정에서 텍스트기능과 해석학적 번역이론의 연관관계를 밝히는 데 역점을 두었으므로 이와 같은 본고의 특성상 이론적 서술 부분에 많은 지면을 할애해야 하는 만큼 논의의 전개과정에서 꼭 필요한 경우에 한하여 간략히 예문을 들었음을 미리 밝혀둔다.

2. 텍스트이론의 정립

1970년경부터 언어학은 C-패러다임paradigm에서 P-패러다임 paradigm[2])으로 전환되었는데, 이 시기에는 체계언어학의 결함을 극복하기 위해서 언표의 상황, 기능 및 언어행위의 특성이 고려되어야 한다는 견해가 팽배했었다. 이러한 커뮤니케이션적-화용론적 전환기에 선구자 역할을 한 학자로는 언행과 행위를 언어유희의 개념에 포함시킨 비트겐슈타인Wittgenstein[3])과 러시아의 형식주의자들을 들 수 있다. 커뮤니케이션적-화용론적 전환과 관련되는 언어이론은 언어학적 관심과 사회적 필요성 및 학문적, 기술적 혁명의 요구에 대한 사회적 임무에서 비롯되었다.

화용론의 등장과 더불어 언어학의 중심과제는 언어체계의 내적 특성에서 커뮤니케이션 도구로서 언어의 사회적 기능으로 바뀌었다. 다

---

2) C-패러다임은 촘스키와 그 이전의 언어학을, P-패러다임은 촘스키 이후의 화용론적 언어학을 지칭한다.

3) L. Wittgenstein, *Philosophische Untersuchungen - Philosophical Investigations*(D - E). Teil 1, Oxford Blackwell, 1953. pp.122~132 참조. 비트겐슈타인은 자신이 직접 만든 수많은 언어상황에 관한 예문들을 가지고 언어개념을 규정하고 "일상언어와 그 규칙"을 연구하는 것이 철학의 과제라고 했고 언표의 구체적 사용을 의미의 구성요인으로 간주했다.

시 말하면, 구체적 커뮤니케이션 과정에서 빠롤로서 언어의 사회적 기능이 강조되었다. 이와 같이 자연어의 기능을 강조하는 연구경향은 언어기호 체계가 그 자체의 목적을 지니지 않고 커뮤니케이션 수단으로서 언어 외적 요인에 의해서 규정될 뿐만 아니라 이러한 요인을 통해서만 규명될 수 있다는 가정에서 비롯되었다. 그 결과 텍스트언어학, 화행론, 심리언어학, 사회언어학 등의 빠롤 중심의 새로운 언어이론이 정립되었다.4) 이러한 언어이론의 공통성은 언어가 자율적 현상이 아니고 사회-문화적 상황과 연관관계가 있으며, 또한 학제간 연구대상이라는 가설에 기초한다는 데 있다.

빠롤 중심의 언어학에서는 언어의 이질성이 강조된다. 언어기호 체계는 실제로 체계의 체계 즉 동일한 종류의 체계가 통합된 것인데, 여기에는 서로 다른 사회-문화적, 지역적, 상황적 요인 등에 의해서 실현된 추상적 언어단위의 상이한 변이형(자연어의 존재형식)이 강조된다. 이러한 변이형간의 내적 연관관계는 그것들이 개별적 부분체계 내에서 공유하는 공통성에서 잘 나타난다. 그리고 개별적 변이형(어휘, 의미, 음운) 모두는 언어의 커뮤니케이션 사용방법으로서 사회 계층적으로 규정될 뿐만 아니라 지역적으로도 구분된다. 그러나 그 중에서 부분적이지만 어휘 부분체계는 사회적으로 규정되며 또 한편으로 이데올로기와 연관된다.5) 언어의 변이, 차별성과 이질성은 언어가 지닌 사회성의 본질적 요인에 속한다. 동질의 언어공동체 안에서는 개인적이거나

---

4) G. Helbig, *Entwicklung der Sprachwissenschaft seit 1970*, Leipzig, 1986, p.13.
　이와 같은 새로운 언어이론은 모두 문법이론을 토대로 기술된 통일성에 의해서 사회적, 개인적, 커뮤니케이션적, 인식적 행위 안에서 규정되는 것으로 매우 복합적이지만 커뮤니케이션의 연구대상의 한 단면이다. 따라서 이 이론은 문법론과 서로 연관관계에 있을 뿐만 아니라 상호보완적 관계에 있다.

5) P. Suchsland, *Überlegungen zum Systemaspekte der Sprache. In: Linguistische Studien* A/2, Berlin, 1973, p.201.

개인적인 동시에 우연적이 아닌 차별성(상이한 어법)이 분명히 존재하는
데, 이 차별성은 또한 커뮤니케이션의 본질에 속하고 화자의 사회적
신분을 반영할 뿐만 아니라 화자의 의식 속에 존재하고 가치체계와도
관련된다. 그러나 여기에서 문제시되는 것은 어떤 방법으로 언어적 차
별화가 특정의 사회적 현실 속에서 행동하는 인간과 연관되어 있고
또 어떻게 언어적 차별화와 행위의 사회적 조건이 명확하게 연계될
수 있는지를 규명하는 일이다. 이러한 연관관계는 단순히 언어와 사회
가 분리되어서는 안 된다고 가정하거나, 사회언어학의 초기단계에서와
같이 언어와 사회영역에서 수집된 자료 사이의 단순한 상관관계나 인
과 및 반사관계의 가정을 통해서 설명될 수도 없다. 이 문제의 해결점
은 사회와 문화의 불가분성과 그 상호작용에서는 물론이고 인간의 행
동에서 결정적 중재역할을 하는 연결고리로서 인간을 가정하는 데에
서 찾아야 한다. 이러한 이유에서 언어의 차별성은 행위조건의 변형으
로 취급된다. 그리고 이러한 언어의 차별화는 사회-문화적, 상황적
차별화를 직접 반영하지는 않고 이것과 연관되는 커뮤니케이션의 특
정한 행위조건을 모델화한다.[6]

1990년 이후 언어 외적 요인인 언어의 사회적 기능 즉 커뮤니케이

---

6) Hartung/Schönfeld, *Kommunikation und Sprachvariation*, Berlin, 1981, pp.26~28. 언어적 차
별화 즉 변이형은 (1) 지역적 변이형(방언, 일상어), (2) 사회적 변이형(사회방언),
(3) 상황적 변이형으로 구분된다. 지역적, 사회적 변이형은 화자집단에 의해서 구
별되지만, 서로 엄격하게 분리될 수는 없다. 왜냐하면, 사회방언은 지역적으로 세
분화될 수 있고 지역방언은-사회적으로 가치평가 된다면-사회방언의 기능을 할
수 있기 때문이다. 그러나 이와 대조적으로 상황적 변이형은 서로 상이한 상황과
커뮤니케이션 영역에서 동일한 화자집단의 행위와 연관관계가 있다. 따라서 상황
적 변이형은 부분적으로 다른 모델 즉 기능적 문체론 또는 변형목록Register-
Variation의 모델을 통해서 규명된다. 그러나 세 변이형 모두는 사회언어학적 차등
과 이질적 문법에 의해서 설명된다.(G. Helbig, *Geschichte der neueren Sprachwissen-schaft*,
München, 1973, p.47)

션 기능이 강조됨에 따라 텍스트의 중요성이 부각되었다. 커뮤니케이션은 고립된 단어 또는 문장이 아니고 텍스트를 통해서 이루어지기 때문에 최근 사회적 커뮤니케이션 도구로서 텍스트에 관한 관심이 고조되었다.7) 텍스트언어학의 등장과 더불어 번역가능성에 관한 논쟁은 새로운 국면을 맞이했으며8), 코스류9)는 한 걸음 더 나아가 번역이론은 본래 텍스트언어학의 일부분이라고 주장하고 텍스트기능을 토대로 번역과 연관되는 대비적 텍스트언어학을 정립했다.

텍스트언어학은 1970년대 이후 구조주의 언어학, 특히 프라그학파의 테마-레마이론과 파이크K. Pike의 문법소이론에서 비롯되었으며, 여기에 문체론, 수사학, 기호학, 내용문법, 의존문법, 기능문법, 변형생성문법 등 다양한 언어이론이 통합되었다. 텍스트언어학이 문장경계를 초월하는 언어이론으로서 화용론적 요인을 수용하고 언어에 대한 학제간 연구의 기틀을 마련했기 때문에 텍스트언어학과 번역학의 연관성이 성립된다.10) 텍스트언어학의 관점에서 보면, 텍스트는 본래의 언어기호로서 언어의 현상학적 존재방식이며, 언어는 텍스트형태로 나타나고 또한 기능한다. 즉 언어는 이미 정해진 의도나 목적과 언어 자체

---

7) 고대 그리스시대 수사학의 연구대상으로서 텍스트에서는 문장의 경계를 초월한 언어의 규칙성이 강조되며 그 목적은 텍스트의 구성적 특성을 규정하고 텍스트이론을 정립하는 데 있다.

8) W. Dressler, "Der Beitrag der Textlinguistik zur Übersetzungswissenschaften". In: Kapp, V.(Hg.). *Übersetzer und Dolmetscher*, Tübingen, 1991, p.61.

9) E. Coseriu, "Falsche und richtige Fragestellungen in der Übersetzungstheorie". In: Albrecht, J.(Hg.). *Energia und Ergon. Band I. Schriften von Eugenio Coseriu*(1965~1987), Tübingen, 1988, p.26.

10) 문법이론은 처음부터 소수이지만 본질적이고 확정된 이론에 의해서 발전되었는데, 텍스트언어학에는 이러한 통일적 중심이론이 없었으며 텍스트언어학이라는 집합개념에는 수사학, 문체론, 화행론 등 다수의 문장경계를 초월하여 문장 상호간 의존관계를 연구하는 최근의 동향과 전통적 언어학의 공통적 요구조건에 의해서 결속되어 있는 연구방법이 포함되어 있다.

의의(기능수행 능력)를 제공하는 기본단위에 의존한다.[11] 언어학의 커뮤
니케이션 경향과 텍스트이론은 심리언어학적, 심리적, 철학적 동기에
서 비롯되었다. 특히 러시아의 심리학자들 예를 들면, 레온테브A.
Leont'ev의 행위개념에 의하면, 언어행위는 한층 더 광범위한 행위체계
에 예속되고 통합되어 있으므로 언어적 커뮤니케이션 행위는 의사소
통의 목적으로 언어기호를 생성하는 행위일 뿐만 아니라 복합적 커뮤
니케이션 행위이다. 따라서 언어행위는 기호의 연속으로서는 물론 텍
스트로서 인간행위와 관련해서 규명되어야 하므로[12] 언어는 행위의
도구로 이해되어야 한다. 언어체계를 커뮤니케이션 행위에 예속시키고
모든 사회적 행위의 총체로서 사회적 상호작용에 통합시킴으로써 텍
스트언어학은 부분적으로 화행론과 연계된다. 따라서 텍스트는 언어행
위의 실현이기 때문에 텍스트기능은 발화수반행위로 기술될 수 있
다.[13]

　　텍스트의 발화수반행위는 다만 완벽한 행위구조의 부분적 구성요인
(언어적으로 파악될 수 있는 부분)을 표현할 뿐인데, 행위구조에는 이외에도
텍스트해석에 관한 다른 결정적 요인 즉 상황적, 사회-문화적, 역사
적 조건 등이 포함되어 있다. 행위구조는 구체적 발화구조에서 직접
도출해 낼 수 없으므로 텍스트의 발화수반행위 구조개념은 문법적, 행
위적 양태를 상호 연결하고 한편으로 그것들간의 관계를 규명할 수

---

11) P. Hartmann, "Texte als linguistisches Objekt". In: *Beiträge zur Textlinguistik. Lyons,*
　　J.(Hg.), Hamburg, 1971, pp.15~17
12) H Isenberg, Einige Grundbegriffe für eine linguistische Texttheorie. In: *Probleme der*
　　Textgrammatik I. Daneš, F./Viehweger, D. *Studia grammatica* XI, Berlin, 1976, pp.50~52.
13) J. Schmidt, Texttheorie/Pragmalinguistik. In: P. Althaus/H. Henne/H. Wiegand(Hg).
　　Lexikon der Germanistischen Linguistik. Band II, Tübingen, 1973. pp.50~52 참조. 그는 이
　　글에서 텍스트의 발화수반행위 가능성에 관해서 논의하고 있는데, 발화수반행위
　　구조를 설명하기 위한 시도는 이와 연관관계에 있다.

있는 것이어야 한다. 이러한 관점에서 보면, 텍스트이론과 화행론의
관계는 상호의존적으로 파악되나 엄밀한 의미에서 언표 내적 발화수
반행위와 행위는 구별되어야 한다. 그 이유는 언표 내적인 것은 텍스
트에 내포되어 있는 반면 행위의 주체자는 화자 자체이기 때문이다.14)

텍스트언어학의 발전 후기에 언어학의 커뮤니케이션적 성향은 언어
적 실현에 제한된 텍스트개념의 변증법적 지양을 촉진하였고 그 결과
이러한 텍스트개념 자체 또한 지양되었다. 왜냐하면, 텍스트개념은 언
어행위에, 언어행위는 다시 그보다 한층 더 포괄적 행위 연관관계에
통합됨과 동시에 또한 여기에서 유도되었기 때문이다.15) 그러나 통일
된 근본개념이나 이론의 부재로 텍스트언어학의 연구방법은 이질적이
고 포괄적일 뿐만 아니라 그 방법론, 범주와 용어는 물론 문제제기에
있어서도 다양성이 나타난다.16) 그 결과 텍스트생성과 텍스트이해의
과정은 상이하지만 통합적 지식체계(특히 언어지식), 일반상식, 백과사전
적 지식, 목적과 조건에 관한 발화수반행위 지식, 메타커뮤니케이션적
지식, 대화원칙에 관한 지식 등의 도구화(조작화)로 파악되는 절차적 텍
스트모델이 생성되었다.17)

현재 빠롤 중심의 언어학에서 텍스트는 언표의 기본단위이며, 커뮤
니케이션의 목적으로 생성되므로 번역의 기본단위이다. 문장은 문법이
라는 단순한 체계 내에서 정의되는 단위이지만 텍스트는 복합체계이
며 그 체계의 상관관계에 의해서 정의되는 빠롤 차원의 구체적 언어
단위이다. 그러므로 텍스트는 인간 커뮤니케이션의 궁극적 단위이다.

14) G. Helbig, , *Entwicklung der Sprachwissenschaft seit 1970*, Leipzig, 1986, p.56.
15) ibid. p.157.
16) D. Viehweger, "*Semantik und Sprechakttheorie*". In: *Richtungen der modernen Semantikforschung*. Motsch, W./Viehweger, D.(Hg.), Berlin, 1983, pp.370~371 참조
17) G. Helbig, *Entwicklung der Sprachwissenschaft seit 1970*, Leipzig, 1986, pp.157~158.

문장은 문법성에 의존하지만 텍스트는 현실적 시간과 공간 내에서 커뮤니케이션을 목적으로 하는 인간행위로서 실현되며, 그 의의는 발화상황, 사회-문화적 배경 그리고 발화자의 의도 등에 의해서 결정된다. 그러므로 텍스트는 단순한 언표의 구성체가 아니고 커뮤니케이션 참여자가 구체적으로 활용하는 인지적 구성체이다. 텍스트는 커뮤니케이션 기능을 수행하는 언어기호의 한정된 연쇄체이므로 언어학적 방법으로 기술되고 설명되며 또한 분류될 수 있는 내적, 외적 표지를 지니고 있다. 일반적으로 나타나는 이러한 표지의 도움으로 텍스트특성을 대비언어학적으로 기술하고 실제 텍스트번역에서 야기되는 문제점을 정확히 파악하여 해명할 수 있는 객관적 모델화가 시도되었다.

3. 해석학적 번역이론

번역이 언어로써 표현되는 상황과 연관되는 행위라면 번역자가 어떻게 이러한 행위를 의식하고 자기 자신의 사고와 행위를 고찰하는지에 관해서 의문이 생길 수 있다. 따라서 텍스트와 번역의 관계에 관한 학문적 논의는 필연적으로 인간과 현실세계와의 관계를 해석하고 설명하는 해석학과 관련을 갖게 된다. 최근 해석학적 번역이론은 번역자 자신의 관점에서 번역작업을 수행하는 번역이론의 한 방법으로서 새로운 모델로 등장했다. 이러한 해석학적 번역모델에서는 텍스트의 구조, 번역과정 등 언어학적 요인은 문제시되지 않고 번역자가 텍스트를 취급하는 과정에서 나타나는 현상, 즉 번역자의 텍스트에 관한 이해와 해석만이 중시된다.

해석학적 사고는 사물의 분석이 아닌 인간의 사고나 직관에서부터 시작되므로 언표는 조작화하거나 표준화할 수 없을 뿐더러 명확하지도 않으며, 그 내용은 다만 직관적으로 입증될 수 있다. 따라서 해석학적 번역이론에서는 번역자의 언어적 창조성이 가장 중시되고 또한 텍스트에 대한 그 자신의 올바른 이해와 성찰이 요구된다. 이 경우 역어텍스트가 중시되고 번역과정이란 텍스트의 목적과 기능에 맞추어 원어텍스트에 좀더 접근하도록 초안을 수정, 보완하는 과정을 일컫는다.[18]

1970년대 후반부터 체계중심의 언어학은 화용론적 언어학으로 전환되고 번역학 역시 언어 외적 요인 즉 텍스트기능을 중시하는 방향으로 발전했다. 텍스트에 기초를 둔 기능번역이론의 대표적인 학자로서 회니히/쿠스마울(1984), 라이쓰/훼르메르(1984), 홀쯔-맨테리(1986), 노르트(1988) 등이 있고 이들의 접근방법의 특성도 역시 해석학적 번역이론과 같이 역어텍스트 중심의 번역이라는 점이다.

하이데거가 번역과정에서 전달하려는 텍스트의의는 텍스트와 번역자를 연결시키는 "사건 그 자체"라고 주장한 바와 같이 언어가 단지 커뮤니케이션 매체라면, 말해진 것(텍스트의 표층구조)과 의미된 것(전달내용) 사이의 구별을 명확히 파악하는 것이 번역자의 임무이다. 이것은 최적의 번역 즉 텍스트기능에 상응하는 번역을 하기 위해서 가장 중요한 요인이며, 사실상 매우 어려운 일이기도 하다. 왜냐하면, 대체로 언어 외적 현실은 텍스트의 배후에 은닉되어 있고 의미된 것은 텍스트구조(말해진 것)와 동일시되지 않기 때문이다. 말해진 것은 사태관계를 암시할 뿐이므로 해석학적 번역이론에서는 실증주의적 성향을 띤 모든 번역이론은 무의미해진다. 이러한 관점에서 라드미랄[19]의 견해,

---

18) R Stolze,., *Grundlagen der Textübersetzung*, Heidelberg, 1985, p.192.
19) J. Ladmiral, "Sourciers et ciblistes." In: Holz-Mänttäri/Nord, C.(Hg.). *Traducere Navem.*

즉 번역시 말해진 것을 원어기호에서 분리시켜 역어에 상응하는 형태
로 재언어화하지 않으면 안 된다는 그의 주장은 정당성을 지닌다. 다
만 텍스트의 개체성 때문에 번역자는 아무리 유사한 텍스트라도 비슷
하게 번역하는 과정에서 과오를 범해서는 안 된다는 점을 유념할 필
요가 있다.[20]

해석학적 번역이론은 쉴라이어마허[21]의 "전체가 개별적 사항으로부
터 이해되는 것과 같이 개별적인 것도 오직 전체로부터 이해될 수 있
다."는 주장은 초월적 전체의 의의단위übersumative Sinneinheit로서 텍스
트가 언어단위인 동시에 또한 번역단위라는 최근 텍스트이론[22]과도
일치한다.

해석학적 번역모델에서는 텍스트이해가 번역의 전제조건이다. 가다
머H. Gadamer는 이와 같은 맥락에서 해석학적 현상을 담화모델에 의

Festschrift Katharina Reiss, Tempere, 1993, pp.191~192. 라드미랄은 수백 년 동안 전통
적 번역방법인 충실한 번역(직역)과 자유스러운 번역(의역)의 두 방법을 언어철학
적 관점에서 분석, 비판하고 번역이론은 커뮤니케이션 이론이나 행위이론보다는
인식론과 더 밀접한 관계가 있다는 견해를 피력했다. 그의 주장은 이전에는 없었
던 새로운 이론으로 평가되며, 종전의 원어 중심 번역을 지양하고 역어 중심 번
역을 중시하는 것을 기본으로 한다. 철학과 문학텍스트를 중심으로 전개된 그의
이론에 의하면, 텍스트의 본질은 말로 창조된 세계이고 언어를 통해서 주관적 표
상에 형성된 현실 외에는 어떤 다른 현실도 존재할 수 없으며 번역은 원어로 표
현된 정신세계를 역어의 언어기호로 재현하는 작업이다. 그러나 언어학적(과학적)
차원에서는 이러한 번역작업은 방법론상으로 통제하거나 입증할 수 없으므로 사
변적, 객관적인 명확한 기준을 설정한다거나 확고한 번역전략을 세우는 데 어려
움이 있다.
20) 기존의 원어텍스트 중심에서 벗어나 역어텍스트에 충실하고 전통과 문화적 특성
   을 고려한다는 점에서 해석학적 번역모델은 기능번역방법과 일치한다.
21) F. Schleiermacher, "Uber die verschiedenen Methoden des Übersetzens", in : *Friedrich
   Schleiermacher's sämtliche Werke. Dritte Abteilung. Zur Philosophie*, Zweiter Band, Berlin, 1838,
   p.329.
22) 텍스트이론이란 구조주의적 텍스트언어학과는 달리 슈미트(Schmidt)가 제시한 화
   용론적 요인을 포함하는 확장된 텍스트언어학을 말한다.

거하여 고찰할 것을 제안했다. 모든 텍스트는 독자에게 생소하므로 이 사실을 먼저 인정하고 예비지식과 예견을 바탕으로 하여 대화를 통해서 점차 그 텍스트를 이해해야 한다. 물론 어떤 사태관계를 파악하려면 어떤 특정의 사전지식이 요구되며, 상호간 협조에 의해서만 가능하므로 번역자는 전문적이고 문화적 인식에 관한 해석학적 지식을 필요로 한다.

또 한편, 텍스트번역은 단순한 언어적 현상이 아니고 주어진 사회-문화적 상황에 상응하는 복합적이고 다차원적인 문제이다. 따라서 번역은 번역자의 주관적 선택 문제이고 그 기준은 그의 세계관 즉 그의 사회-문화적 배경이다. 언어사용자의 세계관 즉 어느 특정시대의 언어적 사고방식은 어장에 가장 정확히 나타나기 때문에 어장은 어떤 문화공동체 구성원의 실세계를 이해하는 데 결정적인 역할을 한다.23) 이러한 사실에서 모든 언어(모국어)에는 언어적으로 규정된 중간세계 Zwischenwelt24)가 존재함을 알 수 있다.

텍스트이론의 관점에서 보면, 번역의 난해성은 텍스트 외적(언어 외적)요인을 언어학적으로 명확히 분석하고 설명할 수 없다는 사실에 기인한다. 왜냐하면, 텍스트의 언어 외적 요인은 객관적으로 분석하고 확증할 수 없기 때문이다. 이러한 요인이 언어적으로 어떻게 표현되느냐는 텍스트 생성자의 개인적 문제이다. 따라서 텍스트이해와 분석은 주관적일 뿐만 아니라 모든 텍스트의 언어적 구조는 동질적일 필요가 없다.

---

23) 언어비교에서 모든 언어의 어장은 서로 다르게 구조화되었다는 사실이 확인되었다. 그러므로 동일한 어휘의 의미도 서로 정확한 대응관계에 있지 않다.
24) 중간세계에 관한 이론은 바이스게르버(L. Weisgerber, *Grundzüge der inhaltbezogenen Grammatik*, Düsseldorf, 1971, p.54)의 내용문법의 중심적 개념이며, 여기에서 언어는 모국어를 의미한다. 그에 의하면, 언어공동체 구성원은 실세계를 그의 모국어에 의해서 정의된 정신적 중간세계에 의해서 이해하고 개념화한다.

위의 논의에서 텍스트이해는 번역과정의 본질적 부분이지만 이러한 이해가 객관적 방법에 의해서가 아니고 번역자의 주관적 판단에 따라 이루어짐을 알 수 있다. 따라서 보다 정확한 텍스트이해를 하기 위해서는 텍스트이론과 해석학과의 학제적 연구가 필수적임은 당연한 사실이다. 그러나 대부분의 언어학자들은 해석학적 접근방법을 선호하지 않는데, 그것은 이 접근방법을 방법론적으로 체계화할 수 없기 때문이다. 텍스트이해의 정도는 번역자의 이해능력과 사회-문화적 배경지식에 의거한다.[25] 즉 번역의 질은 번역자의 텍스트이해해능력에 비례한다고 볼 수 있다.

번역과 텍스트에 관한 논의는 이미 오래 전부터 해석학적 관점에서 전개되었다. 물론 여기에서는 이미 언급한 바와 같이 언어의 구조나 기능, 번역과정보다는 번역자의 이해와 언어표현 능력이 중시된다.[26] 그리고 언어학은 또한 정밀과학이 아니고 인문학에 속하며 그 연구대상은 생명이 없는 언어구조가 아니고 인간 사이의 커뮤니케이션이다. 이러한 해석학적 사고방식은 객관적 분석보다는 인간의 직관에서 유래한다.

그런데 텍스트이론의 수준에서 다음과 같은 텍스트특성을 고려한다면 텍스트이해에 관한 객관적이고 체계적 방법을 정립할 수는 없으므로 해석학적 방법이 아직도 유효함을 알 수 있다.

1) 상황성 : 텍스트는 시간적, 공간적, 사회-문화적 한계성을 지닌다.

---

25) P. Kussmaul,, "Übersetzen als Entscheidungsprozess. Die Rolle der Fehleranalyse in der Übersetzungsdidaktik." In: Snell-Hornby, M.(Hg.), *Übersetzungswissenschaft-Eine Neuorientierung.* Tübingen, 1986, p.229.
26) 번역자의 번역능력이란 언어능력뿐만 아니라 그의 사회·문화적 배경지식, 저자의 의도 및 텍스트기능을 이해하는 능력을 의미한다.

즉 텍스트이해해는 오직 주어진 상황의 테두리 안에서 가
능하며 텍스트가 생성된 상황을 정확히 규정하기는 불가
능하다.

2) 초월적 전체성 : 텍스트가 문법적 차원 즉 나열된 문장순으로 번역
  된다면, 그 텍스트에 내재되어 있는 원저자의 의도를 거의
  이해할 수 없다는 사실이 경험적으로 입증되었다. 전체적
  텍스트의의는 언어기호가 가진 의미의 총화를 뛰어넘는
  그 무엇이다. 비록 전체적 텍스트의의가 여러 부분으로 나
  누어지더라도 부분의 총화가 그 전체를 형성하지는 못한
  다. 그 이유는 텍스트가 고유한 의의를 지닌 언어단위일
  뿐만 아니라 또한 초월적 전체로서 복합적 언어기호이기
  때문이다.[27]

3) 개체성 : 텍스트 특성 중에서 매우 중시되는 것은 전형적이고 반복
  적 구조가 아니고 그 개체성이다.[28] 텍스트 생성에는 화자
  와 청자 모두 함께 관여하며 모든 화자는 무한정의 텍스트
  를 생성할 수 있다. 어떤 상황에서 텍스트가 그 의의를 지
  니게 된다면, 다른 모든 새로운 상황에 따라서 새로운 텍
  스트가 생성될 것이다.[29] 그러므로 유사한 문법과 구조적
  형성 규칙을 지닌 텍스트가 언제나 동일한 텍스트라고 볼
  수는 없으며, 유사한 텍스트라도 상황에 따라 다른 개체성
  을 지닌다. 시간의 흐름에 따라 변화하는 언어 외적 현실
  은 언어라는 매체 내에서 서로 다르게 취급된다. 이러한

---

27) R. Stolze, *Übersetzungstheorien. Eine Einführung,* Tübingen, 1994, pp.31~32.
28) 개체성의 개념은 어떤 텍스트가 지닌, 교체하거나 반복할 수 없는 유일한 특성
    을 의미한다.
29) H. Vermeer, "Vom richtigen Verstehen." In: *Mitteilungsblatt für Dolmetscher und Übersetzer,* 4,
    1979, p.2.

언어 외적인 것 그 자체는 비구조적인 전체이다. 그리고 언어의 선별적 기능과 특정요인의 선택 및 일반화하려는 주제화를 통해서 커뮤니케이션이 비로소 이루어진다. 다시 말해서 텍스트 생성자의 의도에 상응하고 주어진 상황에 적합한 언어 외적 요인만이 선택되어 텍스트에 나타나고 나타나지 않는 요인은 사라진다. 따라서 텍스트는 상황과 화자 특유의 특성을 지닌다.

한편, 언어 외적 요인은 화자나 그의 언어공동체 구성원 특유의 어휘로 나타난다. 그리고 이 요인은 의미영역에서는 특정한 의미상의 뉘앙스를 표현하는 데 사용된다. 이러한 특혜 결정과 의미적 선택은 텍스트에 개체적이고 특정의 구조에 의해서만 해석될 수 있는 특정의 개체성을 부여한다. 그러나 텍스트의 개체성은 상이한 텍스트 사이에 전혀 공통성이 없다는 것을 뜻하지는 않는다. 물론 반복될 수 없는 개체적 내용을 가진 텍스트 내에는 불변하는 형식적 구성소가 존재한다. 그러나 이러한 요인의 불변성 역시 어느 한 텍스트 개체성의 영역을 넘어서 이 텍스트를 동일하거나 유사한 불변적 요인을 나타내는 다른 텍스트와 표면적으로 유사하게 만드는 특성을 지닌다.[30)]

물론 텍스트이해해는 텍스트 특성에 맞는 분석방법[31)]을 통해서 한층 더 명료해질 수 있다. 이와 같이 비판적 텍스트 분석은 원어텍스트를 정확히 이해하고 최적의 역어텍스트를 생성하기 위한 필수조건이다. 텍스트의 해석학적 이해 없이 언어학적 범주의 분석을 통해서는

---

30) R Stolze *Übersetzungstheorien. Eine Einführung*, Tübingen, 1994. pp.29~31.
31) 노르트(Nord 351)는 라스웰(Lasswell) 공식, 즉 의문사 who, what, whom, which, where, when, why를 사용한 거시언어학적 분석방법을 텍스트분석의 가장 적합한 방법이라고 주장했다.

정확한 텍스트의의를 파악할 수는 없다. 주지해야 할 사실은 스톨제가 번역과정에서 전체로서 텍스트의 해석학적 이해를 언어학적 범주의 도움으로 체계적 텍스트 분석과 연계시키려고 했다는 점이다. 물론 텍스트이해해와 그 체계적 분석(예를 들면, 전체로서 텍스트를 처음에 이해하고 그 다음에 특정한 의미론적, 통사론적 특성을 찾아내는 것)은 순차적으로 이루어지지는 않는다. 텍스트의 초월적 전체성 때문에 부분적 내용의 축적을 통해서 또한 텍스트 전체의의 파악이 보장될 수는 없다.[32] 그러나 텍스트언어학의 관점에서 보면, 번역자들은 텍스트 분석에 의거해서 텍스트의의를 이해하고 상대화할 수 없다.

위에서 언급한 바와 같이 텍스트이해해는 번역작업을 하기 위해서 매우 중요하지만 동시에 매우 어려운 과정이다. 번역의 질적 문제가 텍스트이해해와 직접적으로 연관된다는 사실은 과장된 말이 아니다. 언어적, 문화적 상황, 텍스트 생성자의 의도 등 해결해야 할 어려운 문제에도 불구하고 번역은 결국 언어와 관련되며 텍스트이해해를 근간으로 역어텍스트를 생성하는 작업이다.

다음 예문의 번역에서 텍스트가 사회-문화의 언어화된 일부분이라는 사실과 해석학적 번역이론(넓은 의미에서 문화번역이론)의 정당성이 잘 드러난다.

예문 1 :
He sent his son to Eton(public school).
그는 자기 아들을 이튼(공립중학교)에 보냈다.

이러한 번역은 텍스트를 완전히 이해하지 못하고 언어학적 차원에

---

32) R. Stolze, *Grundlagen der Textübersetzung*, Heidelberg, 1985, pp.47~50.

서 번역했기 때문에 원문과 차별화되지 않았다. 그 이유는 단순한 "Eton"이라는 명칭이 문화권이 다른 한국의 독자들에게 그것이 영국인들에게 주는 것과 동일한 정보를 전해주지 못한다. 영국의 교육문화를 모르는 한국인들은 "public school"이 영국 특유의 교육기관으로 많은 기본재산을 소유한 "사립 중학교"라는 사실과 "Eton school"이 영국 최고의 명문이라는 사실을 모른다. 이와 같이 텍스트는 주어진 상황에 귀속되는데 상황 그 자체는 사회—문화적 요인에 의해서 결정된다.

이와 같이 중요한 핵심적 사실을 위의 번역은 한국인 독자들에게 전해주지 못했다. 따라서 다음과 같은 원문과 차별화된 번역만이 한국의 독자들에게 비록 동일하지는 않지만 유사한 정보를 전해줄 수 있다.

그는 자기 아들을 영국 최고의 명문 사립중학교인 이튼에 보냈다.

이제 위와는 반대로 예문 2와 같은 우리말을 외국어로 번역할 경우를 생각해보자.

예문 2:
사공이 많으면 배가 산으로 간다.
Too many rowers end up a boat on top of the hill.

위의 직역은 아무 의미가 없기 때문에 그 텍스트의의를 제대로 파악할 수 없다. 그것은 서양문화를 전혀 고려하지 않았기 때문이다. 따라서 이 문장을 영어와 독일어 및 불어로 번역하면 각각 다음과 같이 되어야 한다.

Too many cooks spoil the broth.
Viele Köche verderben den Brei.
Trop de cuisiniers gâtent la sauce.

위와 같은 예는 수없이 많지만 지면의 제한이 있을 뿐만 아니라 본 고의 의도는 이론의 개진에 초점을 맞추고 있기 때문에 위의 예시로 한정한다.

이렇듯이 해석학적 관점에서 보면, 텍스트는 단순히 객관적인 것이 아니고 그 의의는 개인의 수용과정을 통해서 밝혀진다. 텍스트언어학 자들 역시 텍스트의 표면적 관찰자가 아니고 그들의 언어공동체 내에 서 배운 모국어의 실력을 바탕으로 텍스트를 이해하고 해석한다. 이와 같이 해석학과 텍스트이론 사이의 관계는 번역학에서 매우 중요한 역 할을 한다. 번역자들은 텍스트에 표현된 것에서 의미된 것을 추론하는 데 최선의 노력을 해야 한다.

해석학적 번역이론은 너무나 일반적이고 이론적일 뿐만 아니라 주 관적이어서 해석학적 번역모델에는 정확한 판단기준, 즉 과학적으로 확고한 입증방법이 없기 때문에 학자들은 이러한 해석방법을 보다 더 정확하고 효과적으로 만들기 위해서 언어학적 범주를 원용했다.[33] 스 톨제는 번역자 자신의 텍스트이해해가 번역의 준비작업이라는 관점에 서 텍스트 분석을 부정하고 텍스트 해석을 중시했다. 여기에서 주목해 야 할 사실은 그녀가 실용텍스트, 학술텍스트 또는 문학텍스트 등 특 정한 텍스트 형태에 고정시키지 않고 모든 텍스트 번역에 통용되는 유용한 언어학적 범주를 설정했다는 점이다. 그녀는 이러한 언어학적

---

33) Stolze, 같은 책, pp.196~206 참조. 이러한 스톨제의 견해는 번역에 관한 학제간 연구의 필요성을 주장한 스넬-혼비(Snell-Hornby)의 통합적 접근방법과 맥락을 같 이한다.

범주체계로서 1) 주제, 2) 의미론, 3) 어휘론, 4) 화용론, 5) 문체론을 제시했다. 이것은 어느 특정한 텍스트의 번역과정에 모두 적용되는 것은 아니고 텍스트에 따라 그 적용정도 역시 다르며 번역과정에서 기계적으로 사용할 수 있는 공식이기보다는 번역자가 주의해야 할 텍스트의 문제점을 인식하고 평가하는 데 도움이 된다.

팝케[34]는 텍스트 중심의 해석학적 번역이론을 바탕으로 당해 텍스트의 번역상의 문제점을 논의하고 제의했으나 자신의 견해를 일반이론화하지는 않았다. 그러나 그의 연구결과에서 그가 주장한 이론의 분석적 단초를 찾아볼 수 있다.

팝케는 "총체로서의 텍스트"를 번역단위로 간주하여 단어나 문장이 번역되는 것이 아니라 총체로서 텍스트의 "초월적인 총체적 의의단위"가 번역되어야 한다고 주장하였다. 즉 텍스트는 의의단위를 형성하는데, 그 내적 연관관계는 대단히 복잡하며 큰 형식 내에서 소단위는 포괄적 텍스트의 테두리 내에서 사태관계가 결정되지만 보다 더 작은 형식 역시 자율성을 지닌다. 소단위는 언제나 "초월적인 총체적 전체성"과 연관관계에 있는 "전체로서의 일부분"이므로 소단위와 대단위 사이의 관계는 단순한 흡수나 첨가가 아니다. 텍스트 정보는 언어기호 자체의 총화에서 얻어지는 것이 아니며, 텍스트 속에 내포된 언어요소의 의미뿐만 아니라 그 이상의 것, 즉 텍스트의의이다. 즉 텍스트는 총체가 그 부분의 총화를 능가하는 "형태단위"로서 다수의 다른 요소와 기호기능을 포함하고 있어 "다차원성"을 지닌다. 따라서 텍스트의 일부만을 분석하는 것은 무의미하므로 텍스트의의는 상황과 문맥 등 여

---

34) 팝케는 1970년 이후 해석학적 번역이론의 대표자로서 적극적인 연구활동을 폈으나, 1986년에야 비로소 자신의 모든 개별적 연구논문을 모아 *Im Übersetzen leben - Übersetzen und Textvergleich*을 발간하였다.

러 요인을 고려해서 결정되어야 한다. 정보나 기능만이 번역의 전부가 아니기 때문에 번역자는 텍스트 요소를 다차원의 관점에서 고찰하고 분석해야 하며, 텍스트에 나타나는 전형적이고 반복적인 구조보다는 그 개체성을 중시해야 한다.

4. 맺음말

키케로이래 이천 년 동안 번역작업은 전통적으로 직역과 의역이라는 양극화된 이분법적(단어 vs. 내용) 방법론에 의해서 이루어졌다. 그러나 자연과학적 방법론이 팽배했던 1950년대부터 번역학은 라이프찌히 학파 중심의 언어학적 번역이론 즉 객관적 등가 중심으로 발전되었다. 이 시기에는 문학작품은 언어사용의 규범에서 벗어난 언어를 사용하기 때문에 번역의 연구대상에서 제외되었고 주로 실용텍스트 중심의 번역이론이 성행하였다. 그러나 언어사용의 규범에서 일탈한 언어가 일반적으로 그 언어를 사용하는 민족의 전통과 세계관이 담긴 문화적 요인 즉 민족 고유의 문화소를 표현한다는 사실을 고려할 때 언어학적 접근방법이 올바른 번역방법이 아님은 자명한 일이다.

1970년대 이후 언어학의 화용론적 전환기에는 텍스트언어학이 번역학의 연구대상으로 부상되었고, 1980년대 후반부터 번역학에 문화의 개념이 도입되기 시작했다. 그 이후 번역학은 원형이론에 바탕을 둔 전체적-형태적 원칙에 의거해서 역동적으로 발전했다. 1970년대까지 원어텍스트 중심의 언어학적 번역이론은 역어텍스트 기능 중심의 기능번역이론으로 발전하게 되었다.

최근 20여 년 동안 번역학자들은 문화에 대한 관심을 가지고 언어학적 번역학의 테두리를 벗어나 문화 상호간에 관한 연구를 해야 한다는 사실을 인식하게 되었다. 문화라는 개념이 번역학에 도입되면서 즉 언어의 본질이 밝혀지면서부터 전통적 번역방법과는 전혀 다른 해석학적 번역이론이 등장하였다.

어장이론에서 밝혀졌듯이 모든 언어는 서로 다른 개념체계와 가치체계를 가지고 있기 때문에 번역은 언어간의 단순 비교의 문제가 아니고 문화의 문제라는 사실이 입증되었고 그 결과 해석학적 번역이론이 타당성을 가지게 되었다.

그러나 필자의 견해로는 기능번역이론의 토대가 되는 문화 역시 여러 우연적, 이질적 요인이 결합되어 형성되었기 때문에 기능의 개념 역시 정확히 정의하기는 어렵다고 본다. 따라서 번역은 학제간 연구와 문화 상호간의 상대적 연관관계의 바탕 위에서만 해결될 문제이다.

제7장
번역이론 패러다임의 발전 양상

1. 서론

번역은 인간의 언어 장벽을 극복하고 상호간 커뮤니케이션을 할 수 있는 최선의 방법이며 또한 인간은 번역을 통해서 다른 언어권의 문화, 사상, 경험 등을 공유하고 현재와 같이 발전할 수 있었다.

언어는 문화의 표현이며 그것을 담는 그릇이다. 여기에서 문화란 물론 지적 활동의 총체로서 사회적 조건 아래에서 형성된 인간활동의 모든 양상을 뜻하는 넓은 의미로 사용된다. 넓은 의미에서 번역은 '인식된 것'을 다시 인식하게 만드는 해석학적 작업이다. 그러나 문제는 '인식된 것'이 규범이나 보편성이 아니라 개별성에 의해서 인식된다는 것이다. 어느 현상이든 관찰자의 고유한 개체성과 긴밀하게 연관되어 있으므로 번역에서는 작가와 번역자의 주관적 개체성이 이중으로 관련되기 때문에 번역의 꽃이라 할 수 있는 문학번역은 한층 더 난해한 문제가 된다.

번역은 언어기호의 단순한 전환이 아니라 문자라는 형식(표현 수단) 속에 그 언어를 사용하는 민족의 정신과 문화 즉 복잡한 언어과정을 거쳐 형성되고 다양한 이질적 요소가 내포되어 있는 세계관을 다른 형식으로 바꾸어 표현하는 작업이다. 따라서 번역자들은 위에서 아래로 즉 거시적 차원에서 미시적 차원(문화→텍스트→텍스트의 구조→문장→구절→단어)으로 작품을 분석하는 방법을 배워야 한다.

주지해야 할 사실은 이전에 소홀히 했던 요인 즉 번역의 독자, 계약, 편집, 출판, 위임자, 그리고 번역자의 위상 등 번역행위에 관련되는 모든 사항이 번역의 연구대상에 포함되었다는 점이다. 번역은 단순히 기호의 전환이 아니고 변화된 인식체계 내에서의 재구성 또는 새로운 구성이기 때문에 최근 번역자의 역할이 새로운 관점에서 논의되고 있다. 왜냐하면 번역자의 자질이 번역의 질적 수준을 결정하는 중요한 요인임에 틀림없기 때문이다. 번역에 관한 문제는 우선 개별어의 의미와 그 대비적 비교에서 시작된다. 어장이론과 구조의미론의 연구결과에 의하면, 여러 개별어들의 의미는 대체로 상호간 정확히 일치하지 않고 부분적으로 일치할 뿐만 아니라 또한 매우 복잡한 관계에 있다는 사실이 확인되었다. 개별어간 의미의 차이 즉 개별어의 현실성의 상이한 구성에서 번역의 문제가 비롯된다. 번역은 적어도 원어텍스트가 의미한 모든 것을 역어의 표현수단을 통해서 재현해야 하지만 이것은 이상일 뿐이며 실제로는 불가능하다.

따라서 경험적 기술을 바탕으로 언어 상호간 상응관계를 생성하는 직역에 가까운 전이Übertragung는 예술행위로서 언어와 문화 상호간의 재구성이고 전이 행위 외에도 경우에 따라 적절한 예술적 구성, 인용, 적응, 모사, 패러디, 분석적 설명, 주석 및 해석 등의 방법을 포함하는 번역Übersetzung과는 명확히 구별되어야 한다. 그렇지 못할 경우 번역은 이론적으로 불가능하지만 실제로는 가능하다는 자가당착에 빠지게 된다. 바로 이러한 이유로 인하여 번역 그 자체가 존재하며 번역은 표현 차원에서의 단순한 대체가 아니다.

번역은 목적론적, 전체론적 조건 아래에서 유효하고 또한 역동적 행위이므로 그 최적성은 커뮤니케이션 관련자, 커뮤니케이션 상황, 텍스트 종류, 역사적 시기와 번역의 목적에 의해서 결정되어야 한다. 개별어 의미의 상이한 현실 구성과 그 결과로 나타나는 차이점은 번역이론의 가장 중요한 문제이며 이러한 차이점에도 불구하고 단어는 언제나 번역의 구심점이었다. 그러나 현대 번역이론에서 "단어는 번역될 수 없다"는 사실이 인지되었다. 따라서 번역의 연구대상은 개별어 체계 내에서의 의미차원(랑그)이 아니고 텍스트의 의의(빠롤)이어야 함을 알 수 있다. 그러므로 번역자의 임무는 역어의 표현수단을 통해서 등가의 체계 의미가 아니라 등가의 지시와 의의를 재생하는 데 있다.

결국 텍스트만이 번역될 수 있는데, 이것은 텍스트 내적인 언어적 수단뿐만 아니라 텍스트 외적인 언어적 수단의 도움으로 생성된다. 따라서 이러한 원칙의 토대 위에서 번역의 모든 문제가 야기되기도 하고 해결되어야 한다.

본 연구의 목적은 키케로 이래 전통적 번역이론에서부터 현대 기능적 번역이론까지 연구방법 즉 번역이론의 패러다임이 어떻게 변천하였는가를 체계적으로 분석, 검토하여 모든 패러다임의 특성을 제시하는 데 있으며 필자는 본 논문의 집필과정에서 특히 문학 번역이론의 발전 과정을 해명하는 데 역점을 두었다.

2. 전통적 번역이론

기록으로 전해지는 유럽 최초의 번역자 안드로니쿠스는 그리스의 해방된 노예로서 BC 240년경 오딧세이를 라틴어로 번역하였는데, 이 무렵은 그리스어를 라틴어로 번역하는 것이 보편화된 시기였다. 고대의 번역활동의 주역은 로마인들이었는데, 이들은 번역을 일종의 비교문체론의 훈련으로 간주하였고 독자들이 이미 원문의 내용을 알고 있다는 전제 아래 번역작업을 수행하였다.

번역이론에 관한 연구는 통시적 고찰이 선행되어야 하는데, 그 이유는 다른 시대의 번역 이론, 기능, 방법 등을 구체적으로 분석, 비교함으로써 현대에 부응하는 적절한 번역의 이론과 방법을 모색할 수 있기 때문이다. 사실상 번역은 인류 역사와 함께 시작되었고 인간이 상이한 언어를 사용하고 정보의 교환을 필요로 하는 한 존속할 것이다.

2-1 원시적 번역방법

최초의 번역방법인 행간번역1)은 문학작품이나 성서번역에 적용되었는데, 어느 시대나 가능하지만 원문과 비교해서 질적으로 낮은 수준의 번역이기 때문에 원시적 방법이라고 불린다. 이 방법은 원어의 단어나 단어의 일부분을 역어로 대치시킴으로써 번역자의 원어와 역어에 관한 불충분한 지식을 은폐하게 했다. 행간번역은 단순한 언어관이나 원문을 절대적으로 존중하는 풍토에서 유래되었다. 예컨대, 성서번

---

1) 행간번역은 원어의 단어에 상응하는 역어의 단어를 써넣는 번역방법이지만 직역은 이보다 진보한 방법으로 역어의 문법에 맞게 단어를 배열하는 번역방법이다.

역에서는 신성모독이라는 이유로 단어의 위치를 바꾸는 것조차 금기시 되었었다. 이렇게 번역된 텍스트는 이해하기가 힘들었고 또 원어에 충실하기 위해서 역어의 어법을 무시했기 때문에 두 언어가 혼합되어 불명료한 텍스트가 생성되었다.2) 그러나 이러한 행간번역3)은 일개의 번역이론으로 정립되었고 번역사상 중요한 의의를 지닌다. 행간번역이 축어역과 다른 점은 축어역에서는 어느 정도 역어의 통사규칙이 준수되기 때문에 대략 문장의 이해가 가능하다는 것이다.

15세기 중엽에 독일의 인문주의자인 빌레N. von Wyle는 번역시에 모든 단어는 다른 언어로 번역해야 한다고 주장함으로써 행간번역의 극단적 이론을 제시했다. 이러한 번역방법은 가장 자유스런 번역방법이 성행했던 17세기말과 18세기에도 적용되었고 현재에도 초보자교육을 위해서 사용된다.4)

기원전 1세기에 키케로는 그 당시까지 가장 권위가 있었던 행간번역 방법의 독단적 견해에서 벗어나 단어 의미에 '충실한 번역(직역)'과 '자유스러운 번역(의역)'의 이분법적 번역방법을 도입했다.5) 현대적인 의미로 보아 그의 이론은 의역에 해당되며 영향상의 등가 즉 독자에 미친 영향을 위주로 번역했다고 할 수 있다.6) 그러나 그는 자유스런

---

2) 성서의 프랑스어, 독일어 최초의 번역본, 셰익스피어, 아리스토텔레스 등의 첫 번역은 행간번역에 속한다.

3) 그 이유는 모든 번역이론에 관한 논쟁이 바로 여기에서부터 전개되기 때문이다.(R. Kloepfer, *Die Theorie der literarischen Übersetzung. Romanisch-deutscher Sprachbereich*, München, 1967, 19f)

4) R. Kloepfer, ibid. 20f.

5) 키케로의 번역이론은 널리 알려지지 않은 그의 번역시 *De optimo genere oratorum*의 서론에 기록되어 있는데, 이 번역시는 분실되고 서론만 남아있어 그의 번역이론과 실제를 비교할 수는 없다.

6) J. Albrecht, *Literarische Übersetzung. Geschichte, Theorie, Kulturelle Wirkung*. Darmstadt, 1998, 53f.

번역이론을 일관성 있게 주장한 것은 아니며 철학적 텍스트번역에는
축어적 번역방법을 사용했다[7)

2-2 충실한 번역(직역)과 자유스러운 번역(의역)

키케로는 "번역자는 해설자로서 원문의 표현에 충실하든지 또는 연
설자와 같이 그의 청중을 고려하든지 해야 한다(Not ut interpres sed ut
orator)."는 견해를 피력했으며 수사적 – 문체론적 기능의 관점에서 사고
와 형식 혹은 소위 예술적 형상을 당대의 습관에 꼭 맞는 언어로 번역
하는 방법을 택했다.[8)

키케로는 원래 번역보다는 수사학에 관심이 있어서 그의 본래 의도
는 희랍의 웅변술(수사학)에 관한 연구와 보급이었으며 충실한 번역방
법으로는 이러한 목적을 이룰 수 없다는 것을 잘 알고 있었다. 이와
같은 키케로의 번역에 관한 부수적이면서 산발적인 견해, 즉 이분법적
방법, 충실한 직역과 자유스러운 번역은 전통적 번역방법의 근간이 되
는 것으로서 오랜 동안 번역사에 지대한 영향을 끼쳤다. 촘스키가 변
형생성문법의 선구자는 데카르트라고 주장했듯이 번역이론가들은 자
기들의 명분을 세우기 위하여 키케로를 그들의 선구자로 신봉했다.

그 당시 자신의 언어 구사능력에 어느 정도 자신이 있고 문체론에
능한 작가들은 원시적 번역방법에 대하여 거부감을 느꼈는데, 키케로
는 그 첫 번째 사람이다. 그는 무조건 모사하는 방법을 지양하고 자유
스런 번역의 기틀을 마련했다. 키케로가 공식화한 자유스런 번역의 근

---

7) 위의 책, p.55. 알브레히트의 견해에 따르면 키케로는 자유로운 번역방법의 규범화
   를 시도하지 않았으며, 실제로는 충실한 번역방법을 선호했다.
8) R. Stolze, *Übersetzungstheorien. Eine Einführung*, Tübingen, 1994, 14f.

본원칙을 퀸틸리안Quintilian, 플리니우스Plinius가 계승하여 원시적 번
역방법과 정반대의 이론으로 발전시켰고 히에로니무스에 이르러 그
절정을 이루었다.9) 그 결과 원문의 중요성은 등한시되고 번역자 자신
의 고유한 자주적 예술성이 강조되었고 역어의 어법을 풍부하게 하기
위하여 번역자들은 원어의 어법을 차용하였다.10) 고전시대 후기에 절
정을 이루었던 자연스러운 번역방법은 프랑스 고전주의시대에 한층
더 발전을 보게 되었다.

　고대 번역이론의 대표자인 키케로와 히에로니무스는 가장 오래된
번역의 이분법인 '자유스러운 번역/충실한 번역'의 방법을 도입했다.
주목되는 사실은 이 시기에 이미 번역과정에서 변하지 않고 보존되어
야 할 요인, 즉 불변체의 개념이 형성되었다는 점이다. 그런데 키케로
는 불변체의 개념을 분명히 하지 않았고 희랍어 연설문의 의미, 문체
와 영향을 번역 텍스트에서 동시에 보존하려는 야심적 목적을 세웠으
나 히에로니무스는 의미에 관해서만 불변체의 개념을 언급했다.

　또 한편 고대에는 그리스어 텍스트를 라틴어 텍스트로 번역하는 사
업이 활발히 진행되었으며 원어텍스트 중심의 번역방법이 적용되었다.
그러나 고대 로마시대 로마의 정치력과 군사력이 강해지자 로마인들
은 자기 민족과 문화에 대한 우월성을 지니게 되어 외국의 문학작품
을 문학적 전거典據의 한 유형으로 간주하고11) 텍스트의 내용과 문체
를 임의로 바꿀 수 있다고 여겼다. 그리하여 그리스 문학작품의 내용

---

9) 그의 단어와 의의Wort und Sinn의 이분법적 번역방법은 번역방법의 기준으로서 히
　에로니무스, 호레이스, 루터, 쉴라이어마허, 벤자민 등을 거쳐 현재까지도 전통적
　으로 이어지고 있다.
10) R. Kloepfer, *Die Theorie der literarischen Übersetzung. Romanisch-deutscher* München, 1967,
　23f.
11) A. Theirselves, "Darf der Übersetzer den Text des Originals verändern?" In : *Bavel* 1,
　1955, p.52.

과 문체를 충실히 전달하기 위한 원어텍스트 중심의 번역방법은 역어
텍스트 중심으로 전환되었다.[12] 예컨대, 역어텍스트는 원문과 대등한
가치를 지닐 뿐더러 창조적 성취로 평가되었다. 따라서 번역 텍스트는
원어텍스트의 예술적 수준이나 미학적 표현성을 능가할 수 있고 또한
번역자는 원저자를 능가할 수 있다고 본 셈이다.

'축어적/자유스런'의 대립쌍은 독일의 번역자들이 주장한 "가능한
한 충실하게, 필요한 만큼 자유스럽게so treu wie möglich, so frei wie
nötig"라는 말과 일맥상통한다. 번역과정에서 생략할 수 있는 것도 단
순히 생략해서는 안 되며, 생략할 수 있고 방해되는 것과 어떤 방법으
로도 역어의 알맞은 표현형식을 찾을 수 없는 것만을 생략해야 한다
는 마하이너J. Macheiner의 말과 같이 번역은 단어 하나에도 세심한 주
의를 기울여야 하는 힘든 작업이다.

히에로니무스는 키케로의 번역이론을 수용하였는데, 파마키우스
Pammachius에게 보낸 편지에서 희랍어의 성서 텍스트를 라틴어로 의역
했음을 분명히 밝혔다.[13] 그는 단어의 위치 그 자체가 이미 불가사의
한 성서를 축어역 대신 의역했다. 번역자의 임무는 외국어(원어)의 특
성, 우아함, 특별한 음향, 아름다운 소리는 이에 상응하는 저자의 문체
론적 특성을 보존하는 데 있다고 본 것도 그의 견해이다.

주목되는 사실은 히에로니무스가 서니아Sunnia와 후라텔라Fratella에
게 보낸 편지에서 축어역의 불가능성을 피력함과 동시에 문학적 재능
만 지닌 사람이 전문적 교육이 없이 번역할 수 있다고 믿는, 자유스러
운 번역에 관해서 비판을 가했다는 점이다. 한편, 히에로니무스는 번

---

12) 이 경우 번역은 지적 발전의 성취의 표현으로 간주되었기 때문에(Schadewelt,
   1963, p.235) 번역의 주요목적은 원어텍스트의 내용과 형식을 그대로 수용하는데
   있지 않았다.
13) H. Störig(Hg.), *Das Problem des Übersetzens*. Darmstadt, 1963, p.1.

역의 목적은 번역자 자신이 특수한 훈련을 쌓아서 습득한 자신의 모
국어가 지닌 고유한 수단을 통해서 외국어를 수용하는 데 있다고 주
장했다. 그래서 번역의 '충실함'이란 외국어 텍스트에 담겨있는 모든
것을 보존하려는 지속적인 노력이며 만일 이러한 작업이 불가능하다
면 적어도 의의전체는 보존되어야 한다는 것이다. 이러한 최하위 단계
는 어구나 문장이 보존되어야 할 그 다음 단계의 전제이고 이것은 다
시 어순, 아름다운 어조, 어원 등을 보존해야 할 다른 모든 단계의 전
제조건이다. 이렇게 해야만 전면적—축어적인 것14)으로부터 접근할
수 없는 깊고 신비스러운 의의내용의 모든 의미가 보존된다.15)

2-3 친숙하게 하기와 낯설게 하기

2-3-1 루터의 번역이론

중세 이후 독일어의 역사는 성서번역과 밀접하게 관련되어 있다. 현
재까지 약 500년 동안 루터(1483~1546)의 성서번역은 종교와 윤리적
영역뿐만 아니라 특히 현대 독일어의 형성에 지대한 영향을 미쳤다.
그의 성서번역이 크게 성공한 이유는 독일어 어휘를 창조적으로 사용
하고 훌륭한 번역방법을 활용했기 때문이다.

역어 중심 번역방법의 절대적 지지자로서 루터의 번역이론에는 이
미 화용론적, 커뮤니케이션적 번역방법이 내포되어 있다. 그의 독일화

---

14) '충실한 것'과 '축어적'이란 용어를 정확히 정의할 수 없다. 실제 번역과정에서
사용되는 것과는 반대로 '충실한'이란 말을 '축어적'의 동의어로 간주해서는 안된
다. 번역의 원칙에서 '충실한'은 각운과 연관되며 '축어적'은 의도된 사태관계와
한층 더 밀접하게 관계된다.

15) R. Kloepfer, *Die Theorie der literarischen Übersetzung. Romanisch-deutscher Sprachbereich*,
München, 1967, p.34.

의 원칙은 나이다(1964)가 성서번역에서 가정한 역동적 등가[16]에 해당
된다. 그러나 루터는 신학에 관한 중요한 개념의 번역에서는 독일화의
원칙을 버리고 축어적 번역방법을 적용했다.

이미 위에서 언급한 바와 같이 루터는 역어 중심의 번역방법을 주
장했는데, 그에게는 번역자가 언표의 대상을 내적으로 깊이 이해하고
전체 텍스트의 리듬과 멜로디에 관한 섬세한 언어감각을 지녀야 한다
는 사실은 매우 중요하다. 그의 'Sendbrief vom Dolmetschen'[17]에서 그는
많은 실례를 들어 자신의 번역방법의 정당성을 주장했다.[18] 예를 들
면, 루터는 로마서 3장 28절의 구절 "Arbitramur enim iustificari hominem
per fidem sine operibus legis"을 독일어로 "So halten wir es nur / das der
Mensch gerecht werde / on des Gesetzes Werck / alleine durch den Glauben"
으로 번역했다.[19]

여기에서 문제된 것은 희랍어나 라틴어 텍스트에 없는 'allein'이라는
단어를 첨가했다는 사실이다. 그는 'allein'이란 단어를 성서 해석학적
관점에서가 아니라 독일어의 어법에 맞게 하기 위하여 첨가했다고 주
장했다. 여기에서 논쟁의 핵심은 'allein'을 첨가한 것이 과연 옳으냐 그
르냐이다. 현대 독일어에서도 이 경우 "Ich habe das Buch nur
durchgeblättert, nicht wirklich gelesen."과 같이 'allein' 혹은 'nur'를 첨가하

---

16) 역동적 등가는 형식적 등가(formale Äquivalenz)의 반대개념인데, 역어의 독자들에게
    완전히 자연스러우면서 이해할 수 있게 하는 번역방법 즉 역어의 독자들로 하여
    금 영어를 원문으로 느껴지게 하는 방법이다.
17) H. Störig, (Hg.) Das Problem des Übersetzens. Darmstadt, 1963, pp.14~32. 'Sendbrief vom
    Dolmetschen'에는 언어비교, 기본원칙, 해설, 창조적 모사의 범례 등 번역의 이론과
    실제에 관한 사항이 수록되어 있다.
18) 위의 책, p.15.
19) 한국 천주교회 창립 200주년 신약성서 보급판(1991, p.487)에는 이 구절이 "실상
    우리는 사람이 율법의 행업과는 상관없이 신앙으로 의롭게 된다고 판단합니다"
    로 번역되었다.

는 것이 관례이다.[20]

2-3-2 쉴라이어마허의 번역이론

쉴라이어마허는 19세기의 번역이론 정립에 지대한 영향을 미친 학자이다. 그에 의해서 그 당시까지 가장 중시되었던 번역의 엄격한 이분법적 방법이 'not...but'의 범주가 좀더 융통성이 있고 진보적인 'either...or'로 전이되었다고 할 수 있다. 그는 '낯설게 하기'의 방법을 선호함으로써 원문에 충실해야 함을 분명해 했다.[21]

번역은 본질적으로 이해의, 이해하게 하는 과정 즉 해석학적 과정이다. 이러한 과정은 서로 다른 언어간에서뿐만 아니라 동일한 언어 내에서도 필수적이라는 것이 그의 생각이었다. 쉴라이어마허는 어느 정도의 시간이 지난 후에는 자기 자신의 텍스트도 다시 번역하지 않으면 안 된다는 극단적인 견해를 피력했다.[22]

다음, 괴테와 쉴라이어마허의 번역관을 비교해 보면, 현재까지도 논의되는 번역의 양면성(직역과 의역)을 충분히 이해할 수 있다. 번역은 개인의 주관적 판단과 결정의 문제이므로 어느 방법이 정당한가는 개인의 문제이다.

번역은 두 주인을 섬기는 하인과 같다는 말이 있다. 번역자는 역어의 독자와 원어의 저자를 섬겨야 하는데, 이 경우에 중용을 지키기는 매우 어려운 일이며 어느 한 쪽을 소홀히 하지 않을 수 없다. 이와 같은 딜레마는 어느 시대 어느 문화권에도 존재하지만 이 문제에 관한

---

20) J. Albrecht, *Literarische Übersetzung. Geschichte, Theorie, Kulturelle Wirkung.* Darmstadt, 1998, 122f.
21) M. Snell-Hornby, *Tranlation Studies. An Intergrated Approach.* Amsterdam/Philadelphia, 1988, p.10.
22) H. Störig,(Hg.), *Das Problem des Übersetzens,* Darmstadt, 1963, 17f.

것은 특히 독일 낭만주의 시대에 자세히 논의되었다.

빌란트Ch. Wieland의 서거(1813)에 즈음하여 괴테는 번역자로서의 빌
란트를 추모하면서 다음과 같이 언급하였다:

> Es gibt zwei Übersetzungsmaximen: die eine verlangt, daß der Autor einer
> fremden Nation zu uns herüber gebracht werde, dergestalt, daß wir ihn als
> den unsrigen ansehen können; die andere hingegen macht an uns die
> Forderung, daß wir uns zu dem Fremden hinübe begeben und uns in seine
> Zustände, seine Sprechweise, seine Eigenheiten finden sollen.[23]

몇 개월 후에 쉴라이어마허는 베를린의 왕립학술원에서 "Ueber die
verschiedene Methoden des Übersetzens"라는 제목의 강연에서 다음과 같
이 밝혔다.[24]

> Meines Erachtens giebt es deren [der Wege] nur zwei: Entweder der
> Übersetzer läßt den Schriftsteller möglichst in Ruhe, und bewegt den Leser
> ihm entgegen; oder er läßt den Leser möglichst in Ruhe und bewegt den
> Schriftsteller ihm entgegen.[25]

괴테에게는 양자 택일 중 '친숙하게 하기'의 방법이 자연스러운 번
역방법이었고 반면에 쉴라이어마허에게는 '낯설게 하기'의 방법이 유
일한 방법이었다. 쉴라이어마허는 이러한 번역방법을 주장했을 뿐만
아니라 플라톤 번역에 이 방법을 적용했는데 직역 혹은 의역이라는

---

23) J. Albrecht, *Literarische Übersetzung. Geschichte, Theorie, Kulturelle Wirkung.* Darmstadt, 1998, p.73에서 재인용.
24) 쉴라이어마허의 이론이 괴테의 영향을 받았다는 증거는 없으며 그들에게서 두 원칙의 순서가 서로 바뀐 것은 흥미있는 일이다.
25) 위의 책, p.74에서 재인용.

극단적인 방법을 피하여 외국화 혹은 독일화해야 한다고 하면서 융통
성 있는 번역방법을 제시했고 또한 처음으로 해설과 번역을 구분했다.
그가 주장한 번역원칙의 핵심만을 간추리면 다음과 같다.26)

1) 번역은 본질적으로 이해의 과정이다. 정보 전달과정은 상이한 두
   언어 사이에서뿐만 아니라 동일한 언어의 방언이나 시대적으로 차
   이가 있는 텍스트 사이에도 필요하다.
2) 번역자는 텍스트의 종류에 따라 상이한 번역방법을 사용해야 한
   다.
3) 제한된 연구대상과 객관적 사태관계를 명확히 나타내기 때문에 상
   이한 언어간에도 정확한 대응관계를 이루는 학술용어와 역사의 흐
   름에 따라 그 의미가 변화하는 개념이나 감각 또는 견해 등을 나
   타내는 어휘는 구별되어야 한다. 여기에서 유념해야 할 사실은 모
   든 개별어의 개념체계가 서로 다르다는 사실이다.
4) 원문의 '언어정신'이 역시 독자들에게 전달되도록 번역해야 한다.
   번역의 효과는 외국어에 능숙하지만 낯설게 느껴지기를 선호하는
   교양인의 취향에 맞추어야 하므로 독일어 바꾸어 쓰기, 모사 등의
   번역방법은 문제시되지 않는다. 다시 말하면 원어 중심의 번역 즉
   낯설게 하기의 방법이다. 이런 번역방법을 통해서만 원어의 형식
   과 내용이 역어텍스트에 충실히 반영된다.

---

26) R. Stolze, *Übersetzungstheorien. Eine Einführung*, Tübingen, 1994, 74f.에서 재인용.

3. 현대 번역이론

최근 번역이론의 특성은 문화와 언어가 서로 의존한다는 가설에 기초하며 언어 내적 요인보다 언어 외적 요인에 더 관심을 갖는다는 사실이다. 번역은 상이한 문화간의 커뮤니케이션으로 간주되며 여기에서 역어텍스트의 기능이 가장 중요시된다. 이러한 기능적 번역이론에서는 훼르메르가 '원어 텍스트의 폐위'라고 언급한 바와 같이 전통적으로 번역의 기준이 되었던 '신성한 원문'이 중요시되지 않을 뿐더러 원문의 존재를 부정하는 학자도 있다.

3-1 등가 중심의 번역이론

현재 번역학에 관한 연구가 가장 활발히 진행되고 있는 곳은 독일이라 해도 과언이 아니다. 독일에서는 번역학을 언어학의 한 분야로서 과학적 방법으로 고찰하려는 경향이 뚜렷하다. 즉 라이프찌히학파, 사르브뤼켄학파, 라이쓰, 콜러 등은 언어학의 토대 위에서 번역을 연구하고 있으며 그들의 공통된 연구 테마는 등가의 개념이다.[27] 그 결과 번역연구의 초점은 전통적인 이분법 즉 직역/의역에서 언어간 규범적 비교점 즉 비교의 기준으로 바뀌었다.

라이프찌히학파의 카데Kade(1968)는 번역등가를 완전등가(1: 1), 수의적 등가(1: 다수), 근사등가(1: 부분), 영등가(1: 0) 등 단어 차원 수준에 초점이 맞추어진 네 가지 체계의 등가개념을 설정했다. 현대언어학이

---

27) W. Koller, *Einführung in die Übersetzungswissenschaft*, Heidelberg, 1979, p.79. 콜러가 번역이란 본질적으로 규범적 등가관계를 확정적으로 설정하는 작업이라고 주장한 사실은 번역과정에서 등가관계가 얼마나 중요한가를 단적으로 말해준다.

발전함에 따라 라이프찌히학파의 연구주제도 단어 대 단어의 접근방법에서 한층 더 변형생성 모델 방향으로 옮겨졌다.[28]

그러나, 그의 등가개념은 모든 언어체계는 구체적 텍스트 계층에서 동일하게 실현된다는 묵시적 가정에 근거를 두기 때문에 그의 양적 등가개념 체계는 언어사용의 특수한 경우 즉 문학작품의 번역에는 적합하지 않다. 한편, 그는 잠재적 등가개념[29]을 설정함으로써 자기 이론의 결점을 보완하려고 했다.

독일에서 등가개념에 관한 논쟁은 1970년대 절정을 이루었으며 이 때 콜러(1979)는 외연적 등가, 내포적 등가, 텍스트 규범적 등가, 화용론적 등가, 형식적 등가 등 5개의 등가개념을 설정했다. 1980년대는 새로운 관점에서 등가개념이 연구되었으며 로쓰S. Ross(1981)는 등가라는 용어를 좀더 모호한 유사라는 용어로 대체할 것을 제안했다.[30]

한편, 라이프찌히학파의 노이버트는 번역의 단위를 단어가 아니고 전체의 텍스트로 보고 비교의 기준으로서 불변체[31]의 개념을 설정했다. 그의 이론에 의하면 언어사용을 지배하는 기호란 어떤 커뮤니케이션적 상황에서도 기대되는 특정의 텍스트 유형이며 또한 이러한 텍스트유형이 원어의 불변체이다.[32] 매개변수가 화용론과 의미론에 의해서 확정되는 텍스트유형의 불변체는 특수한 생성의 변수를 허용하기

---

28) E. Gentzler, *Contemporary Traslation Theories*. Routeledge, Lindon and New York, 1993, p.69.
29) 잠재적 등가개념이란 예를 들면, 특히 개념상으로 일치가 될 수 없는 문화와 관련되는 용어를 해석할 때 번역자 자신이 최적의 등가를 찾아내는 것을 의미한다.
30) M. Snell-Hornby, *Tranlation Studies. An Intergrated Approach*. Amsterdam/Philadelphia. 1988, 20f.
31) 불변체란 원문에 기초를 둔 텍스트유형을 일컫는다.
32) A. Neubert, Invarianz und Pragmatik. In Graul, W./Kade, O./Kokoschko,K./Zikmund, H.(ed.). *Neue Beiträge zu Grundfragen der Übersetzungswissenschaft.vols.5,6. Beihefte zur Zeitschrift Fremdsprachen*. Leipzig, 1973, p.16.

때문에 번역은 최적의 비교에 관한 문제가 된다. 따라서 번역은 심층 구조의 단위에 의해서 가능하게 되며 표층구조의 문법적—어휘적 요소와 화용론적 기능의 해석과정은 물론 그 심층구조에서 도출된다.[33) 노이버트의 이론은 변형생성문법의 이론과 유사하며 또한 번역의 '위에서—아래로 모델top-down model'로 지칭된다.

라이프찌히학파와 쌍벽을 이루는 사르브뤼켄학파 또한 번역의 이론과 실제 면에서 적극적인 활약상을 보여 주었는데, 그중 빌스는 문장과 텍스트를 바탕으로 특정한 언어쌍의 언어학적 분석을 토대로 번역이론의 일반화를 시도했다. 그의 이론은 독일의 이상주의에 뿌리를 두고 있는 한편, 1) 보편어의 개념, 2) 해석학적 과정의 도움으로 심층구조를 표층구조로 전환할 수 있다는 확신, 3) 기저에서 표층구조를 유도해내는 생성적 요소, 4) 텍스트의 질적 서열 등에 토대를 두고 있다.[34) 그의 번역학은 1) 번역이론이 포함된 번역학 일반에 관한 기술, 2) 번역등가의 경험적 현상과 연계되는 번역에 관한 기술적 연구, 3) 번역의 특수한 난해성과 그 해결책을 지시하는 번역의 응용연구 등 세 부분으로 구성되어 있다.

빌스는 촘스키, 나이다의 영향을 받아 자신의 번역이론의 정신적 패러다임을 강조하기 위하여 번역학은 봉인된 법칙과학이 아니고 인지적, 해석학적, 연상적 학문임을 주장했다. 따라서 번역학은 제한된 범위 내에서 자연과학의 연구방법을 특징짓는 객관성과 방법론적 절차가 필요할 뿐이라는 것이다. 이러한 학문적 성향 때문에 그는 주저 없이 인문주의자, 이상주의자의 이해 개념에 기초한 전구조주의 언어이

---

33) 위의 책, 19f.
34) E. Gentzler, *Contemporary Traslation Theories*. Routeledge, London, NewYork, 1993, p.64.

론을 섭렵하는데 역사적 전례를 수용하고 촘스키의 언어능력과 언어
수행 이론과 나이다의 문맥적 요소가 포함된 한정된 언어능력 이론을
채택할 수 있었다. 즉 빌스에게 번역은 보편적 심층구조(통사적 의미론
보편소와 공통적 경험의 틀)의 존재에 의해서 보장되며 그 결과 그의 번역
학은 통사론적, 의미론적, 수용적 등가 창조라는 단순한 사항35)이므로
원문보다 질적으로 낮은 번역은 역어의 통사적 규칙이나 어휘의 부족
이 아니라 번역자의 텍스트 분석에 관한 능력 부족에 기인한다.36)

　라이프찌히학파나 사르브뤼켄학파와 연구방법상 밀접한 관련을 맺
고 있는 라이쓰/훼르메르(1984)는 카데의 막연한 텍스트유형 분류에 이
의를 제기하였으며 특히 라이쓰37)는 『번역비평의 가능성과 한계
Möglichkeiten und Grenzen der Übersetzungskritik』에서 이러한 종류의 직선적
접근방법은 번역과정과 유관한 텍스트유형 설정을 저하한다고 주장했
다.

3-2 해석학적 번역이론

　번역이 언어의 도움을 받아 표현되는 상황과 연관되는 행위라면 번
역자가 어떤 방법으로 이러한 행위를 의식하고 또한 어떻게 자기 자
신의 사고와 행위를 고찰하는지에 관해서 의문이 생길 수 있다. 따라
서 텍스트와 번역과의 관계에 관한 학문적 논의는 필연적으로 인간과
현실세계와의 관계를 해석하고 설명하는 해석학과 관련을 갖게 된다.

---

35) 위의 책, 62ff.
36) W. Wilss, *The Science of Translation: Problem and Methods*. Trans. Wills. Tübingen, 1982,
　p.49.
37) K. Reiss, *Möglichkeiten und Grenzen der Übersetzungskritik. Kategorien und Kriterien für eine
　sachgerechte Beurteilung von Übersetzungen*, München, 1971, p.28.

최근 해석학은 번역자 자신의 관점에서 번역작업을 수행하는 번역이론의 한 방법, 즉 새로운 번역모델로 등장했다. 이러한 해석학적 번역모델에서는 텍스트의 구조, 기능, 번역과정 등 언어학적 요인은 문제시되지 않고 번역자가 텍스트를 취급하는 과정에서 나타나는 현상, 즉 번역자의 텍스트에 관한 이해와 해석만이 중시된다. 해석학에서는 언어학은 정밀과학이 아니고 인문과학으로 취급되기 때문에 이 경우 연구대상은 생명 없는 언어구조가 아니고 인간 사이의 의사전달이다.

해석학적 사고는 사물의 분석이 아닌 인간의 사고나 직관에서부터 시작되므로 언표는 조작화하거나 표준화할 수 없을 뿐더러 명확하지도 않으며 그 내용은 다만 직관적으로 입증될 수 있다. 따라서 해석학적 번역이론에서는 번역자의 언어적 창조성이 가장 중시되고 또한 텍스트에 대한 그 자신의 올바른 이해와 성찰이 요구된다. 이 경우 역어텍스트가 중시되고 번역과정이란 텍스트의 목적과 기능에 맞추어 원어텍스트에 좀더 접근하도록 초안을 수정, 보완하는 과정을 일컫는다.38)

하이데거가 번역과정에서 전달하려는 텍스트 의미내용은 텍스트와 번역자를 연결시키는 '사건 그 자체'라고 주장한 바와 같이 언어가 단지 커뮤니케이션의 매체라면 '말해진 것(텍스트의 표층구조)'과 '의미된 것(전달의 내용)' 사이의 구별을 명확히 파악하는 것이 번역자의 임무인데, 이것은 올바른 번역을 위해서 가장 중요한 요인이며 사실상 매우 어려운 일이기도 하다. 왜냐하면 대체로 언어 외적 현실은 텍스트의 배후에 은닉되어 있고 의미된 것은 텍스트구조(말해진 것)와 동일시되지 않기 때문이다. 말해진 것은 사태관계를 암시할 뿐이다. 따라서 해석학적 번역이론에서는 실증주의적 성향을 띤 모든 번역이론은 무의미

---

38) R. Stolze, *Übersetzungstheorien. Eine Einführung*, Tübingen, 1994, p.192.

해진다. 이러한 관점에서 라드미랄의 견해, 즉 번역시 말해진 것을 원어의 기호에서 분리시켜 역어에 상응하는 형태로 재언어화하지 않으면 안 된다는 그의 주장은 정당성을 지닌다. 이 경우에 간과해서 안될 사실은 텍스트의 개체성 때문에 번역자는 아무리 유사한 텍스트라도 비슷하게 번역하는 과정에서 과오를 범해서는 안 된다는 점이다.[39]

해석학적 번역모델에서는 텍스트의 이해가 번역의 전제조건이므로 번역자가 텍스트를 과연 올바르게 취급하는가 하는 것이 번역의 질을 좌우한다. 가다머H. Gadamer는 이러한 맥락에서 해석학적 현상을 담화모델에 의거하여 고찰할 것을 제안했다. 모든 텍스트는 독자에게 생소하므로 이 사실을 먼저 인정하고 예비지식과 예견을 바탕으로 하여 대화를 통해서 점차 그 텍스트를 이해해야 한다. 물론 어떤 사태관계를 파악하려면 어떤 특정의 사전지식이 요구되며 상호간 협조에 의해서만 가능하므로 번역자는 전문적이고 문화적 인식에 관한 해석학적 지식을 필요로 한다.

최근에 대두된 해석학적 이론의 경향을 살펴보면 다음과 같다:

1) 라드미랄의 언어철학적 번역이론

라드미랄은 수백 년 동안 전통적 번역방법으로 활용해 온 충실한 번역(직역)과 자유스러운 번역(의역)의 두 방법을 언어철학적 관점에서 분석, 비판하고 번역이론은 커뮤니케이션 이론이나 행위이론보다는 인식론과 더 밀접한 관계가 있다는 견해를 피력했다. 그의 주장은 이전에는 없었던 새로운 이론으로 평가되며 종전의 원어 중심 번역을 지양하고 역어 중심 번역을 중시하는 것을 골자로 한다. 철학과 문학텍

---

39) 기존의 원어텍스트 중심에서 벗어나 역어텍스트에 충실하고 전통과 문화적 특성을 고려한다는 점에서 해석학적 번역모델은 기능적 번역방법과도 일치한다.

스트를 중심으로 전개된 그의 이론에 의하면, 텍스트의 본질은 말로 창조된 세계이고 언어를 통해서 주관적 표상에 형성된 현실 외에는 다른 어떤 현실도 존재할 수 없으며 번역은 원어로 표현된 정신세계를 역어의 언어기호로 재현하는 작업이다. 그러나 언어학적(과학적) 차원에서는 이러한 번역작업은 방법론적으로 통제하거나 입증할 수 없기 때문에 사변적이고 또한 객관적으로 명확한 기준을 설정한다거나 확고한 번역 전략을 세우는 데 어려움이 있다.

2) 팹케의 텍스트 중심의 번역이론

팹케는 1970년 이후 해석학적 번역이론의 대표자로서 적극적인 연구활동을 폈으나 1986년에야 비로소 자신의 모든 개별적 연구논문을 모아 *Im Übersetzen leben-Übersetzen und Textvergleich*을 발간하였다. 그는 텍스트 중심의 해석학적 번역이론을 바탕으로 당해 텍스트의 번역상의 문제점을 논의하고 제의했으나 자신의 견해를 일반이론화하지는 않았다. 그러나 그의 연구결과에서 그가 주장한 이론의 분석적 단초를 찾아볼 수 있다.

팹케는 '총체로서의 텍스트'를 번역단위로 간주하여 단어나 문장이 번역되는 것이 아니라 총체로서 텍스트의 '초월적인 총체적 의미단위'가 번역되어야 한다고 보았다. 즉 텍스트는 의미단위를 형성하는데, 그 내적 연관관계는 대단히 복잡하며 큰 형식 내에서 소단위는 포괄적 텍스트의 테두리 내에서 사태관계가 결정되지만 보다 더 작은 형식 역시 자율성을 지닌다. 소단위는 언제나 '초월적인 총체적 전체성'과 연관관계에 있는 '전체로서의 일부분'이므로 소단위와 대단위 사이의 관계는 단순한 흡수나 첨가가 아니다. 텍스트의 정보는 언어기호 그 자체의 총화에서 얻어지는 것이 아니며 텍스트 속에 내포된 언어

요소의 의미뿐만 아니라 그 이상의 것, 즉 텍스트 의미내용을 파악하게 된다. 즉 텍스트는 총체가 그 부분의 총화를 능가하는 '형태단위'로서 다수의 상이한 요소와 기호기능을 포함하고 있어 '다차원성'을 지닌다. 따라서 텍스트의 일부만을 분석하는 것은 무의미하므로 텍스트의 의미는 상황과 문맥 등 여러 요인을 고려해서 결정해야 한다. 정보나 기능만이 번역의 전부가 아니기 때문에 번역자는 텍스트의 요소를 다차원적 관점에서 고찰하고 분석해야 하고 텍스트에 나타나는 전형적이고 반복적인 구조보다는 그 개체성을 중시해야 한다.

3) 스톨제의 언어학적 범주중심의 이론

해석학적 번역이론은 너무나 일반적이고 이론적일 뿐만 아니라 주관적이어서 해석학적 번역모델에는 정확한 판단기준, 즉 과학적으로 확고한 입증방법이 없기 때문에 학자들은 이러한 해석방법을 보다 더 정확하고 효과적으로 만들기 위해서 언어학적 범주를 원용했다.[40) 스톨제는 번역가 자신의 텍스트이해가 번역의 준비작업이라는 관점에서 텍스트 분석을 부정하고 텍스트 해석을 중시했다. 여기에서 주목해야 할 사실은 실용 텍스트, 전공 텍스트 또는 문학 텍스트 등 특정한 텍스트 형태에 고정시키지 않고 모든 텍스트의 번역에 통용되는 유용한 언어학적 범주를 설정한다는 것이다. 이러한 언어학적 범주체계로서 그녀는 1) 주제, 2) 의미론, 3) 어휘론, 4) 화용론, 5) 문체론 등 5개의 범주를 열거했다. 이러한 언어학적 범주들은 어느 특정한 텍스트의 번역과정에서 모두 적용되지 않으며 또한 텍스트에 따라 그 적용의

---

40) R. Stolze, *Übersetzungstheorien, Eine Einführung*, Tübingen, 1994, pp.196~206. 이러한 Stolze의 견해는 번역에 관한 학제적 연구의 필요성을 주장한 스넬-혼비(1988)의 통합적 접근방법과 맥락을 같이한다.

정도 역시 다르다. 이러한 범주들은 번역과정에서 기계적으로 사용할 수 있는 공식이라기보다는 번역자가 주의해야 할 텍스트의 문제점을 인식하고 평가하는 데 도움이 된다고 봄이 옳다.

3-3 구조주의적 번역방법

1960년대에 슬라브어권을 중심으로 하여 러시아 형식주의에 근간을 둔 문학작품 번역이론이 대두되었다. 기존의 전통적 이론이나 독일학파의 과학적 이론은 규범적인 성격이 농후했고 '충실한/자유스런' 등의 전통적인 이분법에 의존하는 경향이 컸는데, 구조주의자들이 처음으로 이런 방법을 지양하였다. 특히 레비, 포포비치, 미코 등을 중심으로 한 체코학파의 번역학자들은 구조주의적 번역이론의 선구자적인 역할에 큰 영향을 미쳤다. 이들의 번역이론은 심층구조의 생성적 요소에 기초한 촘스키나 나이다의 이론보다는 실제 텍스트의 표층구조 분석을 토대로 전개되었다.[41]

한편, 이들은 나이다의 초기이론과 같이 의미에 초점을 맞추어서 원문의 내용을 규정하고 독자들을 수용함으로써 텍스트를 조정하는 등의 문제는 등한시했고, 러시아 형식주의를 수용하여 이론을 전개했다. 한 예로 이들은 모든 다른 세계와 단절된 자율적인 문학작품으로서의 문학개념을 거부했다.

체코학파의 번역이론을 고찰하려면 그 대표자격인 레비(1969)의 이론을 고찰하는 것이 필수적이다. 형식주의자들이 '詩性'을 작품에서 객관적으로 분리될 수 있는 형식적 요소로 간주했다는 사실은 그들의 번역이론을 이해하는 결정적인 관건이다. 레비는 번역모델에서 작품의

---

41) E. Gentzler, *Contemporary Traslation Theories*. Routeledge, London, New York, 1993, 78f.

'문학성'을 보전하기 위해 작품의 문학적 특성을 부여하는 원작가의 고유한 문체의 형식적 특성 즉 특별한 커뮤니케이션적 양상을 중시하였으며 이 때 기호학이 중요한 역할을 하는 것은 당연한 일이다.

포포비치42)는 번역과정을 이론화하기 위하여 새로운 개념인 '표현의 전이'를 도입했으며 모든 개인적 번역방법은 번역의 여러 계층에서 나타나는 전이의 유무에 의해서 결정된다고 주장하였다. 그에 의하면, 전이란 원문과 관련하여 새롭게 나타나는 모든 표현이나 또는 마땅히 기대되는 곳에 새로운 표현이 나타나지 않는 모든 경우로 해석되어도 무방하다. 전이라는 용어는 이전에는 번역분석이라는 말로 인식되었으나 대체로 고의적 왜곡, 번역자의 무능력, 두 언어간의 언어학적 불일치에 기인한다. 그는 이것을 상이한 문화적 가치와 문학적 규범의 개념으로 분석함으로써 그 개념의 이론적 차원을 확대했다. 따라서 그는 오역의 책임을 번역자의 무지나 불성실성보다는 전이에 의한 결과로 간주했다.

레비 중심의 체코 번역학파는 러시아 형식주의의 영향 아래 문학성을 규정하는 표현자질 즉 객관적인 문체론적 자질의 전이에 중점을 둔 번역이론을 전개하여 수용문화권에서 예술적 대상으로 기능하는 미적 요인을 특히 중요시했다. 그러나 표현자질을 객관적으로 분류한다는 것은 매우 어려운 일이어서 미코43)가 제시한 객관적, 문체론적 자질의 포괄적 목록 역시 모든 표현자질을 포함한다고 보기에는 불충분하고 주관적 소지가 농후하다. 작품의 예술적 특성이 구조적 특성에

---

42) A. Popovič, "The Concept 'Shift of Expression' in Translation Analysis," In : Holmes, J.S./Hann, F./Popovič, A.(ed.). *The Nature of Translation*. Mouton. The Hague/Paris, 1970, p.78.
43) F. Miko, "La Theorie de l'expression et la traduction". In : Holmes, J.S./Hann, F./ Popovič, A.(ed.). *The Nature of Translation*. Mouton. The Hague/Paris, 1970, pp.67~70.

의해서 명확하게 규정된다는 가설은 이러한 번역이론이 전개된 시기의 특징을 지닌 현대주의나 미래주의적인 텍스트에는 적합할지라도 다른 역사적 시기에 쓰여진 텍스트에는 부적합하다. 또 대상의 일반적 이해를 전제로 하는 상징적 또는 은유적 텍스트, 설화문학, 시와 산문, 민담 및 선정적 연극의 텍스트에도 이러한 가설이 적합한지는 의문시된다.

러시아 형식주의자들은 텍스트에서 중요한 가치를 지니고 있는 자질로서 형식, 자체 지시성, 기술적 병렬을 강조하고 이러한 형식적 특성을 전이할 수 있는 역어텍스트의 수용능력을 토대로 하여 번역을 평가했다. 그러나 상이한 미학적 접근방법은 물론 상이한 역사적 시기나 문화 등은 텍스트의 다른 양상에 의거해서 평가되었다. 러시아 형식주의에서 파생된 번역이론은 '낯설게 하기(타언어화하기) 장치'를 내포한다.44)

체코학파의 번역이론에 이미 기술적 방법론의 씨앗이 배태되어 있는 것은 주지의 사실이다. 이러한 이론들은 문학적 차원은 물론 역사적, 이데올로기적 차원을 내포하고 있기 때문에 체계적으로 전이를 분석할 수 있는 방법론은 상징적, 사실적, 운율적, 문자적, 음성적 번역이론에 적용될 수 있다. 전이의 개념을 충분히 설정하려면 방법론 자체가 예술적 전통의 변화 및 교체에 제한되어서는 안 되며 진화하는 사회적 규범과 주관적인 심리적 동기도 고려해야 한다. 이러한 이유로 벨기에 특히 푸레밍인과 네덜란드인들은 동유럽 체코 번역학파의 이론에 많은 관심을 가졌다.

---

44) E. Gentzler, *Contemporary Traslation Theories*. Routeledge, London, New York, 1993, p.79.

3-4 기술적 번역이론

1970년대 비독일어권 번역학자들을 중심으로 언어학적 번역이론을 지양하고 번역학을 하나의 독자적 학문으로 정립하려는 시도가 활발히 전개되었다. 이 이론의 선구자인 홀름스[45]는 번역은 실세계에서 원어텍스트가 지시하는 것과 동일한 대상을 지시하지 않고 언어적 형식을 지시한다고 생각하고 번역의 언어는 일차적 문학의 언어와는 다르다고 보아 이러한 차이를 표현하기 위하여 바르뜨의 용어 메타언어를 차용했다.[46]

홀름스는 메타언어적으로 번역학의 연구 영역을 본질적으로 다음과 같이 네 개의 부분이론으로 구성된 장이론場理論으로 규정했다.[47]

　　　1) 번역과정 이론
　　　2) 번역물 이론
　　　3) 번역기능 이론
　　　4) 번역교육 이론

이와 같은 유기적 이론은 그 당시 상호 배타적 언어이론 때문에 포괄적 번역이론 정립이 불가능하다는 확신에 기초하는데, 기술적 번역학 정립의 효시가 되었다.

동유럽의 체코 번역학파에 이어 서유럽에 네덜란드 중심의 번역학파가 형성되었는데, 이 학파의 대표적 구성원으로는 홀름스, 브로엑,

---

45) 홀름스는 그 당시 언어학적 번역이론은 특정의 텍스트종류의 번역에만 제한되었기 때문에 포괄적 이론이 아니라고 비평했다.

46) E. Gentzler, *Contemporary Traslation Theories*, Routeledge, London and New York, 1993, p.90.

47) J. Holmes, *The Stage of Two Arts: Literary Translation and Translation Studies in the West Today*. In : Bühler, H.(Hg.): *X. Weltenkongreß der FIT*. Wien, 1985, p.95.

르휘브르, 이븐-조하르, 바스네트-맥가이어, 람버트, 헤르만스, 투리 등이 있다. 최근 헤르만스[48)는 이 분야의 대표적 연구논문을 모아 『문학번역에서 문학연구의 조작The Manipulation of Literature. Studies in Literary Translation』(1985)이라는 책을 출판했다. '조작학파'라고 불리는 이들의 명칭은 위와 같은 책의 제목에서 유래되었다. 헤르만스는 서문에서 역어 문학의 관점에서 모든 번역은 어떤 특정의 목적을 위해서 어느 정도 원어텍스트의 조작을 포함한다고 언급했는데,[49) 바로 이러한 주장은 그들 이론의 출발점인 동시에 언어학적 이론 중심의 번역학파와는 정반대의 이론이다.(ibid. 7~15) 즉 조작학파 학자들은 번역과정에서 의도된 등가설정보다 공인된 조작을 가장 중시하였으므로 언어학 지향의 독일 번역학자들로부터 체계적 분석과 과학적 설명이 결여되었다는 비난을 받았다.

그러나 그들의 번역이론에 언어학적 이론을 적용할 것을 거부한 헤르만스에 따르면, 언어학은 무표의 또는 비문학적 텍스트의 번역과는 달리 문학작품 번역에는 별로 도움이 되지 못한다. 최근 텍스트언어학을 정립하려고 많은 노력을 하고 있지만 언어학적 방법은 문학작품의 복합성을 취급하기에는 부적합하기 때문에 문학작품 번역을 위한 적절한 방법은 아니다.

조직학파 학자들은 주요관심사를 역어의 민족문학 내에서 번역작품의 영향에 관한 연구에 두고,[50) 번역 텍스트를 역사적 대상으로서 하나의 자율적 텍스트유형으로 취급했는데, 물론 그 이유는 번역을 통해

---

48) T. Hermans,(ed) *The Manipulation of Literature. Studies in Literary Translation*, London, 1985, p.10.
49) 위의 책, p.9.
50) 민족문학의 전통이 빈약하거나 결핍된 국가에서 번역문학이 차지하는 비중은 매우 높다.

서 유입된 외국적 요인이 역어권의 민족문학을 개혁하는 역할을 하기 때문이다. 그들의 역어 중심의 번역이론은 대체로 기술적記述的 성향이 농후하다. 그들은 문학을 주어진 문학권 내에서 상이한 장르, 학파, 사조 등이 독자의 호감을 얻기 위해서 상호간 항시 투쟁하는 '복합체계'로 보았다.51) 따라서 문학은 규범론자들의 장엄하고 정적인 대상이 아니라 항상 변화하고 있는 극도로 동적인 형성물이다. 그리고 그들은 번역의 수용사에 관한 고찰도 매우 중요시했는데, 이것을 통해서 폭넓은 역사적 묘사와 다양한 개별적 연구가 가능하게 되었다.

조작학파의 번역이론의 특성은 티냐노프J. Tynjanov의 서열적 문학체계 개념에 기초한 문학적 복합체계의 도입에 있다. 이러한 체계는 어느 한 사회에서 관련체계(문학적 또는 초문학적 체계)의 총체적 관계망과 연관된다. 조작학파의 번역학자들은 이를 통해서 그 문화권 내에서 모든 종류의 저술은 물론 번역 텍스트의 기능을 설명하려고 시도했다. 한편, 그들은 다양한 문화체계 내에서 번역의 역할, 예컨대, 번역 텍스트와 문학적 복합체계의 관계에 관해서 관심을 표명하고 1) 번역될 텍스트가 수용 문화권에서 어떻게 선정되었고, 2) 번역된 텍스트가 역어의 언어체계 내에서 어떤 과정을 거쳐 특정의 규범과 기능을 지니게 되었는지를 해명하려고 시도했다. 이러한 문학적 복합체계의 장점은 체계 그 자체의 영역을 확충할 뿐만 아니라 역사적 관점에서 문학을 사회 및 경제적 현상과 연계해서 통합적으로 연구할 수 있다는 점이다. 이렇게 보면, 문학번역은 생존과 지배를 위한 불변의 투쟁에 참여하는 한 요인으로 간주된다. 특히 이스라엘 번역학자들은 어느 문학체계 내에서는 번역이 때로는 기본적, 창조적, 혁신적 역할을

---

51) Even-Zohar, "Papers in Historical Poetics", in : B. Hrushovski and I. Even-Zohar(ed) *Papers on Poetics and Semiotics 8, University Publishing Projects*, Tel Aviv, 1978, 7f.

한다는 사실을 강조했다.

조작학파의 번역이론은 전통적 이론과는 달리 본질적으로 역어 중심이기 때문에 이 학파 자체의 원칙, 방법론 및 새로운 이론적 모델이 도입되었다. 이 학파의 구성원들은 역어텍스트를 강조했는데, 이 사실은 그들이 전통적 번역이론과 언어학적 경향의 번역학의 규범적이고 평가적 방법을 극명하게 거부하고 본질적으로 기술적 방법을 수용하는 요인이 되었다.

따라서 그들은 이전에 중시되었던 번역과정보다는 번역의 결과 즉 역사적 사실로서 번역된 텍스트를 중시했고 구체적이고 경험적 방법인 실제 현장실습, 케이스 스터디 등을 대단히 중시했다. 조작학파는 주로 번역작품의 분석과 기술, 동일한 작품의 상이한 번역간의 비교, 번역의 수용문제, 번역에 관한 폭넓은 역사적 고찰 등에 그 연구열을 쏟았다.[52]

조작학파는 처음에는 번역 그 자체에 역점을 두고 번역과정을 좀 더 명확히 기술하는 것으로 만족했으나 그 작업이 처음에 예상했던 것보다 훨씬 복잡하고 어렵다는 사실을 인식했다. 사실상 번역작업은 아무리 많은 언어학적, 문학적, 사회적, 문화적 이론을 섭렵한 위대한 대학자라도 한 사람의 능력으로는 해결할 수 없는 복잡한 과업이다. 그는 문학사에서 번역문학의 일차적(새로운 항목이나 모델을 창조하는) 중요성과 부차적(존재하는 항목이나 모델을 강화하는) 중요성을 인정했다.

이들은 번역이론 역시 사회적, 역사적 상황과 병행해서 발전한다는 사실을 인식하고 네덜란드, 푸레밍 등의 학자들은 독일과 체코의 문학

---

52) 이 학파의 연구방법은 취급된 연구자료가 원문이 아니고 번역된 작품이라는 사실을 제외한다면 비교문학의 전통적 연구방법과 많은 공통점을 지닌다.

자 및 언어학자들과 지적 접촉을 지속한 데 반해서 이스라엘의 학자
들은 독일, 러시아는 물론 후에 영국과 미국의 학자들과 활발한 교류
를 하여 두 지역에서 번역이론 역시 유사하게 발전했다.

이러한 국가들은 인구수가 적은 소국가로서 그들의 민족문학은 주
변국가의 거대한 문학에 의해서 많은 영향을 받았다. 일례로 네덜란드
는 독일, 프랑스, 영국, 미국, 이스라엘은 독일, 러시아, 영국, 미국의
영향을 받았다. 네덜란드나 푸레밍 지방에서보다도 문학의 전통이 없
는 이스라엘은 완전히 외국문학에 의존해야 했는데, 상업적 또는 정치
적 목적을 위하여 더욱 그렇게 해야만 했다.[53]

조작학파의 번역이론은 '원문은 영원하고 역문은 시대에 따른다'는
전통적 이론과는 전혀 다른 역문 중심의 기술적 이론이며 조작학파의
번역자들은 역문 텍스트를 역어 체계의 일부분인 역사적 대상으로 간
주했다. 극단적인 경우 그들은 허위텍스트도 다른 텍스트의 번역문이
라고 표시되었다면 당연히 번역 텍스트로 인정하고 또한 문학 체계의
통합적 부분으로 취급해야 한다고 주장했다.[54]

조작학파의 번역학자들은 전통적 이론과는 전혀 다른 괌점에서 현
대 번역이론의 발전에 많은 공헌을 했다. 헤르만스[55]는 그들의 업적을
다음과 같이 열거했다:

1) 그들은 규칙에 관한 연구에서 확증된 바와 같이 번역의 문맥 의

---

53) E. Gentzler, *Contemporary Traslation Theories*. Routeledge, London and New York, 1993, p.106.

54) G. Toury, *In search of a theory of translation*, Tel Aviv, 1980, p.47. 이와는 대조적으로 조작학파의 번역자들은 이에 반해서 등가 중심의 번역텍스트를 텍스트로 인정하지 않았다.

55) T. Hermans,(ed). "Descriptive Translation Studies". In : Snell-Hornby/Haus, G./Hönig, H.G./Kussmaul, P./Schmitt, P.(Hg.). *Handbuch Translation*. Tübingen. 1999, 98f.

존성을 인정했다. 번역의 규범과 실제는 언어공동체의 이데올로기, 미학적 견해, 가치관 등과 밀접하게 연관되어 있다. 따라서 번역 텍스트는 사회−문화적 테두리 안에서 고찰되어야 한다. 목적이 없고 의도적이 아닌 번역은 존재하지 않기 때문에 번역작업에서는 원어 문화권의 정신적−정치적 풍토는 물론 역어 문화권의 수용 방법과 관심도 고려되어야 한다.

2) 상이한 번역이론의 다양성과 상대성에 관한 관심은 번역의 역사 뿐만 아니라 번역이론에 관한 연구를 고취시켰다. 이러한 역사적, 문화적 고찰을 통해서 번역의 개념이 유동적이고 불안정하다는 사실이 밝혀졌다. 특정의 역사 및 문화와 관련되어 있는 번역자는 번역의 상대성과 상위성에 의해서 강박감을 갖는다.

3) 번역이론 정립의 목적은 이론적 논거와 실제 번역연구에 관한 수단과 방법을 제공할 뿐만 아니라 앞으로의 연구를 독려하는 데 있다. 이러한 관점에서 기술적 번역이론은 번역학의 발전에 많은 공헌을 했다. 조작학파는 현재 이 분야에서 주도적인 역할을 한다.

4) 조작학파의 기술적 번역모델은 그 동안 세부적으로 약간 변화되었지만 1970년대의 기술적 문학번역이라는 이론의 본질적 과제는 보존하고 있다.

위에서 논의한 바와 같이 조작학파의 번역이론은 현대 번역학의 발전을 위해서 많은 공헌을 했지만, 또 한편 많은 비판도 받았다. 최근의 후기 식민주의적, 후기 구조주의적, 해체주의적 또는 여성학적 번역이론을 수용하지 않았고 방법론적으로 작동할 수 있는 원어와 역어의 미시적 분석의 기준이 없다는 사실을 이 이론의 가장 큰 취약점으로 들 수 있다.

3-5 기능적 번역이론

1970년대 후반부터 체계 중심의 언어학에서 화용론적 언어학으로 전환이 이루어진 후 번역학 역시 언어 외적 요인 즉 텍스트의 기능을 중시하는 방향으로 발전했다. 기능적 번역이론을 대표할 수 있는 학자는 회니히/쿠스마울(1982), 라이쓰/훼르메르(1984), 홀쯔-맨태리(1984), 노르트(1988) 등이고 이들의 접근 방법의 특성은 역어텍스트 중심의 번역이라는 점이다. 훼르메르56)는 텍스트에 대한 자유스러운 해석은 번역의 자유를 의미하기 때문에 번역은 원어텍스트(해석)의 의미(내용과 의의)를 변경할 수 있을 뿐만 아니라 원래 의미의 반대로도 전환시킬 수 있다고 보았는데, 이것은 목적은 수단을 정당화한다는 말과 같다.

기능적 번역이론은 『일반번역이론의 정립*Grundlegung eines allgemeinen Translationstheorie*』(Reiss/Vermeer 1984)에서 근본적으로 제기되었고 전문학술지인 『텍스트콘텍스트』에서 상세히 논의된 바, 이 이론은 전통적인 언어학적 번역이론과는 전혀 다른 단초에서 전개되었고 또한 새로운 학술용어57)가 제정되었다.58) 원어와 역어의 텍스트, 저자, 독자 등이 중시되는 전통적 번역이론과는 달리 여기에서는 출발텍스트와 목적텍스트와 목적수용자가 문제시된다.59)

기능적 번역이론은 언어와 문화가 상호 의존관계에 있다는 가설에 토대를 두지만 그 의존성의 정도는 바이스게르버가 주장한 바와 같이

---

56) H. Vermeer, *Allgemeine Sprachwissenschaft. Eine Einführung.* Freiburg i. Br. 1996, p.106.

57) 새로운 학술용어로서 Translationprozess번역과정, Translat번역물, Transtologie통·번역학, Translator번역자, Tranlationsskopos번역기능, Tranlatsskopos번역물의 기능 등을 들 수 있다.

58) 같은 책, p.4.

59) 나이다/테이버(1969.11)는 이미 목적언어target language 대신에 수용자 언어receptor language라는 개념을 사용했는데, 이것은 기능적 이론의 단초라고 생각된다.

그렇게 밀접하지는 않다. 그러므로 통·번역학은 응용언어학의 하위분
야로서 화용론학과에 소속되어 있고 이것은 또 다시 문화과학의 일부
분을 형성한다. 기능적 번역이론에서는 통·번역학은 문화와 관련된 텍
스트학(텍스트생성)의 특수분야로 취급된다. 역어텍스트의 기능과 번
역의 일방향성은 물론이고 수신인의 역할을 강조한다는 점에서 또 한
편 기능적 번역이론과 기술적 번역이론의 연관성을 찾아 볼 수 있다.

텍스트이론의 관점에서 보면 기능적 텍스트이론[60]에서 커뮤니케이
션의 도구로서 텍스트는 커뮤니케이션적 상황에 귀속되어 있기 때문
에 커뮤니케이션 행위의 일부분이다. 그런데 이러한 행위에는 언어나
비언어적 정보 이외에도 특정의 문화적 특성에 의해서 각인된 텍스트
의 경험과 기대, 일반적 세계지식, 행위습성, 가치체계, 커뮤니케이션
의도가 포함된다. 그러므로 텍스트 행위는 텍스트 생성이 아니고 텍스
트 수신인의 수용과 더불어 완성된다. 텍스트 발신인은 특정의 커뮤니
케이션 의도를 텍스트에 표현하는데, 이러한 의도가 그 목적을 성취할
지는 전적으로 텍스트 수신인의 의도에 달렸다.[61]

의도는 텍스트생성[62]의 전략을 규정하고 이것은 다시 텍스트 수용
에 영향을 준다. 훼르메르[63]에 의하면 발신인은 텍스트의 생성과정에
서부터 커뮤니케이션을 위해서 수신인을 의식하고 대비해야 한다.[64]

---

60) 기능적 텍스트이론에서 텍스트의 개념은 언어학적 개념과는 반대로 사회학적
   개념이다.
61) Ch. Nord, *Textanalyse und Übersetzen. Theoretische Grundlagen. Methode und didaktische
   Anwendung einer übersetzungsrelevanten Textanalyse,* Heidelberg, 1999, 144f.
62) 텍스트를 생성하기 위해서는 테마전개, 문체론적, 수사학적 구성수단 등의 선택
   이 중요하다.
63) H. Vermeer, *Allgemeine Sprachwissenschaft. Eine Einführung,* Freiburg i. Br., 1972, p.133.
64) 이 경우 수취인Empfänger 대신에 수신인Adressat을 사용하는데, 그 이유는 여기에
   서는 이미 알려진 실제 수신인이 문제시되지 않고 의도된 수신인이 문제시되기
   때문이다.

텍스트의 기능은 실제 수취인에 의해서 처음으로 부여되는데, 이 과정에서 특정의 텍스트 기능을 다른 것에 비교해 한층 더 명확하게 구별해주는 상황적 조건, 텍스트에 이미 나타나 있는 표지, 그리고 수신인의 개인적인 커뮤니케이션적 욕구가 중요한 역할을 한다. 예를 들면, 경우에 따라서는 수신인의 커뮤니케이션적 욕구에 따라서 코멘트로 의도된 텍스트가 정보 텍스트로 인식될 수도 있다. 이러한 역동적 텍스트 기능의 관점에서는 텍스트는 기능을 갖지 않으며 본질적으로 수신인에 의해서 하나 또는 그 이상의 기능을 갖게 된다.

이와 같이 새로운 텍스트 개념은 좁은 의미에서 텍스트언어학의 역할이 커뮤니케이션 과정의 화용론적 요인과 비교하여 현저하게 상대화되었으므로 실제 번역작업에서 동일한 원어텍스트가 목적 상황의 요구와 관련되는 수신인에 따라서 전혀 다르게 번역된다. 그러므로 전통적으로 번역의 질과 충족성의 기준이 되었던 원어텍스트의 위상은 절하되고 그 대신 역어 문화권의 언어상황65)과 사회-문화적 배경이 번역의 중요한 요인이 되었다.

위에서 논의한 기능적 번역이론의 번역방법을 회니히와 쿠스마울66) 이 제시한 실례를 들면 다음과 같다.67)

In Parliament he fought for equality, but he sent his son to Winchester.
When his father dies his mother couldn't effort to send him to Eton anymore.

---

65) 역어 문화권의 상황 요인에는 텍스트 생성의 장소와 시기뿐만 아니라 수신인도 포함된다.
66) H. G. Hönig/P. Kussmau, *Strategie der Übersetzung. Ein Lehr- und Arbeitsbuch*, Tübingen, 1982, p.58.
67) Snell-Hornby, *Tranlation Studies. An Intergrated Approach*. Amsterdam/Philadelphia, 1988, p.45에서 재인용.

그들은 다음과 같이 번역의 두 극단적 경우를 제시했다:

···seinen eigenen Sohn schickte er auf die Schule in Winchester.

···konnte es sich seine Mutter nicht mehr leisten, ihn nach Eton zu schicken, jene teure englische Privatschule, aus deren Absolventen auch heute noch ein Großteil des politischen und wirtschaftlichen Führungsnachwuches hervorgeht.

첫 번째 번역 텍스트는 원문과 차별화가 되지 않았다. 그 이유는 단순한 'Winchester'라는 명칭이 문화권이 다른 독일의 독자들 즉 수신인들에게 그것이 영국인들에게 주는 것과 동일한 의미내용을 전해주지 못한다. 두 번째 텍스트의 번역은 너무나 차별화되었다. 비록 번역 텍스트가 영국의 "public school사립 중, 고등학교"에 관한 정보를 제공하는데는 정확하지만 이 텍스트의 번역으로는 너무나 자세하고 잉여적이다. 회니히/쿠스마울은 이 두 텍스트의 번역을 위해서 필수적 차별화의 정도를 지닌 다음의 두 번역 텍스트를 제안했다.

In Parliament kämpfte er für die Chancengleichheit, aber seinen eigenen Sohn schickte er auf die eine der englischen Eliteschulen. Als sein Vater starb, konnte seine Mutter es sich nicht mehr leisten, ihn auf eine der teuren Privatschulen zu schicken.

기능적 번역이론에서는 번역의 질적 평가기준이 인정되지 않지만 그들은 이러한 기준으로서 '필수적 차별화의 정도'를 제시했다.[68] 회니히/쿠스마울의 이론은 텍스트가 '사회-문화의 언어화된 부분'이라는 데 바탕을 둔다.[69] 텍스트는 주어진 상황에 귀속되어 있는데, 이러

---

68) 위의 책, 58ff.

한 상황 그 자체는 사회-문화적 요인에 의해서 결정된다. 따라서 번역은 역어 문화권에 소속된 텍스트의 기능에 의존하기 때문에 번역과정에서 원어텍스트 본래의 기능을 역어텍스트에 그대로 보존하든지 (기능불변성) 또는 역어 문화권에 적합하도록 원래의 기능을 바꾸어야 한다.(기능변경)70)

위에서 언급한 바와 같이 훼르메르는 번역이 단순한 언어적 사실임을 반대하고 번역을 일차적으로 문화간의 전이로 간주했다. 따라서 번역자는 우선적으로 다문화적이 아니면 적어도 이중문화적 능력을 소지해야 하지만 동시에 언어는 문화의 본질적 부분이기 때문에 번역자가 여러 언어를 구사할 수 있는 능력을 지녀야 하는 것은 당연한 일이다. 아울러 훼르메르가 번역을 부차적으로 행위이론 즉 특종의 행위로 간주한71) 것도 주목할 만하다.

4. 결론

키케로 이래 이천 년 동안 번역작업은 전통적(비과학적)으로 직역과 의역이라는 양극화된 이분법적(단어 : 내용) 방법론에 의해서 이루어졌다. 그러나 자연과학적 방법론이 팽배했던 1950년대부터 번역학은 라이프찌히학파 중심의 언어학적 번역이론 즉 객관적 등가 중심으로 발전되었다. 이 시기에는 문학작품은 언어사용의 규범에서 벗어난 언어를 사용하기 때문에 번역의 연구대상에서 제외되었고 주로 실용 텍스

---

69) 위의 책, p.52.
70) 회니히/쿠스마울 이론의 주요개념인 '기능불변성과 기능변경'의 개념은 이미 훼르메르가 제시한 바 있다.
71) Vermeer, H. Übersetzen als kultureller Transfer. In Snell-Hornby(ed.), *Übersetzungswissenschaft-Eine Neuorientierung. Zur Integrierung von Theorie und Praxis*, Tübingen, 1986, p.36.

트 중심의 번역이론이 성행하였다. 그러나 언어사용의 규범에서 일탈
한 언어가 일반적으로 그 언어를 사용하는 민족의 전통과 세계관이
담긴 문화적 요인 즉 민족 고유의 문화소를 표현한다는 사실을 고려
할 때 언어학적 접근방법이 올바른 번역방법이 아님은 자명한 일이다.

1970년대 이후 언어학의 화용론적 전환기에는 텍스트언어학이 번역
학의 연구대상으로 부상되었고, 1980년대 후반부터 번역학에 문화의
개념이 도입되기 시작했다. 그 이후 번역학은 원형에 바탕을 둔 전체
론적－형태적 원칙에 의거해서 역동적으로 발전했다. 1970년대까지 원
어텍스트 중심의 언어학적 번역이론은 역어텍스트 기능 중심의 문화
적 번역이론으로 발전하게 되었다.

번역은 단순한 언어기호(문자)의 전환이 아니고 문자라는 형식(표현수
단) 속에 그 언어를 사용하는 민족적 의식, 세계관 곧 넓은 의미에서
문화의 역동적이고 고유한 내용이 농축되어 있는데, 이 모든 것을 다
른 형식으로 바꾸어 표현하는 것이 번역작업이다. 따라서 번역의 문제
점은 말해진 것이 아니라 의미된 것을 어떤 형식으로 표현하느냐 하
는 데 있다.

번역의 본질적 문제는 '의미된 것'이 갖는 기능이 문화권에 따라 다
르다는 데 있다. 그 이유는 인간은 세계와의 대결과정에서 실세계를
보는 방법 즉 실세계에 대응하고 적응하는 과정에서 그들에게 고유한
특정의 문화를 형성하기 때문이다. 역사적으로 형성된 인식의 조건이
세계관이며 이러한 세계관에 의해서 규범화된 문화가 형성되는데, 역
으로 인간은 이렇게 이룩된 문화에 의해서 제약을 받는다. 문화에 의
해서 각인된 인간의 행위나 사고방식이 습관, 관례, 예의범절, 터부,
전통, 민족성, 가치관, 현실 파악의 방법 등으로 표현되는데, 이 과정
에서 언어와 사고의 밀접한 연관관계가 형성된다. 따라서 어느 한 문

화권의 구성원은 그 구성원에 의해 창조된 문화라는 창을 통해서 실세계를 보며 파악하고 해석한다. 따라서 어느 한 언어를 구사한다는 것은 그 언어 속에 내재되어 있는 현실개념 파악의 방법에 따라 실세계를 개념화하고 또한 파악한다는 사실을 의미한다. 훼르메르가 주장한 바와 같이 언어의 본질은 문화이다.

란즈베르거 등 고대 문헌학자들은 고대 바빌로니아문화를 이해하기 위해서 현재 유럽에서 사용되는 개념과 가치의 기준만으로 설명이 불가능하며 그 당시 문화 자체에서 통용되었던 개념과 용어를 사용해야만 그 설명이 가능하다고 주장한다. 이와 같이 언어는 문화의 산물이고 문화는 언어의 산물이기도 하다.

최근 20여 년 동안 번역학자들은 문화에 대한 관심을 가지고 언어학적 번역학의 테두리를 벗어나 문화 상호간에 관한 연구를 해야 한다는 사실을 인식하게 되었다. 문화라는 개념이 번역학에 도입되면서 즉 언어의 본질이 밝혀지면서부터 전통적 번역방법과는 전혀 다른 기술적, 기능적 번역이론이 등장하였다.

어장이론에서 밝혀졌듯이 모든 언어는 서로 다른 개념체계와 가치체계를 가지고 있기 때문에 번역은 언어간의 단순 비교의 문제가 아니고 문화의 문제라는 사실이 밝혀졌으며 그 결과 기능적 번역이론이 타당성을 가지게 되었다.

그러나 필자의 견해로는 문화 역시 여러 우연적, 이질적 요인이 결합되어 형성되었기 때문에 기능의 개념 역시 정확히 정의하기는 어렵다고 본다. 따라서 번역은 학제적 연구와 문화 상호간의 상대적 연관관계의 바탕 위에서만 해결될 문제이다.

번역학의 본질은 언어에 의해서 창조된 세계이다. 언어를 통해서 주관적 표상에 의해 각인된 사실 이외에 어떤 다른 사실도 존재할 수 없

다. 번역작업에서는 문화의 산물인 원어의 정신세계가 역어의 언어기
호로 재생되기 위해서 분해되어 비언어화되어야 한다. 원어 문화의 기
능과 동일한 역어 문화의 기능을 찾아서 이것을 다시 역어의 언어기
호로 표현해야 한다.

제 2 부

번역비평의 실제

제8장

한국문학의 독일문화 접촉과정에서 드러난 번역의 문제

1. 문제의 제기

현대는 다문화, 다민족이 공존하는 세계화 시대여서 인류 상호간 의사소통의 필요성이 강조될 뿐만 아니라 여러 문화에 관한 체계적 연구가 필요한 시대이다. 21세기가 문화의 세기이니 만큼 인문학 연구주제가 문화라는 사실도 이러한 시대적 사조를 잘 반영한다.[1] 최근 자주 언급되고 있는 '풍요 속의 빈곤'이라는 말은 이 시대 인간의 정신문화가 심각할 만큼 황폐해지고 사람들이 물질문명의 안이함 속에 안주한

---

[1] 이와 같은 상황에서 인간 본연의 존엄성을 승화시키기 위해서는 우선 정신문화의 진작이 절실히 요구된다. 서양에서는 셰익스피어의 작품을 읽고 베토벤의 음악을 감상할 수 있을 뿐 아니라 수몰 직전의 베니스를 볼 수 있는 현대인들이 가장 행복하다는 말이 있는데, 이것은 다문화 시대에 살면서 정신문화의 최고의 정수精髓를 접할 수 있는 기회가 과연 얼마나 소중한 것인가를 단적으로 보여주는 말이다.

채 물질만능주의를 추구하고 있음을 단적으로 드러내는 말이다. 그 결과 전통적 가치관은 전도되고 인간 중심의 인본주의는 무너졌다.

오늘날 번역은 인간 활동의 모든 영역에서 지식정보의 교환뿐만 아니라 문화의 수출과 수입의 수단으로서도 매우 중요한 역할을 하고 있다. 국가는 물론 개인의 발전은 빠르고 정확한 정보의 양에 비례한다고 해도 과언이 아니다.

워후는 호피[2] 언어의 동사 체계는 화자의 시간 개념에 직접적으로 영향을 미친다고 언급한 바 있다. 란츠베르거 등 고대 문헌학자들은 고대 바빌로니아의 문화를 현재 유럽에서 사용되는 개념과 가치의 기준으로 이해할 수는 없으며 그 자체 개념상의 원칙 즉 그 당시 바빌로니아 문화에서 통용되었던 개념과 용어를 사용해야만 설명이 가능하다고 주장한다.

켈리가 서구 문명의 발전 과정에서 번역자들이 지대한 공헌을 했다고 피력했듯이 예로부터 서양에서 번역학자들은 민족간 이데올로기, 문학, 학문, 기술 등 사회·문화의 모든 영역의 중개자 즉 미지의 세계를 소개하는 사자使者로서 추앙을 받았다. 번역은 동·서양의 인류 문화 발전에 지대한 영향을 미쳤는데, 동양 문화의 한 축을 이루는 불교의 전파는 현장법사가 불교경전을 중국어로 번역한 데서 비롯되었다. 그리고 메이지 시대 일본은 활발한 번역 활동을 통해서 서구의 문명을 수용했다.

한편, 서양의 문화 특히 그 정신사는 일반적으로 번역학파의 형성과 활동에 의해서 구분된다. 12세기 번역의 고전 시대에 서구 사회는 문화적으로 우세한 이슬람 문화권과 접촉함으로써 학문적으로 많은 발

---

2) 호피족은 미국 아리조나Ariizona주 북부의 쇼시니족의 프에블로인디언Shoshinean Pueblo Indian임.

전을 하게 되었다. 그 당시 저명한 번역자인 세빌라를 중심으로 한 서양의 학자들은 아랍의 유명한 학자들의 저서, 아랍어판의 유크리트 기하학, 코란 등을 라틴어로 번역하여 서양 문화의 발전에 생기를 불어넣었다. 서양 학자들의 다수는 거의 아랍을 통하여 희랍어 원전을 접하게 되었다.

13세기에 신부이자 유명한 번역자인 뫼르베케W. Moerbeke는 히포크라테스의 의학서와 아리스토텔레스를 라틴어로 완역했다. 그런데, 아리스토텔레스의 번역은 토마스 아퀴나스의 철학이론 정립에 결정적 영향을 미쳤다. 서양 학자들은 이슬람 문화권과 교류를 통해서 결과적으로 중세기에 스콜라 철학의 전성기를 이룩했고 또한 대학의 설립을 추진하게 되었다. 이렇게 설립된 대학은 서양의 현대 문화와 지성의 요람으로서 서양 문화 발전의 활력소가 되었다.

그리고 서양에서는 동양과는 달리 예로부터 번역자는 미지의 세계를 탐구하는 전령傳令으로서, 메시지를 전달하는 사자使者로서 존경을 받아왔다. 독일의 경우, 고전 번역은 포스V. Voss, 빌란트Ch. Wieland, 괴테, 쉴라이어마허, 쉴레겔, 훔볼트, 티크L. Tieck, 실러 등 독일을 대표하는 최고 지성인의 몫이었다.

양적으로는 물론 질적으로 세계 최고의 번역수준을 보여주고 있는 독일 번역학자들도 오늘날의 번역본에서 단 한 페이지도 오역이 없는 번역을 찾아볼 수 없다고 개탄할 정도인데, 우리의 사정이야 두말할 나위가 없다. 근래 독일에서는 서양 고전의 번역본에서 많은 오역이 확인됨에 따라 고전을 다시 번역해야 한다는 주장이 확산되고 있다. 이처럼 오역이 양산되는 것은 문화권의 차이를 고려하지 않고 전통적 관점에서 고전이 번역되었기 때문이다. 올바른 지식은 개념의 축적이 아니고 개념간의 비교를 통해서 얻은 올바른 판단이다.

문화가 언어로 표현된 것이 텍스트이기 때문에 번역은 문화의 구체적 사실이다. 따라서 올바른 번역을 통해서만 우리는 문화의 올바른 정체성을 파악할 수 있다. 현재 우리의 번역 수준은 선진국과 비교될 수 없다. 우리도 번역 수준을 고양시켜 타문화를 정확히 받아들이는 한편 우리의 문화를 정확히 세계에 알려야 한다. 우리의 문학사에서 번역의 기여도는 측정하기 어려울 만큼 지대한 것으로 평가되는데, 특히 독일 낭만주의 수용 과정에서 더욱 그러하다.

그런데, 그 당시 번역이 과연 얼마나 정확하게 이루어졌으며 우리 문학의 형상화와 발전에 어떻게 기여했는가 하는 것은 매우 주목되는 문제가 아닐 수 없다. 그 동안 한국 낭만주의 수용에 관한 논의는 꾸준히 있어 왔으나 구체적인 번역 양상을 객관적으로 검토한 예는 그리 많지 않다.[3]

본 연구는 이러한 점에 착안하여 독일 낭만주의가 이입, 소개되는 과정에서 야기된 문제점은 무엇인가를 살펴보고자 하는 데 목표를 두었다. 구체적으로 이 논문에서 독일낭만주의 개념이 우리나라에 어떻게 번역, 소개되었으며 그 과정에서 누구보다도 큰 역량을 발휘한 번역가 박용철의 하이네시 번역 성과의 허虛와 실實은 무엇인가를 문제 삼고자 한다.

2. 독일 낭만주의 이입과정에서 번역의 문제

독일문학이 처음 번역, 소개된 것은 1910년대를 전후한 이른바 '애국계

---

3) 독일낭만주의의 수용에 관한 문제를 비교적 상세히 논의한 연구성과는 이유영의 『한독문학 비교연구 1』(삼영사, 1976)가 있으나, 이 책에서 저자는 독일낭만주의 번역에 관한 구체적인 문제를 번역이론에 비추어 논의하지는 않았다.

몽기'이며 최초의 한글번역본은 실러의 「*Wilhelm Tell*」(1804)을 원본으로
한 「서사건국지」(1907)[4]이다. 그 뒤를 이어 실러의 「*Die Jungfrau von Orlean*」
(1802)[5]이 「애국부인전」(1907)이라는 제목으로, 헤르만 주더만Hermann
Sudermann의 「*Der Katzensteg*」이 「나라 파는 놈」(1908)으로 번역, 소개되었다.
이 번역서들은 모두 한국 근대문학 형성에 지대한 영향을 미쳤다. 이후
1920년대 낭만주의를 비롯한 많은 서양의 문예사조들이 일시에 우리나라
에 이입, 소개되는데, 그 과정에서 『태서문예신보』나 『해외문학』, 『시문
학』 등의 역할이 매우 큰 것이었음은 재론의 여지가 없다.

2-1 번역대상 작품 및 작가 선정의 문제

서양 작가 가운데 독일의 실러가 최초로 번역, 소개된 것은 주목되
는 사실인데, 이것은 우리의 개화기가 일본의 침략에 대항하여 애국사
상을 고취하고자 하는 분위기가 팽배해 있던 상황을 반영한 것으로
보인다. 아울러 1880년부터 1888년까지 일본의 번역문학사를 보면, 독
일문학은 주로 실러의 작품 위주로 번역, 소개되었는데, 우리의 경우
에도 이와 무관하지 않은 것 같다.

특히 이율배반적인 사실은 당시 한국 지식인들이 일제에 대항하여

---

4) 이것은 한글로 출간된 최초의 정치소설이라는 점에서 의의가 있으나, 빌헬름텔의
판본이 여러 개이므로 어느 것을 택했는지 정확히 고증하기 어렵다. 특히 그 당
시 사람들은 원작자나 작품에 관한 정확한 정보를 가지고 있지 않았고 다만 원작
을 번안, 개작한 중국인 정철관의 작품인 것으로 알고 이것을 한글로 처음 번역
한 이는 박은식이고 그 다음 번역한 이는 김병헌이다.
5) 이 작품은 실러의 말대로 낭만적 비극Romantische Tragödie이며 프랑스의 잔 다르
크를 제재로 한 것이다. 역사류를 제외하고는 문학작품으로서 「애국부인전」의 내
용과 가장 유사성을 지니고 있는 작품이다.(이유영, 같은 책, pp.229~230 참조)
실러는 이와 같은 제재로 「오를레앙의 소녀Das Mädchen von Orlean」(1801)라는 시
를 쓰기도 했으나 이 작품은 우리말로 번역되지 않았다.

민족의식을 고취시킬 목적과 수단으로 번역작업을 하면서 일본을 통하여 자극을 받았다는 점이다. 그것은 독일문학을 번역, 소개하는 인물들이 주로 일본 유학중인 작가들이었고 당시 일본에 독일문학이 대량 유입되고 있었던 환경과 연관성이 있었을 것으로 풀이된다.

질풍노도기의 젊은 괴테에게 깊은 영향을 끼친 헤르더J. Herder(1744~1803)의 문학관6)은 일제강점기라는 시대적 상황에 부응하는 것으로서 이 시기에 괴테의 서정시와 함께 소개되어 우리 지성인들에게 애국, 애족사상을 고취시키는 데 한 몫을 했다. 아르님Achim von Arnim과 브렌타노Clemens Brentano의 「Des Knabenwunderhorn」이나 그림형제 Brüder Grimm의 「Kinder und Hausmärchen」과 「Die deutschen Sagen」 등도 이와 같은 맥락에서 우리 문학의 발전에 이바지한 작품들이다. 이후 「젊은 베르테르의 슬픔」이 번역, 소개되면서 독일낭만주의에 대한 이해의 폭은 훨씬 넓어졌다. 독일낭만주의를 소개하는 데에 있어서 누구보다도 공로가 큰 작가는 본고의 후반부에서 논급하게 될 박용철이다.

그런데, 독일낭만주의는 독일국민들이 자기들 조국의 국민문학을 건설하려는 노력의 결실인 것으로 잘 알려져 있다.7) 독일낭만주의 이

---

6) 헤르더의 문학관을 요약하면, 문학은 그 나라의 민족성에서 생기며 그 국민의 혈육인 모국어로써 표현되어야 한다는 것이다. 그래서 소포클레스나 셰익스피어는 각기 그 민족성에서 우러나온 것이며 위대한 문학이라고 하고 특히 셰익스피어는 그 민족성에 있어서 독일과 흡사하므로 가장 존중하여야 한다고 했다. 그리고 그 사상이 괴테에게도 계승되어 후기 낭만파 쉴레겔의 셰익스피어 번역을 낳았고 후일까지 독일의 셰익스피어 연구의 기초가 되었다는 것이다.(박찬기,『독일문학사』, 일지사, 1980, pp.133~134 참고)
7) 독일문학의 황금기라고 하는 18, 19세기의 문학은 독일국민의 국민문학 건설 노력의 결과로 이미 알려져 괴테, 실러, 칸트, 피히테 등 작가 및 철학자들의 교훈, 사상을 체계적으로 서술하여(작자 미상, 「노력론」,『청춘』, 9호, 1917, 7. 26) 독자들로 하여금 독일문학에 대한 관심을 갖도록 유도하고 있다.

입은 1920년대를 기점으로 매우 활발해지는데, 독일낭만주의의 특색은 당시 우리 민족에게는 주지적인 것에 반대되는 주정적인 것으로 인식되었고[8] 독일낭만주의 대표적 시인으로 괴테, 실러가 먼저 소개되고 후에 하이네가 소개되었다. 고전주의와 낭만주의에 걸쳐 작품 활동을 한 괴테가 특히 낭만주의 작가로 소개된 것은 「젊은 베르테르의 슬픔」뿐만 아니라 질풍노도시기의 서정시가 주로 널리 소개되었기 때문이다. 하이네의 경우 초기 낭만적 서정시가 주로 번역, 소개되었고 정치 참여적인 후기시는 제외되었다.[9]

한편, 독일낭만주의가 우리나라에 수용되는 과정에서 특기할 것은 프랑스 상징주의가 본격적으로 이입, 소개되면서 독일낭만주의가 간접적으로 소개되었다는 사실이다. 구체적으로 보면, 노발리스의 결정적인 영향을 받은 시인들은 대체로 보들레르, 말라르메, 베를렌느인데,[10] 이들은 김억이 주관한 『태서문예신보』(1918.9.26～1919.2.17)를 통하여 본격적으로 수용되었기 때문이다. 김억은 이 책에서 외국문학의 번역, 소개에 근본취지를 두고 시 번역 소개에 더욱 적극적이었으며 프랑스 상징주의의 기본 특색을 독일낭만주의의 창작이념으로 간접적으로 소개하였다.[11]

---

8) 이유영, 같은 책, p.125 참고.
9) 하이네의 이입, 소개에 관한 것은 졸저, 『박용철의 하이네 시 번역과 수용에 관한 연구』(정음사, 1987)를 참조할 것.
10) 포르트리데(W. Vortriede, *Novalis und französische Symbolisten*, Kohlhammer Verlag, Stuttgart, 1963, p.34)는 1890년대 노발리스의 작품들이 프랑스에서 번역, 소개된 사실을 언급하면서 말라르메 등 프랑스 상징주의 대표적인 시인들이 노발리스의 후계자라고 명명하였다.(ibd., pp.39～42 참조)
11) 그 내용의 골자만을 간추리면 다음과 같다. 즉 상징주의 시인들은 이해를 뛰어 넘는 신비적 해답을 제시하며 눈에 보이는 세계와 보이지 않는 세계, 물질계와 靈界, 무한과 유한을 상통하는 매개자를 상징이라 칭했다. 이들은 암시 혹은 신비라는 말을 사용하여 난해한 시를 쓴다는 비난을 받기도 했으며 말라르메는 시어에는 반드시 상징어가 있어야 한다고도 하였다. 상징파시의 특징은 의미보다 언

2-2 낭만주의 개념의 이해와 번역

독일낭만주의 개념은 백조파 낭만주의 작가였던 박영희가 독일낭만주의의 개념과 성격을 '센티멘탈 로만티시즘sentimental romanticism' 즉 '감상적 로만티시즘'(『개벽』 49호)으로 소개한 이래 오늘날까지 대체로 이와 같은 의미로 통용되고 있다. 그런데, 이는 본래의 의미와는 다른 것이어서 재고할 필요가 있다.[12]

독일낭만주의 이론가인 F. 쉴레겔은 근대문학과 고전문학을 구별하기 위하여 'sentimental' 또는 'sentimentalisch'라는 말을 사용하였는데, 그 정확한 의미는 '성찰Reflexion'이다.[13] 성찰은 이성적 행위이므로 오히려 감성이 지배적인 감상적인 것과는 정반대의 의미를 나타내므로 우리나라에서 '감상적 낭만주의'라고 할 때 독일낭만주의 본래의 개념과는 크게 벗어나 있음을 쉽게 감지할 수 있다. 따라서 독일에서 자주 사용하는 성찰적 문학이 곧 낭만주의를 뜻하는 것이고 이것은 감상에 치우친 문학Wasserromantik(눈물을 자아내는 문학)과 대조적이며 동시

어에 있으며 마치 음악처럼 음향이 신경을 자극하는 것이 시가라는 것이다. 이렇게 볼 때 상징파시는 일종의 관능 예술로서 감동되는 정조의 운율 그것이 상징파의 시가이므로 자연 몽롱할 수밖에 없다는 것이다.(김억, 같은 책, p.21 참조)

12) 기존연구 가운데 이에 관한 문제를 제기한 것은 최민숙(「독일낭만주의 수용을 통해 본 번역의 문제점」, 『번역연구』 1집, (한독문학번역연구소, 1993, p.44)이 처음이다.

13) F. 쉴레겔(F. Schlegel, *Kritische Schriften*, München, 1970, p.512)은 「Gespräch über die Poesie」에서 "왜냐하면 나의 견해와 언어습관에 의하면 성찰적인 소재를 환상적인 형식으로 우리에게 표현해주는 것이 곧 낭만적인 것이기 때문이다."(Denn nach meiner Ansicht und nach meinem Sprachgebrauch ist eben das romantisch, was uns einen sentimentalen Stoff in einer phantastischen Form darstellt)라고 하여 'sentimentaler Stoff'를 'phantastische Form'으로 표현하는 것이 낭만적인 문학임을 분명히 했다.

에 성찰적 문학보다 저급한 문학으로 인식되었다.

낭만주의 개념 번역 오류에 관한 것은 최민숙[14]이 지적한 바와 같이 실러의 평론 「Über naive und sentimentalische Dichtung」 번역에서도 문제점이 발견된다. 기존의 번역물은 이것을 한결같이 「소박문학과 감상문학」[15]이라고 번역하고 있으나, 앞에서 논의한 것을 감안하면 당연히 「소박문학과 성찰문학」으로 해야 한다. 이렇게 했을 때 소박문학과 성찰문학의 차이가 두드러지게 드러난다. 다만 sentimentalische Dichtung에 관한 실러 자신의 설명에 따르면 비가悲歌가 그 대표적 장르이고, 비가는 이상적 고대에 비춰 현대의 결핍과 한계를 비탄한다. 그러니까 두 번역어 '감상−성찰'의 단선적 대비는 무리이고 오해를 야기할 수 있다.

'progressive Universalpoesie'[16]를 '진보적인 보편문학'이라 하는 것도 문제가 있다. 쉴레겔이 쓴 본래의 개념이 모든 학문, 모든 문학장르, 문학비평을 아우르는 총괄적인 뜻[17] 즉 삶의 제반 현상을 시어로 표현할 수 있어야 한다는 것이 낭만주의자들이 표방한 강령임을 고려해 볼 때 독일문학사에 언급된 기존의 번역은 문제가 있다고 지적하면서 '포괄문학' 혹은 '보편포괄문학'으로 보고자 한 최민숙[18]의 견해는 합리적이라고 볼 수 있으면서도 다음과 같은 문제점을 내포하고 있다. 즉 '보편'[19]은 그 의미로

---

14) 최민숙, 같은 글, p.50.
15) 문덕수, 『세계문예대사전』, 교육출판공사, 2000, p.975.
16) 이것은 독일 전기낭만주의 기관지인 *Athenäum*에 수록되어 있음.
17) A. Huysen, *Im Nachwort zu Friedrich Schlegel. Kritische und theoretische Schriften*, Stuttgart, 1978, p.237.
18) 최민숙, 「독일낭만주의 수용을 통해 본 번역의 문제점」, 『번역연구』 1집, 한독문학번역연구소, 1993, p.51.
19) '보편'의 사전적 정의는 ① 두루 널리 미침. ② 모든 것에 공통되거나 들어맞음 또는 그런 것. ③ 우주나 존재의 전체에 관계됨.(『표준어국어대사전』, 국립국어연구원, 1999, p.2752)

보아 '포괄'의 의미를 아우르는 것으로 판단되므로 필자는 널리 알려진 대로 '보편문학'이라 번역하는 것이 무난할 것으로 본다. 그럴 경우 합성어 '보편문학: universal + Poesie'의 규정어/형용사 progressiv는 '진보적' 보편문학이라는 종래의 번역에 큰 무리가 없어 보인다. 보편문학은 후기 괴테의 세계문학 개념과 유사하고, 낭만주의자들은 괴테를 넘어서고자 하였다.

2-3 박용철의 번역

본고에서 특히 박용철을 문제삼는 이유는 앞에서 언급한 바와 같이 그가 하이네의 초기시를 번역대상으로 삼아 독일낭만주의를 번역, 소개하는 데 누구보다도 공로가 크기 때문이다. 그의 전집을 살펴보면, 그는 하이네의 초기 서정시 번역에 주력하였으며[20] 하이네 시 특징의 하나인 대화체를 자신의 창작시에 도입하고 극장이미지와 달이미지를 차용하고 있어[21] 시의 내용은 물론 기술적인 면, 형태적인 면까지 하이네를 전폭적으로 수용하고 있음을 알 수 있다.

따라서 그의 해외시 공부가 근대적인 것에 치우쳐 있는 이유를 외국어 실력의 부족으로 돌릴 것이 아니라, 낭만주의를 선호하였던 박용철의 개인적 관심과 취향에 기인한 것으로 보아야 할 것이다. 다만, 그가 하이네 시 가운데 정치, 사회적 관심이 드러난 후기시들을 번역대상에서 제외하여 그의 각고刻苦의 노력에도 불구하고 제재 혹은 주제를 폭넓게 수용하지 못했다는 점이 그의 한계로 지적될 수 있다.

---

20) 『귀향』에서 24편, 『신춘』에서 25편, 『서정적 간주곡』에서 29편, 『노래』에서 6편, 『세라핀』에서 2편, 『안젤리크』에서 1편, 『타국』에서 1편, 기타 2편 총 90편이다.
21) 이에 대하여는 졸저, 『박용철의 하이네시 번역과 수용에 관한 연구』(정음사, 1987)의 제 3장에서 상론되었음.

박용철이 하이네의 대표작을 번역대상 작품으로 가려 뽑아 번역하는 일을 등한시한 것은 그의 비평적 안목이 결여된 것으로 비판의 여지가 없지 않으나, 이것 역시 낭만주의를 선호한 당시 독자들의 기호에 영합하려는 그의 의도에서 비롯된 결과임을 부인할 수 없다.

번역가는 자기가 선택하는 작가 및 작품에 대한 해설은 물론, 그가 어떤 식으로 번역한다는 구체적인 입장을 번역시집의 서두 혹은 말미에 밝히는 것이 보통이지만22) 박용철은 그런 자료를 전혀 남기지 않았고 그의 전집도 그의 사후에 출간된 것이어서 충분한 근거를 제시하지는 못한다.

박용철이 해외문학파23)의 중심 역할을 한 만큼 그의 번역태도는 해외문학파의 번역태도와 같다고 할 수 있는데, 『해외문학』 창간호의 권두사를 보면, 그 기본정신이 우리 문학의 건설과 세계문학의 상호범위를 넓히겠다는 데에 있으며 구체적으로는 "충실한 직역, 정확한 소개, 진지한 연구"라는 슬로건에 명백히 반영되어 있다.

해외문학파의 번역태도를 더욱 확실히 파악할 수 있게 하는 것은 해외문학파와 양주동과의 논쟁이다. 그 요점은 1) 번역가의 태도, 직역과 의역의 문제, 2) 문체에 관한 것, 경문이냐 연문이냐의 문제, 3) 역어에 관한 것, 외국문자를 그대로 쓸 것이냐의 문제, 즉 역어의 한계성24)이다.

박용철은 번역을 직접 실천에 옮기기는 했으나, 번역에 관한 논쟁에는 이렇다 할 이론을 내세우지 않았다. 다만 『시문학』의 창간호에서

---

22) 루터의 「Sendbrief vom Dolmetschen」과 쉴라이어마허의 「Über die verschiedenen Methoden des Übersetzens」는 그 대표적인 예이다.

23) 해외문학파는 그 인적 구성이나 정신적 자세로 보아 르네상스문학 현상의 2대 요소인 전통과 자유를 종합할 수 있는 원동력을 만들어 낸 셈이다. (김병철, 『한국근대번역문학사연구』, 을유문화사, 1975, pp.495~496 참조)

24) 양주동, 「번역문제에 관하야」, 『신민』 26호, 신민사, 1927, p.94.

"외국시의 번역에는 반드시 원작자명과 시제 등은 그 외국어시로 적으시고 더욱이 본문을 사송寫送해 주시거나, 출처 등은 반드시 밝히 가르쳐 주시면 친절하신 노릇이겠습니다."[25]라고 하여 원문에 충실하게 번역하고 그 출처까지 세밀히 밝히는 것을 원칙으로 하자는 그의 번역태도를 확인할 수 있다. 그리고 그의 번역을 비롯한 모든 문학활동[26]은 항상 독자를 염두에 두었을 뿐 아니라 우리 문학의 기여에 목표가 있었음은 특기할 만하다.

이제 박용철이 하이네의 시[27] 「솔나무는 외로이 서서」를 어떻게 번역했는지 비교, 분석해 보면 다음과 같다.[28]

북녘나라 벗어진 산우에
솔나무하나 외로이서서,
조을어가면, 어름과 눈이
하얀이불로 그를싸준다.

그는 야자수의 꿈을 꾼다
동쪽 해솟우는 머언나라
타는듯한 바위기슭에
말도없이 외로이 서있는.

Ein Fichtenbaum steht einsam

---

25) 박용철, 「기고규정」, 『시문학』, 창간호, 시문학사, 1930. 3.
26) 최근에 간행된 『용아, 박용철의 예술과 삶』(발간추진위원회, 광산문화원, 2002)은 박용철의 생애와 문학활동의 전모를 확인할 수 있는 자료로서 가치가 있다.
27) 하이네의 시에는 제목이 없는 것이 특색인데, 시의 첫행을 빌어오거나 혹은 시의 내용을 암시할 만한 귀절로써 제목을 표기한 것이 박용철 번역시 전반에 드러나는 특색이다.
28) 본 연구는 독일낭만주의가 우리나라에 유입되는 과정에서의 번역의 문제를 고찰하는 것이 주제이므로 논지의 집약을 위하여 박용철의 번역시 한 편만을 예시함을 미리 밝혀둔다.

Im Norden auf kahler Höh.
Ihn schläfert; mit weißer Decke
Umhüllen ihn Eis und Schnee.

Er träumt von einer Palme,
Die, fern im Morgenland,
Einsam und schweigend trauert
Auf brennender Felsenwand.

이 시에서는 타인과 결혼한 연인에 대한 사랑과 증오가 번갈아 반복되고 있다. 소나무는 고독과 슬픔에 잠겨 야자수를 그리워하고 있다. 연인은 독약으로 자신을 괴롭히고 사랑과 증오로 분노케 한다. 괴로움과 분노에 지친 소년은 연인을 무관심 속에 방치한 채 사랑도 증오도 주지 않는 상태로 여기며 자신의 태도를 바꾼다. 마침내 그들은 남과 북의 먼 대륙으로 떨어져 서로 연모하는 상대자가 된다. 이와 같은 페트라르카적 슬픔과 갈등의 유희적 과정은 괴테의 『West-östlicher Divan』에 수록된 아나크레온Anakreon적인 사랑의 장면에서도 소박한 민요조의 표현으로 나타나며, 이것은 하이네의 서정시에도 깊은 영향을 미치고 있다.[29]

박용철은 형식면에서는 원시와 같이 2연 4행으로 번역하고 각행은 원시의 의미를 가급적 살려 번역하였다. 특히 1연 2행의 "kahl"을 "벗어진"("민둥한"의 뜻)으로, 3행의 "Ihn schläfert"를 "조을어가면"으로 번역한 것은 원문에 충실하려는 번역가의 면모가 명백히 드러나는 부분이다. 한편, 2연 3행에서 "trauert"를 아무 이유 없이 생략하여 번역한 것은 문제점으로 지적된다.

이밖에 「로렐라이」, 「내울고 돌아다니면」, 「해는 오고가는데」, 「내 눈물에서는」, 「원망도 않는다」, 「늬를 언제나 사랑한다」, 「남의 나라에서」,

---

29) 오한진, 『하이네연구』, 문학과 지성사, 1979, p.34 참고.

「너는 한송이꽃」, 「서투른 길에」, 「죽음은 본시 치운 밤이라」, 「크나큰 괴로움에서」, 「치운 한밤중에」, 「신춘」 등30) 전집 1권에 하이네 시를 집중적으로 번역하고 있음이 확인된다.31) 그의 전공이 독문학인 만큼 독일시 번역에 비중을 둔 것은 해외문학파의 주장대로 자기 전공을 착실히 살려 번역하자는 의도에서 비롯된 것이다. 그리고 이 무렵의 상황으로 미루어, 일역에 의한 중역은 아니었다 하더라도 적어도 일역을 참작했을 가능성은 큰 것으로 보인다.

맥가이어Bassnett-McGuire가 "번역가는 우선 독자여야 하고 다음에 작가여야 하며 읽는 과정에서 그가 취해야 할 태도를 결정해야 한다."32)고 한 말을 참고로 한다면, 박용철은 번역에 대한 이론적 무장은 철저히 되지 않았어도, 최소한 번역가의 정확한 임무가 무엇인지를 인식하고 성실하게 번역에 임하였음을 알 수 있다. 아울러 번역가의 가장 큰 임무의 하나는 자기 나라 문학의 빈틈이 어디에 있는가를 예리하게 관찰, 비판하여 이것을 메울 수 있는 자료를 번역을 통해서 찾아야 한다는 것이다. 그리고 작품을 선정함에 있어서도 당시의 사회적 취향, 독자의 기호를 무시해서는 안 된다. 이런 측면에서 박용철은 번역가로서 갖추어야 할 기본 자세를 가지고 있었던 셈이다.

그리고 그의 문학정신이 국어를 갈고 닦는 데 있었던 관계로 번역시 전편이 순수한 우리말로 이루어져 있다는 점이 주목된다. 번역된 하이네 시가 주로 눈물, 애상, 비애, 고통 등을 주조로 한 것이어서 순수한 우리말로 썼을 때 그 느낌이나 정조가 곱게 빚어질 수 있기도 했

---

30) 졸저, 『박용철의 하이네 시 번역과 수용에 관한 연구』, 정음사, 1987, pp.59~83 참고.
31) 박용철의 독일시 번역은 괴테 시 13편, 실러 시 1편, 하이네 시 90편, 릴케 시 7편 도합 111편이다.
32) Bassnett-McGuire, Susane, *Translation Studies*, Methuen, London, 1980, p.144.

다.33) 그는 하이네시 전편에 걸쳐 번역하고 있으며 특히 『Buch der Lieder』34)에 수록된 시를 가장 많이 뽑아 번역했음을 알 수 있다.

앞에서 언급한 바와 같이 박용철이 일본 번역가들처럼 영역을 참고로 했을 가능성이 큰데, 독일어 발음을 영어로 발음하여 그대로 우리말로 옮겨 쓴 예가 적지 않게 발견되고 있다는 점에서 그렇다. 당시 어떠한 영역본을 근거로 했는가에 대하여는 자료가 남아있지 않지만, 1930년대에 가장 널리 소개된 영역본은 언터마이어Louis Untermeyer의 번역본 『Poems of Heinrich Heine』35)이었으므로 이것을 참고로 했을 가능성이 크다.

어떤 것이 가장 이상적인 번역인가 하는 문제는 끊임없이 논의되어 온 것일 뿐 아니라 번역된 작품 자체가 하나의 예술품으로 인정될 수 있는가 하는 문제에 대해서도 이론이 분분하다. 번역작업이 예술적 성격을 띠고 있는 이상 거기에 기계적인 공식이나 해결 방법이 있는 것

---

33) 역어를 순우리말로 하려는 노력의 일단은 이미 『태서문예신보』에도 보이며, 이 것은 김억이 『학지광』에 번역시를 내면서 "都巷", "悲哀", "苦痛" 등의 한자어를 쓴 것에 비하면 한걸음 발전한 것이다.

34) Heinrich Heine, *Sämtliche Werke I. Gedichte*V(Winkler Dunndruck-Ausgabe, 1978, 머리글)에 따르면 본래 이 시집은 하이네가 1827년에 발간하였으며 그후 13판이나 중판되었다. 참고로 여기에 실린 작품을 예시하면 아래와 같다.
   (1) 1817~1821년에 씌어진 『Junge Leiden』에 10편의 「Traumbilder」, 9편의 「Lieder」, 「Romanzen」 20편, 「Sonette」 13여 편이 수록되어 있다.
   (2) 1822~1823년에 씌어진 『Lyrisches Intermezzo』에 1개의 「Prolog」와 65편의 시가 수록되어 있다.
   (3) 1822~1823년에 씌어진 『Die Heimkehr』에 88개의 무명시, 5개의 담시가 수록되어 있다.
   (4) 1824년에 나온 『Die Harzreise』에 1개의 「Prolog」와 4개의 장시가 수록되어 있다. 하이네는 1839년 3월에 이 시집 3판을 내면서 그 첫머리에 "이것은 옛날의 동화집이다.Das ist der alte Märchenwald."라고 밝혔다.

35) 우리나라에서 최초로 하이네시가 번역된 것은 강성주의 『하이네시선집』(1926.4)에서인데, 역자의 『자서』에 의하면, 언터마이어 번역의 『Poems of Heinrich Heine』를 참고로 한 것이라 한다.(김학동, 『한국 근대시의 비교문학적 연구』, 일조각, 1981, p.155에서 재인용)

은 아니다.[36] 가능한 한 원시의 의미와 정신을 살려 번역 속에 원시의 모습을 충실히 반영하는 태도만이 번역문학의 이상을 실현할 수 있다.

김억[37]도 주장한 바 있듯이 번역은 무엇보다도 번역가 개인의 천부적인 재능과 놀랄 만한 창작력을 기대하지 않고서는 이뤄지기 어렵다. 그래서 번역가를 단지 원작을 반영하는 작업에 몰두하는 것으로만 보지 않고 역자의 주관성과 개인적 특질을 번역에 반영한다는 점을 인정해야 한다. 이런 관점에서 박용철은 자기의 번역 능력을 발휘한 셈이고 특히 번역에서 가장 기본적이고 필수적인 전제가 되어 있는 충실성[38]의 문제만을 가지고 논의한다 하더라도 철저히 원시의 의미에 충실하게 번역하였다.

번역에서 전달을 효과적으로 하려면 무엇보다도 각 언어의 특성을 중시해야 한다. 그래서 각 언어의 형태적 구조를 다른 언어에 강요하기보다 번역된 특징적 구조 안에서 메시지를 재생산할 수 있고 필요한 범위 안에서 모든 형태를 변화시킬 수 있는 준비를 해야 한다.

박용철은 우리말에 없는 단어는 발음 나는 대로 옮겨 적고 밑줄을

---

36) 평생을 번역에 관심을 가지고 라틴어, 희랍어, 서반아어, 이태리어, 영어, 불어, 페르시아어 번역을 시도했던 괴테는 번역의 이상을 3단계로 나누어 다음과 같이 설명했다.
　첫째 단계에서, 외국문화에 익숙해져 그것을 평이한 자국어의 문장으로 변형시키는 것, 둘째 단계에서, 변형된 작품을 변형된 문화권 속에서 완전히 소화하여 도입된 형체에 토속적 의상을 입히고, 셋째 단계에서, 이러한 과정이 완전히 소화되어 원작과 번역된 작품 사이에 완전한 동일성이 이뤄지게 된다는 것이다. 이러한 괴테의 정신은 원작과의 거리를 좁히려는 번역문학의 정신으로 받아들일 수는 있어도 번역작업의 실질적 지침은 될 수 없다.
37) 김억, 『잃어버린 진주』, 평문관, 1924, p.8.
38) 번역의 충실성은 직역만을 의미하는 것이 아니며 오역이나 지나친 의역을 허용하지 않는다. 번역은 충실하면 할수록 덜 아름답고 아름다울수록 덜 충실하다는 폴 발레리의 말처럼 번역이 예술로 인정되는 경우 번역가에게 허용되는 자유와 번역가의 주관성과 자유를 제한하는 충실성이 어떻게 상호, 조화를 이루는가 하는 것은 번역가의 대명제이다.

치거나 방점을 찍음으로써 원문에 충실했고, 압운의 재현은 궁여지책
이기는 하나 동어반복을 통해서 실천에 옮겼다. 시 번역에서 문제시되
는 압운과 통사상의 문제를 의식하여 하이네 시에서 철저히 지켜지고
있는 압운에 유의하였다.

또한 필요에 따라 의역한 것도 특기할 만한 일이다. 왜냐하면 같은
언어로 표현된 메시지도 모든 사람에게 똑같은 의미로 전달되기는 힘
들기 때문이다. 예컨대, 히브리어로부터 혹은 희랍어로부터 영어로 번
역할 경우조차 그 어휘의 풍부함에도 불구하고 두 언어 사이의 조화
를 기대하기는 힘들다.[39)]

나이다의 이론을 보면, 메시지의 내용을 제대로 살리기 위해서 형태
는 변화될 수밖에 없고 모든 언어가 형태상 다르므로 내용을 보존하
려면 형태는 당연히 바뀌어야 한다.[40)] 그런데, 이 형태를 변화시키는
범위는 두 언어 사이의 문화적 간격에 달려 있다. 어족이 비슷하더라
도 문화에 관련되거나 기타 세계관의 차이 때문에 형태상의 구조, 문
법, 어휘에 더욱 심각하게 변화를 일으킬 수가 있는데, 그것은 물론 내
용을 제대로 유지하기 위해서다. 그리고 어족이 다른 경우에는 형태의
변화가 클 수밖에 없으므로 독일시를 어족이 다른 우리말로 바꾸는
경우에 형태 변화의 폭은 크기 마련이다. 박용철이 경우에 따라 생략,
추가하거나 의역한 것은 이와 같은 관점에서 이해되어야 한다.

문체를 논할 때 현대 번역이론가들이 자기가 살고 있는 시대와 풍

---

39) 히브리어 "hesed"가 "loving-kindness" 또는 "covenant love"로 번역되었다 해도 여전
히 거기에는 언급되지 않은 부분이 남아 있다. 왜냐하면 이 히브리어 단어는 상
호 충성하는 전사회적 구조가 내포되어 있을 뿐 아니라 부족의 추장과 그 추종자
들 사이의 관계를 유지시켜 주는 것으로 모든 사람에게는 생소한 것이고 상상할
수조차 없는 경우가 있기 때문이다.
40) E. A. Nida/Ch. Taber, *The Theory and Practice of Translation*, E. J. Brill, Leiden, 1969,
p.5.

토에 맞추어 번역을 현대화해 가는 것처럼 박용철은 그가 살던 시대적 현실에 알맞게 번역하고 있고 특히 행위, 태도, 사고, 말씨, 구두점 등의 문제를 충분히 배려하고 있음을 알 수 있다. 또한 당시의 낭만주의적 취향이 강한 독자들의 기호에 맞추어 하이네 시를 번역, 소개하였으며 원시에 없는 제목을 역자의 의도에 따라 번역, 추가하였다.

박용철이 번역가로서의 자질을 갖추고 있었음은 그가 번역하는 과정에서 우리말 어휘를 알맞게 선택하여 구사할 수 있는 능력을 보여줬기 때문이다. 번역시가 우리시라 해도 좋을 만큼 자연스러워서 번역의 느낌이 나지 않고 우리말답게 옮기려는 데 최선을 다하였고 원어의 의미와 현저하게 다르게 의역하거나 임의로 생략한 경우는 극히 드물다.[41]

이상에서 번역가로서의 박용철의 성실한 면모가 드러났음에도 불구하고 아래와 같은 한계가 있었다.

첫째, 그의 어학 실력이 하이네를 본격적으로 번역해 내기에는 미흡했던 것으로 판단된다.[42] 그가 한때 독일 유학에 뜻을 두었으나 뜻을 이루지 못했던 것은 번역가로서의 역량 발휘에 있어서 커다란 저해 요인이 된다. 좋은 번역을 위해서는 독일의 문화, 풍습, 사회적, 정치적인 배경을 폭넓게 이해해야 한다는 것이 전제되기 때문이다. 그가

---

41) 체코의 대번역가 레비Levý는 번역가가 번역 과정에서 어려운 표현을 생략하거나 그 의미를 축소시키는 것은 비도덕적인 태도라고 주장했다.(Susane Bassnett-McGuire, *Translation Studies*, Methuen, London, 1980, p.22)

42) 그는 동경외국어학교 독문과에서 한 학기를 수학하였는데, 이것이 결코 긴 기간은 아니지만 수재였던 그는 이 시기에 독일어 기초를 닦았다.(「저자약력」, 『박용철전집』Ⅱ. 시문학사, 1939, p.8) 그러나 "震災로 인해 집에서 독학을 시작하여 문학서의 탐독, 중국학, 독일어 공부에 實로 놀랍도록 열심하였고 여름까지 留京하고는 下鄕하였지만은 벌써 단기간이라고는 하나 그때 초잡은 工夫가 十五年 또 이듬해 봄까지 집에서 그대로 계속하였고 얻은 것이 病"(박용철, 같은 책, p.12)이라 할 정도였으니, 그 노력과 집념은 대단한 것으로 평가된다. 그러나 역시 어학 실력의 양성이란 장기간을 요하는 것이어서 그처럼 짧은 기간에 어학을 통달하기는 불가능했을 것이다.

하이네시를 폭넓게 이해하려는 데 온갖 노력을 기울였지만 일본에 소개된 책자를 통한 간접적인 체험에 의존할 수밖에 없었던 것은 안타까운 일이다. 즉 그가 독일시를 이해하게 된 배경은 제한된 범위 내의 것이었다.

둘째, 번역가는 자신의 번역태도나 입장을 밝히는 것이 통례로 되어 있는데, 박용철은 이에 대한 일체의 기록도 남겨놓지 않았다. 이것은 그가 우수한 번역실천가일 수는 있어도 번역이론가는 아니었음을 말해준다.

셋째, 원시에 없는 단어, 수식어를 지나치게 첨가한 과잉 표현의 특색이 박용철의 번역시에도 예외없이 드러난다. 이것은 1920년대, 1930년대를 통해 이루어진 번역시들 대부분이 지니고 있는 공통점이기도 하다.

이제까지 논의된 것을 종합해 볼 때, 박용철이 우수한 번역가로 평가될 수 있는 것은 무엇보다도 번역에 임한 성실한 태도와 어느 정도 인정될 만한 어학 실력, 뛰어난 문학적 감수성 때문이라 할 수 있다. 박용철의 하이네 시 번역은 그 자신의 시 창작에도 깊은 영향[43]을 주었다.

3. 결론

본고는 우리 문화의 유산을 두 가지 차원 즉 과거 전통의 보존과 과거에 대한 비판적 극복이라는 측면에서 논의의 출발점을 삼아 그 기준을 번역학적 관점에 두고 논지를 집약하였다. 번역학이 부차적인 연구라는 기존 인식을 깨고 최근 들어 그 존재의 정당성을 인정받고 독립된 학문으로서 부상한 것은 번역이 문학 전반에 기여할 수 있는 포

---

43) 이 부분에 대해서는 졸저, 『박용철의 하이네 시 번역과 수용에 관한 연구』(정음사, 1987)에서 상론하였으므로 본고에서는 논의를 생략함.

괄적인 인식 가능성에 있다는 점 때문이다. 환언하면, 번역연구를 통하여 번역에 대한 이론적인 체계화는 물론 문학 전반에 관한 새로운 접근 방식을 열어 보일 수 있다. 번역학적 관점에서 문학텍스트를 취급한다는 것은 서로 다른 문화에 대한 끊임없는 성찰을 전제로 하기 때문에 번역학은 문학연구에 새로운 지평을 확보해 준다.

서구에서 수백 년에 걸쳐 실험된 다양한 문예사조를 짧은 시기에 일시에 수용하여 이제는 우리 문학의 일부가 된 사실을 누구도 부인하지 못한다. 그리고 그 과정에서 잘못된 부분이 있다면 그것을 수정해야 할 몫은 바로 우리에게 있으며 이에 대한 공감대는 그 동안 매우 크게 형성되어 그 연구 성과도 컸다고 판단된다.

그러나 본고의 논의에서도 드러난 것처럼 무엇보다도 중요한 것은 번역의 문제는 두 문화권간의 새로운 이해의 접근 모색이라는 사실과 외국문학의 수용연구를 통해서 우리 자신에 대한 이해의 폭을 넓힌다는 사실에 대한 깨달음이다.

본고에서는 지면의 제한 때문에 독일 낭만주의가 우리나라에 번역, 소개되는 과정에서 주로 낭만주의 개념의 번역에서 야기된 문제점과 박용철의 번역에서 보이는 허와 실을 통하여 낭만주의 이입과정에서의 문제점을 검토하였다.

한편, 영국 낭만주의 시인들 예컨대 예이츠, 블레이크, 키츠 등의 작품이 시문학파에 의해서 번역, 소개되어 1930년대 우리 문단은 물론 독자들에게 상당한 영향력을 행사하였음을 감안할 때, 영국 낭만주의의 번역, 소개과정에서 나타난 문제점은 없는가를 본고와 같은 방법론적 시각에서 검토되어야 할 것이다. 이와 같은 작업이 다른 문예사조의 이입과정까지 확대, 조명되었을 때 우리문학사의 올바른 정립을 기대할 수 있다고 본다.

제9장
한국 시문학파의 번역

1. 문제의 제기

한국번역문학사에서 번역이론 정립의 초석이 되는 시기가 1930년대임은 이미 알려진 바와 같다. 그것은 이 때에 번역활동이 가장 활발히 이루어졌고 한국번역문학사상 전무후무한 번역이론의 논쟁이 전개되었기 때문이다.[1] 그러므로 이 시기의 번역을 최근 대두된 문화번역이론의 틀에 맞추어 면밀히 분석함으로써 그 허虛와 실實을 가리는 일은 매우 의미 있는 작업이다.

본고는 위와 같은 맥락에서 논지를 집약하되 특히 번역가로서 자신의 문학적 삶을 마감한 박용철을 비롯하여 시창작 외 여기餘技로 번역에 관심을 보인 정지용과 김영랑 등 시문학파의 번역을 문제삼고자 한다. 이들

---

[1] 이에 관해서는 졸고, 「한국번역문학의 이론」(『비교문학』 15집, 한국비교문학회, 1990, pp.174~230)을 참조할 것.

에 관하여는 필자가 부분적으로 논의한 바가 있으나[2] 이들을 한 자리에 모아 이들 사이에 내재하는 공통점과 차이점 등을 고찰한 연구성과는 발견되지 않는다.

번역학의 흐름을 보면, 1970년대 후반부터 체계 중심의 언어학에서 화용론 중심의 언어학으로 전환이 이루어진 후 번역학 역시 언어 외적 요인 즉 텍스트 기능을 중시하는 방향, 환언하면, 역어텍스트 중심의 번역으로 발전했다.[3] 라이쓰와 훼르메르는 『번역일반론의 기초정립*Grundlegung einer allgemeinen Translationstheorie*』(1984)을 통하여 기능번역이론 즉 목적이론에 관한 문제를 근본적으로 제기하고 이를 전문학술지 『텍스트콘텍스트 *Textcontext*』에서 상세히 논의하였다. 이 이론은 전통적인 언어학적 번역이론과는 전혀 다른 단초에서 전개되었으며, 언어와 문화가 상호 의존관계에 있다는 가설에 토대를 둔다. 이와 아울러 이 이론에 상응하는 새로운 학술용어[4]가 제정되었다.

번역은 언어로써 표현되는 상황과 연관되므로 번역자가 어떻게 번역행위를 의식하고 자기 자신의 사고와 행위를 고찰하는지에 관해서 의문이 생기기 마련이다. 그러므로 번역과 텍스트의 관계를 설명하려면, 인간과 현실세계와의 관계를 규명하는 해석학을 필요로 한다. 최근 번역자 자신의 관점에서 번역작업을 수행하는 번역이론의 한 방법으로 해석학적 번역모델이 등장했는데, 이것은 텍스트의 구조, 번역과정 등 언어학적 요인

---

2) 졸저, 『박용철의 하이네시 번역과 수용에 관한 연구』(정음사, 1987), 졸고, 「정지용의 블레이크 역시에 관한 고찰」(『이우성교수 정년퇴임기념논총』, 동간행위원회, 1990, pp.936~959), 졸고, 「번역 이론의 관점에서 본 영랑 김윤식의 예이츠시 번역」(『어문학』 78집, 한국어문학회, 2002, pp.259~284) 등이 그러하다.

3) 텍스트에 기초한 기능번역이론을 대표할 수 있는 학자는 회니히/쿠스마울(1984), 라이쓰/훼르메르(1984), 홀쯔-맨테리(1984), 노르트(1988) 등이다.

4) 새로운 학술용어로서 번역과정, 번역물, 통·번역학, 번역자, 번역기능, 번역물의 기능 등을 들 수 있다.

은 문제시하지 않고 번역자가 텍스트를 취급하는 과정에서 나타나는 현상, 즉 번역자의 텍스트에 관한 이해와 해석만을 중시한다. 해석학의 연구대상은 생명 없는 언어구조가 아닌, 인간 사이의 의사소통인데, 이것은 사회에서 텍스트 기능이 강조되고 아울러 기능번역이론도 중시되어야 함을 뜻한다.

2. 최신 번역이론

최신 번역이론은 곧 문화번역이론으로 요약되므로 본 항목에서는 이에 초점을 맞추어 고찰하기로 한다. 그런데, 언어가 지닌 특성을 어떻게 보느냐에 따라 번역의 개념 정의와 번역방법이 달라지기 때문에 논의 전개과정에서 언어의 본질 규명이 선행되어야 한다. 즉 번역의 본질 해명은 언어의 특성 파악이 전제되었을 때 가능하다고 할 수 있다.

첫째, 언어의 특성을 주목해 보자. 언어보편성이론은 데카르트의 합리주의철학, 아놀드와 란슬롯의 포르-로얄문법학파, 홈볼트의 언어이론에서 유래되었고 최근 촘스키의 변형생성문법학파에서 다시 논의되었다. 촘스키의 심층구조와 표층구조의 개념은 홈볼트의 내적 언어형식 및 외적 언어형식 이론의 발전이다. 이러한 극단적 견해에 따르면, 번역은 재기호화 즉 표층구조를 심층구조로 전환하는 작업이며 절대적으로 가능하다. 그리고 언어보편성은 의미에 토대를 두며 궁극적으로는 비언어적이고 보편적인 것이다. 그런데, 번역과 유관한 것은 빠롤적 보편성이다. 물론 모든 언어간에 랑그적 보편성도 존재하지만 이러한 보편성은 언어사용자 누구나 다 알 수 있는 것이다. 그러나, 어느 민족의 특성을 나타내는 전통적 문학작품이나 사상에 관한 텍스트 등 그 민족의 특성을 이해하기 위해서는 그 민족의 고유한 특성을 지닌 문화소[5])를 이해해야만 한다. 그래서 번역의 난해성은 이러한 문화소의 이해가 쉽지 않다는 데 있다.

언어기호는 표현과 내용으로 구성되어 있는데, 이 두 관계는 언어마다 다르다. 예컨대, 우리말의 '꽃'은 불어로는 fleur, 독어로는 화초花草를 의미하는 'Blume'와 과수果樹를 의미하는 'Blüte'에 해당한다. 그러므로 '꽃'은 문맥에 따라 'Blume'혹은 'Blüte'로 번역된다.[6]) 이처럼 번역은 언어기호라는 표현 속에 그 언어를 사용하는 민족정신, 세계관, 전통, 역사 등 넓은 의미에서 문화의 역동적이고 고유한 내용이 농축되어 있어 이것을 다른 사회·문화적 배경을 지닌 민족이 사용하는 언어의 표현형식으로 바꾸어 재생하는 창조적이고 예술적 행위이다.

구체적으로 언급하면, 사회·문화적으로 다르게 구성된 인식조건에 의해서 특정의 문화가 형성되는데, 역으로 인간은 이렇게 이룩된 문화에 의해서 사고와 인식의 제약을 받는다. 어느 한 문화권의 구성원은 그 구성원에 의해서 창조된 문화라는 독특한 창을 통해서 실세계를 파악하고 해석하기 때문에 어느 한 언어를 구사한다는 것은 그 언어 속에 함축되어 있는 현실개념 파악의 방법에 따라 실세계를 개념화하고 파악한다는 사실을 의미한다.

번역은 한마디로 문화간의 의사소통이다. 번역과 관련지었을 때 문화의 개념은 복잡다양하고 애매모호하며 추상적 차원의 뜻을 내포하고 있어서 문맥에 따라서 다르게 해석될 수밖에 없다. 행위와 가치 평

---

5) 문화소의 개념은 언어학에서 음소나 의미소와 같은 개념이다.
6) 이와 같이 동일한 객관적 대상이 다르게 구조화되고 해석되는 것은 그 언어를 사용하는 민족의 세계관이 다르기 때문이다.

가의 집단적 차이에서 나타나는 원어문화는 물론 역어문화 안에서 커
뮤니케이션 과정을 위한, 어떤 의미를 지닐 수 있는 실제 번역작업과
관련되는 모든 것이 곧 문화다. 그리고 개인의 행동방식, 즉 개인 문화
의 존재는 번역을 한층 더 어렵게 한다. 번역자의 능력을 문제삼는 이
유가 여기에 있으며 어떤 번역자라도 혼자서 원어 및 역어문화에 관
한 모든 지식을 겸비할 수 없기 때문에 어려움은 가중된다.

한편, 문화번역이론에서 일컫는 완결문맥cotext[7]은 그 나라의 문화가
곧 문맥이며 그것은 설명이 필요 없으므로 생략한 것으로 간주된다.
예컨대, "뱃사공이 많으면 배가 산으로 간다"는 표현은 한국인이라면
지도자가 많으면 일에 실패한다는 것임을 설명하지 않아도 알 수 있
다. 즉 이러한 표현은 오랜 세월 동안 한국인의 익숙한 언어표현으로
전해 내려온 것으로서 한국 문화와 관계되는 사항이다. 따라서 이 문
장은 곧 한국의 문화가 문맥이다. 만약 이것을 불어로 번역한다면,
"Trop de cuisiniers gâtent la soupe.요리사가 많으면 요리를 망친다"고 해
야 한다.

또. "Conversation"같은 어휘는 우리말로 번역할 때 각별한 주의를 요
한다. 이 말은 1700년대 셰익스피어가 살던 시대까지는 "교제"라는 뜻
이었고 그 이후에는 "대화"의 뜻으로 전이되었다. 셰익스피어의 작품
번역에서 "conversation"을 대화로 번역하는 것이 합리적이지 않다는 것
은 자명하다. 번역과 관련되는 중요한 요인으로는 문화접촉과 언어접
촉이 있는데[8] 특정한 커뮤니케이션에 속하는 문화접촉 즉 문화적 맥
락에서 볼 때 모든 텍스트는 문화와 밀접한 관련을 맺고 있다.

---

7) 문화·사회적 문맥을 완결문맥cotext이라고 하는데, 이는 구체적으로 말하면 자세
한 설명이 없어도 뜻이 명확한 문장을 말한다.
8) W. Koller, *Einführung in die Übersetzungswissenschaft*, Quelle & Meyer, Heidelberg, 1979,
59ff.

특히 문학작품의 번역은 문학텍스트가 단순한 언어현상이 아니고 사회·문화적으로 주어진 언어 환경에 상응하는 의사소통의 기능을 지닌 복합적, 다차원적 구조이기 때문에 언어상의 문제만은 아니다. 결국 번역은 번역자의 주관적 선택의 문제이고 이 주관적 선택의 기준은 번역자의 세계관이다. 번역자의 세계관은 번역 결정의 최상위 개념이며 번역자의 언어능력, 창조적 능력은 하위 개념일 뿐이다.

자연어는 실세계를 단순히 표시하지 않고 해석하면서 언어적으로 규정된 정신적 중간세계 내에서 중재한다. 바이스게르버[9]가 제시한 이론의 핵심개념인 정신적 중간세계는 본질적으로 언어이다.[10] 즉 언어공동체 구성원들에게 모국어에 의해서 규정된 세계관 즉 모국어의 세계관을 중재하는 것은 모국어의 중간세계이다. 예컨대, 북두칠성과 같은 성좌나 동서남북 등 네 방위는 처음부터 존재한 것이 아니고 인간의 분석적 정신 활동에 의해서 형성된 것이다.

둘째, 최신 번역이론과 텍스트의 기능을 살펴보자. 번역은 번역자의 주관적인 해석에 깊이 관여하므로 번역학과 해석학의 학제적 연구가 필요함은 재론의 여지가 없다. 그런데 해석학적 사고는 사물의 분석이 아닌 인간의 사고나 직관에서부터 시작되므로 언표는 조작화하거나 표준화할 수 없을 뿐더러 명확하지도 않으며 그 내용은 다만 직관적으로 입증될 수 있다. 따라서 해석학적 번역이론에서는 번역자의 언어적 창조성이 가장 중시되고 또한 텍스트에 대한 그 자신의 올바른 이해와 성찰이 요구된다. 이 경우 역어텍스트가 중시되고 텍스트의 목적과 기능에 맞추어 역어텍스트에 좀더 접근하도록 초안을 수정, 보완하

---

9) L. Weisgerber, *Grundzüge der inhaltsbezogene Grammatik*, Düsseldorf(4.Auflage.)(-Von den kräften der deutschen Sprache, 1, 1971, p.54.

10) 여기서 언어는 모국어를 의미하며 문제시되는 것은 모국어가 지니는 내용에 관한 중간세계이다.

는 과정을 번역과정으로 본다.11)

해석학적 번역모델에서는 텍스트이해해가 번역의 전제조건이므로 번역자가 텍스트를 과연 올바르게 취급하는가가 번역의 질을 좌우한다. 가다머는 이러한 맥락에서 해석학적 현상을 담화모델에 의거하여 고찰할 것을 제안했다. 모든 텍스트는 독자에게 생소하므로 이 사실을 먼저 인정하고 예비지식을 바탕으로 하여 대화를 통해서 점차 그 텍스트를 이해해야 한다. 스톨제는 번역자 자신의 텍스트이해해가 번역의 준비작업이라는 관점에서 텍스트 분석을 부정하고 텍스트 해석을 중시했다. 여기에서 주목해야 할 사실은 그녀가 실용텍스트, 학술텍스트 또는 문학텍스트 등 특정한 텍스트 형태에 고정시키지 않고 모든 텍스트 번역에 통용되는 유용한 언어학적 범주를 설정했다는 점이다. 그녀는 이러한 언어학적 범주체계로서 1) 주제론, 2) 의미론, 3) 어휘론, 4) 화용론, 5) 문체론을 제시했다.12) 이것은 어느 특정한 텍스트의 번역과정에 모두 적용되는 것은 아니고 텍스트에 따라 그 적용정도 역시 다르며 번역과정에서 기계적으로 사용할 수 있는 공식이기보다는 번역자가 주의해야 할 텍스트의 문제점을 인식하고 평가하는 데 도움이 된다.

팹케는 텍스트 중심의 해석학적 번역이론을 바탕으로 텍스트 번역상의 문제점을 논의하고 제의했으나 자신의 견해를 이론화하지는 않았다. 그는 "총체로서의 텍스트"를 번역단위로 간주하면서 단어나 문장이 아닌 텍스트의 "초월적인 총체적 의의 단위"가 번역되어야 한다고 주장하였다. 즉 텍스트는 의의 단위를 형성하는데 그 내적 연관관

---

11) R. Stolze, *Grundlagen der Textübersetzung*. Julius Verlag. Heidelberg, 1982, p.192.
12) 위의 책, pp.196~206 참조. 이러한 스톨제의 견해는 번역에 관한 학제간 연구의 필요성을 주장한 스넬-혼비(1988)의 통합적 접근방법과 맥락을 같이 한다.

계는 대단히 복잡하며 큰 형식 내에서의 소단위는 포괄적 텍스트의 범주 안에서 사태관계가 결정되지만 보다 더 작은 형식 역시 자율성을 지닌다. 소단위는 언제나 "초월적인 총체적 전체성"과 연관관계에 있는 "전체로서의 일부분"이므로 소단위와 대단위 사이의 관계는 단순한 흡수나 첨가가 아니다. 텍스트 정보는 언어기호 자체의 총화에서 얻어지는 것이 아니며 텍스트 속에 내포된 언어요소의 의미뿐만 아니라 그 이상의 것, 즉 텍스트 의의이다. 텍스트는 총체가 그 부분의 총화를 능가하는 "형태단위"로서 여러 요소와 기호 기능을 포함하고 있어서 "다차원성"을 지닌다.

기능적 텍스트이론13)에서 의사소통의 도구로서 텍스트는 의사소통의 상황에 귀속되어 있으므로 의사소통 행위의 일부분이다. 그런데, 이러한 행위에는 언어나 비언어적 정보 이외에도 특정의 문화적 특성에 따라 각인된 텍스트의 경험과 기대, 일반상식, 행위습성, 가치체계, 의사소통의 의도가 내포되어 있다. 그러므로, 텍스트 행위는 텍스트 생성이 아니고 텍스트 수신인의 수용과 더불어 완성된다. 텍스트 발신인은 특정의 의사소통의 의도를 텍스트에 표현하는데, 이러한 의도가 그 목적을 성취할지는 전적으로 텍스트 수신인의 의도에 달려있다.14)

위에서 논의한 바와 같이 기능번역이론에서 텍스트가 사회·문화의 언어화된 일부분이라는 사실은 낱말과 텍스트의 예시를 통해 설명이 기능하다.15)

그러므로, 텍스트는 주어진 상황에 귀속되는데, 상황 자체는 사회·

---

13) 기능적 텍스트이론에서 텍스트 개념은 언어학적 개념과는 반대로 사회학적 개념이다.

14) Ch. Nord., "Textanalyse. Pragmatisch/funktional". In : *Handbuch Translation*. Snell-Hornby M./Hönig, H.G./Kußmaul, P./Scmitt, P.A.(Hg.). Tübingen. 1999, 144f.

15) 이에 관한 구체적인 예시는 본서 제3장 3절에서 상론하였으므로 이를 참조할 것.

문화적 요인에 의해서 결정된다. 따라서 번역은 역어문화권에 소속된
텍스트 기능에 의존하므로 번역과정에서 원어텍스트 본래의 기능을
역어텍스트에 그대로 보존하든지(기능불변성) 또는 역어문화권에 적합하
도록 원래의 기능을 바꾸어야 한다.(기능변경성)[16)

3. 1930년대 한국 시 번역

번역시를 고찰할 때 제기되는 기본적인 문제는 무엇을 어떻게 번역
하느냐가 관건인데, 무엇을 번역하는가에서 가장 중요한 것은 문학계
와 독자들의 취향을 고려해야 하는 일이다.[17) 본고에서 논의대상이 되
는 세 번역자는 본론의 분석과정에서 드러나겠지만 당대의 문단이나
독자들의 취향을 고려한 것뿐만 아니라 독자들의 이해를 위한 측면
즉 역어텍스트 중심의 번역을 했다는 공통점이 있다.[18)

박용철, 김영랑, 정지용의 번역 실상을 구체적으로 살펴보면 아래와

---

16) 회니히/쿠스마울 이론의 주요개념인 "기능불변성과 기능변경성"은 이미 훼르메르
가 제시한 바 있다.

17) 한국에서 40년 이상을 생활하면서 30년 이상 번역가로서 경험을 쌓은 여동찬(로
저 르벨리에)이 그의 「문학작품 특히 시의 번역과 보급 사업」(김종길 외, 『한국문
학의 외국어 번역』, 민음사, 1997, p.105)에서 밝힌 내용도 이와 같은 것이다.

18) 1930년대는 일제강점기이므로 일역에 의한 중역의 가능성을 배제할 수 없지만
그렇다고 해서 전적으로 그렇게 속단할 수 없다. 그것은 해외문학파가 주장한 바
와 같이 원전을 통한 직접적인 번역의 움직임이 이 시기에 무르익었기 때문이다.
이들이 주장한 바를 인용하면 아래와 같다.

"조선의 문학운동이 직접, 간접으로 일본문예의 영향과 감화를 절대적으로 맡
아왔다. …중략… 조선은 새로운 문학사상의 직접적 수입이 없고 항상 간접적으
로 밖에 수입되지 못했다. …중략… 여기에 한 가지 새로운 야심과 필연적 욕구
가 생기게 되어 직접으로 좀人도 외국문학을 감상하고 소개하기 위해서는 외국어
의 힘을 빌어 그들의 작품과 사조에 직접 접촉할 수 밖에 없다."(『해외문학』 창간
호, 해외문학사, 1927, 서문)

같다.

3-1 박용철의 릴케시 번역

박용철의 번역 경향은 릴케의 시 「가을Herbst」를 분석함으로써 명확히 밝혀질 것이다. 그는 우리 번역문학사에서 릴케 시 번역을 맨 처음 시도한 번역가로서 「소녀의 기도」(마리아께 드리는)(『女性』, 1936. 6)는 그 예이다. 그가 번역할 때 원작 선택을 어떤 기준에서 했는지는 정확히 알 길이 없으나 당시에 일본에서 서구문학의 번역이 매우 성행하고 있었으므로 이러한 배경은 그에게 번역의 동기를 충분히 마련했을 것으로 짐작된다. 『박용철전집 1』(1939)에 보면 박용철이 이미 릴케의 시 7편을 묶어 번역하고 있음을 알 수 있다.[19)]

다음은 「가을Herbst」의 원문과 번역시이다.

> Die Blätter fallen, fallen wie von weit,
> als welkten in den Himmeln ferne Gärten;
> sie fallen mit verneinender Gebärde.
>
> Und in dem Nächten fällt die schwere Erde
> aus allen Sternen in die Einsamkeit.
>
> Wir alle fallen. Diese Hand da fällt.
> Und sieh dir andre an: es ist in allen.
> Und doch ist Einer, welcher dieses Fallen

---

19) 『박용철전집 1』에 실린 차례대로 역시의 원문과 수록된 시집을 아울러 소개하면 다음과 같다. ① Herbst(Das Buch der Bilder) ② Maria, du Weinst(Die frühen Gedichte) ③Unsere Mutter sind schön müd(Die frühen Gedichte) ④ Dein Garten will ich sein zuerst(Die frühen Gedichte)⑤ Schau unsere Tage (Die frühen Gedichte).

unendlich sanft in seinen Händen hält.[20]

닢이 떨어진다 멀리선 듯 떨어져
하날우 딴동산이 말라가듯
否定하는 몸짓으로 떨어진다.

그래 밤이면 무거운 땅은
모도 별들에서 고독가운대로 떨어진다.

우리 다 떨어진다 이손도 떨어지고
다른데를 보라 어디는 그게없날.

그러나 한분이있어 이 떨어짐을
끝없이 부드러이 그손안에 받혀준다.[21]

이 시는 1889년부터 1906년 사이에 쓰여진 『형상시집Das Buch der
Bilder』에 실려 있다. 이 시집의 특징은 릴케의 음악적 재능과 언어적
기교가 완벽하게 표현된 점이며[22] 한스 카로사가 이 시편들을 "새로
운 한 인간상의 비극적인 언어"[23]라고 말했듯이 존재형식을 형상화하
는 데 있어서 강렬한 체험을 바탕으로 대상에 대한 충실한 표현과 내
용을 밀착되게 통합하고 있다. 즉 시인은 강렬하게 자기를 모색하고
있을 뿐 아니라 직접 경험한 것만을 노래하는 시작 태도를 보이고 있
다.

---

20) R. M. Rilke, Werke. *Einleitung von Beda Allemann*, Band 1-1, Gedichte-Zyklen, Insel
   Verlag, Frankfurt, 1966, p.156.
21) 시문학사, 『박용철전집 I 』, 동광당서점, 1939. pp.318~319.
22) "……wie schon das 'Buch der Bilder'(1902), R. s eigentümlich.Musikalitat und
   Virtuositat der Sprache voll auspragt,……"(*Brockhaus Enzyklopadie* 20 Banden, Brockhaus,
   Wiesbaden, 1972, p.815.
23) 릴케, 『릴케시선』, 송영택 역, 삼중당, 1983, p.228.

총4연 9행인 이 작품은 가을 하늘을 바라본 시인의 눈에 비친 외부 세계에 대한 인상을 묘사하는 것으로 시작되고 이와 같은 묘사를 통하여 형상이 만들어지고 있어서 가을 하늘에서 파문을 그리며 떨어지고 있는 낙엽을 물끄러미 바라보고 있는 시인의 모습을 연상하게 해 준다. 즉 가을빛으로 가득 물든 한 폭의 그림을 독자의 가슴속에 그려 준다.

제1연 1행 "닢이 떨어진다. 멀리선 듯 떨어져"는 미묘한 음악을 연상시키는데, 박용철은 잎이 진다는 반복적인 사실을 우리말의 반복법을 통해 드러냈다. 이 시의 핵심어는 "fallen"으로서 표면에 드러난 물리적 자연현상으로서 조락凋落만을 의미하지 않고 그 이면裏面에 함축된 사라짐, 떨어짐 즉 지상의 것이 지닌 무상함을 의미하고 있다. 시든 나뭇잎들이 부정하는 몸짓에서 연상되는 것은 죽음을 거부하는 인간의 행위이다. 생자필멸生者必滅이라는 피할 수 없는 사실을 거부하고 싶은 것이 인간의 마음이며 여기에 인간의 비극이 내재하고 있다. 신과 인간은 먼 거리에 떨어져 있는 까닭에 신에 대한 인간의 정서가 고독이라는 것이 2행에 표현되어 있다. 4연에서 "한 분"은 신神을 상징한다. "하날"은 종교성을 띤 어휘로서 기독교에서 의미하는 '하느님'으로 보거나24) 전통적으로 내려오는 "순천자順天者는 성하고 역천자逆天者는 망한다"고 하는 유교적 개념에 따라 번역한 것이다.25) 그래서 2행의

---

24) 다만 많은 릴케 논자들이 주장하는 바와 같이(김재혁, 『릴케의 작가정신과 예술적 변용』, 한국문화사, 1998, p.50 참조) 릴케의 종교성은 기존의 가치 개념으로는 파악되지 않고 그의 고유한 예술적 세계관을 고려하는 가운데서만 진정한 이해가 가능하다는 사실을 염두에 두어야 한다.

25) 우리 민족은 전통적으로 하늘을 지고한 존재로 파악하였다. 예컨대, 비를 내리게 해달라고 빈다거나 홍수를 그치게 해달라고 할 때 하늘을 향하여 비는 행위에서 이러한 사실이 드러나는데, 다만 이것이 우상숭배 차원은 아니라는 것은 분명하다. 조현범(『문명과 야만. 타자의 시선으로 본 19세기 조선』, 책세상, 2002, p.94)이 지적한 내용도 이와 같은 점에서 설득력이 있다.

"하날우 딴동산이 말라가듯"이 시사하는 내용은 천국은 지상의 세계와 전혀 다르고 멀다는 것이다. 그래서 "딴"곳으로 풀이되고 있고 "동산"은 "에덴동산"을 염두에 두고 번역한 것으로 보이며 "정원"으로 번역한 것보다는 훨씬 우리의 정서와 분위기에 알맞다.[26]

이러한 사실은 번역이 문화의 변용이며 그것을 담는 그릇임을 여실히 드러내는 증거이다. 여기에서 문화란 지적 활동의 총체로서 사회적 조건 아래에서 형성된 인간활동의 모든 양상을 뜻하는 넓은 의미로 사용된다.[27] 이렇듯이 금세기에 들어 문화의 문제가 번역에서 문제시되면서 역어문화권의 언어상황[28]과 사회－문화적 배경이 번역의 중요한 요인이 되었다.

1연과 2연은 대칭구조로서 1연의 "하날"은 2연의 "땅"과 대칭이다. 그리고 이와 같은 인간의 비극적 상황은 4연에서 마침내 반전되어 한 분의 손길로 구원되는데, 이와 같은 시적 비전의 제시는 이 시의 예술성을 획득하게 하는 요인이 된다.

이 시의 전체적인 문맥상 "한 분"은 "하느님"이고 "손"은 "하느님의 손"이다. 그러므로 원문의 "Einer"를 "한 사람" 대신 존칭대명사를 써서 "한 분"으로 번역한 것은 박용철의 언어적 감각을 보여주는 예이다. 특히 부사 "sanft"를 시어 "부드러이"로 번역한 것은 그가 시인·번역가임을 보여주는 증거이며 원시의 의미를 한층 더 부각시킨다고 할

---

26) 「雨後庭園에 月光」(『학지광』, 15호, 학지광사, 1918, p.77)과 같은 기록을 통해 이 시기에 이미 '정원'이라는 어휘가 쓰이고 있었음을 알 수 있다. 그리고 조경학 전문가(안계복 교수, 대구가톨릭대학교 조경학과 교수)에 따르면 당시 집에서 거리가 가까우면 뜰(庭), 멀면 동산(園)을 썼다고 한다.
27) 졸고, 「운문 번역이론의 난해성」, 『비교문학』 24집, 한국비교문학회, 1999. p.3 참고
28) 역어문화권의 상황 요인에는 텍스트 생성 장소와 시기뿐만 아니라 수신인도 포함된다.

수 있다.

이 시에서 특기할 것은 불가시적 존재인 신을 "떨어짐"과 "받혀줌"이라는 가시적인 이미지를 통해 형상화한 점이다. 이것은 『형상시집』이 추구하는 '형상'을 구체적으로 보여주는 예다. 릴케가 말하는 '형상'은 음악과는 달리 어떤 특정한 것, 경계가 확연한 것, 개관해 볼 수 있는 것 등을 의미하는데, 릴케를 통하여 각 작품은 하나의 틀 속에 들어 있는 그림으로 생각된다. 이것은 릴케의 『형상시집』[29]에 실린 시편들이 지닌 특징이기도 한데, 박용철은 번역을 통하여 이러한 특징들을 어느 정도 잘 살리고 있다.

「몬저 나는 당신의 정원이 되고 싶습니다Dein Garten wollt ich sein zuerst」의 번역도 위와 같은 번역태도를 크게 벗어나지 않고 있다.

3-2 김영랑의 예이츠시 번역

김영랑은 영시 가운데 예이츠 시 두 편을 번역하였는데, 본고에서는 그 가운데 「하날의 옷감He Wishes for the Cloths of Heaven」을 고찰하고자 한다. 이 시의 원문과 번역문을 인용하면 아래와 같다.

　　　　Had I the heavens' embroidered cloths,
　　　　Enwrought with golden and silver light,

---

29) 릴케는 '마음 속에 어렴풋이 떠오른 것'을 눈에 뚜렷이 보이는 형상으로 제시하고자 했으며, 원래 폭풍이라고 제목을 붙였던 형상시집의 시작품 하나를 '바라보는 사람'으로 개명했다. 이것은 릴케에게 있어서 '바라보기'라는 개념이 점차 의미를 획득하고 있음을 뜻하며 사물들과의 새로운 관계를 만드는데 있어서 '바라보기'가 릴케의 미학적 성찰에서 중요한 역할을 한다. '바라봄'에 관련된 시편들은 「가을」 외에도 「책 읽는 사람」, 「바라보는 사람」, 「저녁」 등이 있다.(김재혁, 『릴케의 작가정신과 예술적 변용』, 한국문화사, 1998, p.95 참고).

The blue and the dim and the dark cloths
Of night and light and the half-light,
would spread the cloths under your feet:
But I, being poor, have only my dreams;
have spread my dreams under your feet;
Tread softly because you tread on my dreams[30]

내가 금과 은의 밝은 빛을 너어짜은
하날의 수노흔 옷감을 가젓스면,
밤과 밝음과 어슨밝음의
푸르고 흐리고 검은 옷감이 내게 잇스면
그대 발아래 까라 드리련
만은, 가난한내라, 내꿈이 잇슬뿐이여,
그대발아래 이꿈을 까라 드리노니,
삽분이 밟고가시라. 그대 내꿈을 밟고가시느니.[31]

　예이츠는 이 시에서 사랑을 구체적인 대상과 행위로서보다는 아름
다운 꿈나라같이 생각하여 마치 무늬 고운 비단 천을 짜듯이 그 꿈나
라를 찬란한 색채와 빛으로 수를 놓으면서 스스로 황홀한 환상에 도
취한다. 이 시의 의미는 빛과 색채의 영롱한 조화로써 사랑을 꿈꾸는
시인의 황홀한 생각 속에 반영되어 있다. 푸른빛과 희미한 빛과 어둠
은 하루의 낮과 저녁과 밤의 빛깔을 나타낸다. 시인은 이 세상 하늘
아래에 있는 온갖 아름다운 색깔과 빛의 이미지를 전개시켜 그런 빛
으로 짜여진 옷감을 애인의 발 아래에 깔아놓고 마치 시종들이 여왕
폐하를 모시듯이 애인을 모시고 싶어하나 자신은 가난하여 이런 것들
은 오직 꿈일 뿐, 그 꿈을 깔고서 애인을 맞이하겠다고 한다. 소박하고
겸허한 시인의 태도가 화려한 이미지와 대비되면서 궁중풍의 사랑을

30) M. L. .Rosenthalm, *W. B. Yeats*, Macmilan Publishing Company, New York, 1986, p.27.
31) 시문학사, 『시문학』 2호, 1930, pp.34~35.

구가하는 중세의 연애시인들을 연상시킨다.[32]

김영랑이 예이츠를 번역대상으로 선택한 것은 그가 개인적으로 예이츠의 시세계에 매료되었기 때문이기도 하지만 영국 낭만주의 대표시인의 한 사람인 예이츠가 당대 우리 문단에 끼칠 수 있는 영향관계를 고려한 결과로 보이며, 그가 낭만주의시에 경도된 시문학파[33]의 일원이라는 사실과 무관하지 않다. 김영랑이 박용철처럼 전문적인 번역가는 아니었지만 『시문학』 2호에서 예이츠 시 2편을 번역한 것은 고무적인 사실이며, 그가 과연 번역을 통하여 원시의 의미와 분위기를 얼마나 구체적으로 재현하고 있는지 주목하지 않을 수 없다.

어떻게 번역하는가 하는 문제는 원작이 지닌 높은 문학적 가치를 역어로써 창출하는 동시에 원작의 특성을 어떻게 살리느냐가 관건이다.[34] 물론 이와 같은 문제를 해결하려면 번역자 고유의 문체와 번역방법이 필요하다. 아울러 상징과 비유를 동원하는 시번역은 문화, 역사, 사회, 전통과 밀접한 관계가 있다. 그리고 외국의 시를 한국어로 번역했을 때 그 나라의 독자들이 느끼는 감정을 한국 독자들이 완벽하게 느낄 수 있을까 하는 문제는 여전히 남는다.

김영랑은 원시의 "그는 천국의 옷감을 원한다"를 단순히 "하날의 옷감"으로 짧게 줄여 번역하였다. 이것은 시의 핵심이 되고 있는 것이 곧 이 시의 소재이므로 이를 살리기 위한 의도에서였거나 혹은 간결

---

32) 이창배, 같은 책, pp.138~139 참고.
33) 이것은 영랑과 함께 시문학파의 대표격인 박용철이 독일 낭만주의 대표시인 하이네시 번역(이에 관한 것은 졸저, 『박용철의 하이네시 번역과 수용에 관한 연구』(정음사, 1987)에서 상론함)에 중점을 둔 것이나, 정지용이 그의 동지사대학 졸업논문이 블레이크시에 관한 것이었다는 점, 블레이크시 5편을 번역(졸고, 「정지용의 블레이크 역시에 관한 고찰」, 『이우성교수정년퇴임기념논총』, 1990)에서 상론함)한 사실에서도 이들이 얼마나 낭만주의 취향이 강했는지를 알 수 있다.
34) 여동찬, 같은 책, p.110 참고

체를 선호하는 그의 취향에 따른 결과로 보인다. 그래서 번역은 번역자의 주관적 선택의 문제라고 할 수 있으며 선택의 기준은 번역자의 세계관 즉 이데올로기와 문학 전통이다. 그래서 케빈 오록[35]이 모든 번역은 주관적이고 해석 없이 번역이 있을 수 없고 해석 없이 시란 있을 수 없다고 한 것은 이와 같은 맥락에서 이해할 필요가 있다.

제목에서 "heaven"을 "하날"로 번역한 것을 고찰해 보면, 본래 "heaven천국"[36]은 의미상 "sky하늘"[37]와 구분되어야 함은 당연한 일이다. 그러나 서양의 기독교가 유입된 지 얼마 되지 않았고 기독교 인구도 극소수였을 뿐 아니라 유교적 생활철학이 뿌리 내려 있던 우리 사회에서 기독교문화의 핵심인 천국의 의미가 보편적으로 이해되지는 않았을 것이다. 따라서 번역자는 우리 민족에게 전통적으로 알려져 온 하늘의 의미에 바탕을 두어 번역했을 것으로 짐작된다.

한편, 영랑은 "cloths"를 "옷감"으로 번역하고 있는데, 발 밑에 까는 용도를 고려할 때 "천"으로 번역하였거나 님이 걷는 길에 펼쳐놓는 것이므로 "융단"[38]을 썼으면 보다 귀한 느낌을 주고 시적 분위기를 자아

---

35) 케빈 오록, 「한국 현대시의 번역」, 『한국문학의 외국어 번역』, 민음사, 1997, p.87 참고

36) "heaven"의 사전적 의미는 "1. place regarded in some religious as the above of God and angels, and of the good after death, often characterized as above the sky. 2. a place or state of supreme bliss."(*The Oxford English Reference Dictionary*, Oxford University Press, 1995, p.651)이다.

37) "sky"의 사전적 의미는 "1. the region of the atmosphere and outer space seen from the earth. 2. the weather or climate evidenced by this."(위의 사전, p.1360).

38) 이것은 필자의 주관적 해석이므로 논란의 여지가 없지 않으나, 삼국시대에 이미 중국으로부터 비단, 모직류의 천이 수입되었고 개화기 문호가 개방되면서 더욱 많이 흘러 들어왔을 것으로 추측된다. 그리고 발 밑에 까는 담요가 다음과 같이 삼국유사의 기록에 이미 전해지는 것으로 보아 융단, 비단 등의 어휘가 생소한 것은 아니었을 것으로 보인다. "王又聞唐代宗皇帝優崇釋氏, 命工作五色氍毹, 又彫沈檀木與明珠美玉爲假山, 高丈餘, 置氍毹之上, 山有巉嵓怪石澗穴區隔, 每一區内, 有歌舞伎樂・列國山川之狀"(「塔像第四 : 四佛山 掘佛山 萬佛山」, 『三國遺事』, 김원

닐 수도 있었을 것이다.

그리고 운율의 번역이 문제인데, 원시에서 철저히 지켜진 각운을 어법이 전혀 다른 우리말에서 그대로 살리기는 매우 어려운 일이었겠으나 영랑의 번역본에서 "~은, ~면, ~니" 등 같은 어미의 반복을 통하여 최소한 이를 살리려는 시도를 하고 있다.

1행에서 본문에 없는 형용사 '밝은'이 첨가되어 있는데, 이 세상의 온갖 아름다운 색깔과 빛의 이미지를 전개시켜 그런 빛으로 짜여진 옷감을 애인의 발 아래에 깔아놓고자 한 것이 예이츠의 본래의 의도였던 만큼 이를 더욱 부각시키기 위하여 역자 임의로 첨가한 것이라 할 수 있다.

3행의 "어슨밝음의"[39]에서 "어슨"은 영랑의 시에서 독특하게 쓰인 시어로서 "어스름, 어슴프레"[40]의 의미를 지닌 어휘이다. 이것은 영랑이 시인이기 때문에 시적으로 표현하려는 의도가 반영된 결과로서 극히 자연스러운 일이다. 4행의 "dark"를 "검은"으로 번역했는데, 문맥으로 보아 색상을 가리키므로 "짙은"으로 번역했어야 한다. 5행에서 주격 "나"를 생략한 것은 우리말에서만 빈번히 허용되는 주어 생략의 특징이 드러난 점이다.

중 역, 을유문화사, 2002, p.323)
　　한편, 황동규는 「하늘의 융단」이라는 제목 아래 다음과 같이 번역하고 있고 4행에서 '옷감' 대신 '천'이라는 어휘를 쓰고 있어 흥미롭다.
　　"만일 나에게 하늘의 융단이 있다면/금빛과 은빛으로 짠,/낮과 밤의 어스름의/푸르고 희미하고 어두운 천으로 짠./그대 발 밑에 깔아드리련만/허나 가난한 나는 꿈밖에 없어/그대 발 밑에 꿈을 깔았습니다./사뿐히 걸으소서. 그대 밟는 것 내 꿈이 오니."(윌리암 버틀러 예이츠, 황동규 역, 『1916년 부활절』, 솔출판사, 1995, p.34).
39) 원시의 "half-light"의 번역인데 이 낱말의 본래 의미는 "light that is about half obscured"(*Dictinary of the English Language*, Random House Inc. 1996, p.861), "희미하게 밝음, 어둑어둑한 밤"(영한대사전, 시사영어사, 1993, p.1012)이다.
40) 김재홍, 『한국현대시 시어사전』, 고려대출판부, 1997, p.762.

김영랑은 「이늬스쯔리The Lake Isle of Innisfree」의 번역에서도 이러한 태도를 고수하고 있다. 다만 원제를 간략히 "이늬스쯔리"로 한 것이 주목된다. 이니스프리가 예이츠의 시에서 "이상향"으로서의 특별한 의미를 지니고 있기 때문에 이를 강조하기 위한 의도에서 나온 결과로 보인다. 대체로 시에 나타난 지명은 연상에 의한 반향을 갖게 한다. 이 것을 깨닫느냐 혹은 그렇지 않느냐 하는 문제는 전적으로 독자의 몫 이다. 영국인이 아니면 이니스프리가 어디에 있는지, 그 이름에 덧붙 여진 의미가 무엇인지를 알 수가 없다. 견문이 넓은 영국 독자들이나 한국인 독자 중에도 지식이 풍부한 사람들은 이니스프리가 빚어내는 분위기 혹은 이곳이 예이츠에게 어떤 의미를 지니는지 바로 알 수 있 다. 예이츠가 제목 속에 지명을 활용한 것은 그런 효과를 얻고자 한 동기가 있었을 것이다.

이니스프리의 각 글자 위에 방점[41]을 찍은 것은 원문에는 없는 것 이고 번역자가 별도의 설명을 붙이지는 않았으나, 유명한 지명임을 드 러내고자 한 역자의 의도에서 비롯된 것으로 보인다. 다만 원제목을 가능한 한 살려서 번역해야 하는 것이 번역자의 임무라고 한다면, 이 시의 제목은 '이니스프리 호수의 섬'이라 했어야 한다.

영랑의 번역에서 드러나는 또 다른 특징은 각 연 끝행에 원시와는 다르게 들여 쓰기 형식을 취한 점인데, 이것은 시에서 시각적 효과와 동시에 강조의 성과를 거두고 있다. 3연 4행으로 된 원시의 형식을 3

---

41) 이 역시는 『시문학』에 橫書로 게재되어 있어 방점이 찍혀 있는데 동지에 실린, 정지용의 시 「일은봄아침」(1호, p.13), 「Dahlia」(1호, p.15), 이하윤의 역시 「원무」(1 호, p.32), 「새벽」(1호, p.34), 「나는 향기로운 바람을」(3호, p.24). 박용철의 역시 「노 래의 날개에 너를 싣고」(2호, p.44), 「솔나무는 외로이 서서」(2호, p.46)에서 보이는 바와 같이 시인 혹은 역자가 강조하고자 하는 인명, 지명 등에 찍은 것이 특징이 고 이런 경향은 당대의 역자들에게서 보편적으로 볼 수 있는 현상이다.

연 5행으로 변형시킨 것은 영랑의 번역시에서 보이는 특징이다. 이것
은 4행시를 선호한 영랑의 시적 경향을 고려하면 예외적인 현상이다.
영랑은 시인이기 때문에 자연에 대한 감수성이 풍부하고 직관이 예리
한 시인이어서 번역학의 이른바 텍스트 외적 요인을 체득하였다. 즉
예이츠의 시가 자신에게 가장 깊숙이 와 닿을 뿐만 아니라 자신의 자
연관과 일치하기 때문에 원시의 틀을 과감히 파괴하여 5행시로 번역
한 것으로 짐작된다.

3-3 정지용의 블레이크시 번역

정지용은 주로 블레이크의 시를 번역하였는데, 『정지용전집』(김학동,
1988)에 나타난 바에 의하면, 블레이크 초기 시집 『순수의 노래Song of
Innocence, 1789』[42]에 수록된 「小曲1」(『대조』, 1930. 3), 「봄에게」(『시문학』,
1930. 5), 「초밤별에게」(『시문학』, 1930. 5) 등 5편이다.

정지용은 일본 동지사대학에서 영문학을 전공하면서 윌리암 블레이
크와 북원백추北原白秋의 시를 읽고 배우면서 블레이크 시에 대한 시야
를 보다 넓혀 갔으며, 졸업논문의 제목이 「블레이크 시에 있어서 상상
력Imagination in the Poetry of William Blake」이다. 이로 미루어 이 무렵
그가 블레이크 시에 얼마나 심취해 있었는가가 짐작이 된다. 김학동[43]

---

42) 이 시집은 시와 그림을 곁들인 독특한 판화책이다. 뿐만 아니라 이 시집에 실린
    작품의 다수는 직·간접으로 '어린 양에 관한 노래'임을 암시하고 있다. 그리고
    시인 자신 혹은 시 속의 화자의 역할, 독자와 시인, 시 속에 등장하는 삼라만상
    사이의 관계 등이 암시되어 있다. 이 시집은 『순수의 노래Song of Innocence』(1794)와
    함께 영문학에서는 말할 것도 없이 서양의 시문학뿐만 아니라 중남미의 주요문학
    적 흐름에 상당한 영향을 끼쳤으며, 시편들 하나하나가 얼핏 보기에는 단순하고
    거칠 것이 없는 순수서정시인 듯이 보이나, 애매모호함을 지닌 것으로 해석의 다
    양성을 내포하고 있는 특징이 있다. 따라서 이 시집은 번역하기에 난해하다.
43) 김학동, 같은 책, pp.125~128 참고.

이 지적한 바와 같이 졸업논문을 쓰려면 블레이크에 관하여 전반적으로 섭렵해야만 가능한 것이다. 5편의 번역시는 일부에 국한된 것이지만, 그의 취향에 적합했던 것으로 보아도 무방하며 1920년대 이입양상과도 관련이 있다. 본고는 이 가운데 「小曲Song 1」을 본고에서 설정한 기준에 의거하여 살펴보고자 한다.

Memory, hither come,
　　And tune your merry notes:
And, while upon the wind
　　Your music floats,
I'll pore upon the stream,
　　Where sighing lovers dream,
And fish for fancies as they pass
　　Within the watery glass.

I'll drink of the clear stream,
　　And hear the linnet's song;
And there I'll lie and dream
　　The day along:
And, when night comes, I'll go
　　To places fit for woe,
Walking along the darken'd valley
　　With silent Melancholy[44]

니치쟌는 생각이야 이리로 오라
네 아릿다운 줄을 골으라.
바람우에 네 음악이 쎠돌 동안…

---

44) A. Kazin, *The Portable Blake*, Penguin Books, 1979, pp.67~68. "song"이라는 같은 제목 아래 4편의 독립된 시가 이 책에 수록되어 있는데 본고의 분석대상인 「소곡 1」은 그 가운데 두 번째 시에 해당된다.

탄식하는 님들 꿈에 어리는
시내ㅅ물을 내 익닉히 굽어보며
홀으는 거울 속
시처가는 부즐업슨 심사를 낙그리.

새맑은 물 마시며
리니트의 노래를 들으리.
그 곳에 누어 한종일 꿈에 잠기다,
밤이 오면
슬허하기에 안윽한 곳 차저 가리.
고요한 시를 쌀어
검은 골작 사이를 걸으면서45)

'Song'이라는 제목 아래 내용이 다른 2편의 독립된 시를 번역하면서 이를 구분하기 위하여 임의로 번호를 달고 있는데, 그 의도는 독자를 위한 것이었을 것이다.

이 시의 번역에서 가장 현저히 드러나는 특징은 시행을 임의로 조정한 사실이다. 문장의 부호도 임의로 조정하고 있는 것은 비록 이 시에서뿐만 아니라 다른 역시에서도 공통적으로 드러나는 특징인데, 이는 독자의 이해를 돕기 위하여 나온 결과로서 1연에서는 의미상 3행, 4행을 독립시킬 필요가 없이 묶어 번역하고 2연에서는 5~7행을 묶어 2개의 행으로 압축시켜 놓았다.

이 번역시에서 주목할 것은 1연 5행의 'pore upon'46)을 '익닉히'로 번역한 것인데, 사전에 없는 어휘로 역자가 임의로 만든 낱말이다. 본

---

45) 김학동, 『정지용전집』, 민음사, 1989. p.173.
46) 이 어휘의 사전적 의미는 ①자세히 보다 ②숙고하다 ③골똘하다(Webster's English-Korean Dictionary, 교육출판공사, 1985, p.812)인데, 이것을 '익닉히 굽어보다'로 번역하고 있다.

래 '익쌜 익쌜히' 즉 '다음, 또 다음'의 뜻인데, 이 의미를 확대 해석하면 본뜻에 근접할 수 있다. 역자가 이처럼 새로운 낱말을 만들어 쓴 것은 우리 국어의 어휘를 풍부히 했다는 데 의의가 있다. 이러한 경향은 정지용의 번역시 도처에서 보인다. 2연 2행의 'linnet'를 '홍방울새'로 번역하지 않고 발음 나는 대로 즉 '리니트'로 번역한 것이 특기할 만한데,47) 이것은 이 새의 이름이 생소하여 독자의 이해를 돕기 위한 의도에서 이루어진 번역일 수 있다.

그리고 「小曲Song 2」에서도 시인·번역가로서의 그의 면모를 보여주는데 몇 가지만을 편의상 원문 인용을 생략하고 예시하면 다음과 같다. 'join'을 '잇무노니'로 번역하였는데, 이런 어휘는 우리말사전에는 없으나 '잇닿다+물다'의 뜻으로 'join'이 본래 갖는 '접합하다'의 뜻에 근사한 번역을 한 것으로 추측되며, 이렇게 함으로써 우리말 어휘를 풍부하게 하는 결과를 가져온 셈이다. '높히 지즐거리고 나지 노래불으고'는 역자의 의도가 대조법을 통해 강조하려는 뜻에서였음이 명백하다. 즉 'loud'는 '크게'의 뜻이 있으나 확대해서 해석하면 '높이'의 뜻이 되고 'sweet'의 뜻은 '목소리가 좋은', '낭랑한' 등의 뜻이니 음성이 결코 크고 시끄러운 것이 아닌, 나지막한 뜻임을 나타내면, '낮게'보다는 '나지'('낮이'를 소리나는 대로 쓴 것)로 표현하는 것이 시적인 분위기가 짙다. 'chirping'은 '새가 지저귀다'의 뜻이므로 '지즐대다'는 표현은 이 뜻에 맞추어 쓴 시적 표현이다. 'sport'를 '회살달며'로 번역한 것도 새로운 조어造語의 결과다. 'sport'는 본래 '장난하다', '유희하다'의 뜻인데, '회살달다'의 뜻은 없고 이런 낱말

---

47) 고유명사의 번역방법은 ① 번역을 해야 할 경우 ② 다른 이름으로 대체해야 할 경우 ③ 원문의 발음대로 표기하는 경우 등 세 가지 방법이 있는데, 독자에게 주는 영향 여하를 고려해야 하고 원문에 들어 있는 이름이 일정한 감정 또는 표현가치를 지닌 경우 번역가가 어떻게 달리할 수는 없는 일이다.(홍승우, 「문예작품의 가능성과 한계」, 『통역대학원논문집』 1집, 한국외국어대학교, 85. p.164).

은 사전에 발견되지 않는다. 그런데 이 낱말의 조어법을 살펴보면, '희戱+살+달다'(유희의 분위기를 갖다)로 분석될 수 있다.

사보리T. Savory가 '시는 기억할 수 있는 언어poetry is a memorable speech'라고 했듯이 시는 곧 리듬과 감각에 의하여 기억될 수 있다는 뜻인데, 결국 시의 운율은 번역에서 또한 신중히 고려할 문제이다. '시의 신비를 언어의 신비'로 인식하고 있는 정지용은 "시의 본질이란 언어의 가장 자유스럽고 구체적인 상태에서 시작, 발전된 것이며, 새로운 시는 이러한 언어에 대한 자각으로 문자와 언어에 혈육적 애愛를 느끼지 않고서 시를 사랑할 수 없다"[48]고 함으로써 현대시에 새로운 빛을 던진 그의 관점은 번역하는 과정에서 잘 드러나 있다. 그는 가능한 한 시적 분위기를 창출할 수 있는 어휘를 골라 썼고 이를 위해서 새로운 낱말을 독창적으로 만들어 쓰기도 했다.

또한 1930년대에 "생략과 함축, 문체 및 시형식의 다양화 등 방법론적 단련을 통해 궁극적으로 시란 언어의 자각에 의한 대상의 표현이라는 점을 일깨우고 있는"[49] 것으로 평가되는 정지용의 시적 경향은 시 번역 과정에서 잘 반영되었다. 그는 전문적인 번역가는 아닐지라도 시인이기 때문에 개별 어휘에까지 얼마나 치밀하게 생각하여 번역했는지 분석 결과 드러났으며, 이것은 그가 언어 자각에 눈을 뜬 1930년대 시문학파라는 사실과 무관하지 않을 뿐만 아니라 독자를 염두에 둔 증거이다.

이렇게 볼 때 훌륭한 시인은 번역에서도 그 능력을 발휘하는 것이라는 이른바 "번역은 제이의 창작이다."라는 평범한 진리가 정지용의 번역시 고찰에서 드러난 셈이다. 즉 외국어에 대한 실력과 일반 교양,

---

48) 정지용, 『문장독본』, 박문서관. 1948, p.208.
49) 김현자, 『한국현대시작품연구』, 민음사, 1988, p.94.

시적 창작 능력이 풍부한 사람이 더 나은 번역을 해낼 수 있다는 결론
이 나온다. 사실상 어떤 한 작품을 번역할 때 그 나라의 문학사나 문
화를 통찰하지 않고서는 정확한 번역은 어려우며, 번역대상 작품선정
은 친구와 마찬가지로 자기가 잘 아는 작품일 때 번역하기 쉽고 또한
잘 할 수 있는 법이다.

정지용이 비록 많은 역시 작업을 펴나간 것은 아니지만, 이처럼 몇
편의 번역시를 통해 분명히 드러내 보인 것은 많은 시어를 만들어 좋
은 번역이 되도록 전심전력했고 이것은 오늘날 최신 번역이론 즉 문
화번역이론에 부합되는 면이다.

각 연이 9행 총 3연으로 된 「봄Spring」에서도 원시에 맞추어 운율을
살리되 우리 독자들을 고려하여 우리 어법에 맞추어 각운을 살리고 있
고 이것은 박용철, 김영랑, 정지용의 번역시에서 보이는 공통적인 특징
이다.

그런데, 문제가 되는 것은 새 이름 'nightingale'[50]을 '꾀꼬리'로 번역한
것이다. 이것은 우리 독자들에게는 생소한 새이므로 역자 나름의 판단
에 따라 우리에게 익숙하게 알려진 꾀꼬리로 번역한 것으로 풀이된다.
2연 5행의 'cock does crow'를 정지용은 '닭이 운다'고 번역하였다. 이 번
역은 당대의 문화적 환경을 반영한 것으로 해석된다. 닭이 운다고 보는
것은 곧 동양적 정서로서 노래한다고 보는 서양적 정서와는 대조적이며
오늘날은 우리나라에서도 과거와는 달리 노래하는 것으로 표현하는 것
이 보편화되어가고 있다. 그리고 'face'를 '뺨'으로 번역한 것도 흥미롭
다. 본래 '얼굴'의 의미를 지닌 이 어휘를 왜 "뺨"으로 번역했을까? 시의

---

50) 'nightingale'의 사전적 의미는 ① 나이팅게일(꾀꼬리보다 크며 저녁때부터 아름다
운소리로 울음) ②밤에 우는 새(Collegiate Dictionary, 시사영어사, 1991, p.746)이고
꾀꼬리에 해당하는 말은 'oriole'(같은 사전, p.779)이다.

문맥으로 보아 입맞춤은 뺨에 주로 하는 것이니 얼굴로 번역하는 것보다는 훨씬 구체적이고 감각적이다. 이 대목에서 그가 시인·번역가임이 확인된다.

4. 맺는말

번역비평은 물론 원문과 번역문의 비교를 전제로 하나 문학 혹은 비교문학, 정신과학에 관한 작품번역에서는 번역이 번역으로서 차지하는 비중보다는 번역 그 자체를 특징짓는 번역가 자신의 독특한 문체와 해석의도가 더 중시된다. 일반적으로 알려져 있듯이 횔더린Hölderin은 그 전형적인 예에 속한다. 그리고 모든 시대에 두루 미치는 영향의 원천으로서 번역가가 중시되는데, 셰익스피어를 독일어로 번역한 쉴레겔51)은 그 대표적인 경우이다. 이때 번역작품의 언어나 문체의 분석보다는 번역자의 개성을 통하여 외국의 텍스트를 자국화하는 번역방법이나 번역비평이 더 중시된다.52)

본론의 분석에서 본 바와 같이 박용철, 김영랑, 정지용은 언어 문제에서는 역어 즉 우리말 중심의 번역을 하고 있고 비록 원작에 미약하게 반영되어 있지만 언어 외적 문제인 이데올로기, 역사와 관습, 종교 등의 문제를 고려하여 번역한 것으로 평가된다. 박용철의 릴케 시 번역, 김영랑의 예이츠 시 번역, 정지용의 블레이크 시 번역에서 이데올

---

51) 잘 알려진 바와 같이 쉴레겔의 셰익스피어 번역은 번역의 기념비적 존재인데, 쉴레겔의 공로로 인하여 독일인들은 원본이 없이도 셰익스피어를 완벽하게 이해할 수 있다. 독일인들이 셰익스피어를 '우리들의 셰익스피어'라 부르는 이유도 이와 무관하지 않다.

52) Koller, W., *Einführung in die Übersetzungswissenschaft*, Quelle & Meyer, Heidelberg, 1979, p.195.

로기의 문제로 생략해야 할 정도의 심각한 문화소의 차이를 보여주는 것은 아니지만 이 세 번역가는 유교적 생활철학에서 시를 이해하고 당대의 우리의 관습에 맞추어 번역하였다.

그리고 시번역에서 문제시되는 원시에서의 운율번역은 우리말의 어미 반복을 통한 각운으로써 원시의 운율을 살렸다. 김영랑이 들여 쓰기 형식을 취하여 시각적 효과와 동시에 강조의 성과를 거둔 것이나 세 역자가 모두 문장의 부호와 시행을 임의로 조정한 사실은 독자를 염두에 두고 번역한 결과다. 또 정지용이 번역하는 과정에서 가능한 한 시적 분위기를 창출할 수 있는 어휘를 골라 썼고 이를 위해서 새로운 낱말을 독창적으로 만들어 쓰기도 한 것은 국어의 어휘를 풍부히 했다는 데 의의가 있으며 이것은 우리 문화를 창조하려는 의욕에 힘입은 결과다. 그리고 이것은 번역이 번역자의 언어능력과 창조성의 문제가 특히 중시되어야 한다는 문화번역이론의 핵심에 맞닿는 부분이다.

한편, 어떻게 번역하는가 하는 문제는 원작이 지닌 높은 문학적 가치를 역어로써 창출하는 동시에 원작의 특성을 어떻게 살리느냐가 관건임을 고려할 때 본고의 논의의 대상이 된 번역자들은 각기 번역자로서 역량을 발휘한 것으로 평가된다. 다른 두 사람에 비해 비교할 수 없이 많은 양의 번역시를 내면서 역량 있는 번역가로 평가되는 박용철, 시번역 과정에서 다양하면서도 우수한 번역방법을 보여준 정지용. 간결체와 형용사, 들여 쓰기 형식, 4행시를 즐겨 번역에 활용한 김영랑 등은 시인·번역가로서 번역학에서의 이른바 텍스트 외적 요인을 잘 수용하였다. 즉 훌륭한 시인은 번역에서도 그 능력을 발휘하며 "번역은 제이의 창작이다"라는 진리를 번역시 고찰에서 살필 수 있었다.

최근 논의가 분분한 문화번역이론의 궁극목표는 텍스트의 기능에 초점을 맞추는 것이므로 모든 것이 역문 중심으로 행해진다. 이와 같은 문화번역이론의 관점에서 1930년대 한국 시번역은 그 방법적 측면에서 원문 중심보다는 역문 중심의 번역이고 독자를 최대한 배려하는 가운데 작업이 이루어졌다. 그 결과 이들 세 번역자는 1930년대 한국 번역문학사의 한 획을 그은 셈이다.

제10장

키스터D. A. Kister의 정지용 시 번역

1. 서론

번역의 목적이 다른 나라의 훌륭한 작품을 외국어에 능숙하지 않은 독자에게 쉽게 이해할 수 있게 하는 데에 있다면, 번역의 목표는 마땅히 의미와 문체를 원전에 충실히 번역하는 것이어야 한다. 그런데 실제 이러한 목표는 어학적 장애, 통사론적 구조, 문체론적 분야 등 번역 자체가 지니고 있는 어려움 때문에 사실상 이루어지기 어려운 경우가 많다. 그리고 이러한 요인들을 극복할 수 있으려면 번역자가 양국의 문화와 언어에 통달해야 한다는 결론이 나온다.

그런데, 번역이 워낙 훌륭하여 원전보다 우수하고 독자들에게 감동적인 경우가 더러 있다. 그러나 일반적으로 뜻이나 문맥이 통하지 않거나, 비논리적인 번역이 너무 많고 원문과 거리가 있다거나 낱말 혹은 문법상의 오역, 역자 임의의 첨삭 등 번역이론상 허용 범위 밖의 오역이 많은 것이 현실이다. 간혹 사람들은 우리의 사고와 언어의 비논리성이 일상적인 언어생활과 우리 문학 속에 나타나며 따라서 오역이 넘쳐날 수밖에 없다고 비판한다. 그래서 외국문학 전공자들이 외국작품을 정확히 번역함으로써 우리말이 지닌 이같은 약점을 보완해야할 의무가 있음을 주장하기도 한다.

그런데 번역을 훌륭하게 하려면 우선 번역비평이 올바르게 이뤄져야 하고 번역자와 번역비평가에 대한 사회적 인식이 개선되어야 한다. 일반적으로 번역비평의 목적은 1) 번역수준을 증진시키고, 2) 번역자에게 객관적 기준을 마련해주며, 3) 특별한 시대와 특별한 주제에 관련된 번역에 관한 생각을 조명하기 위해서, 4) 탁월한 작가와 번역가의 작품 해석을 돕기 위해서, 5) 원문과 번역문 사이의 의미론적, 문법적 차이에 관한 비평적 평가를 위해서 필요하다.[1] 위와 같은 목표 아래 번역비평이 이뤄졌을 때 질적으로 우수한 번역작업이 이뤄질 수 있다.

2. 번역비평의 이론

번역비평은 번역이 과연 올바르게 이루어졌는가를 따져보는 일이 그 핵심이다. 따라서 번역자의 기술에 관심을 갖기 마련이어서 어떤 시대 혹은 작가에게 미치는 영향의 원천으로서의 번역 예컨대, 쉴레겔의 셰익스피어 번역을 중시하고 번역가 개인의 문체 혹은 해석 의지가 번역을 특징짓는 번역자 예컨대, 횔더린의 경우 등을 문제삼게 된다.

그 동안 부재하던 번역비평이 1970년대에 들어 과학적인 번역비평의

---

1) Peter Newmark, *Appoaches to Translation*, Pergamon Press, Oxford, 1980. p.181

기초를 제공한 연구업적이 현저히 눈에 띈다.[2] 그 가장 기본적인 것은 원본과 번역본의 비교를 통해 오류가 있는지 찾아내고 오류의 원인을 정확히 진단하는 일이다. 번역비평의 존재이유를 가장 확실히 짚어준 학자는 라이쓰인데[3] 그녀는 번역비교를 통한 결과로서 번역비평가 자신이 타당하다고 생각하는 자기나름의 이론적 결정을 세워 그것을 기저로 하는 번역규범에 의거하여 번역평가가 이루어져야 한다는 것이다.

그러나, 번역비평의 방법론 및 기준은 아직 제대로 정립되지 않은 것이 사실이고 이와 같은 현실을 지적한 학자는 휘센A.Huyssen, 보르그마이어Borgmeier[4] 등이다. 사실상 기존의 번역비평은 즉흥적이거나 일회적이어서 체계적이지 못했다. 이를 사적으로 일별하면 20세기 중반까지는 원문텍스트에 기초한 번역요구가 컸는데, 특히 문학번역의 경우는 더욱 그러했다. 쇼펜하우어는 불완전한 번역을 "대용커피"[5]라고 하였는데, 좋지 않은 번역은 원문에 맞지 않는 경우로서 그 원인은 명백할 수도 있고 또한 복합적일 수 있다. 번역자가 너무 성급히 번역에 임했거나 번역 자체를 너무 경시한 까닭에 그러한 결과가 빚어질 수 있다. 번역자 개인의 한계성을 극복하지 못한 원인이 있다던가 적절한 표현을 찾을 만큼 언어수행 능력이 부족한 경우가 있는가 하면, 번역자가 텍스트를 잘못 선택했거나 문체를 옮길 때 잘못 옮길 수도

2) A.Propopic, *Zum Status der Übersetzungskritik in Babel*, London, 1973, pp.161~165.
   W. Wilss, "*Probleme und Perspectives der Übersetzungskritik*", in : *international Review of Applied Linguistics*, München, 1974.
   K. Reiss, *Möglichkeiten und Grenzen der Übersetzungskritik, Kategorien und Kriterien für eine Sachgerechte Beurteilung von Übersetzungen*, München, 1971.
3) K. Reiss, *Möglichkeiten und Grenzen der Übersetzungs-kritik, Kategorien und Kriterien für eine Sachgerechte Beurteilung von Übersetzungen*, München, 1971.
4) A. Huyssen, *Die Frühromanische Konzeption von Ubersetzung und Aneigung.* Studien zur frühromantische Utopie einer deutschen Weltliteratur, Zürich, 1969. p.14.
5) Wolfram Wilss, *The Science of Translation,* Gunter Narr Verlag, Tubingen, 1982, p.216.

있다. 그것은 번역자가 택한 작품의 원작자와 번역자 자신의 감수성이
서로 일치하지 않은 탓이다. 이 경우 좋지 않은 번역자는 생략하거나
의역하기 마련인데, 이처럼 원작에 손상을 입혔을 때 겉으로 드러난
글맵씨는 한층 매끄러울 수 있을지 몰라도 원작의 의미나 가치가 제
대로 전달될지는 의문이다.

이와 같은 부적절한 번역은 바벨탑 이후 현재까지 이루어져 왔고
앞으로도 지속될 것이다. 번역자나 번역연구자 역시 지금까지 매우 적
극적으로 대처해 나가지 못했고 번역비평은 국내, 외적으로 아주 미약
하게 이루어졌다.

번역비평에서 중시되어야 할 것은 텍스트이며 특히 그 구성, 기능,
수용 사이의 의존관계가 분명히 파악되어야 한다. 따라서 텍스트 유형
학과도 유관하며 번역자의 언어수행 능력도 문제시된다. 본래 전이는
실현 튜브 안에서 일어나는 화학적 과정처럼 취급될 수 있는 것이 아
니기 때문에 모든 번역은 개인이 세운 원칙에 달려 있고 반복될 수 없
는 하나의 사건이므로 한 텍스트를 같은 번역가가 번역하더라도 번역
할 때마다 다르게 되어 있다. 이렇게 같은 텍스트에 대하여 번역가들
이 저마다 다른 반응을 보이는 것은 여러 가지 이유가 있다.

첫째, 모든 번역가는 저마다 특별히 축적된 언어수행 능력과 함께
특히 개인적으로 선호하는 문체를 가지고 있다.

둘째, 기초적이면서 부차적인 내용의 "언어통신의 의미론적 기초영
역6)은 비록 그들의 번역능력이 매우 같긴 하지만 번역가들 사이에 변

6) 이 용어는 "Semantic basic categories of linguistic communication"으로서 운게호이어
Ungeheur가 쓴 말이다.(Ungeheur, *Inhaltliche Grundkategorien Sprachli cher
Kommunication*, 1971, in: K.G. Schweisthal, *Grammatik, Kommun ikation, Festschrift
für Alfred Hoppe*, Bonn, 1971. pp.191~201)

화가 많다.

셋째, 단순한 전달상황과는 달리 자연어는 국제어가 의미하는 지시 사항과 대강 동등한 수준의 몇 가지 변형을 제공한다.

번역비평가는 원문과 번역문의 상관적, 질적 집합을 고려하되 텍스트의 기능, 구성, 수용 등을 참고로 하여 원문, 번역문의 구체화를 생각해야 한다. 이 때 번역비평가의 세 가지 과제는 1) 원문과 번역문의 비교, 2) 번역문에 이르는 언어심리적 절차의 재구성, 3) 상호 텍스트의 적합성을 측정하기 위한 방식의 산출이며 이 과제를 성취하려면 언어수행 능력을 결합시킬 수 있을 때 가능하다.

번역비평은 언제나 번역가 자신의 번역등가 규범과 번역 경험에 따라 결정되는 위치에 의하여 좌우된다. 그리고 번역경험은 텍스트를 향한 번역가의 태도에 따라 결정된다. 크르체조우스키Krzeszowski의 언급처럼[7] 등가문장을 식별할 수 있는 능력은 이 개 국어를 구사하는 사람의 언어수행 능력의 일부인 반면, 번역능력은 번역수행능력의 일부이다.

번역가의 번역될 텍스트에 대한 태도를 알았을 때만 어느 정도 객관적으로 번역가의 번역능력을 평가할 수 있다. 과학적, 상업적 텍스트, 신문기사, 관광정보용 책자 등의 번역은 비교적 객관적인 번역비평이 가능하나, 문학번역을 비평하는 경우는 그리 쉬운 일이 아니다. 문학작품의 모든 독자 나아가서 문학비평의 독자는 문학적 표현이 관계된 유효한 개념 안에서 온전히 인식되기 어렵다는 것을 인정한다. 그리고 모든 문학작품은 그것이 번역되어 번역비평을 통하여 분석될 때 그 논급 자체에 위험 부담을 가지고 있고 또한 유효하지 않을 수도 있다. 번역비평의 객관성은

---

7) Krzesowski, *Contrastive generative Grammar*, Tubingen, 1979, p.21.

통신적 용법의 규범 안에서 논의된다. 의미상으로는 맞지만, 상황으로 볼 때는 제대로 번역되었다고 볼 수 없는 경우가 많다. 즉 실제 관습상 많이 쓰이느냐 그렇지 않느냐 하는 것이 중요한 역할을 할 수 있는 것이다. 이 것은 하우스House의 용어대로 "의미의 실용적인 면8)"을 도외시했기 때문에 생기는 일이다.

여기에서 번역비평의 광범한 영역이 전개됨을 알 수 있다. 번역비평은 요인 분석과정을 거쳐야만 성공적일 수 있다. 이 요인 분석 과정은 언어행위 연구에 달려있고 번역가가 번역과정을 하나의 통신적 기능으로 여기면서 원문과 번역문을 상황적 차원에서 결합했을 때 가능한 일이다. 그러므로 가장 중요한 것은 나이다의 용어로 "가장 근사한 자연적 등가"9)이다. 번역은 창작적이고 좀더 정확히 말하면 재창작적 과정이다.

사실상 번역의 질을 평가하는 객관적인 잣대는 없다. 더구나 번역은 번역가라는 인간을 배제하고 언어적 틀 안에서만 연구될 수 있는 것이 아닌 그야말로 복합적이고 다원적인 정신적 행위이다. 그래서 해석학적 접근방법이 바람직하다. 언어적 접근은 텍스트 즉 텍스트 유형에 관련된 번역비평을 위한 기초이고 번역비평을 차별화하고 번역과정에서 작용하는 언어적, 상황적 요소와 규칙을 체계화하고 균형을 이루게 한다. 이렇게 함으로써 번역비평은 오류 분석에 따라 텍스트 국면을 부가한다. 번역에 관련된 틀은 거의 마이크로텍스트microtext적이고 번역비평의 방침(태도)은 매크로텍스트macrotext적이다.

번역비평의 과제는 번역가의 긍정적, 부정적 국면을 균형잡기 위한 조

---

8) J. House, *A Model for translation quality assessment*, Gunter Narr, Tubingen, 1977, p.26.
9) E. A. Nida, *Toward a science of Translating*, With special Reference to Principles and Procedures involved in Bible Translating, Leiden, 1963.

심스러운 시도이고 텍스트언어학에 기초한 번역방법적 의미에서 명백한
허용 가능영역을 마련해 주고 그렇게 함으로써 텍스트의 일반적 진리와
번역가 개인의 특별한 텍스트적 진리 측면 사이를 구별해 주는 작업이다.
  번역비평의 네 가지 기초과정을 살펴보면 아래와 같다.

  1) 원문의 의도, 주요 언어기능, 어조, 주제, 색인, 문체(문장론적, 어
     휘론적), 문학적 질, 문화적 양상, 예상 독자, 원문 설정을 분석한
     다. 이것은 물론 적절한 번역방법을 제안하기 위해서이다.
  2) 원문과 번역문 사이를 세부적으로 비교하되 번역문 전체 혹은 임
     의의 구절 속에서 의미론적, 문체적, 실용적, 이데올로기적 차이
     를 기록해야 한다.
  3) 특히 주제에 관한 해석을 포함하여 원문과 번역문의 전체적 인상
     차이를 평가한다.
  4) 번역을 평가한다.

  위의 3)은 흔히 도외시되는 경우가 있다. 번역문의 문체와 색인과
함께 원문과 사실에 관련하여 실수가 노출되는 것은 중요하다. 이 과
정은 오직 텍스트에 대한 번역자의 해석에 관련해서만 유익하다. 번역
비평은 일종의 지성과 상상력의 훈련이고 다만 부분적으로 객관적일
뿐이다.10)
  번역연구가 활발해지면서 번역비평은 단순히 주제적 문제만이 아니고
좋든 싫든 기호나 직관의 문제임을 알 수 있다.
  번역가치를 논하는 일은 실제 번역작업에서 매우 중요한 일이다. 객관
적인 번역비평은 언어간 혹은 문화간의 통신을 고려해 넣어야만 하는 것
으로 간주되어 왔다. 지금까지 유럽 학자들은 좀더 체계적이고 객관적인
번역연구가 되도록 힘써왔다. 특별히 번역의 비교 혹은 번역기술에 관심

---

10) P. Newmark, *Approaches to Translation*. Pergamon Press, Oxford, 1982, pp.181~182

을 두어 왔으며 여러 학자 가운데 특히 체코의 학자들은 괄목할 만한 업적을 이루었다.

그러나 번역비평은 실제로 이들의 노력에 비하면 수확이 큰 편은 못되었다.

번역 혹은 번역비평은 대체로 출판업자들에게 맡겨져 버린 상태로 번역비평가는 거의 아마추어였다. 아마추어적 번역비평은 여러 방식으로 이뤄졌다. 예컨대, 번역인데도 번역에 대한 논급 한마디 없이 모국어로 쓰여진 원작을 취급하듯이 번역작품을 취급했다든지, 원작의 저자 혹은 작품에만 오로지 정력을 쏟아 몇 개의 오류만 제외하고는 잘된 번역이라든지 언급하거나 불행하게도 번역가의 어휘선택은 원리자의 문체와 조화를 이루지 못한다는 등의 언급으로 일관했다.

간혹 어떤 비평가는 이른바 가치평가를 논하면서도 독자는 멀리한 채 오류분석을 시도하는 경우가 있었고 결론적으로 대부분의 번역비평가들은 번역된 텍스트를 다른 텍스트와 고립된 현상인 것처럼 체계적 연관관계를 따라 취급하였다.

독일 경우는 예외여서 통일되기 전의 동독은 번역이론이나 번역 실천면에서 오랜 전통을 자랑하며 번역에 있어 일반적 규칙을 가지고 있다.

번역비평은 가치 평가면에서 다분히 주관적인 요소가 짙으면서도 체계적 기술면에서 최소한 객관성을 가진다. 즉 원문과 역문의 비교분석이 그것이다. 텍스트 구성은 물론 텍스트 체계가 비교에 포함된다. 이 부분에서 비평의 가치 평가가 작용된다.

번역비평에서 번역가의 시학과 예상되는 독자에 대한 특별한 관점에서 번역가가 적용한 번역방법도 고려해야 하고 번역가의 의도를 실현하기 위해 선택한 사항이나 방책을 고려해 넣어야 한다.

원문과 번역문의 비교는 번역에서 표현의 변화가 발생한다는 것을 고려해 넣어야 한다. 이때 불가피하게 변한 것과 번역자의 선택사항으로 변화된 것 사이의 차이는 중요하다. 불가피하게 변화한 것은 규칙이 지배하고 있다. 그것은 역어체계 혹은 문화적 체계 때문에 부과된 규칙에 의한 것일 수 있고 이런 경우 부적절한 번역으로 여겨서는 안 된다.

번역자의 선택사항에 의한 변화일 때는 번역자의 규범에 따른 것으로 수용할 만한 역어텍스트로 번역된 것이고 말할 것도 없이 역어의 규범에 위배되기도 하고 역어의 규칙을 깨뜨리기도 한다.

한 때는 이러한 것이 번역의 정상적 태도였던 때가 있었다. 번역기술의 적합한 모델은 원문과 같은 언어, 문화, 전통에 기초한 다른 텍스트체계 사이의 관계, 원문과 역문 체계 사이, 역문과 독자, 역문과 같은 원문의 다른 번역들 사이의 관계 등 매우 복합적인 관계를 갖는다.

번역비평은 학문적 작업의 하나로서 국제어적, 이문화간異文化間의 능력은 물론 문학적 기술이 요구된다. 이 때 기호보다는 지식, 평가보다는 이해가 문제된다.

번역비평의 첫째 의무는 독자가 자기 자신의 처지에서 번역을 대하기 전에 번역자의 규범이 객관적으로 가능한 인정되어야 하는 것이다. 이렇게 인정되는 것은 번역가의 문학텍스트에 대한 관점과 관계된다. 문학번역은 문학작품과 비평적으로 일종의 교제를 하는 것이다. 모든 번역은 그 원문에 대한 일종의 비평을 내포하고 있는 것으로 간주되어 왔다. 그래서 번역비평은 비평의 비평이다.

송동준은 「젊은 베르테르의 슬픔」과 「데미안」 번역(1948~1984)의 경우 40여 명의 번역자가 40여 출판사에서 출판한 번역의 상황을 검토하면서[11] 비교적 성실한 번역도 있었으나 번역이라 할 수 없는 번역이 더 많았다고 비판하면서 첫 페이지부터 잘못된 것을 그대로 옮겨 놓은 것도 있었으며 복잡한 부분은 아예 생략한 것도 확인했다고 했다. 그것도 첫 단락에서 특히 이미지 서술 부분을 완전히 빗나간 것이 많았고 가정문과 서술문을 구분하지 못한 번역이 많았다고 분석했다.

이런 경향은 비단 독문학 경우만이 아니고 다른 외국문학 작품 번역에서 나타나기도 하는 현상인데, 이것은 일반적으로 번역에 대한 인식이 부족한 데서 오는 결과이다. 즉 번역이란 면밀히 검토하고 숙고하고 성찰하는 가운데 이루어져야 할 작업임을 무시한 채 무책임하게 번역하였기 때문이다.

번역의 질은 번역자의 능력에 따르지 반드시 앞 시대의 번역이 뒷시대의 번역보다 못하다고 단정할 수는 없다.12)

그러면, 이상적인 번역은 어떤 것인가? 이에 대하여 우수한 이론가들의 견해를 예시하면 아래와 같으며 시사하는 바가 크다.

> 1) 동적dynamic인 번역인데, 이것은 정보를 제대로 옮길 뿐 아니라 원문이 주는 것과 똑같은 감흥을 번역어로 옮겨 놓은 번역13)이다.
> 2) 정확성, 명확성, 자연스러움을 지닌 번역14)이라야 한다.

---

11) 송동준, 「독문학-장르별 현황과 문제점」, 『예술과 비평』, 1986 가을호, pp.56~73.
12) 이충섭은 그의 「한국의 카프카 수용 1955~1989」(서울대학교 대학원 박사학위 논문, 1992, p.75)에서 「변신」을 분석한 결과 "70년대보다 80년대가 번역의 질이 조금 후퇴한 인상을 준다. 새삼 이런 사실에서 알 수 있는 것은 반드시 뒤의 번역이 앞의 번역보다 훌륭한 것이 아니며, 번역의 우열은 역자의 능력에 따른다는 사실이다."라고 언급하고 있다.
13 Nida and Taber, *Science of Translating, in Language*, 1969.
14) Barnwell, K., *Introduction to Semantics and Translation*, Horsleys Green, England Summer Institute of Linguistics, 1980, p.64.

종합적으로 볼 때 결국 의미, 형태, 기분, 문체 등이 제대로 전달되어야 한다. 이 네 가지는 좋은 번역의 기본조건이다.

3. 번역비평의 실제

3-1 번역비평 대상 작품 및 그 특징

본고에서 번역비평 대상으로 삼은 번역시집은 키스터D.A. Kistert의 『*Distant Valleys*』15)인데 이 번역시집은 서문 혹은 후기 등에서 밝혀 두어야 할 원작자의 생애 및 작품세계 기타 번역과 관련된 사항을 독자에게 친절하게 해설한 것으로 국내에서 정지용의 시를 거의 총체적으로 번역해 낸 유일한 번역시집이다. 이런 점에서 이 번역자는 번역에 대한 이론적 무장을 갖춘 것으로 평가되어 마땅하다.

이 번역시집의 특색은 아래와 같다.

1) 원작자의 전기적 사실과 작품과의 연관 아래 작품세계를 규명하고 있다.
2) 작품의 주제 혹은 소재별로 유형화하여 독자들로 하여금 쉽게 이해할 수 있도록 재정리하여 총 116편16)을 번역하였다.
3) 각 시마다 필요한 경우 풍부하고 친절하면서도 정확한 각주를 달아 놓아 독자로 하여금 이질적인 문화를 쉽게 파악할 수 있게 하

---

15) 이 번역시집(Asian Humanities Press, 1994)은 정지용의 시를 번역한 것으로 번역자는 이 시집으로 같은 해 국제펜클럽 한국본부에서 제정한 제29회 번역문학상을 수상하였다.
16) 김학동 편저인 『정지용시집』(민음사, 1988)에는 1926년부터 1950년까지 발표된 총 139편 가운데 128편이 수록되었는데(시조 8수 제외) 결국 12편 정도를 제외하고는 모두 번역한 셈이다.

였다.

이미 번역되어 나온 번역시집은 헤아릴 수 없이 많지만, 번역의 태도나 번역방법 등이 다 다르고 또한 일정한 기준이 없고 번역이론에 입각해서 번역한 경우는 드물다. 이 번역시집의 특징은 번역자가 번역하려는 작품을 충분히 연구하고 나서 번역자 나름의 일정한 기준을 갖고 번역했다는 사실이다.[17]

이 번역시집의 제목의 특징은 번역자 나름의 생각에 따라 특이하게 정한 점이다.

그의 술회에 의하면,[18] 정지용의 시에 "먼 골짜기"라는 시는 없고 시의 분위기를 보여주는 이미지를 떠올리는 제목이라고 생각해서 붙인 것이다.

"먼"이란 "가고 싶지만 아직 못 가본 곳이므로 매력이 있는 상상의 공간을 향한 열망"을 나타내고 "골짜기는 정지용의 시에 자주 나오는 산과 그 너머의 바다를 연상시키기 때문에 정지용의 시를 읽으면 먼 여행을 떠나는 것 같다"는 것이다.

---

17) 참고로 예시하는 아래의 도표는 번역비평의 기준으로 삼을 수 있는 유용한 것이다.(Raymond van den Broeck, *Second thought on Translationcriticism, The Manipulation of Literature*(edt. by Theo Hermans. St. Martins Press. New York, 1984. p.56)

	잘못된 wrong	부적절한 inappropriate	결정하기 어려운 경우 undesidable cases	옳은 correct	적절한 appropriate
문장론 Syntax					
의미론 Semantics					
화용론 Pragmatics					

18) 조선일보, 1994년 10월 3일자 참조

정지용의 시는 한국어의 맛이나 시골의 분위기를 나타내는 말이나 의성어가 많은데 전이轉移없이 옮기는 일은 난제이다.

3-2 번역자 소개19)

번역자인 키스터 신부는 1974년부터 한국에 살면서 한국의 무속과 세계의 무속, 서양의 부조리극을 비교하는 가운데 한국어 및 한국문화를 심도있게 이해하고 있는 학자이자 교수이다.

번역자는 본래 김소월을 애호하였는데, 우연히 영역된 정지용의 시를 읽고 이에 매료되어 이 시를 번역대상 작품으로 선택하였다. 그에 의하면, 정지용은 20세기 세계문학을 대표하는 예이츠, 푸르스트, 파운드, 릴케, 발레리 못지 않은 시인이다. 번역독자의 수용에 대해서도 관심을 가지고 있는 그는 영미권의 독자들이 그의 번역시에 대한 반응이 어떨지 미지수지만 정지용의 시와 가장 가까운 서양의 시인을 에즈라 파운드, 윌리엄 버틀러, 예이츠로 꼽았다. 예컨대, 정지용의 짧은 시편들은 파운드처럼 압축된 이미지들로 구성되어 있고 「고향」, 「향수」 등 긴 시들은 예이츠의 시처럼 인간의 삶에 대한 애정으로 출발되어 있다는 것이다.

> "미역닢에 향기한 바위 틈에/ 진달래꽃빛 조개가 햇살 쪼이고/ 청제
> 비 제날개가 미끄러워도네/유리판같은 하늘에/ 바다는 속속 드리보이오
> /청댓 댓닢처럼 푸른/바다/봄" - 「바다. 6」

진달래, 소나무, 대나무와 같은 한국적 이미지들로 구성된 이 시는

---

19) 이 부분은 조선일보 1994년 10월 3일자 기사와 그의 번역시집 *Distant Valleys*의 서문을 참고로 한 것이다.

얼핏보기에 바다의 풍경을 노래한 시같지만 후반부로 갈수록 연인과의 이별을 애매모호하게 그리는 한국적 연애시의 전통을 보여주고 있어 번역자가 애호하는 작품이라는 것이다. 또한 정지용의 연작시들은 에즈라 파운드의 「칸토스」처럼 바다의 육체감의 맛을 입히는 이미지즘의 기법에 토대를 두면서 탁월한 이미지 구사력을 방휘하고 있다고 보고 있다.

번역자로서 그가 대상작품에 대하여 얼마나 성실하게 연구했는가는 정지용 시집을 2년간 매일 아침 저녁으로 마음 편한 상태에서 30분씩 읽고 또 읽었다는 자세에서 드러난다. 그리고 시 한편을 번역할 때 몇 시간씩 탐독하면서 연구했고 국문학과 영문학과 교수의 협조를 얻은 것으로 술회하고 있다. 본래 이상적인 번역은 외국문학자와 국문학자의 공동작업 아래 가능하다는 점이다.

3-3 번역자의 번역태도

앞에서 이미 설명한 바와 같이 정지용의 시에는 한국어의 맛이나 시골의 분위기를 나타내는 말이나 의성어가 많은데, 전이轉移없이 옮기는 일은 어렵다. 번역자는 이 점을 극복하기 위하여 시의 이미지에 집중하여 그것을 영어로 살리는 방향을 택하고 있다. 사실상 이미지는 시에서 가장 중요한 요체이기 때문에 이미지에 초점을 맞춘 일은 정당한 일이다. 그리고 이미지에 치중하다 보면 자칫 상징주의 시인처럼 여겨질 가능성이 있으나, 프랑스 상징주의 시와는 다름을 지적한다. 즉 정지용의 시는 미학적 신비주의에 빠지기보다 생생한 자연과 사랑하는 사람에 대한 정에 뿌리를 두고 있음을 강조한다. 번역자는 한국어의 특징을 제대로 파악함으로써 번역의 어려움을 해소하고 있다.

그가 파악한 한국어의 특징은 아래와 같다. 예컨대, 그렇지 않느냐 하는 물음에 대한 대답은 혼돈을 일으키기에 알맞은 것이라는 점을 들었다. 그리고 순수 한국어와 한자에서 온 한국어가 있어 외국인에게 는 어렵고 또 작은 소리의 변형으로 의미상의 큰 변화를 둔다는 점, 예컨대, 은, 는, 이, 가 등의 조사에 의한 미묘한 차이가 있다. 그리고 주어없이 문장이 성립된다. 이 점은 지기 내면을 드러내지 않으면 의 사소통이 가능한 것이 한국어 습관의 하나다.

3-4 원문과의 비교, 분석

번역시와 원문을 비교, 검토함으로써 번역의 질적 문제를 평가하는 것이 본 항목의 목표이다 번역시 총 116편 가운데 앞(3장 1절)에서 분 류된 유형별로 뽑되 어떠한 편견도 배제한다는 의도에서뿐만 아니라 번역의 태도에 일관성이 있는지의 여부를 따지기 위하여 무작위로 가 려 뽑았다. 이 7편의 게목을 열거하면 아래와 같다.

즉 「숨기 내기HIDE AND SEEK」, 「홍시LITTLE SISTER AND PERSIMMONS」, 「따알리아DAHLIAS」, 「산에서 온 새BIRD FROM THE MOUNTAIN」, 「풍랑몽ADREAM OF WINDBLOWN WAVES 1」, 「슬픈 인상화A SAD IMPRESSIONIST」, 「유리창1WINDOW 1」 등이 그것이며, 원문, 번역문을 동시에 놓고 비교, 분석해 보자.

1) 숨스기내기

나-르 눈 감기고 숨으십쇼.
잣나무 알암나무 안고 돌으시면

나는 샅샅이 찾아 보지요.

숨ㅅ기내기 해종일 하며는
나는 슬어워 진답니다.

슬어워 지기 전에
파랑새 산양을 가지요.

떠나온지 오랜 시골 다시 찾어
파랑새 산양을 가지요.

HIDE AND SEEK

Shut my eyes and hide
If you hug up close
    round the nut trees and pines
I'll look high and low

When all day long we play
    hide and seek
I get sad
Before I get sad
I go and hunt blue birds

Seeking again the countryside
    left long ago
I go and hunt blue birds

이 시에서 우선 제목을 보면 원문의 명사형을 동사형으로 번역자가 변형시켰으나, 총 4연 각 연 2행씩 원문의 형식에 충실히 따르고 있다. 원문에 보이는 "파랑새 산양을 가지요."와 같은 구절의 반복은 번역시에서 그대로 따르고 있어 "I go and hunt blue birds"를 두 번 반복하고 있다.

그런데, 1연 3행의 "샅샅이"를 "high and law"로 번역한 의도가 어디 있는지 의문이 생긴다. 왜냐하면 문맥상 "all over" 혹은 "everywhere"가 적합할 것 같기 때문이다. 후자가 훨씬 의미의 강도가 크기도 하다.

2) 홍시

> 어적게도 홍시 하나
> 오늘에도 홍시 하나
>
> 까마귀야 까마귀야
> 우리 남게 왜 앉았나.
>
> 우리 옵바 오시걸랑.
> 맛뵐라구 남겨웠다.

LITTLE SISTER AND THE PERSIMMONS

Yesterday a persimmon.
Today a persimmon

Hey there, crow!
Why sit in our tree?

Big brother is coming
Some are left for him to taste

Clap, clap, clap —
Shoo, shoo!

이 시에서 특이한 것은 원제목이 없는 단어 "little sister"를 번역자 임의로 첨가한 점이다. 짐작하건대, 시적 화자가 오빠를 생각하는 내용으로 하면서 감을 소재로 쓴 시이므로 주제를 선명히 부각시키기 위하여 번역자가 의도적으로 그렇게 한 것으로 추정된다.

이 시 역시 원문에 충실하게 4연을 지키고 어휘 선택에 있어서도 각별히 원문에서 어긋나지 않게 하려는 노력을 보이고 있다. 특기할 점은 문장의 부호를 역자 임의로 첨삭하고 있는 점이다. 2연 1행의 감탄사와 2행의 물음표는 원문에는 각각 마침표가 찍혀 있는 것을 역자 임의로 대체해 놓은 것이고 4연 1행의 데쉬는 원문에 없는 것이다.

3) 따알리아

가을 볕 재앵하게
내려 쪼이는 잔디밭.
함빡 피어난 따알리아

시악시야, 네 살빛도
익을 대로 익었구나.

시악시야, 순하디 순하여 다오.
암사심 처럼 뛰여 다녀 보아라.

물오리 떠 돌아 다니는
힌 못물 같은 하늘 밑에
함빡 피어 나온 다알리아
피다 못해 터져 나오는 따알리아.

DAHLIAS

A field of grass
Basking in the bright autumn sun—

Dahlias in full bloom
Fully bloomed dahlias at noon

The fresh luster of your flesh
Is also ripe as can be.

Your breasts and covness
Ripe as ripe can be.

Be gentle, I beg you.
Gambol like a doc.

Beneath a pond-like sky of
White water adrift with wild ducks

Full blooming dahlias—
Dahlias not blooming.
        but bursting in bloom

이 시 역시 총 7연인 원문 형식을 그대로 따르고 있다. 1연, 7연에
문장부호 "—"가 원문에 없음에도 불구하고 번역문에 첨가되어 있다.
3연과 5연의 "시악시야"와 같은 돈호법은 번역시에서는 무시되었다.
이 낱말이야말로 한국적, 동양적 정서가 깃든 것으로 여기에 정확히
부합되는 영어 단어를 찾기는 힘들 것 같다. 시대가 바뀌어 오늘날은
이 단어를 별로 쓰지 않지만 과거에는 미혼여성이나 갓 결혼한 신부

에게 두루 쓸 수 있는 낱말이었기 때문이다.

한 송이의 따알리아를 시악시에 비유해 본 정지용 시인의 의도를
번역자가 어느 정도로 감지하였는지는 의문이다.

4) 산에서 온 새

　　　새삼나무 싹이 온 담위에
　　　산에서 온 새가 울음 운다.

　　　산엣 새는 파랑치마 입고
　　　산엣 새는 빨강모자 쓰고

　　　눈에 아름아름 보고지고
　　　발 벗고 간 누이 보고 지고

　　　따순 봄날 이른 아침부터
　　　산에서 온 새가 울음 운다.

BIRD FROM THE MOUMTAIN

On the wall prouting with dodder vines.
There calls a bird from the mountain.

Bird from the mountain skirted in blue;
A look at kid sister, gone away barefoot

From early morning this warm spring day
Calls the bird from the mountain

이 시 역시 원문의 형태를 유지하고 있고 문장부호는 원문의 각 연

첫행에 있는 쉼표를 찍었고 2연 1행만은 쉼표 대신 쌍반점을 찍었다. 2연은 특히 의미상의 혼란을 막기 위한 의도에서인 듯 문장의 중간에 쉼표가 찍혔다

이 시는 특히 외형율을 느끼게 하는 정형동시이다. 2연에서 이러한 특징이 두드러지게 드러나며 번역시에서도 이 특징을 잘 살려 번역하고 있다.

5) 풍랑몽

당신께서 오신다니
당신은 어찌나 오시랴십니가.

끝없는 우름 바다를 안으올 때
葡萄빛 밤이 밀려 오듯이,
그모양으로 오시랴십니가.

당신께서 오신다니
당신은 어찌나 오시랴십니가.

물곤너 외딴 섬, 銀灰色 巨人이
바람 사나운 날, 덮처 오듯이,
그모양으로 오시랴십니가.
당신께서 오신다니
당신은 어찌나 오시랴십니가

窓밖에는 참새떼 눈초리 무거웁고
窓안에는 시름겨워 턱을 고일 때,
銀고리 같은 새벽달
붓그럼성 스런 낯가림을 벗듯이,
그모양으로 오시랴십니가.

외로운 조름, 風浪에 어리울 때
앞 浦口에는 궂은비 자우히 둘리고
行船배북이 웁니다, 북이 웁니다.

A DREAM OF WINDBLOWN WAVES 1

You say you are coming —
Just how will you come?

Like the grape-dark night surging in
To the sound of an endless cry
    that embraces the sea —
Is that how you'll come?

You say you are coming —
Just how will you come?

Like an ashen silver giant from
    a forlorn isle across the sea,
Swooping down on a day fierce with wind —
Is that how you'll come?

You say you are coming —
Just how will you come?

When outside the window
    sparrows'eyes droop
And inside, chin in hands,
    I'm crushed with care....
Like the dawn moon, round like
    a silver door pull,
Doffing a veil tinged with shame —

Is that how you'll come?

When a spell of lonely slumber
  haunts windblown waves,
The front harbor lies wrapped
  in a bank of foul rain
And froma passing boat a drum beat sounds,
  a drum beat sounds.

　제목과 내용 전체가 원문에 착실히 따르고 있고 다른 시에서처럼 원문에 없는 문장부호를 첨가한 것이 특징이다. 즉 1연에서 6연에 이르기까지 "—"가, 특히 6연에는 말줄임표가 첨가되어 있다. 또한 원문에 자주 쓰인 반복법 즉 "Just how will you come?"과 "Is that how you'll come?"의 반복적 사용으로 원문에 충실하고 있다.

6) 슬픈 印像畵

　　　수박냄새 품어 오는
　　　첫녀름의 저녁 때……

　　　먼 海岸 쪽
　　　길옆나무에 느러 슨
　　　電燈, 電燈
　　　헤엄처 나온 듯이 깜박어리고 빛나노나.

　　　沈鬱하게 울려오는
　　　築港의 奇蹟소리……
　　　異國情調로 퍼덕이는
　　　稅關의 旗ㅅ발, 旗ㅅ발.

세멘트 깐 人道側으로 사풋 사풋 옴기는
하아한 洋裝의 點景!

그는 흘러가는 失心한 風景이여니……
부즐없이 오랑쥬 껍질 십는 시름……

아아, 愛施利·黃!
그대는 上海로 가는구료……

A SAD IMPRESSIONEST PAINTINGS

On an early summer evening
Bearing the scent of watermelon……

Lamps, Electric lamps,
Lined up in trees along the road
Toward the distant seashore—
Gleaming, glistening, as if out from a swim!

Whistles ....Steam whistles…
Resounding dismally from the harbor works.
Flags. Customshouse flags,
Fluttering with an exotic flair.

A touch of white western finery
Tripping lightly along the sidewalk!

A fleeting, cheerless sight…
The anxiety of idly chewing an orange peel…

Oh, Mr. Aesiri Whang! 1
You're headed for Shanghai 2

이 시가 특징적인 것은 주석을 단 것이다. 즉 본문에 나오는 이름과 지명 등 고유명사에 대하여 설명하고 있다.[20] 이것은 현대 번역학이론에서 바람직한 것으로 논의되고 있는 일이다. 문화권이 다른 번역 독자에게 원문에 대한 이해를 돕기 위한 수단이 바로 주석이기 때문이며 주석을 다는 일은 번역자의 그 번역 독자에 대한 친절한 예의에 속한다.

7) 琉璃窓 1

琉璃에 차고 슬픈 것이 어린거린다.
열없이 붙어서서 입김을 흐리우니
길들은양 언날개를 파다거린다.
지우고 보아도 지우고 보아도
새까만 밤이 밀려나가고 밀려와 부디치고
물먹은 별이, 반짝, 寶石처럼 백힌다.
밤에 홀로 琉璃를 닦는 것은
외로운 황홀한 심사이어니,
고흔 肺血管이 찢어진 채로
아아, 늬는 山ㅅ새처럼 날러 갔구나

Window 1

Something sad and cold
    shimmers at the glass

---

20) 첫째, 애시리황은 일본에 산 한국인임을 암시한다는 것이고 둘째, 상해는 일본식 민지 치하에서 한국 독립운동의 근거지였고 아마도 이 시는 그것을 반영하고 있다는 주석이다.(Aesiri Whang: The name suggests a Korean living in Japan. Shanghai was the base of korean Independence Movement under Japanese occupation Perhaps the poem reflects this. 이 역문은 본고에서 자료로 삼은 키스터 신부의 번역시집에서 그대로 옮긴 것임).

When I listlessly draw, near
    and blur clouds of breath
As if tamed it flutters frozen wings.
Though again and again I wipe and take a look,
The pitch black night···
    surging out, surging in···
        collides/
Drenched stars, agleam, are set like jewels.
To wipe the glass alone at night,
A lonely, spellbound meditation···
Ah, lovely lungs all torn,
You've flown away like a wild bird!

이 시의 특징은 번역시 하단에 시의 창작배경을 설명해 주고 있는 것이 특징이다. 이로 미루어 번역자가 원저자의 창작배경에까지 깊은 관심을 가지고 세밀히 검토했다는 점을 알 수 있다.

형식면에서나 의미면에서 원문에 충실히 번역하였고 부호의 첨삭을 다른 역시에서처럼 번역자 임의로 조정하고 있다

3-5 번역 평가

위에서 본 바와 같이 7편의 번역시를 원시와 비교, 분석한 결과 아래와 같은 평가를 내릴 수 있다

전체적으로 보아 원시의 내용과 형식에 아주 충실히 번역하고 있다. 디만 번역자가 다른 단어로 대치해야 할 필요가 있는 경우에 한하여 조심스럽게 다른 단어로 대치하고 있다. 때로는 시의 내용에 맞추어 제목에 임의의 단어를 첨가하기도 하였는데, 그것이 자연스러워 평가될 만하다. 문장부호는 가급적 원문을 따르되 필요에 따라 첨삭을 가

하였다. 원문에서 자주 쓰이고 있는 반복법도 문맥에 맞게 적절히 번역하였다.

원시에 대한 이해를 돕기 위하여 주석을 달아 어휘에 대한 상세한 설명을 덧붙였다든가 시의 창작배경까지 해설해 주고 있어 번역시를 읽는 독자를 배려하고 있음을 알 수 있다.

아무리 잘된 번역이라도 한계가 있기 마련이다. 한국적, 동양적 정서가 깃든 어휘의 번역은 문화와 전통이 다른 나라 태생의 번역자에게는 불가능했던 것이다. 앞의 설명에서 본 바와 같이 "시악시야"(「다알리아」의 3연)의 경우가 그렇다.

또 원작자가 시적인 분위기를 창출하기 위하여 선택, 사용하였을 어휘를 아무런 설명 없이 역자 임의로 다른 단어로 대치한 것 예컨대, "설레는"(「갈릴레이 바다」의 2연)이 그것이다.

이 번역시편들을 문장론, 어휘론, 화용론상으로 분석, 평가할 때 과연 어떻게 평가할 수 있는가가 문제이다.

첫째, 번역시의 분석과정에서 드러났듯이 원시의 의미, 형식에 거의 완벽하리 만큼 충실히 따랐으므로 문장론상 적절한 번역으로 평가된다.

둘째, 의미론상으로도 옳은 번역으로 풀이된다.

셋째, 화용론상으로는 몇 개의 지적사항이 있듯이 적절하다 혹은 부적절하다고 할 수는 없다. 빌스의 도표(본고 제2장 참조)를 기준으로 삼는다면, 결정하기 어려운 것임에 틀림이 없다.

결론적으로 번역가의 성의 있는 연구태도와 시에 대한 폭넓은 이해력과 감수성이 수반된 번역이라 평가될 수 있다

4. 결론

본 논저는 오늘날 번역비평의 부재와 번역비평론의 정립이 아쉬운 상황을 감안하여 번역비평론을 이론적으로 성찰하고, 실제 번역작품을 원문과 대조, 분석함으로써 이 분야의 연구를 진작시키고자 하는 소박한 의도에서 쓰여진 것이다 그 결과 논의된 바를 간략히 서술하면 아래와 같다.

좋은 번역이 나오기 위하여 번역비평이 필수적이라는 극히 상식론의 차원에서 번역비평의 목적을 살피면, 1) 번역 수준의 증진, 2) 번역자에게 객관적 기준 제공, 3) 특별한 주제와 특별한 시대에 관련된 번역의 재조명, 4) 탁월한 작가와 번역자의 작품해석 도모, 5) 원문과 번역문 사이의 의미론적, 문법적 차이에 관한 비평적 평가 측면에서 논의될 수 있다. 번역비평에서 중시되어야 할 것은 텍스트이며, 특히 그 구성, 기능, 수용 사이의 의존관계가 분명히 파악되어야 한다. 따라서 텍스트 유형학과도 유관하며 번역자의 언어수행 능력도 문제시된다.

번역비평가의 과제는 크게 세 가지로 요약된다. 번역비평은 1) 원문과 번역문의 비교, 2) 번역문에 이르는 언어심리적 절차의 재구성, 3) 상호텍스트의 적합성을 측정하기 위한 방식의 산출 등이다.

이와 같은 과제를 성취하기 위하여 다음과 같은 능력이 필요하다.

첫째, 상호텍스트적 언어수행 능력의 문맥 안에서 등가/비등가 발화를 인식하기 위한 능력, 둘째, 번역가 자신의 번역능력 문맥 안에서 번역하기 위한 능력이다. 그리고 이와 같은 번역능력은 번역될 텍스트에 대한 번역자의 번역태도를 알았을 때 평가될 수 있다.

과학적, 상업적 텍스트, 신문기사, 관광 정보용 책자 등의 번역은 비교적, 객관적인 번역비평이 가능하고 문학번역을 비평하는 경우는 그리 용이한 일이 아니다.

일반적으로 번역비평의 기준은 문장론, 의미론, 화용론의 측면에서 다음과 같은 구분방법을 적용하여 번역을 평가할 수 있다. 즉 어떤 번역이 옳은 번역인가, 잘못된 번역인가 등으로 구분지을 수 있을 것이다. 그러나, 번역 자체가 워낙 복합적이고 다원적인 정신적 행위이므로 해석학적 접근방법이 원용되어야 하고 텍스트언어학을 기초로 해야 한다. 사실상 번역의 질을 엄밀하게 평가할 만한 객관적인 잣대는 없다. 번역비평의 네 가지 기초과정은 다음과 같다.

1) 원문의 의도, 주요언어 기능, 어조, 주제, 색인, 문체(문장론적, 어휘론적) 문학적 질, 문화적 양상, 예상 독자, 원문 구조를 분석한다. 이것은 물론 적절한 번역방법을 제안하기 위해서이다.
2) 원문과 번역문 사이를 세부적으로 비교하되 번역문 전체 혹은 임의의 구절 속에서 의미론적, 문체적, 실용적, 이데올로기적 차이를 기록해야 한다.
3) 특히 주제문제에 관한 해석을 포함하여 원문과 번역문의 전체적 인상 사이의 차이를 평가한다.
4) 번역을 평가한다.

결과적으로 유념해야 할 것은 번역비평은 일종의 지성과 상상력의 훈련이고 다만 부분적으로 객관적일 뿐이라는 사실이다

본고에서 연구대상으로 삼은 『*Distant Valleys*』는 정지용의 시가 거의 총체적으로 번역되어 수록된 번역시집인데, 원작자의 전기적 사실과

작품과의 유기적 연관 관계 안에서 작품세계를 규명하고 있고 작품을 주제별, 소재별로 유형화하여 독자들로 하여금 쉽게 이해될 수 있도록 번역자 나름의 구성원리에 따라서 작품을 번역하고 있다. 그리고 각 시마다 필요한 경우 간결하면서도 풍부하고 친절한 각주를 달아놓고 있어 독자들에게 이질적인 문화를 쉽게 파악할 수 있게 하고 있다.

　번역자는 번역하고자 하는 정지용의 시를 2년간 탐독하고 연구하였을 뿐 아니라 국문학, 영문학 교수의 협조를 얻어 가능한 한 좋은 번역이 되도록 최선을 다한 것으로 보인다. 그의 번역태도는 시의 이미지에 중점을 두고 한국어의 특징을 세부적으로 파악하여 가급적 번역에 반영하고 있다.

　그의 번역시를 원시와 대조해 보면, 의미상으로 형식상으로 원문에 충실하였고 부득이한 경우에 한하여 원문의 어휘를 다른 어휘로 대치하고 있다. 문장부호의 첨삭은 임의로 빈번히 행하고 있는데, 이것은 시의 내용 혹은 분위기에 따라 필요한 경우에 한한 것으로 보인다. 번역시를 읽는 독자들에게 이해를 돕기 위하여 주석을 달아놓은 것은 물론 시가 쓰인 배경 혹은 시에 등장하는 인명, 지명 등도 번역자가 아는 범위 내에서 친절한 각주를 붙이고 있다. 문화적 차이로 인한 의역으로 인하여 원문의 의미가 상실된 경우가 없지 않지만 전반적으로 보아 번역자의 번역작품에 대한 꾸준한 연구와 성실한 번역태도의 결과, 좋은 질의 번역을 해낸 것으로 평가된다. 즉 번역자가 이론적인 기반 위에서 원문의 의미와 형태에 충실히 따랐다는 점은 현대 번역학 이론에 비추어 볼 때 더욱 의미가 있다.

참고문헌

■기초 자료 및 논저

국립국어연구원, 『표준국어대사전』, 두산동아, 1999.
김 억, 『잃어버린 진주』, 평문관, 1924.
──, 『태서문예신보』, 제11호, 1918.
김병철, 『한국근대번역문학사연구』, 을유문화사, 1975.
김영무, 『블레이크』, 혜원출판사, 1987.
김재혁, 『릴케의 작가정신과 예술적 변용』, 한국문화사, 1998.
김재현, 『영미시의 이해』, 외국어연수사, 1993.
김재홍, 『한국 현대시 시어사전』, 고려대 출판부, 1997.
김종길, 『한국문학의 외국어번역』, 민음사, 1997.
김진섭, 「기괴한 비평현상─양주동씨에게」, 『동아일보』, 1927년 3월 22일자.
김학동, 『한국근대시의 비교문학적연구』, 일조각, 1981
──, 『한국현대시인연구』, 민음사, 1984.
──, 『정지용연구』, 민음사, 1987.
──, 『정지용시집』, 민음사, 1988.
김현자, 『한국현대시작품연구』, 민음사, 1988.
김효중, 『박용철의 하이네 시 번역과 수용에 관한 연구』, 정음사, 1987.
──, 「정지용의 블레이크 역시에 관한 비판적 고찰」, 『이우성정년퇴임기념

논총』, 논총간행위원회, 1990.

───, 「한국의 문학번역이론」, 『비교문학』 15집, 한국비교문학회, 1990.

───, 『한국 비교문학의 현장』, 효성가톨릭대학교 출판부, 1996.

───, 『번역학』, 대우학술총서 103, 민음사, 1998

───, 「문학작품 번역이론의 특수성」, 『비교문학』 23집, 한국비교문학회, 1998.

───, 「운문번역의 이론과 난해성」, 『비교문학』 24집, 한국비교문학회, 1999.

───, 「문학작품 번역과 세계관」, 『비교문학』 28집, 한국비교문학회, 2002.

릴케, 『릴케시선』, 송영택 역, 삼중당, 1983.

문덕수, 『세계문예대사전』, 교육출판공사, 2000.

박용철, 「기고규정」, 『시문학』 창간호, 시문학사, 1930.

박용철, 『시문학』 2호, 시문학사, 1930.

발간추진위원회, 『용아 박용철의 예술과 삶』, 광산문화원, 2002.

박찬기, 『독일문학사』, 일지사, 1980.

서울대학교 인문학연구소, 『인문논총』 42집, 1999.

송동준, 「독문학─장르별 현황과 문제점」, 『예술과 비평』, 1986년 가을호

시문학사, 『박용철전집 1』, 동광당서점, 1939.

안정효, 『번역의 테크닉』, 현암사, 1996.

양주동, 「번역문제에 관하야」, 『신민』 26호, 신민사, 1927.

오한진, 『하이네연구』, 문학과 지성사, 1979.

윌리암 버틀러 예이츠, 『1916년 부활절』, 솔, 1995.

유홍렬, 『한국 천주교회사』, 서울 가톨릭출판사, 1962.

윤호병, 『비교문학』, 민음사, 1994.

이경수, 『문학에 관한 현상학적 명상』, 문학아카데미, 1990.

이광린, 「한국개화사연구」, 『인문과학연구전간』 2집, 일조각, 1969.

이유영, 『한독문학 비교연구 1』, 삼영사, 1976.

이창배, 『예이츠시의 이해』, 문학과 지성사, 1997.

───, 『W. B. 예이츠 시연구』, 동국대출판부, 2002.

이충섭, 「한국의 카프카 수용 1955~1989」, 서울대학교 대학원 박사학위논문, 1992.

이하윤, 「『해외문학』 역자 양주동씨에게」, 『동아일보』, 1927년 3월 20일자.

──────, 『독서신문』, 76, 77호(1972년. 5월 7일 및 14일자).

정지용, 『문장독본』, 박문서관, 1948.

조현범, 『문명과 야만. 타자의 시선으로 본 19세기 조선』, 책세상, 2002.

최민숙, 「독일낭만주의 수용을 통해 본 번역의 문제점」, 『번역연구』 1집, 한독문학번역연구소, 1993.

최정화, 『통역과 번역을 제대로 하려면』, 신론사, 1997.

케빈 오록, 『한국근대시의 영시영향 연구』, 새문사, 1984.

────── , 「한국현대시의 번역」, 『한국문학의 외국어 번역』, 민음사, 1997.

한국번역학회, 『번역학연구』 1호, 2000.

한독문학번역연구소, 『번역연구』 1~7집, 1993~1999.

홍승우, 「문예작품의 가능성과 한계」, 『한국외국어대학교 통역대학원논문집 1집』, 한국외국어대학교, 1985.

Albrecht, J. *Literarische Übersetzung. Geschichte, Theorie, Kulturelle Wirkung.* Darmstadt. 1988.

──────. *Europäischer Sturukturalismus,* Wissenschaftliche Buchgesellschaft, Darmsatdt, 1988.

Barchudarow, L. *Sprache und Übersetzung. Probleme der allgemeinen und speziellen Übersetzungstheorie.* Moskau/Leipzig, 1979.

Bassnett, S./Lefevere,A.(eds), *Translation, History and Culture,* Pinter, London, 1990.

Bassnett, S./Lefevere,A. *Constructing Cultures.* Essays on Literary on Translation, Multilingual Matters, Clevedon/Philadelphia/Toronto/Sydney/Johannesburg, 1998.

Bassnett-McGuire, Susane, *Translation Studies,* Methuen, London, 1980.

Betz, W. "Zur Überprüfung des Feldbegriffs", In : *Zeitschrift für vergleichende Sprachforschung auf dem Gebiete der indogermanischen Sprachen,* 1954.

Bierwisch, M. "Eine semantische Universalien in deutschen Adjektiven", In : Steger, H.(Hrsg.) *Vorschläge für eine strukturale Grammatik des Deutschen,* Darmstadt, 1967.

Brown, L.(edt.), *The New Shorter Oxford English Dictionary.* vol. 1, Clarendon Press, Oxford, 1993.

Bussmann, H. *Lexikon der Sprachwissenschaft,* Stuttgart, 1990.

Chomsky, *Cartesian Linguistics. A Chapter in the History of Rationalist Thought.* NewYork/London, 1966.

Chomsky, N. *Aspects of the Theory of Syntax.* Cambridge, 1965.

Coseriu, E. *Geschichte der Sprachphilosophie von der Antike bis zur Gegenwart.* Tübingen, 1975.

Coseriu, E. "Falsche und richtige Fragestellungen in der Übersetzungstheorie," In : Albrecht, J.(Hg.). *Energia und Ergon, Band I. Schriften von Eugenio Coseriu(1965~1987),* Tübingen, 1988.

Dizdar, D. "Skopostheorie", in: *Handbuch Translation.* Hrsg. von Mary Snell-Hornby et al. 1999.

Dressler, W. "Der Beitrag der Textlinguistik zur Übersetzungswissenschaften," In : V. Kapp(Hg.). *Übersetzer und Dolmetscher,* Quelle & Meyer, Tübingen, 1991.

Even-Zohar, "Papers in Historical Poetics", in : B. Hrushovski and I. Even-Zohar(ed) *Papers on Poetics and Semiotics 8,* University Publishing Projects, Tel Aviv, 1978.

Fillmore, Ch. J. "Scenes abd frames semantics", in: Zampolli, Antonio(Hrsg.): *Linguistic Structures Processing,* Amsterdam, New Holland, 1977.

Fleischmann, E. "Die Translation aus der Sicht der Kultur. Kulturelle Modelle der Translation", in : *Modelle der Translation.* Gil, A. et al.(Hrsg.). Peter Lang, Frankfurt am Main 1999.

Floros, G. "Zur Reprasentation von Kultur in Texten", in : Thome, Gisela etal.(Hrsg.), *Kultur und Übersetzung,* Gunter Narr Verlag, Tübingen, 2001.

Friederich, W. *Technik des Übersetzens. Englisch und Deutsch*, München, 1985.

Fuchs, G. *Studien zur Übersetzungstheorie und -Praxis des Gottsched-Kreises*. Freiburg/Schweiz, 1936.

Gentzler, E., *Contemporary Translation Theories*, Routledge, London and New York, 1993.

Gipper, H. *Gibt es ein sprachliches Relativitätsprinzip? Untersuchung zur Sapir-Whorf-Hypothese*. Frankfurt a. M., 1972.

Göhring, H. "Interkulturelle Kommunkation", in : Snell-Hornby, Mary & Hönig, Hans G. & Kussmaul, Paul & Schmitt, Peter(Hrsg.): *Handbuch Translation*. Stauffenburg, Tübingen, 1999.

Göhring, H. "Interkulurelle Kommunikation: Die Überwindung der Trennung von Fremdsprachen und Landeskundeunterricht durch einen integrierten Fremdverhaltensunterricht", in : Kühlwein, Wolfgang(Hrsg.), *Kongressberichte der 8.Jahrestagung der GAL*. Hochschul Verlag, Stuttgart, 1978.

Güttinger, F., *Zielsprache. Theorie und Technik des Übersetzens*, Manese Verlag, Zürich, 1963.

Gwinn, Robert et al. *Encyclopaedia Britannica*, Chicago, 1987.

Hansen, G. "Die Rolle der fremdsprachlichen Kompetenz", in : *Handbuch Translation*. M. Snell-Hornby et al.(Hrsg.). Stauffenburg, Tübingen, 1999.

Hansen, G. "Zum Übersetzen von Kulturspezifika in Fachtexten", in : *Übersetzerische Kompetenz*. Kelletat, A.(Hrsg.). Peter Lang, Frankfurt am Main/ Berlin/Bern/New York/Paris/Wien/ in Bd. 22, 1996.

Hartmann, P. "Texte als linguistisches Objekt," In : J. Lyons(Hg.). *Beiträge zur Textlinguistik*, Hamburg, 1971.

Hartung, W./Schonfeld, H. *Kommunikation und Sprachvariation*, Berlin, 1981.

Heinrichs, J. *Entwurf systemaische Kulturtheorie*, Donau Universität, Krems, (=Workshop, Kultur, Wissenschaften. 2), 1998.

Helbig, G. *Entwicklung der Sprachwissenschaft seit 1970*. Leipzig, 1986.

Helbig, G. *Geschichte der neueren Sprachwissenschaft*, München, 1973.

Henschelmann, K. *Technik des Übersetzens Französisch - Deutsch*. Heidelberg, 1980.

Hermans, T. "Descriptive Translation Studies", In : Handbuch Translation, Snell-Hornby, M./Haus, G./Hönig, H.G./Kussmaul, P./Schmitt, P.(Hg.). Tübingen, 1999.

Hermans, T.(ed), The Manipulation of literature. Studies in Literary Translation, Croom Helm, London, 1985.

Hjelmsleve, L. Die Sprache. Eine Einführung, Darmstadt, 1968.

Holmes, J.(eds). Literature and Translation. New Perspectives in Literary Studies, Acco. Leuven, 1978.

Holmes, J., "Forms of Verse Translation and the Translation of Verse Form", in : J. Holmes F. Haan, A. Popovič(eds.) 1970. The Nature of Translation, Mouton, The Hague/Paris, 1970.

Holmes, J., "The Stage of Two Arts". Literary Translation and Translation Studies in the West Today, In Bühler, H.(Hg.): X. Weltenkongreß der FIT, Wien, 1985.

Holz-Mänttäri, Justa, Translatorische Handeln, Theorie und Methode, Suomalainen Tiedeakatemia, Helsinki, 1984.

Holz-Mänttäri, J. "Translatorisches Handeln-theoretisch fundierte Berufsprofile," In: M.Snell-Hornby(Hg.), Übersetzungswissenschaft. Eine Neuorientierung, Tübingen, 1986

Hönig, H./Kussmaul, P. Strategie der Übersetzung. Ein Lehr-und Arbeitbuch, Tübingen (=Tübinger Beiträge zur Linguistik 205, 1982.

Hönig, H./Kußmaul, P. Stragegie der Übersetzung. Ein Lehr-und Arbeitsbuch, 4. Tübingen, 1984.

Humboldt, W. Schriften zur Sprachphilosophie, Bd.3. Flitner, A/GK.(Hrsg.), Stuttgart, 1986.

Humboldt, W. von. Einleitung zu "Agamemnon", in : Störig, H.(Hrsg.). Das Problem des Übersetzens, Wissenschaftliche Buchgesellschaft, Darmstadt 1973.

Huysen, A. "Im Nachwort zu Friedrich Schlegel", in : Kritische und theoretische Schriften, Stuttgart, 1978.

Huyssen, A., *Die Frühromanische Konzeption von Übersetzung und Aneigung*, Studien zur frühromanische Utopie einer deutschen Weltliteratur, Zürich, 1969.

Ipsen, G. "Der alte Orient und die Indogermanen", In : *Stand und Aufgaben der Sprachwissenschaft. Festschrift für Streitberg*, Heidelberg, 1924.

Isenberg, H. "Einige Grundbegriffe für eine linguistische Texttheorie," In : *Probleme der Textgrammatik* I. Daneš. F./Viehweger, D. *Studia gammatica* XI. Berlin, 1976.

Johnson, M. L./Grant, J. E., *Blake's Poetry Designs*, Norton & Company, London, 1979.

Jolles, A. "Antike Bedeutungsfelder", In : *PBB*, 1934.

Kade, O., *Zufall und Gesetzmäßigkeit in der Übersetzung*, Leipzig, 1968.

Katz, J./Fodor, J. "Die Struktur einer semantischen Theorie", In : Steger, H.(Hrsg.), 1970. *Vorschläge für eine strukturale Grammatik des Deutschen*, Darmstadt, 1963.

Kazin, Alfred, *The Portable Blake*, Penguin Books, 1979,

Kelly, G. *The True Interpreter*. A History of Translation Theory and Practice in the West, Oxford Uni. Press, Oxford, 1979.

Kister, D. A., *Distant Valleys*, Asian Humanities Press, Berkeley, 1994.

Kloepfer, R., *Die Theorie der Literarischen Übersetzung*, Wilhelm Fink, München-Allach, 1967.

Koller, W. *Einführung in die Übersetzungswissenschaft*, Quelle & Meyer, Heidelberg, 1979 (증보판 1997).

Koschmieder, E. "Das Gemeinte", In : E.K. 1965. *Beiträge zur allgemeinen Syntax*, Heidelberg, 1953.

Krapoth, H. "Einleitung zu Übersetzung als kultureller Prozess", in : *Göttinger Beiträge zur Internationalen Übersetzungsforschung* 16, 1998.

Kreszowski, *Contrastive Generative Grammar*, Tübingen, 1979.

Kroeber, A./Kluckhohn, C. *Culture. A Critical Review of Concepts. Papers of the Peabody Meseum of American Archaeology and Ethnology* 47/1, Harvard Up, Cambridge/Mass, 1952.

Ladmiral, J., "Sourciers et ciblistes," In : Holz-Mänttäri/Nord, C.(Hg.). *Traducere*

Navem. Festschrift Katharina Reiss, Tempere, 1993.

Ladmiral, Jean-René, *Traduire: théorèmes pour la traduction.* petite bibliothèque payot, Paris, 1979.

Lefevere, A., *Translating Literature. Practice and Theory in a Comparative Literature Context,* The modern Language Association of America, New york, 1992.

Leisi, E. *Praxis der englischen Semantik,* Heidelberg, 1973.

Lennberg, E. H. *Biologische Grundlagen der Sprache,* Frankfurt, 1972.

Levý, J., *Die Literarische Übersetzung, Theorie einer Kunstgattung,* Athenaum, Frankfurt, 1969.

Lewandowski, Th. *Linguistisches Wörterbuch 1.2.3,* Heidelberg, 1979.

Lin-Huber, M. *Kulturspezifischer Spracherwerb,* Sprachliche Sozialization und Kommunikationsverhaltern im Kulturvergleich. Hans Huber, Bern/Göttingen/ Toronto/Seattle, 1998.

Luther, W. *Sprachphilosophie als Grundwissenschaft.* Heidelberg, 1970.

Miko, F. "La Theorie de l'expression et la traduction", In : Holmes, J.S./Hann, F./ Popovič, A.(ed.). *The Nature of Translation.* Mouton, The Hague/Paris, 1970.

Miko, F., "La Theorie de l'expression et la traduction," in : J. S. Holmes, F. Haan, A. Popović(eds), *The Nature of Translation, Mouton,* The Hague/Paris, 1970.

Neubert, A. *Semantischer Positivismus in den USA.* Halle, 1962.

Neubert, A., "Invarianz und Pragmatik", In : Graul, W./Kade, O./Kokoschko, K./Zikmund, H.(ed.). *Neue Beiträge zu Grundfragen der Übersetzungswissenschaft, vols, 5,6.* Beihefte zur Zeitschrift Fremdsprachen, Leipzig, 1973.

Newmark, P., *Approaches to Translation,* Pergamon Press, Oxford, 1980.

Nida, E. /Taber, Ch. *The Theory and Practice of Translation,* E. J. Brill, Leiden, 1969.

Nida, E. *Toward a Science of Translating, With Special Reference to Principles and Procedures Involved in Bible Translating,* Leiden, 1964.

Nord, Ch. *Einführung in das funktionale Übersetzen, Am Beispiel von Titeln und überschriften*, Francke(UTB 1734), Tübingen, 1993.

Nord, Ch. *Textanalyse und Übersetzen. Theoretische Grundlagen, Methode und didaktische Anwendung einer übersetzungsrelevanten Textanalyse*, Heidelberg, 1988.

Nord, Ch. "Übersetzungshandwerk - Übersetzungskunst. Was bringt die Translations - theorie für das literarische Übersetzen," In : *Lebende Sprachen* 2, 1988.

Nord, Ch., "Textanalyse: Pragmatisch/funktional", In : Handbuch *Translation*, Snell-Hornby M./Hönig, H. G./Kußmaul, P./Scmitt, P.A.(Hg.). Tübingen, 1999.

Paepcke, Fritz, *Im Übersetzen leben: Übersetzen und Textvergleich*, Hrsg. von Berger, Klaus & Speier, Hans M. Narr(=Tübinger Beiträge zur Linguistik, 281), Tübingen, 1986.

Popovič, A. "The Concept 'Shift of Expression", in : "Translation Analysis", In : Holmes, J.S./Hann, F./Popovič, A.(ed.). *The Nature of Translation*. Mouton, The Hague/Paris, 1970.

Porzig, W. *Das Wunder der Sprache. Probleme, Methoden und Ergebnisse der modernen Sprachwissenschaft*, München, 1950.

Radegundis, S., *Hermeneutische Übersetzung*, Gunter Narr Verlag, Tübingen, 1992,

Reiss, K. *Möglichkeiten und Grenzen der Übersetzungskritik, Kategorien und Kriterien für eine sachgerechte Beurteilung von Übersetzungen*, München, 1971.

Reiss, K./Vermeer, H. *Grundlegung einer allgemeinen Translationstheorie*, Niemeye, Tübingen, Niemeyer, 1984.

Resch, Renate, "Die Rolle der muttersprachlichen Kompeenz", in : Mary Snell-Hornby et al.(Hrsg.) : *Handbuch Translation*, Stauffenburg Verlag, 1999.

Rilke, R. M., *Werke. Einleitung von Beda Allemann*, Band 1-1, Gedichte-Zyklen, Insel Verlag, Frankfurt, 1966.

Rosenthal, M. L., *Yeats, W. B.*, Macmilan Publishing Company, New York, 1986.

Salacuse, Jeswald W. *International erfolgreich verbundeln, mit den wichtigstenkulturellen, praktischen und rechtlichen Aspekten*. Frankfurt, Campus, 1992.

Schadewaldt, W. "Das Problem des Übersetzens", In : Störig(Hg.). *Das Problem des*

Übersetzens. Darmstadt, 1963.

Schlegel, F. *Kritische Schriften,* München, 1970.

Schleiermacher, F. "Ueber die verschiedenen Methoden des Uebersetzens,"(1813) in : Störig, H.(Hrsg.). *Das Problem des Übersetzens.* Wissenschaftliche Buchgesellschaft, Darmstadt, 1973.

Schmid, Annematie, "'Systematische Kulturtheorie'-relevant für die Translation?", in: Kadric, Mira & Kaindl, Klaus & Pochhacker, Franz(Hrsg.): *Translationswissenschaft. Festschrift für Mary Snell-Hornby zum 60, Geburtstag,* Stauffenburg, Tübingen, 2000.

Schmidt, J. "Texttheorie/Pragmalinguistik", In : P. Althaus/H. Henne/H. Wiegand (Hg). *Lexikon der Germanistischen Linguistik,* Band II. Tübingen, 1973.

Searle, J. R. *Sprechakte. Ein sprachphilosophischer Essay,* Frankfurt, 1971.

Snell-Hornby, M. *Tranlation Studies, An Intergrated Approach,* Amsterdam/Philadelphia, 1988.

Stolze, R. *Grundlagen der Textübersetzung,* Heidelberg, 1985.

Stolze, R. *Hermeneutisches Übersetzen,* Linguistische Kategorien des Verstehens und Formulierens beim Übersetzen, Narr, Tübingen, 1992.

Stolze, R. *Übersetzungstheorien,* Gunter Narr Verlag, Tübingen, 1994.

Stolze, R. *Grundlagen der Textübersetzung.* Julius Verlag, Heidelberg, 1982.

Störig, H.(Hrsg). *Das Problem des Übersetzens*(Wege der Forschung 8). Wissenschaftliche Buchgesellschaft, Darmstadt, 1963.

Suchsland, P. "Uberlegungen zum Systemaspekte der Sprache", In : *Linguistische Studien* A/2. Berlin, 1973.

Thierfelder, A. "Darf der Übersetzer den Text des Originals verändern?", In : *Bavel* 1, 1955.

Toury, G. *In search of a theory of translation,* Tel Aviv, 1980.

Trier, J. *Der deutsche Wortschatz im Sinnbezirk des Verstandes,* Die Geschichte eines sprachlichen Feldes, Carl Winter, Heidelberg, 1931.

Trier, J. "Sprachliche Felder", in : *Zeitschrift für deutsche Bildung,* 1932.

Vermeer, H. *Allgemeine Sprachwissenschaft. Eine Einführung,* Freiburg i. Br, 1972.

Vermeer, H. "Übersetzen als kultureller Transfer", in : Snell-Hornby, M. (Hrsg), *Übersetzungswissenschaft. Eine Neuorientierung,* Francke Verlag, Tübingen, 1986.

Vermeer, H. "Übersetzen als kultureller Transfer", in : Snell-Hornby(ed.), *Übersetzungs wissenschaft - Eine Neuorientierung, Zur Integrierung von Theorie und Praxis,* Tübingen, 1986.

Vermeer, Hans, J. & Witte, Heidrun, "Mögen Sie Zistrosen? Scenes & Frames &Chanels im translatorischen Handeln", in : *TextconText, Beiheft* 3, Groos, Heidelberg, 1990.

Viehweger, D. "Semantik und Sprechakttheorie", In : *Richtungen der modernen Semantikforschung,* Motsch, W./Viehweger, D.(Hg.). Berlin, 1983.

Vinay, J./Darbelnet, J. *Stylistique Comparée du français et l'anglais.* Methode de traduction, Didier, Paris, 1958.

Vortriede, W. *Novalis und französische Symbolisten,* Kohlhammer Verlag, Stuttgart, 1963.

Waard, J. de/Nida, E. *From One Language to Another. Functional Equivalence in Bible Translating,* Nashville/Camden, 1986.

Weinrich, H. "Erlernbarkeit, Übersetzbarkeit, Formularisierbarkeit", In : Pilch, H./Richter, H.(Hrsg.) *Theorie und Empirie in der Sprachforschung,* Basel/München, 1970.

Weisgerber, L. *Die geschichtliche Kraft der deutschen Sprache,* Düsseldorf, 1971.

Weisgerber, L. *Grundzüge der inhaltbezogenen Grammatik,* Düsseldorf, 1962.

Weisgerber, L. *Grundzüge der inhaltbezogenen Grammatik,* Schwann, Düsseldorf, 1950, 1971(4. Auflage).

Weisgerber, L. "Sprachwissenschaftliche Methodenlehre", In : *Deutsche Philologie im Aufriss,* Berlin(West)/Bielefeld, 1952.

Whorf, L. *Language, Thought and Reality.* Selected Writings, Cambridge/Mass, 1956. (dt. Teilübersetzung : *Sprache, Denken, Wirklichkeit.* Beiträge zur Metalinguistik und Sprachphilosophie, Rowohlt Taschenbuch, Reinbek bei Hamburg, 1963.

Whorf, R. *Language, Thought, and Reality. Selected Writings,* Cambridge, 1956.

Wilss, W. *Knowledge and Skills in Translator Behavior,* John Benjamins Publishing Company, Amsterdam/Philadelphia, 1996.

Wilss, W. *The Science of Translation : Problem and Methods.* Trans. Wills, Tübingen, 1982.

Wittgenstein, L. *Philosophische Untersuchungen-Philosophical Investigations(D - E),* Teil 1. Blackwell, Oxford, 1953.

Wotjack, G. "Interkulturelles Wissen und zweisprachig vermittelte Kommunikation", in : *Revista de Filologic Alemana* 1, 1993.

찾아보기

●저자 약력

저자 김효중은 서울대 국어국문학과를 졸업하고 스위스,
독일, 영국 등지에서 수학하고 귀국하였다. 영남대학교 대학
원에서 문학박사 학위를 받았으며 현재 대구카톨릭대학교 교
수로 재직중이다.

• 주요저서
『박용철의 하이네 시 번역과 수용에 관한 연구』(문공부 우수
선정도서, 정음사, 1987)
『한국비교문학의 현장』(대구효성카톨릭대학교 출판부, 1996)
『한국현대시연구』(대구효성카톨릭대학교 출판부, 1997)
『번역학』(대우학술총서 103호, 민음사, 1998)
『한국 현대시의 비교문학적 연구』(푸른사상, 2000)
『현대시의 이론과 비평』(새문사, 2002)
『문예사조론』(공저), (새문사, 2003) 등이 있다.

새로운 **번역**을 위한 **패러다임**

2004년 9월 20일 1판 1쇄 인쇄
2004년 9월 30일 1판 1쇄 발행

지은이 • 김 효 중
펴낸이 • 한 봉 숙
펴낸곳 • 푸른사상사

등록 제2-2876호
서울시 중구 을지로3가 296-10 장양B/D 202호
대표전화 02) 2268-8706(7) 팩시밀리 02) 2268-8708
메일 prun21c@yahoo.co.kr / prun21c@hanmail.net
홈페이지 //www.prun21c.com

값 17,000원

ISBN 89-5640-257-4-03810

*저자와의 합의에 의해 인지 생략함